MW00906220

谜踪之国

MIZONG ZHIGUO

之国

零隐上婆

安徽文艺出版社

时代出版传媒股份有限公司

天下霸唱◎著

目录
CONTENTS

序　章

清末民初，是段改朝换代的动荡年月，纲常败坏，法纪弛废，绿林盗贼多如牛毛。仅在京津两地，就先后出现过四个比较有名的飞贼巨盗，做下了许多惊天动地的大案子，为祸不小。

但无论什么大事小情，只要在民间流传开来，就免不了会被改头换面、添油加醋，关于这四个贼人的传说也是如此。他们成为了当时大街小巷、酒楼茶肆里纷纷谈论的热门话题，更从中衍生出许多评书、唱曲、戏文，加之各种小报上长篇累牍地不断报道，几乎是家喻户晓、老少皆知。可实际上，这四贼并没有传说中那样富有神秘色彩，但是能有如此作为，总有些出众之处，也不是安分守己之人可比的。

四贼之首，也就是最早成名之人，还要属康小八。这位康八爷其实算不上飞贼，此人家中极穷，本是个游手好闲的地痞无赖，居住在京东康家营一带。因为机缘巧合，被他从英国公使身边偷了柄转轮洋枪在手，从此狂得都快不知道自己姓什么了，到处杀人劫财。

康小八心黑手狠，看谁不顺眼就对谁开枪，身上不知背了几十条人命。单说有一回康小八去剃头，剃着半截他问剃头匠："听说过康八爷吗？"剃头的顺口答道："知道，那小子不是个东西。"康小八心中暗暗动怒，又问："怎么不是个东西？你认识他？"剃头匠说："不认识，听说他净胡来。"康小八说："好，今儿就让你认识认识。"说着话就掏出六响洋枪来，把那个剃头匠当场打死了。

康小八杀人如麻，积案累累，但他胆小心邪，杀的人越多，就越是疑心有人要暗算报复他，黑夜里走路，听见后边有脚步声比他快，也不问来人是谁，立刻回头就是一枪。后来康八爷耍到头了，终于被五城练勇拿住，给剐在了菜市口了。

民国时有不少好事之徒，为了哗众取宠、耸动视听，硬把康小八归入绿林盗贼之中，为他写了新戏，茶楼书场和三流传奇小说里也多有讲他的。想不到在戏文评书里，竟然将此人演义成了武功高强的江洋大盗，都能和窦尔敦、赵四虎之类的绿林豪杰相提并论了。

四贼中排在第二位的是宋锡朋，此人成名的时间，与康八爷大闹北京城的年代相去不远。不过宋锡朋并不是北京人氏，他祖居在天津卫南大寺附近，自幼跟个老回回习武，天生气力过人，能够单手举起百斤石锁，围着场子走上一圈，也照样面不改色，更有一身横练的硬功夫，刀砍一道白印，枪扎一个白点，人送绰号"石佛宋"，曾经在镖局子里做过几年镖师。后来山东闹义和团的时候，各路拳民打着扶清灭洋的旗号北上进京，石佛宋也凭着一身真功夫入伙做了大师兄。

庚子年，义和团遭到残酷镇压，许多人都被官府捉去砍了，宋锡朋逃亡在外，做起了土匪草寇。他聚集了一伙水贼，到天津劫夺盐道船舱里装运的官银。这种银子旧时称为"皇杠"，都是一百两一个的大元宝，十个装一鞘。宋锡朋精于用镖，百发百中，甩手镖底下打死了五名官军，一劫就劫了三十万两皇杠，自知惹下了弥天大罪，当即与同伙分掉赃银，潜逃到沧州隐踪匿迹。

一年后，宋锡朋以为风声过去了，便暗中回天津寻亲，没想到刚一露面，就让"采访局"①的人盯上了。这回他再想走可走不脱了，只好当街亮出家伙动起手来，终因寡不敌众，被缉盗捕快一拥而上按翻在地，来了个生擒活捉。

这件大案惊动了朝廷上下，紫禁城里的慈禧太后正闲得难受，听说在天津鼓楼拿住了使镖的巨贼，于是想要看看他究竟是怎样一条英雄好汉。李总管就命御前侍卫给宋锡朋戴上手铐脚镣押到殿前，请太后老佛爷一观。不过您想想，惹下重罪的囚徒落到这个地步，他还能精神得了吗？所以慈禧看后很是失望，只是不冷不热地说了句："敢情就是这么一个人啊。"没过几天，宋锡朋便被断成"斩立决"，解到法场内枭首示众，人头在城门楼子上悬挂了整整两个月。

四贼之三，是民国初年，在北平城里作案的燕子李三。据说李三爷幼

---

① 采访局：此处是指负责捉拿盗贼的官府部门。

年贫苦，曾遁入空门出家为僧，艺成后才还俗，平生以擅长轻功著称，可以施展"蹬萍渡水"等独门绝技，飞檐走壁，高来高去，不留踪迹，堪与江南神偷赵华阳齐名。他仅用一个晚上，就接连偷盗了八大商号，并在现场留下"燕子镖"为凭，一时之间，名声大噪。

事实上燕子李三未必有此神通，不过他也的确有几分真本事。此贼惯能攀爬，蹿房越脊不在话下，作案时脚上要穿五六双袜子，为的是轻而不滑，落地悄无声息，而且他素有贼智，机巧过人，官府虽然围捕多次，却始终都没能将他擒获。

但李三爷身上染有烟瘾，每天都要吸足了上等"福寿膏"才有精神，有一回也该着他倒霉，寻思着"灯下黑，最危险的地方反而最稳妥"，夜里就躲在侦缉队办案的房顶上歇着，后半晌烟瘾发作难熬，便用洋火点起了随身带的烟枪。

结果不巧被街上巡逻的侦缉队发觉了，那侦缉队长看见一片漆黑的夜晚，房顶上忽然亮了一下，显得极不寻常，料定是有飞贼藏身，立刻在暗中布置人马，从四面八方围住房屋，来了个瓮中捉鳖。燕子李三毕竟不是能飞的真燕子，只好束手就擒。

天刚蒙蒙亮，侦缉队就将人犯押送至南城监狱，官府担心李三用"缩骨法"逃脱，就挑断了他双脚后跟的两条大筋，又拿锁链串了琵琶骨，使他变成了残废人。又加之烟瘾折磨，还没等到临刑，李三爷就先屈死在了狱中。

四贼中的最后一位，其实是对同胞兄弟，兄长是人称"滚地雷"的田化星，二弟是"坐地炮"田化峰。那时正好有大批军阀盗掘皇陵，军阀部队挖到康熙皇帝的景陵时，炸开了墓门，却不料地宫里涌出大量阴冷的黑水，怎么排也排不空，工兵们无法进入，只得暂时放弃。

谁成想这件事被一伙山贼草寇知道了，土匪头子正是田化星，他是旗人出身，得过"十三节地躺鞭"真传，常自诩胆大包天，世间没有他不敢做的事情。大概是深受旧时说书唱戏等民间曲艺影响，田化星知道以前有段"杨香武三盗九龙杯"的故事——据说康熙皇帝有件价值连城的宝物，唤作"九龙杯"。那是个玲珑剔透、雕琢精湛、巧夺天工的玉杯，每当在杯中倒满琼浆玉液，杯底就会显出九条蛟龙，活灵活现地旋转翻腾，历历在目，越看越真，世人称此奇景为"九龙闹海"。

　　田化星听族中老人们说起过，真正的玉杯虽然没有传说中那样离奇，但玉质洁白无瑕、细腻透明，雕镂工艺精湛非凡，教人叹为观止，也绝对是一件稀世的皇家珍宝，而且景陵里确实藏有九龙杯陪葬。他对此动了贪心，跟手下弟兄们商量要去盗墓，并且说："眼下这空子，正是个发横财的机会，机不可失，时不再来。如果咱们兄弟盗得了景陵珍宝，别的东西我全不要，只要康熙爷身边的九龙杯，其余的你们大伙随便分。"

　　众人一拍即合，当晚趁着月明星稀，群盗各带器械闯进陵区。这伙人远比军阀熟悉当地的地形，没费多大力气，就找到位置截断了水脉，随后冒死潜入陵寝地宫，打算把皇帝和嫔妃的棺椁一一撬开，以便搜寻明器宝货。谁知田化星刚撬开一块椁板，借马灯照进去，就见那棺中躺着的死人冲着他发笑。

　　有道是："做贼的心虚，盗墓的怕鬼，"或许是自己吓唬自己，可那时灯烛阑珊，谁也说不清到底发生了什么，反正田化星吃这一惊，非同小可，被吓得双脚发软瘫倒在地上，脸色惨白，牙关打战，抖成了一团，三更里被几个同伙抬回家中，连口热汤也灌不进去，不等到五更天就一命归阴了。

　　田化星虽然两腿一蹬，呜呼哀哉了，可他二弟田化峰仍是不顾死活，转过天来再次夜探景陵地宫，终于盗得了九龙杯。但在打开内椁的时候，忽然从椁中冒出一股绿色火焰，将他的眼睛灼瞎了一只，面容也给毁了大半，从此落了个"鬼脸"的绰号。

　　不出半年，包括"鬼脸"田化峰在内的这伙盗贼，便都在河北保定被官府擒获，就地执行了枪决，贼人所盗珍宝尽数得以追缴。但景陵中的宝物，随后竟在官库中全部下落不明了，至今查不到去向，留下好大一个谜团。

　　前边所说的这四个盗贼，虽然俱是绿林出身，惹下的案子也曾一度震动天下，但要论起资历和本事来，最多仅属三流角色，只不过他们的事迹流传广了，在民间传说中增添了许多传奇和演义成分，都被看成是侠盗之流。

　　然而这绿林手段，可大可小，上者盗内府宝器，中者盗大院珍物，下者盗民间财货。真正有本事有作为的人物，却往往埋没于草莽尘埃之中，未必能在历史上留下踪迹。以前在湖南洞庭湖里就有是一路字号称为"雁团"的盗贼，始于清朝末年，首领姓张，排行第三，人称"贼魔"，曾在军中为官①，据传此人有神鬼难测之术，可与古代白猿公、红线女、昆仑奴之类的人物相提并论。

到了民国之时，旧姓张家传到了张葫芦这辈儿，由于前人数代积藏，家底殷厚，早已收拾起手段，不再轻易使用，而是迂回祖籍，在平津等地开了几家当铺，做起了正经生意。

以前大户人家都有家庙，里面供着"宅仙"。这宅仙是各种各样，根据各地风俗不同，供什么东西的都有，有供五通神的，也有供奉金珠宝玉的，而张家供的是一只"铜猫"，是件灵验异常的古物。但没想到的是，张葫芦在搬家的时候，竟把家中供养的宅仙给遗失了，结果难免有祸事找上门来，家道渐渐衰落。

有句老话说得好——同行是冤家，当初北平城里最大的是盛源当铺，东家姓穆，为人贪得无厌，与官府多有勾结，把同开当铺的张葫芦视为了眼中钉肉中刺，而且他还无意中得知，张家地窖里藏有许多罕见的古董，都是从古墓山陵或皇宫内院里盗取出来的稀世奇珍，便起心要谋占这份产业，千方百计害掉了张家好几条人命，两家为此结了很深的梁子。

那时的张葫芦年轻气盛，受欺不过时，竟找个月黑风高的晚上，做起了"暗行人"，潜入穆宅，杀了仇家老少十一口，统统割下人头，又顺路把警察局长的脑袋也给剁了下来。随即施展祖传绝技蝎子倒爬城，将这一十二颗血淋淋的首级，拴成一串，全部悬挂在了城楼子的檐角上。最后张葫芦还觉得不解恨，一把火烧毁了盛源当铺总号，才肯罢手。

这回案子做得太大了，天底下再无容身之所。按以往的绿林惯例，在惹下如此大祸之后，也只有远走高飞，才能躲得过海捕通缉。那时仅有的几条出路，无非就是下南洋、走西口、闯关东。张葫芦不得不舍了家产，背着老娘来到山东地面上，漂洋过海逃到关外，从此隐姓埋名，改用了母亲的姓氏，是复姓司马，同时为求生计，仍旧重操祖业，上山做了"马达子"。

后来到了东北实行土改，民主联军剿匪的时候，张葫芦和他的弟兄们弃械投降，被部队收编，参加了三下江南、四保临江等战役，跟着大军自北而南，入关后直取两广。

这其间哪怕没有功劳，也有十分的苦劳，但因为张葫芦出身绿林，底

---

① 内容见天下霸唱著《贼猫》一书。

子不清，在军中始终得不到重用。解放后被安排到长沙工作，并且安家落户，娶妻结婚，1953年得了个儿子。张葫芦对旧事从不敢提，唯恐说出来牵连甚大，惹来不必要的麻烦，所以给儿子起名时，户口本上写的是"司马灰"。

绿林中人，大多是做触犯官禁的举动，常年在刀尖子上打滚，说不定哪天就把身家性命赔进去了，对能够推测吉凶祸福的"金点先生"格外信服，所以张葫芦特意从老家请人来给儿子批了八字。按早年间的说法，命是死的，运却是活的，人的名字是一个人的终生代号，必须要合着命里格局，才能够助长运势，其后代虽然是隐姓埋名，那也得有些讲究才对。

时下虽然是新社会了，但张葫芦毕竟出身草莽，观念比较陈旧，对这路会算命的金点先生格外信服，而且这种信服是根深蒂固、渗入骨髓之中的，怎么改朝换代也难转变。

只见那老先生摇头晃脑地掐指算了半天，最后算出这孩子的八字属土，是个"土命"。按照八门命格来讲，这"中央戊己土"刚好列在第八，若以动物八仙的排位顺序，第八家恰是灰家，也就是老鼠。以前戏班子里都供"灰八爷"，为的是防止耗子把箱中道具、服饰啃坏了，民间俗传"灰八爷属土"，所以得叫"司马灰"。

张葫芦咋舌不已，心说"司马灰"这名字倒是响亮，但别人初闻此名，必然会以为司马灰的"灰"字，用的是光辉显赫、辉煌灿烂之辉，谁也想不到竟是以灰暗、灰烬、骨灰的灰字为名，这个灰字可……可真是取得太有门道了，但盼他将来能有一番作为才好。

张葫芦毕竟出身于绿林旧姓，总觉得新式学校里教的东西没多大用处，也不想让祖宗的手段失传，于是几年后就把司马灰送到北京，跟着本家一位隐居在京的"文武先生"学艺。司马灰从此下苦功，起五更、爬半夜，熬过两灯油，颇得了些真实传授，直到他十三岁时师傅去世，葬在京郊白马山，这才算告一段落。

在《谜踪之国——考古工作者的诡异经历》第一部《雾隐占婆》里，说的是司马灰年轻时，跟随一支境外探险队，从原始森林中死里逃生的经过。有道是"人无头不走，话无头不通"，至于司马灰是怎么混进考古队的，必须从此说起，就权且充为开场的引子，做个得胜头回。

BURMA

第一卷

黑屋憨宝

第一话
黑　屋

正如司马灰经常所说的一句话："倒霉——是一种永远都不会错过的运气。"

十五岁那年，司马灰的父母先后病逝，走得匆忙，甚至连句话也没来得及交代。当时没有任何一个人来告诉司马灰应该去哪上学、到哪里吃饭，也没人理会他是死是活，等到他把家中能够变卖的东西都卖光了，从里到外再也一无所有，才知道今后只能靠自己了。他为了找条活路，只好跑到以前连做梦也梦不到的"黑屋"去谋生。

"黑屋"并不是一间黑色的房屋，而是远郊一个小镇的别名，镇子恰好位于两片秃山夹当，风不调雨不顺，人穷地瘦，非常偏僻。战争时期，这里曾经遭受过飞机轰炸，随后又发生了一场大火，房倒屋塌，遍地狼藉，浓烈的硝烟把残垣断壁都熏黑了，所以当地人以黑屋相称。

直至十年动乱，黑屋地区也未得到重建，这么多年以来，从没有任何正式居民回来居住。但是由于黑屋废墟当中有条铁路贯穿，每天都有数趟运送货物的火车经过，所以吃铁道的人多来投奔此处，久而久之，就逐渐演变成了社会底层人口的聚集之地。

当然这里边免不了是龙蛇混杂、泥沙俱下，其中包括了无家可归的孤儿、四处流浪的拾荒者、从乡下跑到城市里的农民、在铁道上捡煤渣的、在江边码头上扛大包的、卖烤甘薯的，甚至还有受不了在边远地区插队之苦，私自逃回来的知识青年。

他们在黑屋里结成帮派，大多依靠掏窑挖洞，以及在黑市上做些小买卖为生，没有正经职业。当然其中也不乏拧门撬锁、扒火车的贼偷，更有平地抠饼、抄手拿佣的地痞无赖。

在黑屋地区出没之辈，几乎都是被排斥在社会体系以外的人，政府不让做的事情他们全做，但是外界正进行得轰轰烈烈的政治斗争，却始终与此地绝缘，就连贴大字报的都不到这里来。每当有外人来驱赶搜查之时，黑屋帮便一哄而散，等到风声过去了，便又会重新聚集。地方上都对他们也是睁一只眼闭一只眼，只要别捅出大娄子来，谁又会去理会这些被抛弃在城市边缘的三教九流。

司马灰所在的团伙里，都是一群年龄在十四五岁左右的半大孩子，有男有女。他们大部分都是父母受到冲击的右派子女，当兵、插队都还不够年龄，在社会上东游西荡，既没工作也没学上，更找不到亲戚朋友可以投奔，真可以说是姥姥不疼舅舅不爱，丈母娘见了踹三脚，连狗都嫌。

这群半大的孩子，虽然有些人可以领到生活费，但那点钱根本不敷使用，求生的本能迫使他们组成团伙杀向社会，按照时下流行的口号他们成立了所谓的"春风战斗团"，并且庄严地发了誓，"今后要团结起来，同甘共苦干革命。"事实上只不过是以此为借口，明目张胆地到处捣乱、惹祸，搅得一个地方上下鸡犬不宁，城里的革命群众见了他们，没有一个不相骂的。

"春风战斗团"的性质，有几分近似于历史上盘踞在英国雾都伦敦的"童党"，成员年龄普遍偏低，并且都对社会具有一定的危害性质。最后这伙在城里混不下去了，于是便成群结队地流窜到黑屋附近，先后与地痞们打了几场群架，虽然吃了不小的亏，但所谓不打不成交，最后双方竟奇迹般地达成了谅解和共识，经过反复谈判磋商，终于明确划分出各自的地盘，混乱的局面暂时稳定了下来。

司马灰在春风战斗团中，有个最要好的朋友，名叫罗大海，也是一身英武气质，其父罗万山是个从军队转业到地方法院工作的干部，后来由于工作调动，举家从东北迁到湖南。砸烂公检法的时候，罗万山被押去蹲了牛棚，剩下罗大海举目无亲，只得混迹街头。这小子仗着体格魁梧，相貌堂堂，身高和体力都超出同龄人许多，又爱管闲事，专要打抱不平，所以在同伙中很有号召力。只是他小时候在东北把嘴冻坏了，说起话来口齿不太清楚，可偏偏话多，因此得了个绰号："罗大舌头"。

由于司马灰自幼拜过"文武先生"，学了些绿林本事在身，他不仅身手敏捷利落，胆色出众，而且能言善道，又懂得解放前那套江湖辞令，知道"行帮各派，义气为先"。占据在黑屋地区的市井之徒中，有不少从旧社会走过来的人，只有司马灰才能与他们搭得上话。所以司马灰和罗大海就成了春风团的首领，带领着数以百计的少年男女，整天在废墟铁道旁呼啸来去，席卷城郊，犹如一股骤起的飓风。

春风团虽然与黑屋帮商量好了以铁道为界，互不相侵，但罗大海等人的生存问题，并未就此得以解决。他们自居身份，绝不甘心去铁路上拾煤渣，或是从事下等的体力劳动。幸好司马灰心眼多，脑子转得快，还是由他想了个点子。他让众人将家里剩下的家什都搬来，纳入棚屋，以此作为活动的据点，并且让年纪小的孩子们利用家庭背景之便，回到各自所属的机关食堂顺手牵羊。这是个苦肉计，即使被人发现了也不要紧，因为派出去的都是十来岁的孩子，工作人员又大都与其父母是相识的同事，谁也不能忍心去抓他们，多半还会把自己打来的饭菜分给这些小孩。

如此试了几天，各个食堂果然都肯把剩饭留给这些孩子。司马灰见此计可行，就在破墙根里搭了几个炉灶，并偷来几口大锅，食物不够的时候就再加些烂菜叶子，干的上屉蒸，稀的下锅煮，混成大杂烩。因为里边包括了诸多食堂不同口味的残羹剩饭，炖热了之后倒也香气四溢，所以美其名曰"六国饭店"。

不过司马灰等人可不想吃这种东西，而是转卖给铁道另一边的黑屋帮。那些人都是长年累月干着极其繁重的体力活，肚子里没什么油水，而且这辈子从来就没吃过机关大院食堂，看见六国饭店的锅子里食物丰富，漂着一层油花，远比自己的伙食强过许多，便肯纷纷掏腰包买上一大碗，连干带稀吃得就别提有多香了，没钱的则用东西作为交换。司马灰发明的六国饭店，每天都要卖个锅底朝天，供不应求。

他们的这一举动，极大缓解了铁道分界线两侧的相互敌视情绪，而且也得以获取利润、囤积物资，维持自己这伙人的生活所需。

如此过完了整个春天，白昼越来越长，转眼间就进入了酷暑季节。这些日子以来，始终没有降雨，骄阳似火，风干物燥。快到中午的时候，也是黑屋地区一天里最清静的时候，大多数人都去干活挣饭了，只有几个女孩子，在忙碌着拾柴烧水，准备煮些昨天的剩饭，给留下来的人吃。

当天早上，罗大海在野地中布下绳套，套到了一头拱地乱撞的半大野猪，带回黑屋里宰了，开膛扒皮，收拾了下水，全都血淋淋地用钩子钩住，剁下来的猪头顺手扔在了木板子上，准备晚上烧锅肉给大伙改善伙食。等中午忙活完了，他就坐在木棚前的青石板上歇息乘凉。

这会儿，罗大舌头早已热得汗流浃背，但仍然歪扣着一顶抢来的破军帽舍不得摘下来，嘴里叼着根烟卷，一边抽烟一边对司马灰夸夸其谈，话题无非就是等他爹官复原职重新参加工作之后，他是要如何收拾当初给他老罗家贴大字报的那些杂碎。

司马灰虽然年纪不大，但是经历的坎坷已不算少，使得他对社会的逆反心理格外严重，对此早已不抱任何希望，只是顺口答应，跟罗大海有一句没一句地闲扯。

正这时，就见打路口走来一个老头。司马灰耳目敏锐，有什么风吹草动都躲不开他，稍加打量，就觉得来人有些古怪。

再仔细一看，只见那老头是个拾破烂的打扮，显得土里土气，而且十分面生，应该是从黑屋废墟外面来的。看他样子大约有五十多岁的年纪，小个儿不高，生得贼眉鼠眼，嘴边留着狗油胡，脖子上挂了串打狗饼，头上顶着八块瓦的一顶破帽子，手里拎把粪叉子，肩上还背了个鼓鼓囊囊的麻布大口袋，身穿老皮袄，前襟系着一排疙瘩栓，长裤子长袄，脚蹬一双踢死牛的厚底黑布鞋，鞋口露着白袜边。眼下正是骄阳似火的三伏天，看他这身不知冷热的打扮也是反常。

那拾荒的老头，两眼贼溜溜地在街上东瞧西看，等走到司马灰所在的木棚前，忽然停下了脚步，假意蹲下来提鞋，同时伸头探脑地向棚内张望。

他这举动瞒得过旁人，却瞒不过司马灰。司马灰见此人的行为和打扮全都十分诡异，立刻警觉起来，同时开口问了一句："看爷们儿脸生，是打哪来的？"

那拾荒的老头闻言赶忙站直了身子。他拿眼角一扫，已看出司马灰和罗大海是这片废墟棚屋里的团头，马上咧着嘴挤了些笑在老脸上，对二人说道："爷们儿可不敢当，俺姓赵，老家是关东的，从来也没个大号，相识的都管俺叫赵老憋，解放前流落到此，这些年就城里城外混迹各处，靠着捡荒拾茅篮度日。今天来到贵宝地，是想在黑市上换些生活必需品。"

司马灰听他说得还算通明，心中却并未减轻戒备之意，再次盘问赵老憋道："赵师傅穿的这叫什么？大热的天，你就不怕捂坏了身子？"

赵老憋微微一怔，随即答道："你们后生不懂，咱穿的这是英雄如意氅，四通八达，到处有风凉。"

司马灰一听这倒像是些跑江湖的话，现在哪还有人这样说话，不由得更加奇怪了，便又问道："看您老说话不俗，腿脚也挺利索的，但走在破砖烂瓦的废墟里，就不怕崴了脚、迷了路?"

赵老憋听出对方话里有话，但他似乎不太相信这些话能从司马灰的嘴里说出，他也是有意试探，就把脚按前后叉开，站了个不丁不八的步子，答道："咱这脚底板儿厚实，站得牢，踏得稳，走路走的是逍遥快活步。"

二人之间的这番对答，全都合着《江湖海底眼》里的暗语，把一旁的罗大舌头听得晕头转向，但赵老憋和司马灰却都已暗中有了些分寸，各自不敢小觑了对方。

那赵老憋似乎没有任何要走的意思，他说赤日炎炎，路上走得又乏又渴，想跟二位团头借个地方歇歇脚，再讨口水喝。他嘴上这么说着，也没等任何人答应，就自己蹲到了棚子跟前。

司马灰想看看此人到底想做什么，所以并未推阻，还递给赵老憋一个海碗，里面是早上新沏的老荫茶。

赵老憋说了个"谢"字，接过碗来一口气喝个净，把碗底朝天一亮，赞道："还是这生了茶虫的老荫茶最解渴。"说完就掏出烟袋锅来，在底上磕了几磕，又填满烟丝，划根火柴点燃了，吧嗒吧嗒地抽个不停，还没话找话地跟司马灰和罗大海聊了几句，最后总算将话头绕到了正题。

这个赵老憋自称早年间跑江湖谋生，熟悉人情世故，现在跟城里有些特殊渠道，不仅能走后门，而且还可以在黑市上搞到许多好东西。经过刚才的交谈，他发现司马灰年纪虽轻，却颇懂些昔时规矩，想必也是从旧姓人家里出来的，很是难得。俗话说得好"光头的进庙、戴帽的归班"，这内行人碰上内行人，就算是进家了，所以他愿意让司马灰和罗大海跟着自己沾点光。

赵老憋说着话，就像变戏法似的，从他那个破麻袋里，翻出三条高级香烟来，嬉皮笑脸地摆到地上。

罗大海家里底子深，是个见过世面的人，一看就知道这种烟是仅限于供应高级干部的，普通老百姓根本见不到，即使在黑市上也不好找，有钱都难买。这家伙出手不凡，一亮就是三条，罗大舌头顿时双眼冒光，忙伸手去拿，嘴里还说："咱今天毕竟是萍水相逢，头一回见面您老就这么大方，真让我们受之有愧。您是哪个单位的？回头我们一定要写封表扬信，感谢您对我们慷慨无私的援助。"

赵老憨拦住罗大海刚伸到香烟上的手："且慢，俺这东西也来得不易，但不管咋个说，咱爷们儿能见着都是有缘，今后就交成个朋友来往，彼此之间互通有无。两位团头，你们看看，能不能让俺用这三条好烟，换你们棚子里的一件……一件东西？"

罗大海哈哈一笑："老赵啊老赵，不瞒你说，我们兄弟现在可真是'黄鼠狼子被人剁掉了尾巴尖儿——周身上下再没半根值钱的毛'，只要你不嫌弃我们棚屋里这堆破烂，看什么东西合适就尽管拿走。"

司马灰见此情形，不禁暗暗称奇，虽然也想留下那三条香烟，但他头脑还算比较清醒，在旁拦住赵老憨说："先别急着成交，你得先说清楚了，到底想换棚屋里的哪件东西。"

赵老憨似是急不可耐，他眼珠子一转，又从麻袋里摸出一大包卤猪耳朵，还有四听牛肉罐头，都堆在地下说道："究竟想换哪件东西，还得进棚去挑挑看看才知道。但俺赵老憨也提前把话撂在这，这些个吃的和纸烟，仅换一样就够了，绝不多拿。"

司马灰已看出赵老憨大有势在必得之意，哪还没到哪呢，他就自己主动把筹码越来越高，有道是"一赶三不买，一赶三不卖，上赶着的，从来不是买卖"，肯用这么多紧俏稀缺货品来换的，绝非等闲之物，怎能轻易答允？

并且司马灰还想起一件事情，他当初在北边，曾听过"蛮子憨宝"的传说，凡是风水好的地方，都有宝物埋藏，那可全是天地造化的奇珍异宝，暗中受鬼神所护。倘若随便触动，难免要招灾惹祸，必须以奇门古术摄之，才能到手。所以对外从不能说是盗宝、掘藏，而是要说"憨宝"。

据说憨宝之术起源于江西地区。想学这套本事，必须是由小练起，打婴儿刚一降生落地，就得关在暗无天日的地窖子里，等到一百天头上才抱出来，从此这孩子的眼力就异于常人，能够无宝不识，他们管这叫"开地眼"，至于此类传说的真假，外人就难以得知了。

司马灰见这赵老憨的装扮和举动格外奇特，显得神秘莫测，与听过的种种传说不谋而合，看来多半就是个身怀憨宝异术的奇人。只不过自己居住的这座棚屋里，箸长碗短，桌椅板凳都不完整，全然不似过日子的人家模样，也确如罗大海先前所言，棚内连个囫囵的茶碗也找不出一只，哪里会有什么宝物？赵老憋想要的到底是件什么东西？何况他初来乍到，又是如何发现此地藏着珍异之物？

正当司马灰胡乱猜测之际，赵老憋早把脑袋探到棚内，盯住了一个木头桩子。那是个古旧糟腐的屠案，平时被用来切肉剁菜，油腻腌臜，十分腥秽，毫不起眼。谁知赵老憋却偏偏看中了此物，贪婪的目光落在其上，再也移不开来。

第二话
憨　宝

　　司马灰见那赵老憨行事格外出人意料，竟然愿意拿值钱的香烟和罐头，换取一个污糟腐旧的屠肉案板，愈发觉得此事不同寻常了。

　　黑屋废墟里到处都是无主之物，谁捡到就是谁的了。棚中这块屠案，本是一段通体的朽木桩子，约有一抱多粗，周围用三道麻绳箍住，常年被血污油腻浸润，木案的颜色早已变了，被捡来后就当做菜板使用，现在没人知道它的具体来历，但看起来除了使用的年头非常久之外，也别无它异。平白无故地，怎会有人看上此物？

　　司马灰一寻思：这肉案肯定是个什么宝物，我倘若此时被蝇头小利所动，轻易将它换给了赵老憨，不管换多少东西都是吃亏，得先找些借口显得奇货可居。于是他顺口胡说："老赵师傅，你有所不知，其实我们家本是在北京城里开肉铺的，专以屠猪宰羊为业，这朽木案板虽然普通，却是家里留下来传辈儿的东西，不仅我用着十分顺手，而且见鞍思马、睹物思人，一看见它就想起我们家去世多年的老太爷来了。那还要追述到光绪年间，义和团围攻东郊民巷，引来八国联军打进了北京城。这伙洋鬼子都是蛮夷化外之地来的，哪有半个好鸟啊，到了咱中国自然是烧杀抢掠，无恶不作，打瞎子、骂聋子、踢寡妇门、挖绝户坟、专揍没主儿的狗，你就数吧，凡是缺德的事，没有他们干不出来的，结果一路就抢到我们家来了。几个洋兵瞅见我们家养的大花猫不错，就想抢回去献给他们的女王陛下。惹得我们家老太爷是冲冠一怒，说想当初慈禧太后老佛爷看中了我们家这只猫，拿仨格格来换，都没舍得给她，你们那位番邦老娘们儿又算老几？他盛怒之下，就跑到街上扶清灭洋去了，抱着块屠肉案子见着外国人就砸，仅在这块木头板子底下，也不知放翻了多少洋兵洋将。后来传到我爹那辈儿，落在江西参加了工农红军，一直将它保留至今。在别人眼里也许这木头疙瘩不值什么，但对我来说，它简直就是我们家革命史的见证，是个割舍不掉的念想。每天摆在眼前早请示晚汇报，看不见它我就心里发慌，连北在哪边都找不着了。一日不见如隔三秋，倘若三日不见，着急上火那还都是轻的。我说这些话可没有半句虚言，掉地上能摔八瓣，你要是不信，就找块豆腐来，我一脑袋撞出脑浆子来给你瞧瞧。"

罗大舌头在旁听得好笑，也趁机跟着起哄抬价，撺掇赵老憋最少再拿三条高级香烟出来，才能将东西换走。

赵老憋闻言目瞪口呆，还以为是自己走眼了，他又盯着屠板讷讷地看了半晌，摇了摇头表示不信，并且抖开麻袋让那二人看看，里边已经没有值钱的东西了："不可能再给你们加码了。"

司马灰见事已至此，索性就把话挑明了："咱是水贼碰上了钻舱的，还使什么狗刨儿啊？干脆就谁都别糊弄谁了。你这套我们全懂，以前没少见识过，说话也不用藏着掖着再兜圈子了。我们早就看出来你赵老憋是个憋宝的，否则哪有好端端的活人，会在自己脖子上挂串打狗饼。"

"打狗饼"这东西，是种药饼子，可以用来驱赶猫狗。在早年间，农村死了人，停尸的时候，往往会给尸体颈中挂上这么一串，以防饿狗啃坏了尸首，或是野猫爬过来让死人诈了尸。憋宝的人常在深山老林或荒坟野地里出没，为了驱避毒蛇和野兽，也都有携带打狗饼的习惯。

赵老憋也看出这司马灰虽然不过十五六岁，却是个鬼灵精，知道的事也多，轻易唬不住他，但绝没料到这小子竟能窥破自己行藏，不禁暗自吃了一惊，佩服地说："这位团头好眼力，想不到现在这年月，还会有人知道咱憋宝的行当。"

事到如今，赵老憋也只好坦言相告，承认自己确实是憋宝的，今天也是撞大运，无意间在黑屋废墟发现了这块屠案，真是踏破铁鞋无觅处，得来全不费功夫。最后他告诉司马灰和罗大海："咱爷们儿当着真人不说假话，有啥说啥，你们这块屠肉的旧木头案子，确实是个罕见之物，但这天下虽大，除了俺赵老憋之外，却再没有第二个人还能识货。今天时候不早了，咱们先就此别过，你们二人好好合计合计。既然已经把话说到这个分上了，俺也就不能让你们太吃亏，俺在城里还藏着一件好东西，明天也带过来。你们到时候要是认准了还不肯换，俺也就别无二话了，抬腿就走，走了就再也不回来了。有句老话咋个说的来着？'过了这个村，可就没有这个店'，到时候你们俩别后悔。"

司马灰和罗大海点头同意，二人目送赵老憋离开黑屋，便立刻回到棚内，举着煤油灯，把这块糟烂油腻的案板子摆在地上，颠过来倒过去看了半天，但他俩翻来覆去，也没从中瞧出什么子丑寅卯，满肚子都是疑惑。当晚二人思前想后，彻夜难眠。

转天一大早，赵老憋果然又寻上门来，这回在他的麻布口袋里，多出了一件油光毛亮的皮袍子，皮毛黑中透红，有几分像是貂皮，却更为轻薄。不过司马灰和罗大海两人别说貂皮了，长这么大连貂毛也没见过半根，便不懂装懂地问赵老憋："这是什么皮子？溜光油滑的瞅着还真不错，牛皮的？"

赵老憋颇为得意，有几分卖弄地说："俺这件皮袍子的来历可是不凡。"随即给二人讲起了来历，说是解放前他到长白山里挖参，晚上就借宿在木把的木营子①里。那木营子中养了一只老猫，斑斓如虎，肥大憨健，更是灵动非凡，上树能掏鸟窝，下树能逮耗子。

赵老憋在林场子里住得久了，也就与它厮混熟了，常常给这老猫喂些吃食。可后来每天早上进山时，都会看到那只猫趴在树上，气喘吁吁，显得筋疲力尽，连猫尾巴都懒得动上一动，一连数日都是如此。

赵老憋心说这可怪了，憋宝的人眼贼，一看之下，料定此猫必是有所奇遇，就打定主意要看个究竟，于是暗中跟踪观察，发现只要天一擦黑，这只老猫就去山神庙，从门缝里钻进去就躲在墙角的黑暗中，潜伏起来一动不动。

等到夜深人静的时候，山神庙的房梁上便发出一阵响动，旋即有只体大如犬的巨鼠，两目闪烁如炬，自梁上而下，爬到神位跟前，将鼠尾伸进灯盏里，偷喝供奉在那里的灯油，并且抱着牛油蜡烛乱啃，发出喊喊嚓嚓的声音。

这时那老猫突然从角落里蹿出，与硕鼠相互激斗。但那巨鼠虽大而不蠢，并且极其凶残猛恶，丝毫不惧天敌，老猫虽然矫捷，却也奈何它不得。两个翻来覆去斗个不休，真是你死我活、各使神通，难分高下。

---

①木营子:林场

　　赵老憋借着月光窥得真切，才知此猫每晚必来与这巨鼠相争，所以天亮后累得脱了力。他偷看这场宿敌之间的恶战看得入了神，也跟着全身发紧，无意间碰倒了一扇破门板。

　　那巨鼠正自全神贯注地与老猫恶斗，忽听身后传来异响，受着惊吓，只不过稍稍一分神，便露出些许破绽，被老猫扑倒咬断了喉管，顿时血如泉涌，将庙堂地上的石砖都染遍了，挣扎了好一阵子，终于翻出白眼，咽气而亡，这正是"到头分胜败，毕竟有雌雄"。

　　赵老憋是博物识宝的行家，知道这巨鼠积年累月地吃油啃蜡，成了些气候，道行毕竟不浅，便摸出刀子剥掉鼠皮，回去加些材料，做成了一件皮袄。到了寒冬腊月里，关外滴水成冰，但只要穿上这老鼠皮袄，哪怕是里边光着脊梁板儿，在三九严寒当中，额头上也会热得冒汗。只不过他对外人，从不肯说这是百年老鼠皮，而是称其为"火龙驹"。

　　赵老憋对司马灰和罗大海说，别看现在酷暑炎热，但等到秋风起，树叶黄，天上大雁嘎儿嘎儿叫着往南飞的时候，你们仍住在黑屋破棚子里，可就难保不会受到阴冷潮湿之气侵害，身上迟早要落下病根，到时必定离不开俺这件火龙驹皮袄。

　　司马灰心知这件皮袄已是赵老憋出的底牌了，反正凭自己的眼力和见识，根本看不出那旧木墩子是个什么宝物，不如就换给此人罢了，当即答允下来。但他又对赵老憋说："这桩生意跟你做了倒也无妨，可老师傅您得敞亮点，别让我们吃糊涂亏，应该把这块屠肉木案的来龙去脉，全都说清楚了。你究竟是如何发现此物有异？拿去了又有什么用途？说来听听如果有一处讲不清的，我司马灰豁着把它当堂劈碎了烧火，也绝不肯让你白捡这天大的便宜。"

　　赵老憋十分为难地说："司马团头，你的理岔了，古话咋说的——'绣出鸳鸯凭君看，莫把金针度与人'，咱们两下交易，是以物换物，又不曾亏失了你半分一毫，咋能硬要套问俺的底细？"

　　司马灰和罗大海虽然在社会上闯荡了几时，却毕竟都是少年心性，好奇心重，凡事都要查个水落石出才算完，不打听明白了，连晚上睡觉都睡不安稳。二人软磨硬泡，死说活求，非逼着赵老憋交底不可，并且发了誓，事后绝不变卦反悔，也不会当叛徒出首告密。

　　赵老憋碰上这两位也只好自认倒霉了，不得不交出几分实底：世间都说憨宝的蛮子眼尖，事实也确是如此。他昨天中午路过黑屋废墟，一眼瞥过去，发觉有片棚户不同寻常。

识宝的眼力是门功夫，更是经验，怎么讲呢？其实真要说穿了，也没有民间传言中的那么邪乎，并不是还离得好远，就已看见木棚子里金光闪闪，而是憨宝的人极善观察，往往能够发现常人难以察觉的细微之处。

赵老憨由打跟前一走，就发觉这座木棚附近，存在着许多反常的迹象。照理说，这么炎热的天气，黑屋地区垃圾堆得都成了山，罗大海又剔剥了一头野猪，弄得遍地都是血腥，周围该当是蚊蝇盘旋，嗡嗡扰乱不休才对。可是司马灰与罗大海身后的棚屋周围，不见半只飞蝇，这不是怪事吗？

赵老憨料定这附近可能藏有宝物，当即停下脚步，谎称讨碗水喝，趁机坐在木棚门前，向四处仔细打量起来，最后把目光落在了剁肉的朽木案板之上。那肉案是截老木头桩子，四周拿麻绳箍着，案上摆着死不闭眼的一颗猪首，鲜血滴落在案面上，也不见血水向外流淌，竟都缓缓渗到木桩的缝隙中去了。

赵老憨一眼就断定在这污糟油腻的木案之内，必然有些奇异。这块作为肉案的木头墩子，当年定是取自一株大树，那株树木在被人砍伐之前，树身上已生有虫孔木隙，恰巧里面钻进去了一条细小的蜈蚣。因为它在树里住得久了，体形渐大，难以再从先前进来的窟窿里脱身，以至被困在树内。木性属阴，经络中含有汁液，养着蜈蚣多年不死。

后来经人伐树取材，把藏有蜈蚣的这段木头，削作了肉铺中屠肉放血的案板。树中蜈蚣得以不断吸噬猪血，年深日久，在体内结出了一枚"定风珠"。因为据说蜈蚣珠能治痛风，才得此名，倒不是孙悟空取西经过火焰山时用的那枚珠子。而后这段肉案木墩被屠户抛弃，不知怎么就遗落在了黑屋废墟，里面的老蜈蚣早已饿死了，但珠子应该还在。这定风珠是阴腐血气凝结为丹，才使得周围蚊蝇莫近，赵老憨所求之物，正是此珠。

司马灰一时未敢轻信，哪有这么准的？他当即找来斧头，劈碎了肉案，见其中果然蜷曲着一条遍体赤红的大蜈蚣，已被斧刃截作了两段，但是虽死不化，须爪如生。在蜈蚣口中衔着一枚珠子，白森森圆溜溜的，没有任何光泽，倒像是个可以混珠的鱼目。

司马灰和罗大海面面相觑；到这会儿才算是真正的心服口服了，怪只怪自己眼拙，空伴着宝物许久，竟然视而不见，如今再后悔也来不及了，晚上就等着喂蚊子吧。

赵老憋嘿嘿一笑，心中得意非凡，却假意劝解他们道："那个老话咋讲的——'命里八尺，难求一丈'。两位团头英雄年少，虽与这珠子无缘，但来日方长，而且还得了皮货、香烟，更有许多好嚼头，又有啥可不知足的？咱两下是各取所需，谁都不吃亏。山不转水转，后会有期了。"说罢捏了定风珠在手，转身便走。

司马灰和罗大海正在兴头上，怎肯善罢甘休，他们急忙拦住赵老憋："底还没交全，怎能说走就走？这鱼眼般的肉珠子到底有什么好处？你拿去了又打算用来做什么？"

赵老憋稍显迟疑，本不想再往下说了，但他看司马灰和罗大海都是胆大妄为、不忌鬼神之辈，自己进山憋宝正缺几个帮手，如能得他二人在旁相助一臂之力，岂不平添几分把握？赵老憋想到此处，眯着眼看了看天，然后低声说："看这黑屋古镇形势不俗，本应是一块凤凰展翅、玉带出匣的风水宝地，可这么多年以来，为啥土地贫瘠、民物穷尽？"

司马灰和罗大海极为不解："风水地理这些旧事我们不明白，但听说黑屋自古就穷，荆棘杂草丛生，土地龟裂，种什么庄稼都难活，怎么看都不会是一块宝地。"

赵老憋道："俺先前说啥了，怪就怪在这上，本处地理虽好，可是山川之间，缺少了一股风水宝地所独有的灵气，所以咱就敢断言了，在地脉尽头的荒山野岭，人迹不到的所在，肯定埋藏着一件阴晦沉腐的千年古物，被它耗尽了天地精气，才害掉了这一方水土。但有道是眼见方为实，至于那山里边究竟有啥，现在还不好妄加揣测。"

赵老憋自称千方百计谋取走屠肉木板中的定风珠，正是想要借此挖掘藏匿在山里的宝物，他临走时留下话："两位团头，你们要是够胆量，就在今夜子时，到黑屋后的螺蛳桥下等候，到时俺让你们开开眼界。不过你们千万要记住了，这件事跟谁也别提起。"

第三话
螺 蛳 桥

　　赵老憨把事情交代完了，约定深夜十二点整，在螺蛳桥下一同憋宝，便揣了定风珠，匆匆忙忙地自行去了。

　　司马灰和罗大海却再也坐不住了，二人跃跃欲试，觉得晚上这事肯定够刺激，说不定还能分到许多好处，当下摩拳擦掌地准备起来。

　　二人先是把香烟和罐头等物事，都给大伙分了，然后找了只还能用的煤油灯，又担心遇到意外，便分别藏了柄三棱刮刀在身。这种三棱刮刀是三面见刃，有现成的血槽，如果扎到人的脏脾上，根本就收不了口，即便送到医院里，也往往会因流血过多而死，可在黑屋一带尽是此类凶器，并不稀奇。二人收拾得紧凑利落了，只等入夜了，就去桥下跟赵老憨碰头。

　　好容易盼到日落西山了，俩人正要动身出发，却有个叫夏芹的女孩找上门来。在学校停课之前，夏芹是司马灰和罗大海的同班同学，她虽然谈不上太漂亮，但身材匀称，五官得体，学习成绩也不错，而且最重要的是她家中政治条件很好，早晚都要去参军，有着光明的前途，很少跟着罗大海等人在外惹是生非。她今天突然来到黑屋，使司马灰和罗大海都感到十分意外。

　　夏芹没戴帽子，额前剪了齐刷刷的刘海，扎了两根细长的麻花辫子，穿着一件货真价实的斜纹军装，蓝色卡基布的裤子，胸前戴着毛主席像章，从城里一路赶来，身上的衣服都被汗水打透了。她似乎有些极其重要的事情想说，但看到司马灰和罗大海两个提眉横目、吊儿郎当的无赖模样，感到很是失望，无奈地叹了口气，原本想说的话到了嘴边又咽了回去，只是责怪了二人一番，说他们不该自甘堕落，应该找机会多学习，免得浪费了青春年华。

　　司马灰最不爱听这套说教，心中暗道：这丫头片子成天事儿事儿的，都什么年代了还学习？他嘴上不以为然地敷衍说："你当我们愿意这样？好像有位哲学家曾经讲过，人生在世，应该有五个依次递增的指标：一是生存，二是安全感，三是爱欲归宿，四是尊重，第五个才是自我实现。我们现在吃了上顿愁下顿，日子过得有今天没明天，连第一个指标都快达不到了，哪还顾得上学习。"

夏芹自知说不过司马灰，鬼知道是哪个哲学家对他说过这些话，还是他自己随口编出来的，只得说："司马，咱们同学一场，我还不是为了你们好。"她又见司马灰和罗大海两人劲装结束，手上拎着煤油灯，皮带上插着凶器，还以为这俩家伙又要出去跟谁打架，忙问他们要去哪里。

罗大海脑子远没司马灰转得快，随口就说："我们去螺蛳桥……"话到一半，自知语失，赶忙用手捂住了自己的嘴。

夏芹曾听说过远郊的螺蛳桥，那是一座废弃已久的旧石桥，过了桥是荒山野岭和被称为螺蛳坟的大片坟地，根本没有人烟，大晚上到那里去做什么？不由得更加起疑，认准了他们是要出去闯祸。

司马灰连忙解释，绝不是定了局去跟人打架，而是……而是去捉鹌鹑。螺蛳桥附近都是半人多高的杂木野草，草窝子里藏有许多鹌鹑。

他这也并非完全是讲假话，因为外来者想要在黑屋站住脚，不与那些地痞无赖们打出个起落来是不成的，除去械斗群殴之外，最有效的方式便是斗鹌鹑。

斗鹌鹑是从明末开始，在民间广为流行起来的一种赌博活动，如同斗鸡、斗狗、斗蟋蟀。当初正是由司马灰找到了一只满身紫羽的铁嘴鹌鹑，三天之内，接连斗翻了黑屋帮的十五只鹌鹑，这才打开局面，为同伴们搏到了这片容身之地。

事后每当双方有所争执，都会以斗鹌鹑的方式解决，但是鹌鹑养不长，所以司马灰经常要千方百计地去野地草窝子里捉，不过在深更半夜却是捉不到的，现下如此说，只是拿这借口搪塞而已。

夏芹对这种解释将信将疑，非要同去看看才肯放心，司马灰劝了她一回也没起作用，眼看天色已黑，现在也没办法再把她赶回城里了，只好硬着头皮答应下来。

当天夜里，满天的星星，没有月亮，空气里一丝凉风也没有，闷得人几乎透不过气来。三人提了一盏煤油灯，悄然离了黑屋，在漫洼野地里深一脚浅一脚地走了许久，就见一座塌了半边的石桥，横架在干枯的河床上。这地方就是螺蛳桥了，桥对面更是荒凉偏僻，丘垄连绵起伏，其间都是漫无边际的荒草，千百年前就有的一大片乱葬坟地，也没有主家，地下埋的都是穷人，甚至几口人共用一个坟坑的也有，传说闹鬼闹得厉害，很少有人敢在天黑之后来此行走。

入夏后，桥底下的河道里积满了淤泥，生有大量蒿草，深处蛙鸣不断，水泡子里蚊虫滋生，有的飞蛾长得比鸟都大，扑楞到面前真能把人吓出一身冷汗。但司马灰和罗大海在外边野惯了，全然不以为意，看看时间还早，索性就蹲到桥底下，熄灭了煤油灯，一边抽烟一边等候。

司马灰见事到如今，恐怕是瞒不住了，就把遇到赵老憋的事情给夏芹说了一遍，让她回去之后切莫声张。

夏芹低声答应了："你放心，我肯定不会当叛徒，但你们两个如此胡作非为，早晚要惹大祸。前天我听我爹说，公安局已经决定要彻底铲除黑屋帮了。你们要是不想被关进看守所，还是早些回到城里为好。"

司马灰听了这个消息，心中有些不是滋味。他通过这些日子的接触，发现其实所谓的黑屋帮，都还是些很朴实的人，无非是些卖烤甘薯和葱油饼为生的小贩，再不然就是无家可归的流浪者，全是吃铁道的，里面并没有什么罪大恶极之辈，如果真让他们离开这片废墟棚屋，又到哪里才能容身？

罗大海倒不太在乎，他说黑屋要是待不下去了，就让司马灰跟他去东北，他老子以前在部队的底根儿在那呢，要关系有关系，要路子有路子，说不定等岁数够了，还能安排咱们参军，强似留在这里整日受些窝囊气。

夏芹说："东北有什么好，到了冬天冷也冷死了，你的舌头不就是小时候在那冻坏的吗？"

罗大海撇着嘴道："你懂什么？女流之辈，头发长见识短。"

他又转头问司马灰："司马，你爹也是后来进关的吧？你说关外那地方怎么样？"

司马灰虽已隐约感觉到自己这伙人前途渺茫、命运难料，但他向来随遇而安，也不以此为意，听罗大海问起关外的事情，就说："我从没到过东北，只是以前听我爹讲过一些。那地方到了冬天，确实是冰封雪飘，万物沉眠，有些人都把鼻子给冻掉了。可那深山老林子里，怪事也特别多，仅在木营子里听老把头讲古，听上整个冬天可能都听不完。"

　　为了打发时间，司马灰就把他爹张葫芦在关外遇到的稀罕事，给罗大海和夏芹讲了一件。说是关外深山里有座废寺，有一天来了个老道，在山下收了个道童做徒弟，并且募缘修建了一座祖师殿。

　　师徒两个一住就是数载，那殿门前峰峦密布，尽是怪木异草，经常能看见有两个小孩在山门外戏耍。老道每次碰见了，就会随手给那俩孩子一些糕饼、果子，时间一久，相互间也就渐渐熟悉了。但那两个小孩子，却从不敢进殿门一步。

　　如此过了数年，始终相安无事，直到有一天老道从山下带回来几枚鲜桃，顶枝带叶，个个饱满肥大，都摆在殿内香案上供奉祖师。老道士赶了一天的路，又累又困，精神萎顿，就坐在殿内扶着桌案沉沉睡去。

　　这时一个小孩在门外扒着门缝往里看，看到了桃子鲜润，忍不住悄悄溜进殿内偷吃。谁知那老道突然大喝了一声，跳起身来，伸手抓住那小孩，更不说话，狠狠夹在腋下，三步并作两步，冲到后殿积香橱，手忙脚乱地将那小孩衣服剥个精光，用水洗净了，活生生扔到一口大锅里，上边盖上木盖，并且压了一块大石头。

　　老道又叫来徒弟小道士，命他在灶下添柴生火，千万不能断火，也不能开锅看里边的东西，然后这老道就跑去沐浴更衣，祭拜神明。

　　小道士心想出家之人，应该以行善为本才对，怎么能如此残忍要吃人肉？只怕师傅是要修炼哪路邪法了。他耳听那小孩在锅里挣扎哭嚎，心中愈发不忍，想揭开锅盖放生，但又担心师傅吃不到人肉，就要拿自己开刀，根本不敢违令。

　　随着火头越烧越旺，锅内逐渐变得寂然无声，想来已经把那小儿煮死了。小道士担心锅里的水烧干了，微微揭开一点锅盖，正要往里看看，忽听嘣的一声，那小孩钻出来就逃得没影了。

　　老道士正好抱着一个药罐子赶回来，见其情形，忙带着徒弟追出门外，结果遍寻无踪，只得挥泪长叹："蠢徒儿，你坏我大事了！我居此深山数年，就为了这株千岁人参，如果合药服食，能得长生。看来也是我命中福分不够，升仙无望。不过那锅里的汤水和小孩的衣服，都还留着，炼成丹药吃下去，也可得上寿，而且百病不生。"说完，师徒两个赶紧回到殿中。

　　可当他们回来寻找衣服的时候，发现已失其所在，而锅中的水，却早被一条秃毛野狗喝得涓滴无存了。老道士大失所望，一病不起，没过几个月便郁郁而终。据说那条野狗则遍体生出黑毛，细润光亮绝伦，从此入山不返。

山上只剩下了那个小道士，守着空荡荡的祖师殿，后来他穷困潦倒，无以为计，便被迫落草为寇，跟随张葫芦去当胡子了，这些事都是他亲口对张葫芦讲的。

罗大海和夏芹二人，听司马灰说得言之凿凿，仿佛煞有介事，也分辨不出是真事还是他胡编出来的。

司马灰解释说："既然是故事，就别问是真是假，可我刚才为什么要讲这件事呢？是因为我总觉得憋宝的赵老憋，跟那个想捉人参精的老道差不多。"

罗大海深表赞同："都他妈不是好鸟！你看这都什么时间了，赵老憋怎么还不来？我看他多半是把咱们给诳了。"

司马灰点了点头，大言侃侃地道："是人就必然会具有社会性，而社会又是时刻都具有尖锐矛盾的复杂群体。这些年的经验告诉咱们，无论如何都应该相信这样一句话——在这个世界上，什么样的操蛋人都有啊。"他说着话，就站起身来，想看看赵老憋来了没有，不料抬眼往远处一张，却是吃了一惊，几乎不敢相信自己目中所见的情形，连忙揉了揉眼睛再看。

此时天上有云，遮住了满天的星光，四野笼罩在一片漆黑之下，唯独在螺蛳桥对面，那片黑魆魆的旷野尽头，竟有一座灯火通明的城池，广可数里，能容得下上万人，规模着实不小，只是夜色朦胧，视界被坟丘和乱草遮掩，草间荒烟薄雾缭绕，看过去有些恍惚不定，更显得城内鬼气森森，毛骨悚然。

罗大海和夏芹也都发现了异状，三人只觉头皮子一阵发紧，可从没听说荒坟野地里有什么城镇村庄，此处虽然人迹罕至，但白天总还是会有人途径路过，却都不曾见到坟地里有人居住，怎会突然冒出一座大城？看那座城子里阴森异常，莫非是座鬼城冥府不成？

司马灰和罗大海都不信邪，很快就镇定下来，重新点起煤油灯，拔了三棱刮刀在手，对准那片鬼火般忽明忽暗的城池走了过去，想要看看究竟是什么作怪。夏芹虽不想去，但她更惧怕独自留在桥下，只好拽住司马灰的衣服，紧紧在后边跟住。

三人远远望着"鬼城"所在的方向，摸索着在坟茔间拨草前行，虽然走出了很远很远，但越走越是感觉不妙，不论他们怎么朝前走，却始终不

能接近那座灯烛阑珊的城子。

罗大海心中不免有些发虚，劝司马灰说："我看咱还是先撤吧，好汉不吃眼前亏，再不走可就棋差一着了。"

司马灰见夜色实在太黑，也感觉到力不从心，只好决定先撤出去再说。三人便又掉头往回走，谁知荒野茫茫，黑暗无边，煤油灯那巴掌大点光亮，只能照到眼前三两步远，放在这荒郊野地里，还不如一盏鬼火。三人眼中所见，全是坟包子连着坟包子，走了许久，仍没回到螺蛳桥下的干枯河床，再回头望望那座鬼火飘忽的城池，与他们相去的距离似乎从来都没有改变。

天上已瞧不见半个星星，根本就无法分辨南北方向，失去了参照物，空间感荡然无存，在闷热的夜晚中，仿佛连时间都凝固住了。

罗大海额上冒出冷汗，不免嘀咕起来："这不是见鬼了吗？听人说怨鬼在夜路上引人，专在原地绕圈，最后能把人活活困死，俗传鬼巷子的便是，难不成今天让咱们撞进鬼巷了？"

司马灰还算沉着："大不了就在此地耗上一夜，明天早上鸡鸣天亮，什么孤魂野鬼的障眼法也都消了。"

他又晃了晃手中的刮刀："有这件杀人的家什在手，甭管这坟地里有什么不干净的东西，它也得怵咱们三分。"

话虽这么说，但此刻就好似与世隔绝了一般，每一秒都过得异样漫长，完全感觉不到时间流逝，三人都难以抑制唯心主义作祟，担心果真是落在鬼巷子里了。大概刚才在坟地中乱走的时候，已经无意间踏过了"阴阳路"，有道是人鬼殊途，鬼走的道人不能走，万一误入其中，恐怕就再也等不来鸡鸣天亮的时刻了。

罗大舌头猛然想起一件事来，他告诉司马灰和夏芹，按照东北民间流传的说法，倘若是一个人在山里走"麻答"①了，往往会误入一座古城，那城中肯定没有半个活人，仅有一位头戴斗笠、身披蓑衣的枯瘦老者，见了你便会自称："头顶黄金帽，身穿琉璃裟；本是坟中一大王，骑着玉兔巡山来。"

这种情形之下，遇上的绝不是人，而是撞着山里的黄鼠狼子了，也就是"黄大仙"，你要是想活着走出鬼巷子，必须立即给它下跪磕头，求它带路出去。

———————————

① 麻答：迷路。

第四话
鬼 巷 子

深更半夜，司马灰三人在荒坟野地间走迷了路，越来越是发慌，三转两绕之下，心中早就毛了，再也辨不清东西南北。

罗大海平时胆子很大，但是要分什么事，论起闯祸打架，他都敢把天捅一窟窿，牛鬼蛇神也多是不在话下。但他小时候曾去鸡窝里偷鸡蛋，不料里面恰好钻进去了一只黄鼠狼子，可巧一把被他揪了出来。当时那黄鼠狼子刚咬死了母鸡，满嘴都是鸡血，两眼通红，当时可把罗大海吓得不轻，从此心理上留有阴影，至今念念不忘，所以他唯独最怕狐仙黄仙之说。以前在这方面表现得无所畏惧，多半都是硬装出来充样子的，一旦遇到些超出常识范围以外的恐怖情形，难免会往上联想，果真是比兔子胆还小。他曾在东北听到过不少此类民间传说，认定是被藏在坟地里的黄皮子迷住了，想到此处心底生寒，竟连腿肚子都有点转筋了。

夏芹听他说鬼城里住着只老黄鼠狼子，想想都觉毛骨悚然，也不由自主地怕上心来，吓得脸色都变了。

司马灰却不相信这种说法，他知道东北地区崇信"黄仙"之风极盛，但在满清以前，关内迷信此事的民众并不太多，甚至可以说几乎是没有，直到八旗铁甲入关以后，满汉文化之间相互影响，关内才逐渐开始有了拜黄仙的习俗。关于鬼巷子形成的原因有很多，那些田间地头的说法不见得都能当真，这片坟地里未必会有野狸等物作怪，只是眼下遇到的情形实在太过诡异，难以用常理判断。纵然是他胆气极硬，又擅长随机应变，毕竟还是年轻识浅，此刻也难免觉得束手无策。

这时司马灰发现手中所拎的煤油灯光亮渐弱，眼瞅着就要熄灭了，心中一股不祥的预感油然而生。他对罗大海和夏芹说："这条路算是走迷了，怕是轻易也难出去，我这灯盏里的煤油所剩无几，看来也维持不了多久了，有道是'灯灭鬼上门'，咱们要想活命，必须尽快想点办法往外走。否则再过会儿完全失去灯光，落在这坟地里两眼一抹黑，更没有机会逃出去了。"

罗大海无奈地说："我算是彻底没招了，平时就属你小子的傻主意最多，依你说咱们现在该怎么办？"

司马灰绞尽脑汁地想了想，他当初在北京，师从"文武先生"，颇知道一些绿林典故。响马这个词，本来是专指：山东路上、跨马挂铃、自作暗号之绿林盗贼，多重侠义之气，难识其歹，莫辨其非，图财于至秘，谋命于无形。发展到后来，不论是关东的胡子、关西的盗马贼、江南的雁户、两湖的船帮，凡是自居"杀富济贫，替天行道"，并尊关圣，拜十八罗汉为祖师爷的盗众，也都被归为响马之流了。

以前的响马常会钻进山沟里躲避官兵追捕，那些终年不见天日的原始森林，生得比人还高、一望无际的荒草甸子，不摸底的人一进去就会立刻被"海蚊子"叮成干尸；还有沼泽、雪谷、瞎子沟，都是响马藏身避祸以及摆脱追兵的宝地。他们跟官军一打就散，逃进人迹罕至的老林子里躲藏起来，等风声一过才重新聚集。

正因如此，世人才说"响马子擅能识路"，即便是逃入地形复杂的深山穷谷，遇到迷失路径之事，可以通过观看星斗来辨别方向，天阴看不见星星的时候，就找水源水脉，只要跟着水走，也一定能走出去。可眼下既没星星也没溪水，哪还有什么法子可想？

最后司马灰记起绿林中还有种"推门术"，也就是通过迷信的方式推算生门，那是"先天速掌中八卦"其中一种，一般都是狗头军师来做的。司马灰根本不知道这路手段是否有用，也从来没有具体实践过，但为了死中求活，也只得照猫画虎、按着葫芦画瓢，效仿前人相传下来的古法，在坟前堆起三块石头，搭成祖师府，又撮土为炉，插了几根野草作香。

这时本该念一遍"推门令"，但司马灰早就都给忘了，不得不临时拼凑了几句，只听他口中念念有词："有请关夫子降坛、李老君临世、列位祖师爷玉皇大帝观音菩萨总司令三老四少在上，快来显真身救弟子脱困……"说完抬手摘下罗大海的帽子，一把抛上天空，看那帽子落下来掉在哪个方位，便是"生门"所在，朝着那个方向走就有活路。

罗大海完全不懂这套东西，他只是心疼自己的军帽，大叫道："你小子疯了，这种封建迷信的糟粕也能信？"说着话就去找他那顶落在地上的帽子，但是坟茔间到处漆黑一团，长草过膝，帽子从空中掉进荒草丛里就没了踪影，又上哪里去找。

罗大舌头急得鼻涕都流到了嘴里，正不住口地埋怨司马灰，却听草丛深处窸窣有声，他还以为是黄皮子从坟里钻出来了，不禁被吓得半死，张着大嘴一屁股坐倒在地。

司马灰想不到扔帽子这招还真管用，心下也觉诧异："莫非祖师爷当真显灵指路来了？"他将夏芹挡在身后，举起光亮如豆的煤油灯循声一照，就见在夜雾笼罩下的荒草丛里走出一人来。那人提着一盏马灯，口中低声哼哼着赌徒们平日里惯唱的小曲儿："财神今日下凡尘，天下要钱一家人；清钱要得赵太祖，混钱要得十八尊；千山万水一枝花，清钱混钱是一家；你发财来我沾光，我吃肉来你喝汤……"

荒腔走板的俚曲声，在黑夜中由远而近，直待那人走到近处，司马灰才看清楚，来者正是赵老憨。

原来赵老憨依时来到螺蛳桥，没看见司马灰和罗大海的影子，又发现坟野中有灯光晃动，不用问也知道是怎么回事了，当下一路寻了进来。他一见到三人就说："让你们夜里子时在破桥下等着，咋敢擅自撞到这片坟地里来，还多带了个丫头片子，都不要小命了？万一掉进坟窟窿里被野狸拖去，随你天大的本事也别想再爬出来。"

罗大海总算盼来了救星，不由得喜出望外，但嘴上兀自用强："老赵，你先前可没告诉我们这片坟地不能进，到这时候就别小诸葛亮脱裤衩——给大伙装明灯了。"

赵老憨也没理会罗大海胡言乱语，他指着夏芹问司马灰："这丫头片子是谁？"

司马灰见赵老憨衣衫有缝，身子在灯底下也有影子，就知他是人不是鬼了，便把夏芹的事简单说了一遍。

夏芹此前已经知道了赵老憨是司马灰和罗大海的朋友，虽然此时惊魂未定，仍是保持了应有的礼貌，过来握手说："老赵师傅您好。"

赵老憨没有理会她，转脸对司马灰皱起眉头说："俺们提前讲好了别带外人来，咋都忘了？"

司马灰道："这件事回头再说不迟。"随后简单告知了目前的处境，这地方很是邪门，倘若能有人在河边挑灯接应就好了，可如今四人都进了坟地，不等到天亮时分或者是云开月现，绝难脱身。

赵老憋眯缝着小眼看了看四周，低声说道："其实在深山野岭间赶夜路，难免遇着鬼巷子，只要别让孤魂野鬼跟你回去，也就没啥大不了。只是走黑路不能闭口，咱按古时流传下来的法子，撞进鬼巷就唱戏，一正能压百邪，一吼一唱就闯出去了。"

司马灰等人听得满头雾水："这事我们还真是头回听说，在鬼巷子里走麻答了要唱哪一出戏文？《红灯记》还是《杜鹃山》？赵师傅你会唱这戏？"

赵老憋也不做回答，只嘱咐道："你们只管跟在后边走就是了，不过千万别回头去看那座灯烛闪烁的城池，否则就别想再离开了。"

司马灰不解其意，又问道："这话怎么讲？"

赵老憋说："那座鬼火般的城子，在杂木林中荒烟衰草之间若隐若现，忽远忽近，诡变难测，越看越是迷糊，咱无论如何都不能以它的方向作为指引，万一陷入其中，那可就万劫不复了。"说完了这番话，赵老憋引着三人往前便走，同时用他那副破锣嗓子唱道："黑夜里走路我心不惊，我生来便是铜手铁指甲，身上还有七杆八金刚，我挑起火龙照四方……"原来他口中所唱，竟是种民间失传已久的"腔簧调"，曲声虽是嘶哑，但在中夜听来，却显得粗犷苍凉，有股激烈昂扬之意。

不知道是不是出于心理作用，这几嗓子一吼，司马灰等人也不觉得心里再发虚了，赶忙抖擞精神，埋头向前走出一程，竟然就此走出了坟地，又重新回到了那座破败不堪的螺蛳桥前。

三人见终于脱身出来，也都松了口气。司马灰到了此时，更觉得赵老憋是个深不可测的奇人，别看他土得掉渣，但可真应了"凡人不可貌相，海水难以斗量"之言，就同他请教这到底是怎么回事，为什么遇着鬼巷子，一唱戏就走出去了，这戏唱的究竟是哪一出？

赵老憋适才走得急了，蹲在地上歇气，又点起了他那杆老烟袋，闭上眼贪婪地吸了两口，一阵喷云吐雾之后，才慢条斯理地答道："为啥？只因——夜行千里都姓虎！"

这话是什么意思？原来所谓"夜行千里都姓虎"，其中提到的"虎"姓，是指山神爷，走山的迷了路，自然要唱"走山腔簧"。

罗大海也在旁边问赵老憋，远处那片灯火辉煌的城池究竟是什么地方，里面有没有住着老黄鼠狼？

赵老憋说那地方是"枉死城",城里住着含冤、负屈二鬼，还有浩浩荡荡的五千阴兵把守，活人难近。随后他又掏出那枚定风珠来，说只要有此物在手，当可冒死进城一探，你们敢不敢去？

罗大舌头听说那边没有成了精的老黄鼠狼子，立刻就来劲了，他挑了挑眉头，抹去脸上的鼻涕说："我还真就不信这个了，咱都是两条胳膊两条腿的人，你也没比我多长了一个脑袋，只要你赵老憋敢去，我罗大海有什么不敢去的？"

赵老憋虽然确实有些本事，但他为人气量很浅，见罗大海出言无度，当即冷笑着伸出左手说："其实在俺眼里，你们也就是群半大的毛孩子，所以你们还是且慢夸口吧。你看俺这左手是个六指，可不是比你多长了一根指头，有本事你手上也多长点啥，给俺见识见识。"

罗大海一看赵老憋还真是个六指，只好混辩道："这还值得显摆？别忘了天外有天人外有人。一个六指你就不知道天高地厚了？实不相瞒，我罗大海刚生下来的时候长了三条胳膊，可我爹为了响应毛主席勤俭节约闹革命的伟大号召，不愿意为我浪费布料做三条袖管的衣服，就硬拿菜刀给我咔嚓下一条去，现在那条胳膊还在我们家咸菜缸里腌着呢，不信你可以跟我回家看去。"

赵老憋这才发现对罗大舌头这号人没理可讲，只好闭了口不去接话。他转过头又看了看司马灰和夏芹，问二人是如何打算。

司马灰同样不相信赵老憋的危言耸听，世界上哪里会有什么"枉死城"存在，他也决定过去看个究竟，而夏芹不敢独自留下，不得不再次选择跟随他们同行。

赵老憋见状嘿嘿一笑，就地磕灭了手中的烟袋锅子，站起身来在前引路。

四人从河床边绕过大片的坟地，兜了很远的圈子，但说来也怪，随着脚步的移动，这次竟离那座鬼火闪动的城池渐行渐近。待得走到近处，赵老憋忽然停住，熄掉了马灯，并且打个手势，让司马灰等人都蹲下来，伏在草窝子里，向前方悄然窥视。

司马灰揉了揉眼睛，凝神细看，就见坟冢荒草之间，有一团团火光吞吐闪烁，竟是难以计数的萤火虫，成群结队地在荒野间盘旋，密密麻麻地凝聚成墙壁屏障。只见萤光烛天，变幻莫测，远远望过去，蔚为奇观，宛如一座流动的火城一般。

第五话
灯 笼 虫

那无数萤火虫成群结队地漫天飞舞，幻光聚合，恰似深埋地下的"枉死城"重现人间。

三人躲在赵老憋身后，直看得目眩，这才知道原来先前在荒草丛中看到远远有座"鬼城"，竟然是这许多飞萤聚合而成，若不是今夜亲眼所见，实难想象世间会有这等奇观。

司马灰想起曾听人说过"腐草为萤"，萤火虫都是腐烂的荒草所化，大量集结在一处时，必然凝聚阴晦之气，遇着活人的阳气即退，而且萤火城始终在缓缓移动。此前三人在坟地里迷了路，以远处的萤火作为参照物，不论你紧赶慢走，是进是退，迟早都会失去方向感，渐行渐迷，犹如撞进了鬼巷子。

但是为何此时能够离得萤火城如此之近？司马灰心中稍加思索，已然醒悟过来，肯定是那枚定风珠的阴腐气息更重，遮住了四个活人身上散发出来的生气，只是他并不知道赵老憋为何要如此处心积虑地接近萤火城。

这时就听赵老憋把声音压得极低，对着司马灰三人说："那些鬼火般的灯笼虫，都是枯草腐尸所化，想来那萤火幻聚为城，本不该是人间所见的异象，这事足以说明地底下埋藏着一件极其阴沉的东西，才引得大量飞萤成群结队，聚而不散。俺赵老憋这辈子从关东寻到关中，又打关中找到湖广，足迹半天下，耗费了无数心血和时间，所求者正是此物。但是孤掌难鸣，你们如能在旁相助，自然最好。事成之后，必有答谢。"

原来赵老憋精通古术，除了憋宝博物的本事之外，更是受过异人传授，深得柳庄妙诀，比如像什么奇门遁甲、八卦五行一类，也都了如指掌。平日里到处走村串寨，寻访奇珍异宝，无意间得知螺蛳桥附近有座萤火城，此城变幻无方，仅在特殊年份的仲夏之夜才能一遇。

据说那些萤火虫都是枉死城中的鬼火磷光所化，这座鬼影般的火城子，明灭不定，并非时常都能见着，只有逢着灾劫之年，阴曹鬼府门关大开，要往里边收人的时候才会出现，并不是什么好兆头。

赵老憨推测萤火城附近必定埋藏着奇异之物，而且此物吸尽了日月精华、天地灵气，使整条地脉都已僵枯了，绝对非同小可，只有找机会寻踪觅迹，看清这座萤火城的根源究竟出在什么地方，那时才可施术憨宝。

长沙城方圆数百里之内，皆是九龙归位的风水地，共有九条地脉，九龙形势各异，而且贵贱也不相同。附近古墓旧冢极多，上至春秋战国，下至明清两代，地底埋葬着无数王侯将相和达官显贵。通过古墓所在的地形，可以大致区分判断：葬于平壤者多俭率，埋藏山陵者多豪奢。

但赵老憨并不是盗墓人，他所要找的是条穷脉，也就是从黑屋废墟到螺蛳坟一带，萤火城只在这附近出没。他先后多次探查，发现螺蛳坟是数片坟茔相连的漫洼野地，有无数坟丘古冢，民国以前是埋死人的乱葬岗，大部分坟头都没有墓碑，起伏的地形都被荒烟衰草所笼罩，野狸喜欢以阴冷的墓穴栖身，所以墓草之下，到处都是被狸子掏出的坟窟窿。

这些窟窿和洞穴有深有浅，星罗棋布，外面都被长草遮掩，丝毫也看不出来。倘若有行人经过，只要有一步踏错，陷到窟窿里，就算当时走运没把脚崴断了，可等到好不容易把腿抽出来的时候，也早就被坟窟窿里藏的野狸地鼠等物，将脚上皮肉啃个干净，抬腿一看，足底只剩下血淋淋白森森的骨头了。

这地方即便在大白天进来也容易迷路，何况萤火城仅在夜晚现形，而且遇到活人接近就会移开，想借此追根溯源又谈何容易。如果盲目地在坟茔间乱找乱挖，那就如同是在大海里边捞针了。

世上万事都讲个缘分，缘就是机会，所以也称"机缘"。机缘这东西，最是可遇而不可求。赵老憨在各地找寻了许多年月，穷尽了无数心智，终于找到了黑屋屠案中的定风珠。他是万事俱备，只欠东风，如今所要等待的，就是接近萤火城的时机。

赵老憨估计自己要找的这件东西，个头肯定小不了，想从坟地里运回家去可不太容易，就拉拢司马灰三人帮忙，并且许以重酬。但是按照以往旧例，在事成之前，跟着相帮的人，绝不能打听具体细节。

司马灰和罗大海本就想跟着看个究竟，又见有利可图，自然答允。夏芹知道这司马灰一旦决定了要做什么事，天王老子出来也阻拦不住，事已至此，有进无退，只好表示愿意在旁相助。

赵老憋还有些不放心，又低声对司马灰说："咱把丑话讲在前头，事成之后，只要俺赵老憋有的，啥都能给你们，可唯独不能要俺今天晚上找到的这件东西。"

司马灰很不屑地说："想我司马灰毕竟出身于绿林旧姓，早年间我们家府上什么样的奇珍异宝没有？就连后院牲口棚里拴驴的索子，还是杨贵妃在马嵬坡上吊用的那根麻绳儿，糊的窗户纸都是北宋的乾坤地理图。我能稀罕你从荒山野岭里刨出来的东西？"

赵老憋不仅眼孔小，心思更窄，他又常常以己度人，听了此言，还不敢信，追问道："此话当真？"

司马灰心想："老子是何等样人，说出来的话岂能不算？"便赌海咒道："朝廷有法，江湖有礼，光棍不做亏心事，天下难藏十尺身。有十八罗汉祖师爷在上，我如若口出半句虚言，必教我死无葬身之地。"

赵老憋点头道："这话说得够分量了，看来司马团头果然是言下无虚。现在时辰不早了，咱们要赶紧着手行事。"随即带着司马灰三人伏在草丛中，悄悄跟随着萤火城在荒野间不断移动。

此时夜色正浓，只见有许多零星的飞萤，都从草窝子深处飞出，不断聚入萤火城中。万千萤蠰①结成的火墙，散发出团团光雾，看过去灿若霄汉。

由于距离极近，目中所见，唯有流萤漫天疾窜，卷着一波波光雾盘旋不定。司马灰和罗大海、夏芹这三个人，看到萤烛倏然幻灭，直教人眼花缭乱，恍然置身于梦境之中，觉得眼睛都已经不够用了。

赵老憋观察了好一阵子，终于看出流萤大多是从一座荒坟后边飞出，能使枯草化虫，肯定是腐晦最为沉重之地，看来那地底必然有些古怪，当即带着三人摸到跟前。

那草丛间是片低洼的深坑，相其形势，犹如锅底，里面生满了杂草。拨开一人多高的乱草，就见草盖下有条地裂，狭长数米，宽处刚可容人。两侧阴冷的土壁上草根盘结，里面密密麻麻，伏满了还未成形的灯笼虫，

---

① 蠰：音 náng。

最深处凉风飒然，黑漆漆的看不到底。

螺蛳坟一带土质松散，加之天旱少雨，使得地裂极多，深浅不一，加之许多田鼠和野狸的活动，形成了许多地下洞隙。但这些洞隙很不牢固，随时都会随着土石滑动而崩塌，没有任何人敢轻易钻进去，除非是活腻了。

赵老憨带着两捆长绳，他先用绳子缚住了马灯，一点点放下去，借着灯光窥探洞底的情况。

绳子放出十几米，在晃动模糊的灯影下，隐约可以见到地缝中有块黑石，石表凹凸不平，露着许多大小不一的窟窿，质地光润似玉，量米的米斗大小，估计大约有数十斤的重量，在灯下泛着妖异的寒光。

赵老憨趴在地上拽起长绳，探着身子不住向下张望。他一见此物，激动得手都有些发颤，连说："老天爷开眼。"

司马灰等人却似坠入了五里雾中，此前他们还以为赵老憨要找什么惊天动地的宝物，原来只不过是块毫不起眼的黑石头。

赵老憨看准了方位之后，就把马灯拽上来，解开绳索绑在自己腰间，他要亲自下去取宝，而让司马灰三人留在上边牵引绳子。

夏芹看得好奇，忍不住问道："老赵师傅，这是块矿石吗？"

赵老憨掩盖不住内心的得意之情，嘿嘿笑道："啥？矿石？你这黄毛丫头乳臭未干，真没见识，莫非你看俺赵老憨像是找矿藏的？"

罗大海可吃不他这一套，绷起脸来说："别跟我们卖关子，念在咱们相识一场，我奉劝你可千万不要错误估计了你当前面临的形势，你要是现在不给我们交代清楚了，信不信等你爬下去之后，我们立刻就把你给活埋了。"

赵老憨吃了一惊，他相信罗大舌头这号人是说得出做得到的，忙服软说："可别，爷们儿，就算俺刚才错误地估计了当前的那啥形势成不成？你可千万别给俺使那损招。"

罗大海不耐烦地道："什么叫'就算'？你他娘确实是错误地估计了当前形势，赶紧说这块石头到底是个什么东西？"

赵老憨只好暂且交底，他烟不离口，再次蹲下来填满了烟袋锅子，边抽边问罗大海等人："你们可知这东西是从何而来？"

罗大海和夏芹哪里知道，立刻被问得张口结舌，接不上话来。罗大海怒道："废话，我们知道还用得着问你？"只有司马灰见赵老憨将这毫不起眼的黑石视为至宝，想必定有非同一般之处，他稍加思索，就答道："这是荒无人烟的旷野坟茔，若非天然所生，就是古人埋藏，但不知到底是个什么来历。"

大凡有真本事的人，都不愿意把话说得太透了，可能那样显得自己太肤浅，赵老憋也有这毛病，他得意地笑了笑："这东西可太稀罕了，连当年慈禧太后也只有指甲盖大小的一块。你要问它是什么来历——"赵老憋说到此处，故弄玄虚地抬手一指天空，"从天而降！"

司马灰心下一片茫然，仰起头来看了看夜空，随即恍然醒悟，问道："这是……雷公墨？"

赵老憋点头称是："这东西名头甚多，根据地区年代不同，官俗两路的称谓非止一个，也有称它是'雷公石'或'霹雳堪'的。其实啥雷公墨、雷公石，说穿了就是一块从天而坠的陨石。按照史书记载，当年有块雷公石带着天火落在了咸阳城，把附近观看的人群都烧成了灰烬。雷公石质地犹如黑玉，经得住异常灼热的烈焰焚烧，又是从天外而来，所以被古人视作至宝，更说是天地之秘，都在其中。"

赵老憋又道："非止如此，故老相传，石能镇宅，这雷公墨更是可以作为'宅仙'，山西、山东等地的大户人家，都有祖庙祠堂，将雷公墨供奉在其中，便能保得家门平安，荣华富贵，不求自得，收聚天下的金银财宝，再也不费吹灰之力。"

螺蛳坟是九龙归位中的一条龙脉，这块雷公墨恐怕就是龙口里的珠子了。虽然世间的陨石算不得罕见，但无非是石、铁之属，也只有这黑玉般的质地才能称为雷公墨。墨属极阴之物，它腐化衰草，引得山中流萤聚集如城，端的是件稀世宝物。

但是根据古书所载，想供雷公墨做宅仙，也并非随随便便就能做到的，稍有些许差错，就会招灾引祸。因为雷公墨石性太阴，生人莫近，唯有找来一枚老蜈蚣体内结出的肉珠，将其养入雷公墨内，时候久了，就会在墨石表面逐渐生出一层肉茧，借此才能消去墨中阴腐之气。

不仅如此，家中还要每日宰杀乌鸡、白犬，把满腔的鸡血狗血，都淋到裹着雷公墨的肉茧上，只有如此供养，才留得住宅仙。从此以后，老赵家就是富贵无边，荣华无限，有发不完的财，享不尽的福。可是只要有一天断了宅仙的香火，各种各样的倒霉事便会立刻找上门来，非止令你倾家荡产，更有灭顶之灾，躲都躲不过去。

罗大海听了并不相信，插嘴说："要是真这样，岂不是日日夜夜都要提心吊胆？看来还是没产没业最舒服，咱无产阶级把灶王爷糊到鞋底子上，一抬腿就能全家上路，这辈子四海为家，活得无牵无挂。"

司马灰也猜赵老憨所言不实，上什么地方才能每天找一对乌鸡白犬？此人挖掘雷公墨，肯定还有别般企图，但他明知再追问下去赵老憨也不会吐露真相，只好就此作罢。

这时赵老憨已经抽足了烟，也把该说的话都说透了，就起身钻入地缝，其余三人合力牵扯绳索，小心翼翼地将他放到雷公石旁。

赵老憨用手扒住草根，以脚撑住土层，拨开一层层蠰蛹，通过附近的迹象，可以看出应该是先有陷落，后有地裂。如今那块漆黑异常的雷公墨，就那么不上不下地悬在地缝当中，与两壁相接的位置，仅有拳头大小，似乎稍微一动，它就会顺势滚落深渊。

赵老憨可不想让这到嘴的鸭子飞了，他格外小心谨慎，让司马灰放下第二根长绳，轻手轻脚地将雷公墨捆缚起来，看看系得牢固了，就举着马灯，在半空中虚划了几个圈子。

司马灰、罗大海和夏芹三人见到信号，立即使尽全力拖拽长绳，不料随着外力牵动，突然从黑暗中涌出一股幽蓝色的鬼火，顿时将整个地缝里映得惨亮。赵老憨在旁躲闪不及，被火焰烧个正着，疼得连声惨叫，双脚不住在壁上乱蹬。只在一瞬之间，那幽灵般的火焰就将两条长绳烧灼断了，赵老憨和那块雷公墨同时跌落，泥沙土块纷纷崩塌脱落，将他活埋在了地底。

第六话
蝎子倒爬城

　　城郊的坟地墓穴附近，藏有许多火窑，那都是死尸腐烂消解，混合了地底烧沼，从而形成了一种特殊的可燃性气体，被长年封闭在洞穴里，一旦突然暴露，与外界空气接触，就会产生剧烈的燃烧现象。

　　该着赵老憋倒霉，他要找的雷公墨，恰好紧挨着一个充满沼气的火窑，他命人以长绳牵引石块，立刻使洞壁崩塌，呼地涌出一串火球，烧得赵老憋在地缝里挣扎翻滚，爹一声、娘一声地惨叫，而他身上缚着的绳索也因此断裂，连人带石头，一同跌进了地缝深处。

　　司马灰他们三个人，见出了意外，急忙俯着身子去看下面的情况，就看壁上泥土沙石纷纷滚落，那盏马灯也摔灭了，底下是一片漆黑，根本看不到任何东西。

　　幸好雷公墨附近是萤蠰滋生的巢穴，有无数受到惊吓的灯笼虫，都从草根中飞出，没头没脑地到处乱窜乱撞。地下的裂缝中萤烛流转，稍微亮了起来，借着一层层暗淡阴森的光雾，隐约可以看到赵老憋的身影。他落下去之后，在距离地面三十几米深的地方，被一团凸起的岩层挡住，垂着头一动不动，也不知是死是活。

　　司马灰在上边喊了赵老憋几声，没有得到回应，他心中起急，便打算冒险下去救人。

　　罗大舌头急忙劝阻道："这地缝是个土壳子，随时都可能塌窑，爬下去肯定得被活埋在里边。你小子腰里挂条死耗子，就敢冒充打猎的了？我告诉你现在可不是逞能的时候。"

　　夏芹也十分焦急，但她比罗大海更没主意："这可怎么办？要不然咱们赶紧回去找人来帮忙……"

　　司马灰虽然知道此事危险异常，但他觉得赵老憋是个有本事的稀奇人物，如此不明不白地死在这荒坟地未免太过可惜，自己绝不能眼睁睁袖手旁观。眼看救人要紧，顾不得再多说什么。他摸了摸自己腰上扎的武装带，脑中一转，心中有了计较，立刻要了罗大海和夏芹两人的皮带，并让那二人留在上边接应，随后探身爬入了地缝。

罗大海和夏芹本来还想阻拦，但一看司马灰的攀爬姿势，都给吓了一跳。如果是正常人，无论是攀上还是爬下，都必然是头顶朝上、脚心朝下，可司马灰却完全相反，只见他头顶向下，双膝弯曲，用脚尖钩住岩缝，张开的双手交替支撑重心，犹如一只倒立的壁虎，贴在壁上游走而行。二人以前从来都没见过这种诡异手段，直看得目瞪口呆，把心都悬到了嗓子眼。

原来司马灰这路攀墙越壁的本事，是他祖上所传的绿林绝技蝎子倒爬城，又唤作"倒脱靴"。据说"蝎子爬"本是民间杂技中的一门，中国最有名的杂技之乡吴桥，上至九十九，下到刚会走，不论男女老少，都会几样绝活，赶上年景不好，就成群结队到外乡卖艺为生，这是他们当地从古代就有的传统，也说不清这是从哪朝哪代开始形成的风俗了。前不久在吴桥附近出土了一座魏晋时期的古墓，墓中壁画上就描绘了肚皮顶碗、蝎子爬、火流星等古老的杂技项目，这说明此类绝技自古已有，历史非常之悠久。

虽然在近几百年的杂技项目中，古代绝技蝎子爬早已失传，但在旧时的军队里，却得以将其继承并且保留了下来。在军中会使这套本领的，大多是受朝廷招安的绿林盗贼，他们偷城踹营的时候，能够倒立起来，以双腿抱住城墙边角，快速攀行而上，见者无不吃惊，故称蝎子倒爬城。

其实这形同蝎子爬的倒行攀登之技，更加符合人体力学，只不过没人敢轻易尝试，甚至头脑正常的人连想也想不出这种姿势。司马灰祖上曾是清末军官，又是绿林中出类拔萃的人物，实有通天彻地之能，使得这一脉至今仍有传人。司马灰自幼就随"文武先生"练过这项绝技，但火候不足，从未在人前使用。

这时司马灰提住了一口气，贴着地缝不住向下移动，没几下就爬到了赵老憨身前，借着附近团团飞舞的萤火虫，发现赵老憨口鼻中都在流血，早已摔得人事不省了，虽然身上那件厚实的皮袄算是救了命了，烧伤却极为严重，再伸手一探，发现鼻息尚存，背回去说不定还能有救。

司马灰立刻反转过来，用一条皮带缠在赵老憋腰间，另一条与他自己的皮带相连，将赵老憋绑在背后。幸亏赵老憋是个皮包骨头的干瘦身子板，加上部队里的武装带足够结实，司马灰勉强还可将他拖住，眼瞅这土壳子底下极是脆弱，说塌就塌，再也不敢多作停留。正要从原路攀回去，却听赵老憋忽然呻吟了一声，已从昏迷中苏醒过来，有气无力地抬手指了指地缝深处。

司马灰低下头，顺着赵老憋的手指一看，见地缝里的萤蠬层层叠叠，光雾围裹着漆黑如玉的雷公墨，正好落在下方半米之处，距离不远，几乎是触手可及。

赵老憋的意思，似乎是让司马灰先把雷公墨带出去，因为地缝深达数百米，土壳和岩层随时都可能崩塌，将地底裂缝填埋得严严实实。赵老憋虽然身受重伤，但他脑中贪念更重，实难舍弃这块千载难遇的雷公墨，还妄想据为己有。

司马灰身后背着赵老憋，爬在壁上已觉吃力，而且受力太重，地层内侧的土石崩落更为剧烈。他见势头不对，心知活命要紧，哪里还去理会雷公墨，当下深吸一口气，施展蝎子爬迁回攀向地面。

罗大海和夏芹在上边，看到土壳子大块大块地不断塌落，有好几次都险些将司马灰活埋了，不由得俱是心惊肉跳，终于见他接近地面了，忙伸出手连拉带拽，使出吃奶的力气，将司马灰和赵老憋拖了上来。他们也就是刚刚脱身出来，就听得轰隆一声，大量剥落的泥土沙石已把地缝埋了个密不透风，雷公墨和无数灯笼虫，都随之压在了地底，再也难以重见天日。

司马灰已是汗流浃背，坐倒在地喘着粗气，他刚才逞得一时血勇，现在想来也觉后怕，只要再晚上一步，此刻就已埋尸地下了。

罗大海见司马灰完好无损，才放下心来，他又去看了看赵老憋的伤势，看完一抖落手，叹道："连烧带摔，这人可没救了，恐怕现在送医院也来不及了，趁早刨坑埋了为好，要不然摊上人命官司，咱可吃不了兜着走了。"

司马灰定了定神说："好不容易才把他从坟窟窿里拖回来，你好歹也得想点办法给抢救抢救再开死亡证明，这还带着活气呢，哪能说埋就埋？"

罗大海无可奈何地说："咱又不是医生，怎么抢救？不信你自己看看，这个老赵现在真是出气多进气少，半边脸都烧没了，人也摔成血葫芦了，很快他就要两腿一蹬听蛐蛐儿叫去了。"

司马灰忽然想起一件事："夏芹的母亲是军区医院的医生，她受家庭环境熏陶，多少也应该懂些医术。"于是赶紧让夏芹先给赵老憋采取点急救措施，然后再想办法送医院。

夏芹不满十六岁，哪里经历过这些事情，她虽然懂些医学常识，但现在看到赵老憋全身是血，脸颊烧没了一半，两排牙床暴露在外的可怕样子，心中就只剩下一个"慌"字，哪里还能施救，何况她母亲的确是医生不假，可却是位妇科医生。

司马灰实在不想看着赵老憋就此死了，即便只有一线希望他也不肯放过，撺掇夏芹说："妇科医生也是医生，你别有太多顾虑，死马当成活马来医就是了。何况老赵他一个将死之人，根本不会在乎你医生前面挂的是什么头衔。"

夏芹经不住司马灰和罗大海一通央求，只好大着胆子去检查赵老憋的伤情，除了脸部的烧伤很严重，肋骨也可能折断了好几根，刺破了脏器，造成了内出血，所以嘴里边全是血沫子，呼吸断断续续，神智时有时无。这螺蛳坟地处荒郊，根本来不及送去医院，即使来得及送去了，也肯定救不活。

夏芹虽然忙活了半天，但她既没经验也没医疗器械，终归是束手无策，急得流下泪来。

这时就听赵老憋咳嗽了几声，竟然再次从深度昏迷中醒了过来，罗大海还以为是夏芹真有起死回生的医术，连赞她本事高明。

但司马灰却看出赵老憋是回光返照，性命也只在顷刻之间，不禁心下黯然，低声问道："老赵头，你还有什么亲戚朋友吗？想让我给他们带什么话？"

赵老憋望着司马灰看了看，摇了摇头，又断断续续地说："想不到俺赵老憋……这辈子大风大浪都过来了，到螺蛳坟这小河沟里翻了船，看来这就是命啊。唉……命里八尺，难求一丈，这话说得果真是不假。但俺更没想到……你司马团头年纪轻轻，竟会施展蝎子倒爬城这门绝技，你是跟谁学的本事？"

司马灰见赵老憋随时都会咽气，觉得也没什么必要再对他加以隐瞒，

就简单说明了自家的出身来历。

赵老憋略显惊讶，但他也感觉到自己命不久长，用尽最后的力气说道："俺赵老憋在世上无亲无故，念在咱们爷儿多少有些交情的分上，你们就帮忙把俺这把老骨头埋在这里，活着看不到雷公墨，死后做了鬼守在旁边也好……"说到这，他颤巍巍指着那地底下，有气无力地说："黄石山上出黄牛，大劫来了起云头……"

司马灰向其所指之处看去，正是刚才塌方埋住了雷公墨的地方，他又听赵老憋最后几句话说得很是古怪，忙问道："你说什么？"

可赵老憋忽然间目光散乱，不等把话说完，就一口气转不上来，死在了司马灰面前。

司马灰三人虽然都与赵老憋相识不久，但毕竟患难一场，亲眼目睹他死于非命，都不免有些难过，守着尸身沉默良久，直到荒野间的萤火城四散消失，才用石片在地下挖了个浅坑，将他葬在其中。

司马灰心想雷公墨已经被埋入了地缝最深处，今后世界上恐怕再也不会出现萤火城的奇观了，又寻思着要等到清明节前后，再来给赵老憋祭扫一番。

三人别过了赵老憋的葬身之地，缓缓走回螺蛳桥，一路上各自想着心事，谁也没有开口说话。等走到桥下的时候，罗大海才想来问司马灰："赵老憋临死时说的话是什么意思？"

司马灰摇头说："我也没听明白，大概是弥留之际的胡言乱语。"他心中却寻思，死人的口中问不出话，如今这赵老憋的身世来历，还有雷公墨里隐藏的秘密，都已变成了一串永远无法解开的谜。

司马灰心事重重，他抬起头来，发现此时的东方已经露出了鱼肚白，回想这一夜发生的事情，真跟做了场噩梦似的，伸展了一下周身酸疼的筋骨，对夏芹说："你整晚上都没回家，你爹非疯了不可，这时候多半正带着人满世界找你呢，你赶快回去吧。"

罗大海也赶紧嘱咐说："千万别跟你爹提我和司马灰，我们俩的名声可向来都是很好很清白的。"

夏芹摇头说："没关系，我提前跟他说过我在姨妈家过夜。"

罗大舌头笑道："司马，你看看人家小夏对咱多好，她从她爹那听说最近要清洗藏污纳垢的社会团伙，就特意跟家里编瞎话夜不归宿，大老远从城里赶过来给咱通风报信。"

夏芹又摇了摇头，表示并非如此，她犹豫了一下才说："其实我这次来找你们，还有一件很重要的事情，可我很担心你们知道了之后，又会闯出什么大祸来，所以还没想好到底该不该说。"

司马灰和罗大海闻言都是一怔，忙问她究竟有什么了不得的事情？反正在人民群众眼里我们生下来就是祸头，如今从城里到城外，凡是能捅的娄子也都捅遍了，还能再惹什么大祸？却不知："世事茫茫如大海，人生何处无风波。"

第二卷

蚊式特种运输机

第一话
野 人 山

　　司马灰和罗大海听了夏芹说的话，都感到十分奇怪，隐隐觉得这件事情小不了，但实在想不出她一个十六岁的女孩子，能带来什么样的惊人消息，于是不断追问究竟。

　　夏芹看看四周无人，才吞吞吐吐地说："我堂哥……从陕西……逃回来了。"司马灰和罗大海几乎不敢相信这话是真的，还以为自己的耳朵听错了。

　　原来夏芹的堂兄，名叫夏铁东，一米八六的大个子，鼻梁上总是架着一副眼镜，但并不显得文弱，看起来反而有几分睿智。他喜欢打篮球，"文革"刚开始时正好在北京读大学，曾经看过不少西方小说，思想比较激进，有雄辩煽动之才，热衷于参加各种运动，也是最早那批红卫兵的骨干成员之一。

　　由于夏铁东心胸宽阔，为人诚实重信，遇事敢于出头，加之文武双全，精力充沛，知识面也很广。国家大事也好，世界形势也好，就没有他不知道的。同时又很重义气，遍读马列毛和各路中外名著，例如普希金的诗，随便是哪一段，他都能倒背如流，此人有种特立独行领袖群伦的气质，所以身边总有许多追随者。

　　在司马灰和罗大海十三岁那年，曾跟着回到湖南的夏铁东参加过大串联，重走长征路，再上井冈山。那半年多的时间里，他们开阔了眼界，增长了阅历，又听这位老大哥讲了许多革命真理，当时夏铁东告诉他们："只有吃大苦，涉大险，才能成大事。"二人受其影响，深以为然，从心底里对他崇拜得五体投地。

　　后来随着周总理发出指示，全国范围内的大串联运动终于落下帷幕，夏铁东重新回到北京，而司马灰和罗大海则混迹于长沙街头，彼此间失去了一切联系。只是风闻夏铁东由于种种原因，被卷入了很严重的事件，虽然还没有最后定性，但他的大好前途算是完了，年前去了陕西省的一个贫困地区插队。

可就在两天前，夏铁东突然和另外一男一女两个知青，偷着跑回了老家。他不敢在街上露面，只好找来夏芹，让她帮忙去召集以前的朋友，说是要与那些人再见一面，然后他就打算越境离开中国，这辈子都不见得还有机会活着回来了。

夏芹知道夏铁东和司马灰、罗大海之间的交情不错，所以她很担心以司马灰等人无法无天的性格，不但不会进行有效的劝阻，反而会跟着夏铁东一同潜逃到境外，因此犹豫了许久，最终才吐露实情。

司马灰听完这件事，就对夏芹说；"小夏你太多心了，你堂哥是什么样的人我最清楚，他绝对不会做投敌叛国的事。你就看他这名起的，夏铁东，铁了心捍卫毛泽东思想，这样的人能潜逃到境外去投敌？你便是割了我的头我也不信。"

罗大舌头也表示认同："林冲那么大本事，想到水泊梁山入伙还得纳个投名状。老夏现在只不过是个上山下乡的知识青年，又没掌握国家机密，他就算真有心投敌叛国，可能人家也不带他玩。"两人当即决定，要尽快去跟夏铁东见个面。

次日傍晚，司马灰带着当初跟夏铁东一起串联全国的几个同伴，过江来到了市区，在烈士陵园附近一处简陋的民房当中，他们又见到了已分别数年之久的夏铁东。

夏铁东明显比以前黑了，人也瘦了许多，神情更是郁郁，但是在陕北农村日复一日的繁重劳动下，身体却比以前更加结实了。他看到当年跟在自己身后的小兄弟，都已经长大了，心里非常高兴，以对待成年人的方式，与司马灰和罗大海紧紧握了握手。重逢的喜悦难以抑制，三个人的眼眶全都变得有些湿润了，激动得半天说不出话。

随后陆续又来了很多年轻人，把原本就不太宽敞的房子挤得满满当当，他们都是与老夏要好的同学和朋友。众人就和在生产队里开会一般，团团围坐了叙话，如此就显得司马灰和罗大海这伙人年纪偏小了，活像是一帮小喽啰。

夏铁东见来了许多老朋友，心情更加激动，一番感慨之后，与众人说起别来经过。他 1968 年到陕北阎王沟插队落户，开始还觉得是去农村锻炼，接受贫下中农的再教育，可到了之后才逐渐发现，那个地方根本就不欢迎他们。因为土地贫瘠，不论生产队里的劳动力再怎么增加，一年到头的收成也只有那么多，大部分时候都是守着地头看天吃饭，与他的人生理想相去甚远，不到一年就觉得实在待不下去了，而且一想到这辈子都要在这鸟不拉屎的荒凉地区扎根，就完全无法接受这个残酷的现实。

夏铁东虽然才华出众，但这种人的缺点也很明显，那就是理想主义太严重，他和当时的大多数年轻人一样，对世界革命充满了向往与热情，觉得在国内开荒种地很难有什么作为，就将心一横，跟两个同伴逃回了老家。他告诉众人今后的计划："此处不留爷，自有留爷处；处处不留爷，爷去投八路。与其窝窝囊囊待在家里，连累着爹娘受气，还不如趁现在投身到世界革命的洪流中去。"

罗大海等人都对真刀真枪向往已久，但他们并不明白夏铁东言下之意，在旁问道："日本鬼子早投降多少年了，什么地方还有八路？"

夏铁东说："虽然法西斯基本上是被消灭光了，可全世界还有三分之二的劳苦大众，仍旧生活在水深火热之中，只要美帝国主义一日不灭亡，世界人民就一天没有好日子过。"

在场的大多数人一听这话，可都对此没有信心："人家老美那可是超级大国，就咱们这几个人过去，怕是解放不了他们。再说咱们就算有这份决心，也没处搞到船和武器啊，别说火箭、大炮、轰炸机了，连菜刀都合不上人手一把。总不能每人腰里揣俩麻雷子，驾条渔船就想横渡太平洋吧？"

夏铁东又说："超级大国都是纸老虎，没什么大不了的，美军残酷而又虚弱，全是少爷兵。另外他们美国人也不全是大资本家，百分之九十九还都是被剥削的劳动阶级，咱们可以利用毛泽东思想，把敌人内部的无产阶级和工农兵兄弟们武装起来，煽动他们高举义旗来个'窝里反'。只要能够做到里应外合，再加上卡斯特罗在老美后院跟咱们来个前后夹击，不愁打不垮美帝。不过……眼下咱们的力量确实还很薄弱，想直接从太平洋登陆美国本土不太现实。这不美帝正在侵略越南吗？我看咱们干脆先去支援越南人民，到热带丛林里打游击、埋竹钉，跟美军较量一番，等到光荣凯旋的那一天，也可以让国内这些人好好瞧瞧，看咱们到底是真革命还是假革命。"

这些年轻人虽有满腔的雄心壮志，却不知道天有多高、地有多厚，此言一出，立即有好几个同伴齐声响应："老一辈无产阶级革命家，用二十八年的时间打出了一个新中国，我们怎么就不能再用一个二十八年，解放全人类呢？"

罗大海更是唯恐天下不乱，有这等热闹他哪能不去，而且黑屋地区很快就将不复存在了，他们这伙人要是留在城里，在今年年底之前，也都得被赶到农村下乡落户去。

虽说革命工作没有高低贵贱之分，几百万解放军离开了农民兄弟的有力支持也照样玩不转，但事实上没人愿意面朝黄土背朝天地过一辈子。在当时那批年轻人的心中，只有军人才是最光荣最神圣的职业，既然在国内当不了兵，去越南打仗也是条出路，反正扛枪就是比扛锄头强。又寻思兄弟们都是千辛万苦远道去支援越南人民解放事业的，没功劳也有苦劳，而且要说到战术经验和战略理论可是咱们中国人的强项，从古到今打了好几千年，论资排辈理所当然是老大哥，去了越南那边怎么还不得给咱们安排个团长、师长之类的职务。

司马灰虽然是在北京住了十几年，也天天到学校上课，但他自小有"文武先生"传艺授道，受家庭背景的影响很重，不是单一教育模式下形成的思维结构，所以他对夏铁东今天所说的计划并非十分认同。不过司马灰总觉得"义气"二字为重，既然罗大海等人都决定要跟夏铁东去越南参战，他自然不能落于人后，况且离了黑屋，自己也无从投奔，就决定跟随众人一同南下。

选择去越南的人，大多是无家可归，又觉前途渺茫的右派子女，除了个别一两个不敢去之外，其余众人各自留下血书表明心迹，随后砸锅卖铁，凑了些路费，一同离家出走。

夏芹见司马灰和罗大海果然要跟众人同行，不禁追悔莫及，在送行的时候，还想劝他们回心转意。但司马灰哪里肯听人劝，他知道夏芹的口风很严，不会对外泄露自己这伙人的去向，不必再对她多嘱咐什么了。又想到这如今是去远乡异域同美军作战，那枪林弹雨可不是闹着玩的，炮火无情，凶多吉少，万一做了沙场之魂，这辈子就真回不来了，毕竟故土难离，心中不免有些不舍，恍惚之际，本来想说的话也都忘了。

夏铁东带着二十几个同伴与送行者洒泪而别，悄悄上路，辗转南行，途中的许多波折磨难，全都不在话下。只说众人好不容易到达中越边境，接下来就是混过友谊关，进入了越南境内，一看北越在美国空军旷日持久的轰炸之下早已满目疮痍，更激起了同仇敌忾之意，正要赶到前线去参加战斗，却不料壮志未酬，还没等见到传说中的美国大兵长什么样，就先遇上了北越的公安同志。对方一看这伙人都穿着军装，但没有领章帽徽，便以为是解放军逃兵跑错了方向，立刻不问青红皂白地捉了。由于双方语言不通，怎么解释也解释不清，先是关了一晚上，转天就被捆成五花大绑，全部押回了中国。

这伙年轻人在回国之后，先是被审了一通，然后都给直接发配到云南的农场里劳动改造去了。他们到劳改农场后听到了一个消息，说是缅甸那边也在打仗，而且战况十分激烈，人脑子都打出狗脑子来了，云南有好多知青都跑过去参加了缅共人民军。缅共尤其欢迎中国人，甭管是什么成分，也不问出身高低贵贱，去了立马就发真家伙，长的短的由你自己挑，弹药更是敞开了随便用，虽然没有飞机导弹，但是反坦克火箭、高射炮、重机枪则是应有尽有。他们还组建了"知青特务营"，这支部队屡立奇功，威震敌胆。

夏铁东等人没在越南打上仗，本就心有不甘，一听缅甸那边的情况，立即待不住了。大伙一合计，觉得农场看守很松，都决定再次潜逃出去，于是从云南偷着离境，泅渡怒江，参加了缅共组织的人民军。

夏铁东自从到了缅甸，先后参加了大大小小百十次战斗。虽然他只不过二十出头的年纪，却由于自身文化水平比较高，又受国内战争电影的多年熏陶，对于战略战术层面的理解和认识，可以说是无师自通，作战格外英勇，自然备受重用，那些战友们都称他是来自中国的切·格瓦拉。

司马灰和罗大海一直跟随在夏铁东身边，在长达数年的血腥战争中，经历了血与火的洗礼，从危机四伏的侦察行军到艰苦卓绝的野外生存，从阵地上遭遇的枪林弹雨到生还后难以承受的精神压力，战争中的一切恐怖与荒谬，全都不可避免地落到了他们头上，也早就历练得能够独当一面了。奈何大势所趋，缅共部队在后期作战中接连失利，人民军内部矛盾重重，互相牵制，控制的范围越来越小，已经难成气候。司马灰所在的那支部队，终于被政府军大队人马，团团围困到了缅北野人山外围的密林里。

当年跟随夏铁东一同从国内出去的战友们，这时候不是阵亡，就是在战斗中失踪，已经没剩下几个人了，只好撤进山里打起了游击。夏铁东也在一次侦察行动中，受伤被俘，随即遭到活埋的酷刑，至今连尸体都没能找回来。

游击队残部大约还有四十几个人，整日疲于奔命，最终退到野人山附近，不仅弹尽粮绝，而且每天都有伤亡出现，任凭司马灰等人的本事再大，此刻也难以扭转大局。

军政府将这伙人视为眼中钉肉中刺，悬巨赏要他们几个的人头。他们虽然不敢冒险进入缅北野人山，却调集重兵封锁了几处山口，要将游击队活活困死在深山老林里。

野人山是个神秘莫测的恐怖区域，那一带地形极其复杂，原始森林中的植物异常茂密，终年云封雾锁，不见天日，素有深山地狱之称。由于天气潮湿闷热，使得瘟疫蔓延，毒虫滋生，蚊子、蚂蟥数量众多，随便哪一种，都可以在一瞬间就把活人吸成干尸。相传密林深处还藏有"飞头蛮"，更栖息着数十米长的巨蟒，能够吐雾成云，水里边还有成群结队的食人鱼出没，根本无人胆敢接近溪水河流，自古以来，也从没有谁能活着从山里走出来。司马灰他们这伙人逃到此地，已然陷入了内外交困的绝境，不论他们选择突围还是逃入深山，最终都难逃一死。

第二话

Karaweik

在最后一次突围激战中，司马灰的左肩也被手榴弹破片所伤。弹片虽然不大，但深可及骨，血流不止，幸得罗大海舍命将他背了回来，可是在深山密林之中，缺医少药，根本不具备做手术的条件。

游击队里唯一懂得医术的阿脆，是个瘦骨伶仃的湖南女孩，心地善良，爱干净，哪怕是在深山老林里躲避追兵的时候，也尽量把自己收拾得整整齐齐。她初中毕业就上山下乡，是当年跟着老夏一同南逃的成员之一，曾在插队的时候做过赤脚医生，懂得些药理，尤其擅长给人接骨。

阿脆的祖父苏老义，是个天主教徒，懂得洋文，曾在民国的时候，跟法国人学过几手绝活，除了内科外科，还有一手接骨的技术。如果有伤者的骨头折了，苏老义不用开刀，只凭手摸，即知伤势如何，比如断了几根骨头和折断的程度，都能用手摸出来，然后对好骨，敷上药，圈上竹箅、木板，绑住绷带，再给几丸药吃，受医之人伤好后恢复正常，不留任何残疾，赶上阴天下雨，也不会觉得痛痒。

阿脆该算是正骨科苏家的真传，但在文革期间，她也受到祖父的牵连，没能当上军医，十六岁就到山沟里插队。当时老夏见她年纪小，身子骨也太单薄，就常常帮她分担一些高强度体力劳动，后来南逃，也将她带了过来。从那时起，阿脆就成了游击队里的军医和通讯员。

阿脆看了司马灰的伤势之后，发现如果不尽快用刀子把弹片剜出来，很可能会因失血过多危及生命，于是她立刻着手准备，同时问司马灰能不能忍得住疼。

司马灰在夏铁东死掉之后，心中极度沮丧，加之肩上伤口血流如注，脸色变得惨白，但他并不想让同伴为自己担心，硬撑着对阿脆说："你那有什么家伙，尽管往我身上招呼，我要是哼一声，我都不是人揍出来的。"

罗大海在一旁关切地说："你他妈的可真是不知死活，你以为你是关公啊，刮骨疗毒连眉头都不带皱的。到时候真要忍不住了，你就使劲叫唤，这又不丢人，要不然我找块木头来让你咬着磨牙。"

司马灰咬着后槽牙说："其实我看关云长刮骨疗伤也不过如此，历史上比他狠的人物多了去了。太平天国起义的时候，好多被俘的将领都遭受了凌迟极刑，那可真是一刀一刀地在身上割肉，哪个用过麻药了？有明确记载的那两位，一个是林凤翔，另一个是石达开。林凤翔是被绑到北京菜市口受刑，他在受刑过程中，血流尽了流的都是淋巴液，目光却一直随着刽子手的法刀而动，盯得刽子手都虚了；石达开是在四川成都被清军施以碎剐凌迟，然而自始至终，神色怡然，哪像是在受刑，反倒跟在澡堂热水池子里泡澡似的，这就叫视死如归，何等的英雄气概。"

罗大海算是对他没脾气了，摇头说："你小子真是黄鼠狼子啃茶壶——满嘴都是词儿啊。"

阿脆对司马灰说："你也别死撑了，我刚刚在附近找了几株鬼须子，这种野生草药有一定的麻醉作用，但还是会很疼，你要忍着点。"

司马灰不再说话，忍着痛让阿脆剜出手榴弹残片，额头上全是黄豆大的汗珠子，但他也当真硬气，始终一声没吭。

阿脆手底下十分利落，三下五除二取出弹片，用草灰消毒后进行了包扎处理。等忙活完了，她的眼圈忽然红了，止不住落下泪来。

司马灰忍着痛问她道："阿脆你哭什么？"

阿脆低着头用手背抹去挂在脸上的泪水："我刚才想起以前从国内一起出来那么多人，到现在可就剩下咱们三个了。"

提起这件事，司马灰和罗大海也都觉得揪心，许多死在缅甸的同伴，死得既不浪漫，也不壮烈，更没有任何意义。他们默默躺在了异国冰冷的泥土之下，永远都回不了家，而家里的亲人至今还不知道他们的下落。

罗大海沉默了半响，摇头叹道："我就想不明白了，游击队散起架来比纸糊的风筝还快。"司马灰无奈地说："天时地利人合都不占，我看就是格瓦拉再生，给弄到这鬼地方来，他也照样玩不转。"

三人趁着短暂的战斗间隙，分析了一下目前面临的局面。零星的游击队难成气候，司马灰等人带领的这支游击队中，能逃的早都逃没了，剩下的成员大多是被军政府通缉之辈，一旦被抓住了准没命，绝不会有好结果，既别指望着出去谈判，也别打算缴枪投降。如今被围困在野人山，内无粮草，外无救兵，如果打算在原地固守，等着他们的也只有死路一条。

游击队还有另外一个选择，那就是逃进野人山中的原始丛林，但是缅甸人对此地简直是谈虎色变。丛林深处根本没有道路，地形崎岖，环境复杂得难以想象，除了不见天日的茂密丛林和沼泽地，更有毒蛇恶兽出没无常，妖雾瘴疠肆虐，进去就别想出来。这些年来失踪在里面的人，多得数也数不清了。

据说迄今为止人数最多的一次，是日军一个师团的残部两千余众，被英军打得走投无路，被迫撤进了位于野人山南侧的大沼泽，结果刚进去就迷了路，又突然遭遇了无数鳄鱼的袭击，两千多全副武装的日本兵大都喂了鳄鱼，仅有少数几人得以幸存。

所以游击队残部根本不可能活着从野人山里走出去。退一万步说，就算侥幸逃出野人山，然后怎么办？缅北是肯定没有立足之地了，只好越境回到中国。可几年前，司马灰这伙人都是从劳改农场里偷跑出来的，此时再回去，会是个什么结果可想而知。

罗大海到了这个地步，不得不将生死置之度外了，他用匕首在泥地上画了叉，表示现在的情况是"上天无路，入地无门"，然后问司马灰和阿脆："看明白了没有？咱们现在就是这么个处境。"

司马灰点了点头，苦笑道："明白了，连置之死地而后生的机会都没有，反正横竖都得死，就看最后是怎么死了。"

阿脆也是心下黯然，但如今知道了自己必死无疑，心中反倒是坦然了许多。她说："既然怎样都难逃一死，我可不想做俘虏被处决，咱们要死也不能死在这异国他乡的深山老林里。"

司马灰和罗大舌头也有此意，寻思着可以冒死穿越野人山，如果有谁命大能活着走出去了，就尽量想办法返回中国，随后的事就听天由命了。甭管怎么说，回到国内即使被捕，那好歹也算是落到自己人手里了，最起码也得先交给有关部门审审再毙，总好过被缅甸军阀抓住，那伙人可是二话不说，直接拿枪对着你后脑勺就搂火。

三人心灰意冷，商议定了去向，就把游击队里还活着的人，包括伤病员都召集起来，跟大伙讲清楚现在深陷绝境，不得不分散突围。所谓"分散突围"，也只是说着好听，其实就是说咱们这支队伍从现在开始，不再有建制和纪律的约束，爹死娘嫁人——个人顾个人了。

　　这个消息一经宣布，众人并没有提出任何反对意见，因为大伙全都知道这是迟早的事，在互道珍重之后，就默默踏上了各自选择的道路。他们当中绝大多数人，宁可被政府军捉去五马分尸，也不敢再往丛林里边走了。

　　但决定要走野人山这条路线的人，除了司马灰他们三个之外，竟然还有一个十六七岁的缅甸少年。这小子是个无家可归的孤儿，也没个正经名字，瘦得像只猴子，穿着件破沙笼，剃着光头，憨头憨脑，整天一副嬉皮笑脸的傻模样，游击队里的人都称他"Karaweik"或"Kara"。

　　Karaweik 是指当地传说中的一种鸟类，因为缅甸人的生肖与中国不同，只有八种，根据生于星期几来决定属什么，星期一是老虎；星期二是狮子；星期三比较特殊，上半天属双牙象，下半天属无牙象；星期四属老鼠；星期五属天竺鼠；星期六属龙；星期日则是"妙翅鸟"[①]，依此判断，他可能是星期天出生的，因此司马灰等人也直接用中国话管他叫"星期天"。

　　Karaweik 还是在两个多月以前，被夏铁东从缅北一个村子里救出来的孤儿。他的家人都在战乱中死光了，此后就一直跟着缅共人民军到处走，撵也撵不开。现在夏铁东已经不在了，Karaweik 死活都要跟着司马灰走。

　　司马灰心想："这小子还以为跟着我们往前走就能活着突围，却不知我们三人也只有死路一条。"于是他给 Karaweik 指了指山外的方向说："你上庙里当和尚去吧。"

　　但是 Karaweik 哪里肯听，要是拿北京的话来讲，他这人太"轴"了，是个死心眼儿，不管什么事，只要认准了，就会一条道走到黑。他虽然能听明白汉语，却仅会讲几句非常生硬的中国话，司马灰也对其讲不通什么道理，无奈之余，只好带在身边一同进山。

　　司马灰认为落到如此境地，无所谓身边多一个人少一个人。而阿脆在老家有个弟弟，但是她身在缅甸，与国内音讯隔绝，已经有好几年没见过面了。阿脆的弟弟算起来也该同 Karaweik 的年纪相仿，她就拿 Karaweik 当自己的亲兄弟一样照顾。

---

　　① 妙翅鸟：缅甸传说中的神鸟，音近Karaweik。

　　司马灰和阿脆倒还好说，唯独罗大舌头不怎么待见 Karaweik。因为当地人都是极慢的性子，随你怎么催促，照样不急不徐，就连走路也是走得慢慢悠悠。Karaweik 剃了发，那是由于当地人崇信佛教，依照此地习俗，女的进庵做尼姑不能还俗，而男子想做和尚则是随时随地，想什么时候还俗就什么时候还俗。到庙里当和尚的理由也是五花八门。有的因为心情好了，去当两天和尚高兴高兴；也有的因为不走运，就出家做几天僧人去去晦气。

　　由于佛法潜移默化的影响，使得当地人变得悠然懒散，许多人都是老好人、慢性子，从来不着急不发愁，死就死活就活，因为这辈子过完了还有来世，犯不上为了眼前的事情焦虑，Karaweik 正是其中之一。他们的这种"消极人生观"，令罗大海十分反感。

　　罗大舌头抱怨了一番之后，见其余的人都已四散离去，他就把剩下的一些文件烧毁，又看到阿脆正和 Karaweik 在摆弄那部军用无线电，便催促说很快要进入原始丛林了，必须轻装简行，现在也没兄弟部队跟咱联系了，留着这部电台就是个累赘，趁早砸掉算了。

　　虽然那部破旧的电台里全是噪音，"刺啦刺啦"响个不停，人语声模糊难辨，但这时阿脆正听得仔细，完全顾不上理会罗大舌头在说什么。阿脆近几年来经常找机会跟当地人学习语言，几乎可以算是多半个翻译，此刻捂着耳机全神贯注地收听，脸色越来越是不好，她似乎从那时断时续的嘈杂电波中，得到了一个十分恐怖的消息。

第三话
被世界遗忘的幽灵公路

也许倒霉，真是一种永远都不会错过的运气。就在小分队决定逃入野人山之际，阿脆在电台中收听到了最后一条消息——从印度洋登陆的热带风团"浮屠"，正逐渐北移，前锋已经逼近了野人山，其规模之剧烈，来势之凶猛，为近三十年来所罕见。

司马灰等人在缅甸作战多年，曾不止一次地见识过热带风团带来的灾难性后果，他们很清楚这个消息意味着什么。

原始丛林中危机四伏，比起鳄鱼和巨蟒来，更多的威胁来自于各种各样的毒蛇、毒虫；而在深山密林中行军，也是一件十分困难的事情，几乎每一步都要用砍刀伐山取道才能通过。基于这些原因，水路就成了最为快捷有效，也是最为安全的途径。

但是随着热带风团的侵袭，必定会使山洪泛滥，不仅无法利用纵横交错的河网，而且山中的低洼沟壑地带，也会遭受突如其来的洪水冲击，变得异常危险。

野人山并不是一座山峰，而是一片山脉的统称。数亿年前，这里曾经是地壳能量集中释放、构造活动频繁强烈的危险区域。作为喜马拉雅远古造山运动的产物，它西临伊洛瓦底江，北接高黎贡，南望勃固大平原，形同一个沉睡的巨人，横亘在缅、寮、中三国之间。

游击队被困在了沼泽和原始丛林交界的狭长地带，只有向北穿越野人山，才能够接近中国边境。司马灰的手中根本没有地图，他为了避免迷失方向，本来是计划沿着水路溯流而上，但热带风团带来的狂风暴雨，一定会引发大规模山洪暴发，如果逆流而行，只能落得被洪水吞噬的可怕结果，即使选择避开水路，转道在山脊上行动，也会遇到塌方和泥石流所带来的巨大危险。

如此一来，就连仅有的最后一线希望都破灭了。不过司马灰也很清楚，无论情况怎样，都是走向死亡之路，只是看其终点在哪里结束而已。他又在心中掂量了几个来回，觉得还是死得离祖国越近越好，于是吩咐众人尽快打点好行装，并让罗大海炸毁掉军用无线电，然后就毫不犹豫地动身出发了。

缅甸是个历史悠久的古老国度，近代曾经被英国殖民者统治了近百年，在第二次世界大战中，英国人、美国人、日本人，像走马灯似的在这里轮番上阵，好不容易摆脱殖民主义获得独立之后，缅甸国内又爆发了旷日持久的内战。

当初缅共家底子最厚实的时候，储备的物资和军火十分充足，连迫击炮、火箭筒、装甲车都有，各种枪支弹药更是多得难以计数。整箱整箱的地雷和手榴弹，码放得跟座山头似的，中、美、英、日、苏、德的各式军械应有尽有，甚至还有当地兵工厂出产的缅甸造，能生产仿英造步枪和手枪，简直堪称"万国牌"武器装备陈列馆。但是普遍缺少新式武器，大部分都是以往各次战争时期的遗留之物。

可自从滚弄战役惨败之后，缅共人民军一蹶不振，部队的武器弹药也开始捉襟见肘。如今司马灰一行四人，除了防身的手枪之外，仅剩下两条英国造的斯梅利老式步枪，配有少量子弹，身边几乎没有任何粮食与药品，他们在没有地图和向导的情况下，一头扎进了野人山茫茫无边的原始丛林。

当天翻过了两道山脊之后，地势渐行渐低，丛林里的各种植物，也变得越来越茂密浓郁，几乎找不着落脚的地方，人走在其中，抬起头来看不见天空，如果不借助指北针和罗盘，就根本辨认不出方向，仿佛进入了一个幽闭的天然迷宫，四人只好不断利用猎刀劈开重重藤萝开道，行进速度被迫放慢了许多。

这片广袤的原始丛林，有着一亿两千万年的生存史，它分布在群山环绕的低谷之间，沉静平稳地呼吸着。因为受到四周近百条水系的覆盖，使得闷热潮湿的气候终年不变，也无风雨也无晴。密林里生长着形形色色让你可以想象得到和根本想象不到的热带植物，种类数以千万计，在双眼的视野范围之内，几乎完全看不到两株相同的植物。

参天蔽日的老树枝干交错，有些乔木甚至高达八九十米，由于树荫厚重，密林中的空气也显得格外阴沉，淡淡的烟霭在丛林中弥漫，不时能见到古树上栖息的巨蟒，那些叫不出名目的毒蛇、昆虫，更是所在皆有。茂密的丛林与河边不时有鳄鱼出没，水中还有成群结队、体形庞大的蝌蚪，真不知要演变成蛤蟆之后会有多大个头，饶是司马灰等人久经沙场，胆气不凡，身处在这墨绿色的生命走廊当中，也不免会有耸栗畏惧之感。

四人不敢有任何大意，尽量回避有可能遭遇到的种种危险，可眼中尽被深绿所染，脑中所想也已迷乱，都如所看到的丛林古树般盘根错节，却又于浑浑噩噩间蓦然清醒，真真切切地感受着大自然的永恒无边，与自身生命的短暂渺小形成强烈反差。这种来自灵魂深处的震慑，压迫得他们呼吸都觉不畅，心思多不灵光了，只好时时停下来辨别位置。

根据司马灰以往的经验，再这么走下去会很容易迷路，还是找条溪水河流作为参照物最为稳妥。他们向前走了一程，就在密林中见到有一条宽阔的山溪，宽约数米，水流潺潺，平静安宁。

这条山溪的水质格外清澈透明，能看到溪底都是五色石卵，灿烂若锦，水藻摇曳，波光粼粼。

司马灰看了看附近的地形说："水浅的地方比较安全，咱们先顺着这条溪流往上游走，等风暴来了再到高地上去。"他在闷热潮湿的丛林里走得久了，肩头伤口隐隐发疼，一看都化脓发臭了，但眼下没有药品，就算烂掉了也理会不得，见到溪水清冷，便当先走过去，想要拆掉绷带清洗伤口。

可还没等司马灰接近溪水，Karaweik 就突然蹿了上来，拦腰抱住了他，冲着他拼命地摇头，脸上都是惊慌畏惧的神色，嘴里叽里呱啦地喊叫着什么。

罗大海跟拎只猴子似的，把 Karaweik 从司马灰身后揪了下来，斥道："星期天，你小子瞎咋呼什么？我看你跟着我们净添乱，趁早自己掉头回去，说不定那些当兵的看你年纪小，连身上的毛都还没长全，就把你当个屁给放了。"

一旁的阿脆心知有异，急忙拦住罗大舌头，用当地的语言问 Karaweik 是怎么回事。二人说了好一阵子。阿脆听罢，似乎显得有些难以理解，她告诉司马灰和罗大海："星期天说这野人山里有水鬼，凡是喝了水的人都活不了。"

罗大海只道 Karaweik 是说水中有毒，听了这话根本就不以为然："一派胡言，没看见溪水里有活鱼吗？"

司马灰却对 Karaweik 的话有几分相信。他曾跟随"文武先生"学过许多本事，除了绿林手段，家传的还有一套《金点秘传》，俗称"金不换"，从头到尾全是口诀，由师傅口传心授，绝不留一个字在纸面上。金不换共分为"天地人"三篇，天是指先天速掌中八卦，地是山川地理，人则是各种相物之术。这全是他祖上起家的根本，精深微妙，涵盖甚广，被推为天下独步，一向是传男不传女，传内不传外，故有"宁舍一条命，不传一句金"之说。这套口诀的最后几句，足以概括通篇精要："当可执其端而理其绪，举一隅而知三隅；随机生变，鬼神莫测；分寸即定，任意纵横；通篇玩熟，定教四海扬名。"由此可见一斑。

当年司马灰得授《金点秘传》之时，年岁还比较小，尚且难以完全领会其中奥妙，只是死记硬背地印在了脑中，直到他在黑屋废墟遇到赵老憋，知道了这些渊源甚久的古老方术确实有些用处，才开始逐渐揣摩研习。而且最近这些年来，司马灰在缅甸也见识了许多匪夷所思之事，这偏僻蛮荒之地，常有毒蛊、降头之类的邪法，许多神秘现象都难以用常理去解释。

所谓"是草都有根，是话必有因"，在这深山大泽之中，必然多生怪物。司马灰听 Karaweik 这本地土人说野人山里的水不能饮用，不由得立刻想到游击队溃散时，那许多人宁愿自己往枪口上撞，也不敢接近这片原始丛林半步，这其中未必就没有什么缘由，恐怕远远不止是水源问题那么简单，但不知究竟何以如此。司马灰对野人山的事情了解不多，就请阿脆再仔细问问 Karaweik，让他说得详细些。

但是一问之下，才发现 Karaweik 也不太清楚，只是缅北地区自古相传，说那深山密林里有迷雾笼罩，是个有去无回的凶险之地，横死在其中的人，既不能投胎轮回，也不会成佛或是被打入地狱阴曹，等待他们的，只有永恒的虚无。

发源或经过野人山的上百条河流，最终都要注入南边的大沼泽地，这些水即使再怎样清澈，也从来没有任何人敢喝。因为从山谷深涧中流出的溪水，也早在千百年前就已经被土人下了蛊，如果有人接触到，死于非命是免不了的，而且死后也会魂飞魄散。只有早上的露水，或是死潭中的污水才可以饮用。

司马灰觉得这种事是宁可信其有，不可信其无，只有谨慎些才能多活几时，便拍了拍 Karaweik 的肩头，示意自己知道了。看来这座野人山果真是个凶险的去处，除了即将到来的恶劣天候，连溪水河流也都不能再接近了。

唯今之计，是走高不走低，只好再到山脊上去找路。司马灰背起步枪来正要动身，Karaweik 却又将他拽住，指着另一边的深涧，嘴里连珠炮似的说着什么，似乎是想告诉司马灰，应该往那边走。

在缅北有句民谚——所谓人民军队里头没有人民。缅共人民军作战部队里的缅甸人从来不多，倒是中国人成千上万，这也称得上是一怪了，不过总还是会有些土生土长的当地人。司马灰常和游击队中的那些缅甸战友相处，时间久了，他也多少能听懂几句当地最通用的土语和英语，此时听 Karaweik 好像在说什么"公路"，不禁脑中一片茫然："星期天，你是说山涧里有条公路？扯淡是不是？深山老林人迹罕至的地方怎么会有公路？"

阿脆告诉司马灰："星期天的意思是说……在山涧那边有一条'幽灵公路'。"

这一来三人全都有些糊涂了，什么是"幽灵公路"？给人走的还是给鬼走的？

Karaweik 的表达能力比较差，有话说不清楚，急得他抓耳挠腮，像是忽然想起了什么，从自己的背包中翻了半天，掏出一个残破的笔记本来，递给司马灰等人观看。

司马灰接到手中，觉得那笔记本里似乎夹着什么东西，随手从中翻开，见是一枚军服上的臂章，上边绣的是颗虎头，底色为深绿，好像代表着热带丛林，下边还有几个英文字母，但是早已磨损难辨了。徽章下还叠着一张模糊发黄的黑白照片，那是大约整营几百名军人的合影，由于人数太多，显得密密麻麻，看不清细节。

再看笔记本中记载的内容，竟然全是以汉字写成，司马灰只翻了几页，越看心中越是惊讶，但同时也已经推测出了 Karaweik 想说的事情——在野人山最为偏僻险要的崎岖角落里，确实存在着一条神秘而又隐蔽的"幽灵公路"，那是第二次世界大战时期，中美工程兵部队联手修筑的史迪威公路。然而笔记中也提到，关于"幽灵公路"这一段区域，牵涉到了许多神秘的特殊事件。

第四话
A—B

司马灰有时会想："运气这种东西，往往有几分女人的气质，你越是想要得到她的时候，她就离你越远；然而当你已经对她不再抱有任何幻想时候，她反倒有可能自己找上门来。"

如今的情形，恰好是印证了这个想法，当缅共游击队溃散之后，司马灰等幸存者决定冒险穿越野人山返回中国，虽然明知这是条毫无生存几率的死亡之路，但还是不得不硬着头皮向前走下去。可就当众人已经放弃一切希望的时候，Karaweik却为他们指出了一条隐秘异常的军事公路。

司马灰知道此事牵扯极深，怎敢轻易相信，他让阿脆仔细询问Karaweik，这本笔记和虎头徽章究竟是从何得来，自己则与罗大海二人逐页翻看笔记本，想要从中找到答案。

大约用去了半个多小时，司马灰终于大致搞清了整件事情的来龙去脉，原来在野人山腹地，隐藏着一条在第二次世界大战期间，由中美双方联手修筑的战略公路，以中缅印战区司令官史迪威将军的名字命名，历史上称其为"史迪威公路"。

这条史迪威公路全长一千多公里，贯穿了印度、缅甸、中国云南和贵州，与滇缅公路相结，途中所经之地，多是喜马拉雅山脉的余脉，高山峡谷众多，是地球上地形最复杂最崎岖的区域，大地仿佛在这里突然隆起了无数褶皱，有些地方的落差甚至达到三四千米。

当年有一张闻名于世的战地新闻摄影照片，是一队美制运输卡车，盘旋在陡峭的山间公路上缓缓行进，那条狭窄的公路险峻异常，竟在短短数公里的距离之内，接连出现几十道急转弯。另有一张不见卡车，只见山路崎岖盘旋的照片，取的都是同一场景。这段著名的二十四道拐，也是史迪威公路的其中一段。

在修筑这条公路的时候，战况也进入了白热化阶段，美军的援华航空队驾驶着运输机，不间断地往返于驼峰航线之间，但是空军运输机承载容量毕竟有限，加之这条航线的飞行条件格外恶劣，不断有飞机坠毁，损失很大。仅凭空中通道，难以完全支持整个中国战场日益庞大的物资需求，所以军方决定在原始丛林中打通一条公路。

那时的缅甸已被日军占领，中美工程兵部队为了完成这一任务，付出了巨大的代价，他们逢山开道，遇水搭桥，修公路的同时，又要不断与日军激战，每一公里的路段上都会有人牺牲，可以说这条崎岖陡峭的公路，几乎完全是用军人宝贵的生命铺就而成的。

鲜为人知的是，史迪威公路并非只是唯一的一条公路，除了当时所称的"南段"和"北段"两条主要路线之外，途中也出现了若干分支，多是因为地质结构复杂和自然环境过于恶劣的原因，修到一半就被迫放弃改道。所以在蜿蜒曲折的史迪威公路沿线，出现了许多废弃的支岔路段。

其中最长的一段废弃路线，出现在缅北野人山，当时的中美联合工程兵部队，在深山密林之地，找到了一条英缅战争时期遗留的废旧公路。

早在西方殖民主义扩张的时代，法国人把自己治下的越、柬、寮①三国统称印度支那。缅甸则是英国殖民地，而在缅北的深山密林中，有一片始终没有归属的区域，英法双方都曾投入大量人力物力修筑公路铁路，都妄图将这片区域控制在自己手中。但在野人山遇到的困难和危险，大大超出了预期，死了不少人，始终没能完工，各方面对于在野人山里遇到的恐怖事件，也向来秘而不宣。

在缅甸一座寺庙中，藏有一卷来历不明的古老地图，图中描绘着野人山里的"象门"。地名称为象门，实则是条很深的山谷。谷中环境阴冷潮湿，非常适合缅甸蟒栖身，据说山谷中是野象群埋骨之地。虽然旧时遗迹早都荡然无存了，但修筑史迪威公路之时，美军工程兵还是参考了这副古图，依照山脉走势，将公路修得蜿蜒如蛇，并希望打通英军遗留下来的废弃路段。如此一来，便可以节约许多力气，又能够将野人山天堑贯穿连通，最后却也未能如愿，使得这段位于缅北山区死角沉寂地带的公路，渐渐被世人遗忘，终于成为了一条名副其实的"幽灵公路"，再也没有人能

---

① 寮国，即老挝。

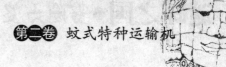

够知道它的确切位置。

当时为了有效协调中美双方的军事行动，中国部队中有许多曾在印度接受过美国教官轮训、又懂得英语的中下级军官，被分别抽调出来编入了美军。其中有位姓徐的少尉，名叫徐平安，他就被派遣到美军第六独立作战工程团，并且跟随这支部队担任修筑野人山公路的艰巨任务，不幸在一次与日军的遭遇战中负伤，脸部受到严重烧伤，毁了容貌，身体上也留下了残疾。伤愈后他不愿返乡，选择留在了缅北，娶了个当地的女人为妻。

徐平安正是 Karaweik 的祖父，他把在野人山中的所见所闻，都以笔记的形式记录了下来。但此人去世较早，其后代入乡随俗，又都是在山里土生土长，虽是华裔，却连中国话也不太会说了。

由于 Karaweik 是华裔，又曾被夏铁东救过一命，所以他对缅共游击队里的中国人很亲近，觉得自己该跟这些人是亲属。他虽然听不大懂司马灰三人在反复讨论什么，但是却能看出这些人是要进入凶险无比的野人山。

缅甸有种很特别的香料，是在林中挖出老树树根，作为烧烟子的原料，再用细磨慢慢磨碎了，才能制成。野人山有许多生长了千百年的古树，徐平安熟悉山里的地形，并且掌握着各段公路的分布情况，所以他常到山里挖掘树根制贩香料，或是在断崖旱山处采摘草药，赖以维持日常生计。

Karaweik 也曾跟家人数次进山采药，能够认得路径，如今时隔多年，旧时修筑的军用运输公路，早都被泥土和植被覆盖，又有大段区域被坍塌的山体压埋，除了 Karaweik 之外，旁人很难找到掩藏在地下的原木路基。

徐平安的笔记本中，虽然没有画出地图，但是通过文字，详细描述了野人山里的地形。这片山脉东西长，南北窄，走势自西北偏向东南，当中的地形最为崎岖复杂，植物茂密，地下洞窟极多，雾气浓重，积年累月不散。史迪威公路从南而北，迂回至野人山地区，开始呈"Y"字形分布，中间是个分支，右侧标注为 719A 路线，左侧是 206B 路线，被美军统称为"幽灵公路"。

A 路线绕经野人山右侧的边缘地带，虽然曲折漫长，但相对而言，这是较为安全的一段；而 B 段公路利用了许多天然洞窟，打通隧道穿山而过，是前往中缅国境线直线距离最近的一条路。

可是这条幽灵公路 B 线所经过的区域，却是整个野人山最为恐怖的地带，修筑公路隧道的时候，发现野人山腹地的大部分洞窟岩缝中，都有白茫茫的浓雾涌出，进去侦察的人一个也没回来。随着工程的逐渐深入，美军第六独立作战工程团有越来越多的人员在此失踪，至今下落不明。

对于地底出现的浓雾，至少有三种说法：还早在殖民地时期，曾有一位英国探险家，提出这是瘴疠之气的观点，推测那雾中含有剧毒物质，一经吸入，就会造成心脏麻痹，但后来经过勘验，已经排除了这一说法；还有一说，是俗传在象门深处，栖息着一条黑色巨蟒，当地人称其为长蛇，约有数里之长，民间多有拜其为仙的。此蟒吐纳云雾，凡是人畜经过附近，便被吸入蟒腹，并说从云雾中流出来的溪水，都会淌过堆积如山的白骨，其中浸透了蟒蛇的毒涎，绝对不能饮用。

关于地底有巨蟒吞云吐雾之说，许多人都相信是真的，不过你要是问有谁亲眼目击过，则都是连连摇头，但随后又会对着佛祖发誓，说确实有人曾在野人山里看见过，说来说去，到头来难辨真伪，所以很难指望从本地人口中探听到什么有价值的信息。

更有人说，古时候的土人，为了保守野人山里隐藏的秘密，在水源处设下了蛊，又生浓雾，饮者万难解救，绝无生理。

总之提起这座野人山，真是让见者不寒而栗，闻者谈之变色，它就仿佛是一个可以吞噬一切生命的恶魔。笼罩在其上的种种离奇传说，直如那萦绕在群山之间的重重迷雾，面目模糊诡异，令人望而生畏，难以琢磨。

美军工程团修筑的 B 线公路，终因施工的阻碍太大，被迫半途而废，从野人山西侧迂回的 A 线，虽然最后也未能彻底贯通，但可以从相对安全的区域绕过野人山，预计需要十几天的行程。

Karaweik 担心司马灰三人进到原始丛林中迷了路，会走入深山蟒雾里送掉性命。而且第二次世界大战期间，日军曾用飞机布雷，大量地雷从半空直接投到山中，降雨后就会被地表的泥土和植物覆盖，根本不留痕迹。Karaweik 曾多次跟他祖父进山，识得那些地雷密集的区域，所以才要跟随同行，他想指明幽灵公路 A 线，把众人带到缅北三角区附近，那里已经距离国境不远了。

司马灰心下颇为感动，心想这些年音讯隔绝，只凭道听途说，也不清楚国内的具体情况怎么样了，但我们这伙人当年都是潜逃出来的，如今更是败兵之将，英勇不再，再也找不到任何借口可以来为当年的行为开脱。倘若侥幸有命回去，能不被安个投敌叛国的罪名，已是痴心妄想的奇迹了；即便不被枪毙，恐怕也得在监狱中把牢底坐穿。至于 Karaweik 这小子，自然是无法将他带到中国，最好的结果是离开野人山之后，能让他到寺庙里出家为僧，接着当个和尚，安安稳稳地过上一世。但同时他也知道，Karaweik 留在缅甸最终的下场，肯定躲不过搜捕，唯有死路一条而已。只不过这个结局太过残酷，他不忍去想。

阿脆怜惜地摸了摸 Karaweik 半秃的脑壳道："这孩子的心真好。"说着又瞪了罗大海一眼，似乎在埋怨他先前总对 Karaweik 发脾气。

罗大舌头不免有些尴尬，他为人形迹粗略，并不善于流露真情实感，别看平时话多，到这时词儿就少了，只好硬装成一副"关心下一代成长"的模样，大咧咧地对 Karaweik 说："想不到你这小贼秃还是个'果敢'①，今天……就他妈算我罗大海欠你一回。"

司马灰很清楚罗大海虽然是轻描淡写的一句话，却已然表明他愿意替 Karaweik 死上一回了。但是不知为什么，在旁边听了这些话之后，司马灰有种难以名状的恐惧蓦然涌上心头，总觉得此去凶多吉少。他也不知道自己为什么会有如此不好的预感，暗想还不如留在原始丛林中当个野人算了，与其回去送死，何不藏之深山，韬光养晦？

可阿脆与罗大海都是思乡心切，催促司马灰赶紧动身，现在是越往北走越安全，否则等热带风团"浮屠"一到，再想走都走不成了。

司马灰只好振作精神，跟着那三人朝西面的山涧下走去。由于地形高低错落，在深山密林中的直线距离，看起来虽然很近，走起来却是格外艰难漫长，一路穿山越岭，行到天已黄昏，还是没有抵达幽灵公路 A 线。

四人身边没有携带半点粮食，在山中走了多时，腹中饥饿难忍，只好捉了两条草蛇果腹，奈何僧多粥少，济不得什么事。罗大海无意间抬头一看，发现在一株老树上，栖着一只不知名目的野鸟。那野鸟生得翠羽蓝翎，好生鲜艳，看体形着实不小，啼叫起来，声音就像是在敲打空竹筒。

原始丛林中的鸟类最多，多是奇形怪状，它们一般都不怕人，大概也从来没见过人，还以为人跟猴子差不多，看到有人经过，就呆愣愣地冲着你叫。

罗大舌头心想此地入山已深，即便枪声再大，也无须担心引来敌人。

---

① 果敢：缅甸语，华人。

他用力吞了吞口水，举起英国造，把三点对成一线，瞄准了抠下扳机。随着一声枪响，老树上的野鸟应声而落。枪声同时惊起了成群的林中宿鸟，它们徘徊在密林上空盘旋悲鸣，久久不散。

Karaweik 和阿脆迫不及待地跑向前边捡拾猎物，罗大海也得意忘形地跟了上去，只有司马灰肩伤较重，脑子里昏昏沉沉，仅背着条六七斤沉的步枪，都感觉重得不行。他一步一蹭地落在了后边，忽然发现身后有些异样，不由得立刻警惕起来，正想回过头去看个究竟，却已被一支冷冰冰的枪口抵住了后脑。

第五话
海　　底

　　司马灰在缅北游击队这几年，几乎每天都是滚在刀尖上过日子，深知丛林法则是弱肉强食，稍稍有些手软或是犹豫，就会死无葬身之地。此刻他忽然发觉脑后被枪口顶住，也无暇多想，立刻施展倒缠头，身子猛地向下一沉，右臂同时向后反抄，不等偷袭之人扣下扳机，便早已夹住了对方持枪的手臂。

　　司马灰左肩带伤，使不出力气，只好倾其所能，顺势用个头锤，将额头从斜下方向上狠狠顶了过去，正撞到那人的鼻梁骨上，就听鼻骨断裂，发出一声闷响，碎骨当即反刺入脑，那人连哼也没哼一声，顿时软塌塌地倒在了地上。

　　司马灰这几下快得犹如兔起鹘落，极是狠辣利落，结果收势不住，也跟着扑到了地上。他唯恐来敌不止一人，连忙就地滚开，随即旋转推拉SMLE步枪的枪机，正待招呼走在前边的罗大海等人隐蔽，却见丛林里钻出二十几个全副武装的缅甸人。

　　那伙武装人员大多是头裹格巾身着黑衣的打扮，手中都端着花机关①，黑洞洞的枪口已经对准了前边的罗大海三人，看情形只要司马灰再敢轻举妄动，立刻就会把他们打成蜂巢。

　　司马灰自知反抗不得，只好走出来弃械投降，被人家当场五花大绑，捆了一个结结实实。司马灰暗暗叫苦，万没想到深山老林里会遇到敌人，但是看这伙人的武器和服装十分混杂，不会是政府军。野人山这险恶异常的鬼地方，大概只有游击队、劫机犯、运毒者一类的亡命徒才敢进来。

　　司马灰判断不出这伙人究竟是干什么的，但也心知肚明，自己杀了对

---

　　① 花机关：冲锋枪。

方一个同伴，落在他们手里，定然难逃一死，不会有什么好下场。

正在这时，从那队缅甸武装人员后边，又走出六个人来，有老的也有年轻的，其中甚至还有个身高体壮的洋人，为首却是个容颜清丽的年轻女子，看样子也就二十来岁的年纪，头上戴着一顶配有风镜的丛林战斗帽，身穿猎装，顾盼之际，英气逼人，显得极是精明干练。

那伙缅甸武装人员把司马灰四人从里到外搜了一通，把找到的零碎物品，连同 Karaweik 身上所藏的笔记本，都交给了为首的那个女子过目。

那女子不动声色地逐一翻看，待看到徐平安所留的笔记本之时，脸上晃过一抹惊讶的表情。她立刻合上笔记本，低头看了看倒在地上的死尸，又走到司马灰近前，将他从头到脚打量了一遍，然后开口问道："你们是中国人？怎么穿着人民军的军装？到这缅北深山老林里来做什么？"

在司马灰眼中看来，这女子仿佛是从旧式电影中走出来的人物，不知什么来路，可一听对方竟然不知道缅共人民军里有数万中国人，既以此事询问，想必是从境外来的。他又听那女子的中文吐字发音清晰标准，绝非后天所学，应该也是个中国人，至少曾经是个中国人。司马灰自己也知道中国人落在缅甸人堆里一眼就能被人认出，没什么可隐瞒的，心想：这件事多半还有周旋的余地。但眼下还不清楚这伙人和军政府有没有瓜葛，所以并没有答话，只是点了点头。

那女子和颜悦色地又问："你怎么不敢说话，是不是有点紧张？"

司马灰心中不断盘算着如何脱身，嘴上只含含糊糊地应道："我非常地有点紧张。"

谁知那女子忽然变得面沉似水，哼了一声说道："少跟我要滑头，你刚才被我的手下用枪口顶住了后脑，却能在举手投足之间就将他杀了，而且当真是杀得干净利落，没有半点拖泥带水。你杀人连眼都不眨，具备如此出类拔萃的身手和心理素质，居然也会有紧张惧怕的时候？"

司马灰见那女子目光锐利，不像是个好对付的主儿，但仍狡辩说："我之所以觉得紧张，是因为你离我离得太近了，你站在我十步开外还好，超过了这个距离，我就会感到不安全。"

那女子冷冷地瞪了司马灰一眼："我问你什么你最好老老实实地回答。要不看你们是中国人，我也不会下令生擒活捉，如果我现在把你交在那些缅甸人的手里，他们肯定会在木桩子上活剥了你的人皮。我想你也应该很清楚，他们是很会搞这些折磨人的花样的。"

司马灰满不在乎地说："我罗大海欢迎来搞，搞费从优。"

罗大海被人捆住了按倒在地，一直做声不得，此刻他听司马灰冒充自己胡说八道，立即挣扎着破口大骂："司马灰，你小子太他妈缺德了，你有舅舅没有啊？我操你舅舅！"

那女子见司马灰和罗大海根本不把她放在眼里，而且都是油条，问了半天，你问的明明是东，他们偏要说西，根本别想从这些人嘴里打听到半句有用的话。她心中无明火起，就不免动了杀机，一把揪住阿脆的头发，随即刷地一下拽出猎刀，寒芒闪处，早将刀刃抵在阿脆颈下，盯着司马灰说："你再跟我胡说八道，我就先一刀割断这姑娘的喉咙。"

阿脆全无惧色，对那女子说了声："我早就想死了，你给我来个痛快的吧。"然后就闭目待死，一旁的 Karaweik 急得大喊大叫，却被一个缅甸人用脚踩在地上，拿枪托照着脑袋接连捣了几下，顿时砸得头破血流。

罗大海见状骂不绝口，而司马灰则是沉住了气，丝毫不动声色，表面上继续随口敷衍，暗中想要寻机挣脱绑缚，夺枪制敌。可他四下一看，发现除了二十几缅甸武装分子之外，以那女子为首的几个人，居然都在身后背了一根金属制成的管子。

司马灰识得这件器械，它有个名目，唤作"鸭嘴鐅"，通体五金打造，鹅蛋粗细，柄部有人臂长短，内藏三截暗套，可长可短，能够伸缩自如，前边是个兽头的吞口，从中吐出铲头似的鐅端，鐅尖扁平锋利，有点类似于游方僧人使用的五行方便连环铲，但更为轻巧精致，便于携带。此物是早年间的金点先生挂牌行术之时，用来判断地质条件用的独门工具，可以穿山取土，就连坚硬厚重的岩层也能挖开，如果在荒山野岭上遇着不测，又可以当作兵刃来防身，据说以前岭南和关东地区的盗墓贼，也多有用它来掘墓土撬棺材的。

司马灰看得真切，不由得心下起疑："看来这伙人并不是政府军派来的追兵，但井水不犯河水，他们怎么偏要跟我们过不去？而且神秘莫测的野人山，可以说是世界上最危险的角落，山里究竟隐藏着什么样的秘密，才值得这伙盗墓者，如此不顾一切地前来冒险？"

那女子身边有个五十多岁的老者，中等偏瘦的身材，颔下留着一撮山羊胡子，油头滑脑，像是个学究的模样。他见此刻的气氛僵持到了极点，随时都会血溅当场，就急忙出来打个圆场，先是对司马灰说明了事情经过，他自称姓姜，人称姜师爷，祖籍浙江绍兴，是个"字匠"出身，并介绍那女子姓胜，名玉，人称"玉飞燕"，是他们这伙人中打头的首领。

姜师爷声称他们这伙人是一支考察地理的探险队，想深入野人山腹地寻找史迪威公路的旧址。先是使用重金，买通了在缅北三角区很有势力的一位军阀头子，才得以找机会进山。但是苦于对丛林里的环境不熟，又找不到认路的向导，空在山中转了十多天也不得结果。

刚才探险队在丛林中听到枪声，立刻四散躲避了起来，随后就发现了司马灰等人。他们见这四个人身边带有步枪，而且看上去又像华人，唯恐产生误会，造成不必要的冲突，才会使用偷袭的下策，其实只不过是想等到解除了对方的武装之后，再商谈正事。不料司马灰下手太狠，超出了他们先前的预计，不但没被当场制住，还折掉了一个兄弟。

姜师爷经验老到，他看出司马灰这种人是吃软不吃硬，就劝解道："看阁下燕颔虎额，乃万里封侯之相，而且身手如此了得，想必不是等闲之辈，真令我等钦佩不已。想咱们萍水相逢，往日无怨，近日无仇，折掉个崽子①又算得了什么？可别为这件区区小事就伤了和气。我们只是想问一问，你是不是知道关于幽灵公路的事情？"

司马灰却是软硬不吃，油盐不进，怎会轻易相信这套花言巧语，他不等姜师爷说完，就突然开口问道："你们这伙盗墓的'晦子'，找野人山里的史迪威公路想做什么？"他猜测玉飞燕这伙人很可能是盗墓贼，但不知她的目的所在，所以先拿话点了一下，问对方是不是"晦子"。

此言一出，胜玉和姜师爷都是满脸错愕，没想到司马灰竟能看出自己这伙人的来路，心中俱是不胜惊异，忍不住同声问道："你怎知道？"

司马灰看到对方的反应，已知自己所料不错，便把目光落向他们身后所背着的鸭嘴桨上，嘿嘿冷笑道："武大郎养王八——什么人配什么货。"

胜玉同姜师听得又是一怔，二人交换了一下眼色，姜师爷就解开了捆住司马灰的绑绳，其余三人却仍旧绑着不放，只把司马灰请到一旁详谈。

眼下双方都有许多事情想问，但谁都没有多说，因为所作所为牵扯甚大，几乎全是暗地里的勾当，更不知对方的底有多深，自不肯轻易吐露半

---

① 崽子：喽啰。

点口风，这就是绿林中所谓"三谈三不谈"的规矩。遇到这种情形，按行帮各派惯用的方式，由两拨人里的首领，当面锣对面鼓坐下来——"盘海底"，这是指使用《江湖海底眼》中的唇典暗语来相互盘问，在摸清了底子之后，才可以详谈机密事宜。

姜师爷在附近找了块布满青苔的大条石，又找手下喽啰要来十八个行军水壶的盖子，以此来代替茶碗，往里面斟满了清水，随后按照海底阵法，在石面上依次排开这一十八个壶盖，请司马灰和胜玉分别在两侧前面对面坐下。

胜玉为主，理当先做开场，她将其中两个茶盏从阵中推出，左手伸出三指轻轻按住一只，右手则用四指点住另外一只，浅笑道："行帮各派，义气为先；三一不二，枝叶同根。司马兄，请先饮此茶。"

司马灰肩上伤口隐隐作痛，脑中好似有无数小虫来回爬动，但是既然到了这个地步，唯有硬撑。他竭力打起精神，看了看左右两只壶盖，知道如果随随便便地喝了，就会被对方当做是不懂行的"棒槌"，于是摇头说："在下既非三老，也非四少，不敢在贵老大面前冒昧。"

胜玉见他识得章法，就微微点头，撤回两只茶碗，重新摆了个一字长蛇，盘问道："请问兄台，阵上挂着什么牌，牌底写着什么字？"

司马灰知道胜玉是在问自己的出身和来历，便回答说："在家子不敢言父，出外徒不敢言师，贵老大问起，不得不说。阵头挂着一字牌，牌底是倒海翻江字，在下姓个西，头顶星足流，身背星足月，脚踩星足汪。"

胜玉一听，明白了，原来这司马灰是金点真传，看对方年纪还轻，难以轻信，还得再问问他有多大本事，又得过哪些传授，于是又问道："还要请教兄台，身上带着什么货？"

司马灰答道："身上没别的东西，只带着五湖四海半部《金刚经》。但在下是一脚门里，一脚门外，若有说到说不到的，还望老少爷们儿多担待。"他说完之后，心想："别总是你问我，我也得问问你。"就把海底茶碗阵摆成个二龙出水，盘问胜玉道："敢问贵老大，手里掌过几条船？"因为司马灰刚才已经知道了，胜玉一伙人都是盗墓的贼人，所以直接就问她倒腾过多少古墓中陪葬的明器。

胜玉也不示弱，答道："好说，手中不多不少，掌过九千九百九十九条船。"简而言之，她这句话就是说："太多了，早已不计其数。"

　　司马灰见她好厉害的手段，根本不信，追问道："船上打的是什么旗号？"因为在民间盗墓的晦子，手段各不相同，受地理环境因素和技术经验所限，大多是分地区行事，河南的不去陕西，关外的不到关内，这句话大意是在问："你们这伙人是在什么地方挖坟包子？使的又是哪一路手段？"

　　胜玉对答说："上山得胜旗，下山杏黄旗，初一、十五龙凤旗，船头四方大纛旗，船尾九面威风旗！"言下之意，是说各地皆去。以往历朝历代的古墓，虽是到处都有，可平原旷野上的坟包子好挖好拿，却没值钱的东西，拼着性命，提心吊胆，费死牛劲，得个仨瓜俩枣的也不值；山陵里埋的倒是帝王将相，明器珍宝应有尽有，可是地宫墓道，石壁铁顶，暗藏机括，坚固难破，既不容易找到，也很难轻易打开盗洞。但胜玉自称盗墓有术，坟包子不嫌小，山陵石冢不嫌大，只要被她相中了，就没有盗掘不成的。

　　司马灰听了这话可不肯领教："我问你船上有多少板？板上钉了多少钉？"这意思是说："你有什么本事敢放这么大的话，小心风大闪了舌头。"

　　胜玉神色自若地答道："板有七十二，谨按地煞数；钉有三十六，布成天罡阵。"这是说："我手下有既懂得风水方术的高人，也有精通地理爆破的专家，天底下没有我们做不成的活。"

　　司马灰心下不以为然，冷哼了一声，又问："有眼无钉的是什么板？有钉无眼的又是什么板？"

　　胜玉对答如流："有钉无眼是跳板，有眼无钉是风板。"同时反问道："你说天上有多少星？"

　　司马灰一听更不服了，心想："就你这两下子，还敢探问我的手段？"当即不屑一顾地答道："天上星，数不清，前人说是三万六千六，你的身上几条筋？"

　　胜玉见对方开始还挺规矩，但越说越是无礼，忍不住有几分薄怒，扬眉道："身上七条筋，剥皮剜肉寻，你可知一刀几个洞？"

　　司马灰也不客气："一刀两个洞，你有几条心，我借来下酒吞！"

第六话
蚊式特种运输机

天色渐渐黑透了，整座野人山都陷入了一片死一般的寂静，这也是狂风暴雨到来之前的短暂沉寂。

然而缅共游击队的四个残存人员，同玉飞燕一伙盗墓者之间的凝固气氛，却显得更为紧张。

司马灰自知己方受制于人，若是把话说得软了，不免更加被动，所以盘底时寸步不让，专拣些狠话来说，将胜玉激得脸上青一阵白一阵。

在旁的姜师爷是个老江湖，他见这两位针锋相对，越说越僵，就差白刀子进去红刀子出来了，赶紧在旁咳嗽一声，示意这个话头到此为止。又把海底茶碗阵中的茶水换过，按古例这回该用酽红茶，那种茶很浓，喝一口，能把人呛一跟头，可在原始丛林里没有条件，只是在壶盖中换了道清水，重新摆作三羊开泰之局。

这海底茶碗阵从自报家门的一字长蛇开始，紧接着是互相盘问的二龙出水，海中更有三羊开泰、四门兜底、五虎群羊、六丁六甲、七星北斗、八卦万象、九子连环，最后直到十面埋伏，按照规矩一层层盘下去，等盘到海底的时候，各自也就将对方的情况全摸透了。

经过这番谈话，双方都知道了彼此的底细，没有实质上的利害冲突，更不用担心走风漏水。司马灰的底子比较简单，他大言不惭地告诉对方，想当初我司马司令横扫缅寮，百战百捷，杀敌如麻，我跺一跺脚整个缅北的地面都要跟着颤三颤，奈何现在人民军垮了台，我们也不想再蹚这路浑水了，打算绕过野人山，北上回国。

而玉飞燕这伙人，祖辈都是关东晦字行里的人，他们成帮结伙，号称"山林队老少团"，也是因为在民国年间做下了几件大案，不得不躲到南洋避祸，一直在马六甲海峡附近走私获利，同时勾结海匪打捞古代沉船，或是到泰柬边境盗挖坟墓和寺庙佛塔遗迹，通过走私贩卖文物为生。

在中国民间的传统文化中，始终有"江湖"一词。江湖上存在着许多特殊行当，沿街乞讨的称作"花子"，盗墓挖坟的则被称为"晦子"，还有劫道的响马子、剪径的拐子、打鱼的牙子、走千家过百户拧门撬锁的飞贼、算命的先生、看风水相地的墓师等等。行业和谋生的手段虽然不同，有文有武，但都带有一定的迷信色彩。如果其中有懂得五行八卦、风水方术的人物，也就是那些文化水平比较高的，在江湖上就会极受尊崇。相较而言，"晦字行"只不过是民间盗贼的统称，里面的人员结构十分复杂。

胜玉的父亲死后，由她继承祖业，带着旧时班底，做了山林队老少团中打头的首领，她手下最得力的几个人，无非是草上飞、穿山甲、海冬青之流，另有一个擅长爆破的苏联流亡者，人送绰号"白熊"。

那位姜师爷是个盗墓老手，更是胜玉的叔伯辈，也算是她的半个师傅，因此胜玉对他格外尊敬，呼为"姜老"，言听计从。

玉飞燕曾经受过高等教育，近几年她把祖传的手艺改进完善了许多，带着山林队老少团在南边名头很响，这回是接了一个大客户的委托，要到野人山幽灵公路尽头，去寻找一件极重要事物。但并非是盗掘古墓，而是要做一趟"签子活"，所谓"签子"，是指异常危险艰难，好比在无数锋利的竹签上腾挪翻转之意。

司马灰听明白了之后，就说既然咱们两拨人都是不相干的，那就大道朝天，各走半边。如今笔记本也落到你手里了，还想干什么？不如趁早放了我那三个同伴，刚才我打死了你手下一个喽啰，只把我留下也就是了，老子一人做事一人当，杀剐存留，悉听尊便。

胜玉在摸清了司马灰的底细之后，语气也比先前客气温婉了许多，但她并不打算就此放人，因为刚才在盘海底的时候，他手下人早已经审过了随身藏带笔记本的Karaweik。那个十几岁的缅北山区少年，怎能是这些老江湖的对手，果然不出三五句话就被套出了实情。这本笔记中并没有描绘幽灵公路的详细地图，现在能有可能在山里找到这条路的，只有Karaweik一个人。这是老天爷给她玉飞燕送上门来的机会，绝不可能放过，所以无论如何，探险队都要将Karaweik带走。

但玉飞燕并未把事作绝，她在说明己方意图的同时，也给对方提出了两个方案。眼下能让司马灰选择的，只有这两条路：一是留下Karaweik自己离开，二是加入探险队一同进山。另外胜玉也清楚司马灰等人面临的处境，当场许下承诺，倘若把这趟签子活做成了，她就安排司马灰这四个人离开缅甸，可以去香港、泰国，或是离开亚洲，远走高飞，这些事全都包在她的身上。

玉飞燕急需扩充力量，她看司马灰身手不错，胆色见识也有过人之处，而且既是缅共游击队的成员，也肯定熟悉山区情况，便起心想要拉此人入伙，言辞极是恳切。

司马灰偷眼看了看被捆在旁边的那三个同伴，见阿脆和罗大海都对他悄然点头，表示不肯抛下 Karaweik，愿意跟探险队一同深入野人山腹地，此去虽是危险万分，却未必不是一条活路，既然大伙早就把生死置之度外了，又有什么地方是不敢去的？于是司马灰将心一横，点头应允了玉飞燕的请求，同意加入探险队。

双方当即裁香立盟，以示永不反悔，随后胜玉就命手下给罗大海三人松绑，又提供药物让司马灰治伤，并让众人在原地设营，明天一早动身。

阿脆精通医理，她为司马灰切去脓疮，换药敷上，重新包扎好了伤口，始终提着的心这才放下。要不是能在丛林中遇到这支探险队，司马灰伤口感染势必会越来越严重，恐怕当真走不出野人山了。

胜玉看阿脆处理伤口的手法利落巧妙，更是熟识药性，比得过真正高明的医师，也不禁对她有些佩服，更觉自己能拉拢这四人入伙，是得天助，可期重望。

司马灰却没理会玉飞燕是怎么想的，他一边任由阿脆裹伤，一边和罗大海、Karaweik 抱着刚要来的几袋野战食品大吃大嚼。这种六号野战食品里什么都有，不仅有咖啡、香烟、火柴，还有巧克力，Karaweik 饿得眼珠子都绿了，也不管是什么，捡起来就往肚子里填，他嘴里塞满了食物，不住对司马灰点头，表示这东西很好吃。

司马灰却觉得难以下咽，摇头说：“星期天你小子可真够没出息，这东西嚼来嚼去也没什么味道，不咸不淡的，你怎么就跟吃了山珍海味似的？”

罗大海也深有同感，把嘴里嚼着半截的东西吐在手里看了看说：“确实是味同嚼蜡，难道探险队天天就吃这个？”

司马灰解释说，既然是野战食品，那肯定都是在野外作战时吃的，条件不太好还是可以理解的，而且如果不把食物风干了，也很难长期保存。

罗大海恍然大悟："原来是风干的，怪不得我吃起来就他妈跟嚼手纸似的，这风得也太干了。"说完又把刚吐在手里的食物，重新放到了嘴中用力咀嚼。

玉飞燕在旁看了个满眼，忍不住出言道破："你以为你们俩吃的是什么？那就是手纸。"

司马灰和罗大海这才知道自己拿错了，有吃的没拿，反而是看六号野战食品密封袋里的手纸体积比较大，拿起来就放到嘴里去嚼。二人得知真相，顿觉大窘，但以他们的脾气秉性，自然是死也不认，大不了将错就错，声称咱爷们儿都是文化人，平时就喜欢吃些笔墨纸砚，别说吃你两卷手纸了，就连齐白石画的对虾也吃过二斤，说话间硬是把野战食品袋子里的手纸全部嚼烂了吞进肚中，然后才开始吃别的东西。

胜玉并不与他们计较，她借机为司马灰等人说明了探险队的人员结构。与其说是这是支探险队，实际从骨子里边，还是没脱离传统响马组织的"山林队老少团"。一切事务都由打头的说了算，但打头的心要正，心不正成不了事。

其次是"字匠"，也称先生，就是队中经验最丰富的老贼，他作为智囊，起着军师的作用，以下还有草上飞、穿山甲等几个兄弟，都是十分得力之人。

另外那二十几个作为脚夫的缅甸武装人员，都是从缅北军阀武装中招募来的亡命徒，他们为了钱什么都敢做。

而司马灰这四个人，就被充为了领路的"线火子"，负责带着探险队找到野人山幽灵公路。

虽然侵袭缅北的热带风团"浮屠"正在迅速向北逼近，预计一两天之内就会抵达野人山，但胜玉的决心似乎很大，即便面临如此恶劣的天气条件，她仍不惜一切代价都要做成这趟签子活。因为缅北非军控地区的局势非常不稳定，要等下次再有机会进山，还不知是何年何月的事了。

司马灰寻思着胜玉和她手下这伙人，都是挖坟掘墓贩卖古物的晦子，但从没听说野人山里有什么古墓，何况能够买通地方武装力量借道进山，所花费的金钱必然不会是小数目，这可不是随便挖几件墓中的古董就能赚回来的，究竟是谁肯耗费如此大的本钱，他们到底想找什么东西？

司马灰早已迫不及待想知道内情，就问胜玉在幽灵公路的尽头究竟藏有什么秘密？

　　胜玉拿出一个防水袋，用手抽出里面的东西，那是薄薄的几份文件，还有若干张照片，她告诉司马灰等人："这就是我要寻找的唯一目标。"

　　司马灰和罗大海凑过来仔细看了看照片里的飞机，看照片里的拍摄地点，其背景似乎是在某处军用机场，而且拍摄的都是同一架军用运输机。这架运输机式样古旧，奇形怪状，机体和机翼上绘有昂首吐信的毒蛇标志，显得很是特殊。

　　二人都觉得有些眼熟，好像曾经在哪里见到过，看来并非是现代的机型，早该放到军事博物馆里去了。想到此处，猛然记起了从前在山区作战时的所见所闻，奇道："这是一架英国皇家空军的蚊式特种运输机？"

第七话
通 天 塔

　　缅共人民军曾在腊戍附近，攻占过一处当年由英国人修筑的军用机场，机库里还保留有许多损坏多年的老式战斗机，其中就有这么一架机体，形制怪异，令人过目难忘，类似坠毁在山里的残骸他们也曾见过。

　　所以司马灰和罗大海细加辨认，倒是能识得这架奇形怪状的飞机，这应该是一架由英国人制造的蚊式特种运输机。英国皇家空军的蚊式飞机，活跃于第二次世界大战期间，型号和种类很多，例如战斗机、鱼雷反潜机、轻型轰炸机、拍照侦察机、特种运输机等等，向来以敏捷灵活著称，非常适合在气候复杂多变的热带地区飞行。曾经有大批的蚊式飞机在缅甸服役，以轻型轰炸机和夜间侦察机居多，照片上这类经过改装的特种运输机却不常见。

　　司马灰对玉飞燕说，这种老掉牙的旧式飞机早已退出历史舞台了，你们冒如此大的风险和代价，绝不会仅仅只为了一架蚊式特种运输机。肯定是运输机的机舱里装载着什么重要物资，但它为什么会在野人山？又为什么会有人不惜重金雇佣探险队来寻找它？想来其中必然有些不可告人的缘故。

　　玉飞燕点头承认了司马灰的判断，不过也没什么不可告人的缘故。原来在第二次世界大战结束之后，缅甸、印度等国家摆脱英属殖民地统治的前夕，英国人曾派遣空军，秘密运送一批从缅甸掠夺来的稀世珍宝，准备先送到港口装船之后，再转运至本土的大英帝国博物馆。

　　在执行这次秘密运送任务的过程中，英国皇家空军的一架蚊式特种运输机，因遭遇天气突变，被迫偏离既定飞行路线，坠落在了野人山腹地。通过护航战斗机飞行员的报告，与运输机驾驶员最后的通讯是："我们降落在了雾中……"降落点是位于原始丛林中的一个巨型裂谷，大概是由于裂谷中气流和机体结构较轻的作用，使得这架蚊式特种运输机并没有当场

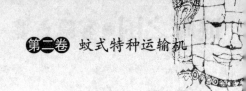

撞在山上机毁人亡。

不过那个巨型裂谷深处浓雾弥漫，空中俯瞰的视线都被阻挡，当蚊式特种运输机落入茫茫迷雾之后，很快便在驾驶员惊恐绝望的呼叫中，中断了一切与外界的通讯联络。

军方闻讯后，立刻调集人员，就近组成救援分队，分多路进入野人山寻找这架失事的特种运输机，甚至还不顾恶劣的天气影响，派出侦察机到坠落点附近进行搜索。

可是进山的各支搜救部队，不是找不到路无功而返，就是进入丛林后下落不明，要说失踪在山里的人员和飞机，也数不清楚这些年究竟有多少了。身份和背景来历更是五花八门，除了寻宝的冒险家和投机分子，也有逃亡者、走私犯、土匪，以及在历次战争中误入野人山的各国士兵。但不论是大英帝国殖民统治时期，还是日军占领时期，官方对待发生在野人山里的一切失踪事件，都避而不谈，从未有过任何公开搜救行动的记录。

不见天日的原始丛林和千年不散的地底云雾，都成为了天然的视觉屏障，再加上恶劣的自然环境，将野人山彻底与世隔绝，至今没有任何人能从深山中活着走出来。

这架蚊式特种运输机失踪不久，缅甸宣布独立，英国人全部撤离，关于特种运输机消失在野人山大裂谷的军事档案，也被永久封存。可仍有许多人对机舱中装载的秘密念念不忘，对于这架失踪运输机的搜索，至今也没有中断过，胜玉手下的山林队老少团，就是受人雇佣，要进山找到这架绘有黑蛇标记的特种运输机，并将机舱里的"货物"带回去。

玉飞燕手中的线索，除了几张运输机的照片之外，就剩下一些当年英军搜救分队留下的情报，可以从中得知这架蚊式特种运输机失踪的大致位置，是位于野人山中心的巨型裂谷，然而由地底涌出的茫茫迷雾，正逐年增多，掩盖住了附近的大部分区域。

如果探险队直接进入被迷雾笼罩的丛林，很容易会重蹈前人覆辙，所以胜玉和姜师爷商议之后，决定首先寻找到由美军修筑的史迪威公路。据说这条幽灵公路的尽头，非常接近野人山巨型裂谷的边缘地带。当年美军的第六独立作战工程团，是想从侧面避开那些诡异的地底云雾，可他们在山中挖掘隧道的时候，无意间引起了塌方。塌方处显露出一个洞窟，里面雾气涌动，进去侦察的人员大多死于非命，所以才被迫放弃了将公路纵向贯穿野人山的计划。

探险队苦于没有地图和向导，想找到一条被遗弃数十年的公路谈何容易，幸亏遇到了司马灰同 Karaweik 等人。Karaweik 虽然也从来没走过幽灵公路 206B 线，但至少他有些经验，知道该怎样去寻找，也懂得如何避过历次战争所遗留的大片雷区，只要能找到位于 B 路线尽头的隧道，就可以设法从塌方区域穿过地底洞窟，进入蚊式特种运输机失踪的巨型裂谷内部。

玉飞燕讲完整件事情的经过，告诉司马灰和罗大海说："不管你们信不信命，至少我认为人与人之间，确实有某种'引力'存在，咱们能在野人山里相遇，并且最终成为同伙，这恐怕就是命运的安排，从今以后，该当同心协力才对。"

司马灰知道玉飞燕不可能透露关于货物及客户的信息，但料想运输机机舱里的东西非同小可，既然是趟玩命的签子活，肯定不会轻易得手，搞不好还会落个全军覆没的下场，于是他提醒胜玉说："既然你说要相信命运，那成事与否就看天意了，这趟活要是万一做不成，你也别强求。"

胜玉秀眉微蹙，责怪道："你别给我动摇人心，只要咱们大伙心齐，怎么会有做不成的事？"

司马灰说："我可不是给你泼冷水，我看咱们这队人，就是做不到同心协力。我记得以前在曼支附近，听人讲过一个西方传说：

"那还是在远古时代，地上的人们生活很艰苦，吃不饱穿不暖，又有洪水猛兽威胁着人类的生存。当时的人们都听说天国不错，一年到头温暖如春，有四时常开之花，八节不谢之草，而且物产丰富，吃喝穿戴不愁，更没有生老病死之苦，只不过天空遥远，其高异常，居住在地面的普通人根本没办法上去。

"结果大伙一合计，就决定建造一座通天的高塔，给它一直盖到天国，那样咱们男女老少都能上去当神仙，不用再留在地上受罪了。于是众人就开始施工，大伙齐心合力，进展迅速。

"眼看着高塔入云，越盖越高，住在天国里的天帝就坐不住了，他急得直转圈，心想：天上就我一个住着多舒服，如今地下这帮孙子吃饱了撑的，都要上来跟我搅和，不成，得赶紧想点办法。结果他就想了一个损招，把地上的人们分成不同的种族，让他们说着不一样的语言，彼此之间无法进行交流。

"这个办法还真管用，语言和种族文化背景成了难以逾越的鸿沟，地上的人们因为无法互相沟通，没办法再向先前一样心往一处想劲往一处使，终于没能筑成通天塔，至今还留在下边互相指责对方，不断发动着一次又一次的战争。"

玉飞燕耐着性子听司马灰胡扯了半天，皱眉问道："你到底是什么意思？"

司马灰说："我就是想说在咱们这伙人里，既有苏联人、缅甸人、柬埔寨人，也有中国人，甚至有些人连自己究竟是哪国人都说不清，彼此之间相互沟通交流起来很麻烦，谈何同心协力？纯粹是伙临时拼凑的乌合之众，绝对难成大事。所以我看到野人山里寻找那架失踪多年的蚊式特种运输机，可不是轻而易举就能做到的，咱们尽力而为，可万一失手了，你得答应我，在你们撤退的时候至少把 Karaweik 带走，并且安排他离开缅甸。"

胜玉半没好气地说："你尽管放心吧，山林队老少团又不是没做过签子活，别看队伍里人头杂，可你们根本不需要交流和沟通，因为我玉飞燕是打头的，全都由我一个人说了算。"

司马灰心中不屑，暗想：你玉飞燕不就是个盗墓团伙的头子吗？老子在缅甸砍掉的人头，比你们这辈子挖过的坟头加起来都多，凭你这小骚娘们儿有什么资格指挥老子？但他也不想在这种事上多作纠缠，点到为止，于是说了声："但愿如此，"就将她打发走了。

这时罗大海低声问司马灰："倒是听说大英帝国博物馆里确实收藏了许多古代文物，可缅甸当地人大多贫穷困苦，连座像样些的房子都造不起，那架英国皇家空军运输机里装载的货物，又能好到哪去？我看多半也是徒有虚名，如今有场灾难性的热带风团就要来了，那伙人为这货物冒这么大的风险到底值不值？"

司马灰说："这是你罗大舌头没见识了，你别看当地人穷，可这里确实曾有过很多显赫强盛的古代王朝，历史积淀深厚。当地人对信仰格外虔诚，有名的几大寺庙更是造得珠光宝气，金碧辉煌。而且这黄金翡翠之国的名头，也绝非凭空得来的，说别的你未必知道，我给你举个最直观的实例，你知道英国女王是谁吗？"

罗大海被问得犹如丈二和尚——摸不着头脑了："小看人是怎么着？

英国女王我可太熟了，谁不知道缅甸以前是英国殖民地，现在好多地方还留着她的画像，咱在这打了那么多年仗，真人虽然没见过，但肖像画却看了不少，咱最起码也跟她混一脸儿熟啊，她不就是英国总统的媳妇儿吗？不过我刚才问的这件事，跟她有什么关系？"

司马灰道："你看过肖像画就应该知道，英国女王头顶上戴着个皇冠，皇冠中央镶了颗大如鹅卵的红宝石，鲜艳胜血，全世界仅此一颗，独一无二，那就是第一次英缅战争时期，由几个随军的英国探险家，无意间从缅北野人山里挖出来，然后才带回国去，献给了他们的英女王陛下。"

罗大海若有所悟，点了点头："原来是这么回事，看来那架蚊式特种运输机里装载的货物，肯定不是一般的牛逼，要是真能把它找着，咱就黄鼠狼子等食儿——见机（鸡）行事了。"

阿脆听罗大海言下之意，是想将那架失踪运输机里的东西据为己有，就说："你别做梦娶媳妇净想好事了，能活着从野人山里出去才是最重要的。你没听说以前进到深山中的探险队，从来就没有人能活着回来吗？要是咱们也进去出不来了该怎么办？"

罗大海笑道："阿脆你可别吓唬我，你还不知道我罗大舌头是火柴棍儿上绑鸡毛吗——胆（掸）子很小啊。"

三人说了一阵，都认为此行凶多吉少，但是如果真能捡条性命回去，等着他们的又会是什么样的命运？患得患失之际，只觉前途难料，一阵阵倦意袭来，陆续沉睡了过去。

转天天还没亮，就都被姜师爷叫了起来，众人收拾装备动身出发。穿过一片片茂密的丛林，攀至一道耸立的山脊，从高处向四外一看，苍茫的群山之间一片寂静，拂晓的晨雾也还没有完全消散。遥望天际长虹似血，那是强烈热带风团"浮屠"逼近的前兆。

这场灾难性的恶劣天气一来，连续几天之内，狂风暴雨都不会有所减弱，到时必然山洪泛滥，泥石崩流，甚至就连野人山的地形都可能会因此改变，所以留给探险队的时间已经不多了，必须尽快找到蚊式特种运输机失踪的巨型裂谷。

由 Karaweik 在前引路，一路穿过山洞，绕经几片雷区，在一片断崖环绕的地方，找到了"Y"字型公路的分支点，美军称此地为"堪萨斯点"，向左走是曲折漫长的 A 线，而右侧多为穿山隧道，直通被云雾封锁覆盖的危险区域。

Karaweik 最多也只到过"堪萨斯点",接下来只能摸索寻找幽灵公路的B线了。遗弃多年的公路路面都已被植物遮掩，或是坍塌剥断，早已面目全非。这条利用机械化辅助修建的路基，仍为顽强的灌木丛提供了入侵空间，树根渗透了圆木的缝隙，盘亘交错地覆盖住了路面，使人无法看清它的面貌。可只要掌握了公路走势的规律，也不难寻找到泥土植被下的公路遗址，以此顺藤摸瓜，要确认206B线的位置并不算十分困难。

不料这条幽灵公路见首不见尾，前半段全长六十里，纵深五里半，全修在山腰上，均系绝户道，共拐十八弯；后半段都已被洪水冲垮，没留下半分痕迹。探险队失去参照物后，迎面遇到丛林中一大片绵延起伏的断崖，被拦住了去路，根本找不到进山的隧道入口。眼见前边的断崖延展不下数十里，而在原始丛林中每走一步都很困难，如果逐步搜索过去，没有三五天的时间，是不可能找到隧道入口。

正当众人束手无策之际，Karaweik 说出一个线索，他记得父亲在世时曾经讲过：当年为了进山采药时，曾到过这处隧道入口附近的断崖上，亲眼目睹了一个令人惊叹的奇观，也就是缅甸人古老传说中的"长蛇显身"，惊得他魂不附体，匆匆逃出了原始丛林。不料前脚刚出山，后脚暴雨就到了，淹没冲毁了野人山的许多地方，要是他晚逃一步，早就死在山里了，所以一直都认为那是"长蛇"显出灵异相救，才能使其得知危险征兆，有命逃回家中。

根据这一传说，可以推测"长蛇显身"是位于206隧道附近的特殊标志，但记载着美军修筑公路过程的笔记中，并没有提到这一奇异现象，可见并非是时时都能遇到，而且至今没人能说清楚"长蛇显身"究竟是何所指，只推测越是在天候恶劣的情况下，就越有可能见到这一奇观。

这座深处缅甸北部的野人山，是喜马拉雅山余脉尽头的一片深山绝壑，低海拔区域多被茂密的原始丛林覆盖，四周高山峡谷环列，流经的水系众多，气候终年不变，除了规模剧烈的热带风团之外，深山里很少受到风暴雷雨的侵袭，也许等上十几年，都不会有机缘遇见能够引动山洪的恶劣天气。

众人只能推测这"长蛇显身"的传说，大概存在有两种可能性。一是代指某种天象，因为中国古代曾将许多天兆用生物来命名，不过历史上从来没有"长蛇显身"之语的记载。缅甸地区的宗教体系是从古印度流传而来，也许正是由于文化背景存在差异，造成现在的人根本难以理解这个暗示。

第二种可能性也很大，野人山里多有巨蟒大蛇，甚至传说有条怪蟒长可数里，它吞吐出来的茫茫白气，形成了群山深处千年不散的云雾，覆盖数里，人畜进到雾中，即被它溶化吞噬。而"长蛇显身"之语，多半是指在异常天气的影响之下，躲在山里的怪蟒便会受到惊动，从云雾中显身出来。

此时，山中气压越来越低，闷热的空气仿佛都要凝固住了，万籁无声，使人感觉烦躁不安，几乎喘不过气来。司马灰心说："估计这场暴风雨快要来了，如果再找不到隧道入口，就必须立刻躲到高地上去了。"他正自寻思觅路攀上山脊，抬眼间就见对面一片裸露的山壁上，出现了二三十米长的一条黑蛇，蛇身如烟似雾，朦胧模糊，最奇怪的是，那黑蛇竟然钉在笔直的峭壁上一动不动，仿佛是一片古老而又神秘的岩画，可先前看了多时，山壁断崖上分明都是空无一物的所在，怎么就突然出现了这种奇异景象？

司马灰还道是自己看花了眼，忙叫其余众人也抬头去看，数十人目瞪口呆地凝视了良久，几乎人人都不敢相信自己双眼所见，因为浮现在壁上的确实是条一动不动的黑色蛇形，但那既不是描绘怪蟒图腾的壁画，也并非一件没有生命的死物。此前谁都难以想象得到，留存于缅甸古老传说中的"长蛇显身"，竟是一幅具有生命的神秘图像，离奇得令人难以置信。

第八话
长 蛇 显 身

正当探险队被断崖阻挡，一筹莫展之际，竟发现在山壁上，出现了一条乌黑蜿蜒的蛇形，长度不下数十米。岩壁上生满了青苔和各种植物，满壁浓绿掩映，更显得那条长蛇朦胧诡异，仿佛是个幽灵。由于离得远了，也看不出究竟是蟒是蛇。

随队的一众缅甸武装人员，都惊得跪倒在地，口中不停念诵佛号，对着山崖拼命磕头。

玉飞燕也觉吃惊，她抓起望远镜，举在眼前仔细看了一阵，方才恍然大悟。她告诉众人用不着惊慌，岩壁上的蛇形黑影，根本就不是蟒蛇，而是在成群迁移的红蚁。

原来野人山地势环合，四周绵延起伏的山脉，多为太古时期喜马拉雅造山运动的产物，气候终年恒定不变。通常的热带风暴难以波及此地。但是今年来自印度洋的这股强热带风团，猛烈程度为近几十年来所罕见。如此恶劣的气象变化，自从被预测出来之后，便引起了世界各地的广泛关注，根据气象分析显示，缅北野人山地区也将受到狂风暴雨的侵袭。此时热带风暴带来的大雨即将来临，骤雨会使平静低洼的河道变为湍急迅猛的洪流。

反常闷热的天气，已使深山老林里的生物有所察觉，数以千万计的红蚁，正被迫迁移到高处，以避免蚁巢遭受灭顶之灾的厄运。原始丛林中的红蚁数量多得惊人，虽然名为红蚁，但周身乌黑，仅尾部带有一点朱红，体型最大的接近人指，小者也如米粒一般，密密麻麻地聚为队列爬壁而上。人们站在远处望见，自然会将其视作"长蛇"。也许早在千百年前，就曾经有人目睹过这一神秘的自然现象，所以才会留下这些令人难以琢磨的离奇传说。

虽然胜玉告诉众人崖壁上蜿蜒的黑影并不是蟒蛇，但包括 Karaweik 在内的缅甸人，完全难以理解丛林中的红蚁竟会主动迁往高处躲避暴雨，都认定了那是长蛇借着蚁群显身，人人噤若寒蝉，个个面如土色。

玉飞燕告诉众人，在热带丛林中生存的红蚁，又称信蚁，它们可以在觅食或行军的区域留下信息素，每次远距离迁移都有固定路线，等到天气好转，便要原路返回崖底，重新修造被暴雨冲毁的巢穴。看红蚁聚集的数量之多，甚是惊人，可以断定周围数十里内，应该不会再有规模如此庞大的蚁群。既然曾有人在幽灵公路的隧道入口附近，目击过这一自然界的生物奇观，那条穿山的隧道必定离此不远。最后她又从身边取出一根金条，让通译告诉众人："谁能找到进山的入口，我手中这根金条就是他的了。"

司马灰还以为她玉飞燕能有什么笼络人心的特殊手段，敢情也是属程咬金的，老是那三斧子半，一点新招没有。不过所谓重赏之下，必有勇夫，这些缅甸人虽然对野人山有种深入骨髓的恐惧，但更是些要钱不要命的悍匪，在巨大的利益诱惑之下，先是慌乱了一阵，就在队中首领的喝令下，分别去崖下搜索隧道入口了。

在探险队筑篱式的搜索下，终于发现了幽灵公路的隧道入口，但洞口顶部已经彻底崩塌，散落下来的大量岩石封死了去路，看迹象似乎是出于炸药爆破。大概是美军在撤离 B 线公路隧道的时候，为了封锁危险区域，进行了多次爆破作业，把所有的洞口都被炸塌了，再向前根本无路可走。

不过还是有几个经验丰富的缅甸武装人员，在信蚁爬动的断崖侧面，找到了一条被茂密植物覆盖着的隐秘深谷。谷口裸露的岩层上，还保留着描绘关于大群野象死亡情景的原始岩画。山谷内部幽深曲折，湿气更为沉重，两侧的参天古树盘根错节，头顶难见天日，只有些许透过浓密荫翳间隙，洒漏下来的细碎天光。

在 Karaweik 祖父留下的记录中，不仅完全按照古图描述了象门内部的地形，还记载了与之相关的一件事情。据说在英缅战争时期，曾有一位英军上校，指挥着部队在野人山附近作战。由于英军武器装备精良，轻而易举地击溃了敌人。在追剿残敌的过程中，上校在原始丛林中遇到了一头年迈将死的野象。他部下的印度士兵贪图野象象牙，当时就想开枪射杀老象，但上校久在印缅等地活动，深知山中野象的习性，没有让印度军卒轻易开枪惊动野象，而是带人悄悄跟随其后，要看它的踪迹究竟落在何地。

原来缅甸野象有种习性，每当一头大象临老衰弱之际，往往自有感知，届时便会独自离开象群，孤身前往深山。一直走到祖先埋骨的石窟里，然后就伏在累累象骨上不饮不食，静静等候死亡的到来。

相传缅甸野象的墓穴，最古老的甚至有上万年历史，洞中的象骨、象牙堆积如山。象群尸骸的数量究竟有多少，根本就难以估算。也由于年代太久远了，甚至有些很古老的象牙，都已在洞穴底层变为了化石。

象牙制造的精美工艺品，在欧洲各地深受贵族喜爱，价值不菲，这位英军上校知道，只要跟住老象的踪迹，很可能会找到象群祖先埋骨之地，那就等于发现了一个无穷的宝藏，所得可远不止两根上品象牙这么简单。

这个英军上校当时利欲熏心，却忽略了很重要的一点，缅甸野象的族群观念很强，它们可以不惜一切代价，守卫祖先埋骨之地的秘密。而且野象似乎也都知道，象群自古就遭到人类的猎杀，其根源就在于象牙宝贵，所以它们选择的坟墓，都是深山老林里最危险的区域，足以使任何跟踪者有去无回。

结果这个上校督率两百余名印度兵卒，在后跟踪老象的足迹，进入了一条非常隐蔽的山谷。他们历尽艰险，终于在山谷深处，见到了两侧被榕树藤葛覆盖着的无数天然洞窟。那都是由距今几千万甚至上亿年前，雨水渗入石灰岩山体，溶解了松软的岩石，雕刻而出的天然洞穴。山洞里面冷风呼啸，深邃幽暗的洞穴四通八达，在山腹内交织成了一张绵绵密密的喀斯特地形网。各个洞窟不仅宽阔异常，更有无数象骸象牙重重叠叠压在其中。

英军上校惊叹之余，只能用猛犸洞窟来形容眼前所见。虽然成堆的野象骨骸中，绝没有冰河时期的猛犸巨兽，但唯有猛犸体型之庞然，才得以形容这片奇迹般宏大的洞窟。此外他们还发现，在猛犸洞窟的尽头，连接着一个深不可测的巨型裂谷，从地底涌出的迷雾，浓得好似化不开来，当时没人敢进去一探究竟。

上校虽然没让部下进入裂谷，但深山里危机四伏，除了毒蛇恶兽，还充满了古老的诅咒，最后使这支部队几乎全军覆没，那个为首的英军上校也殒命其间，仅有的几名幸存者连半根象牙都没能带出来。此后再去的探险家和投机者也大多是有去无回，所以这条山谷历来被看作是一片禁区。

姜师爷判断，这条山谷很可能就是古地图中描绘的象门，史迪威公路的走势，基本与其相似。由于美军在隧道里进行施工的过程中，无意间贯通了野人山大裂谷的边缘，使得地底雾气侵袭，从而造成了大量人员的失踪和死亡，才不得不放弃206B线公路。而象门的尽头，同样应该直插野人山腹地。能抵达深山裂谷的路不止一条，皆可殊途同归，但无一例外都很危险。

如果现在通过爆破手段炸开206隧道入口，绝不是一时三刻就能成功的。姜师爷自恃探险队全副武装，而且经验丰富，与其纠缠于相对安全稳妥的幽灵公路，不如冒险进入猛犸洞窟。他也是老谋深算，先让司马灰和罗大海二人在头前探路，并安排钻山甲盯着他们俩。玉飞燕也同意如此安排，便点手唤来三人，又命手下给司马灰他们分出两柄猎刀，用以防身，另外还配备了两支手提式探照灯和信号烛。

钻山甲是个四十多岁的关东汉子，脸上有道刀疤，短胳膊短腿，身材粗矮敦实，为人沉默寡言，脾气不太好，总是阴着个脸。他自知走在前边很是危险，但既是打头的发了话，也不敢不从，便没好气地催促司马灰和罗大海："你们俩兔崽子听好了，走在前边都把皮绷紧点，给爷爷打起精神来。"

司马灰和罗大海本来有意落在后边，听了玉飞燕的布置，心想："你们探险队里的成员个个武装到了牙齿，又是草上飞又是穿山甲的，怎么好意思让我们这伙残兵败将走在前边冒死探路？"但又一寻思："人在矮檐下，怎好不低头，既然注定要给人家当成炮灰去蹚地雷，走到这一步想不去也是不成，趁早就别多说了，免得更加被人瞧不起。"于是各自抄起了家伙，没精打采地向前挪动脚步。

向着山谷深处走了一阵，地势变得逐渐开阔，但高大的乔木挺拔入云，稠密的树冠紧密依偎，在半空里组成了一道巨大的绿色帷幕，完全遮蔽了天空，地上藤蔓丛生，错综复杂地牵绊在一起，寸步难行。由于终年难见日光，所以低洼处的积水里，散发着一股股腥腐刺鼻的恶臭。

丛林底部全被一层轻烟薄雾所笼罩。通常的雾气，可分为平流雾、上坡雾、蒸气雾、辐射雾这几种类型，到了山地丛林或是有死水淤积的区域，更可能出现有毒的雾状瘴气。然而至今没有人能够解释，野人山巨型裂谷中的迷雾究竟是如何产生的，而且经过探测，这些从地底涌出的云雾并没有毒，也不会使人至幻，恐怕只有死在雾中的人才知道里面究竟有些什么。虽然难以分辨附近的薄雾，究竟是山间湿气产生，还是由从地底涌出。但雾的出现，标志着从这里开始，已经踏入了真正危险的区域。

司马灰和罗大海忍着口气，在前边披荆斩棘，穿过山谷内茂盛的丛林渐行渐深。罗大海回头看见钻山甲跟在十几米开外，才恨恨地说："玉飞燕这贼妮子心太黑了，如今咱们落在她手里，真他妈是武大郎遇上潘金莲——凶多吉少了。"

司马灰黯然道："至少武大郎还有他兄弟武二郎给他报仇雪恨，我估计咱要死在这，连个给咱收尸上坟的人都没有。不过事到如今你就想开点吧，哪个庙里没有屈死的鬼呀，谁让咱们倒霉呢。"

罗大舌头早就瞧探险队那伙人个个都不顺眼了，他先是乱骂了一通，又往后头看了看钻山甲，估摸着对方离得不算近，应该听不见自己说话，就低声问司马灰："司马，你瞅瞅跟在咱后边那位，我怎么看他那么别扭呢？你说咱俩参加缅共人民军这些年，杀人爆破的事究竟干过多少，连自己都数不清了，咱说什么咱还不就是忍着？可你看他一盗墓的，无非就偷偷摸摸挖几座没主家管的绝户坟，再顺便欺负欺负棺材里的死人，又算什么本事？他凭什么装得这么深沉？"

司马灰也向后瞄了一眼，他告诉罗大海可别乱嚼舌头，看那位钻山甲绝对是个会家子，你瞧他两条胳膊又短又粗，肯定是掏窑、打洞、钻烟囱练出来的；还有那两条罗圈腿，长得跟弹簧似的，在盗洞子里头一蹬，嗖地一下就能蹿出十多丈去；你再看他那一身的肉膘，估计闷到古墓里不吃不喝半个月也饿不死他。这位钻爷，简直就是专门为了挖坟包子而生的盖世奇才。

罗大海有些不信："你说的这是人还是土耗子？"他说着话，忍不住又回头看了一眼，可这一看吓了一跳，险些将脖子闪了，他赶紧招呼司马灰回头去看。二人回头望时，只见身后空空如也，一直跟在后边的钻山甲不见了踪影。

司马灰和罗大海心中吃惊，如果钻山甲刚才无意中陷到树窟泥沼中了，肯定应该有点动静才对，可就这么一眨眼的工夫，俩人谁也没注意后边的钻山甲到哪去了。

这时二人听到树上似乎有巨物蠕动，立刻下意识地抬起头来，并将手提式探照灯射出的光束往上照。循声一扫，就见钻山甲的身体竟然孤悬在阴暗的半空中，他脸色难看至极，五官扭曲，似乎口不能言，只有又短又粗的四肢还在竭力挥动挣扎。

原来在他们身后十几步远的高处，有条水桶粗细的乌蟒，蟒身缠在一株古树树梢上，绕了数匝。它自上而下，探着比斗还大的蟒头，张开血盆大口不断吸气，竟将走在后边的钻山甲从树下吸到半空，又活生生吞入了腹中。

第三卷

浮

屠

第一话
开膛

在缅甸的深山丛林中，缅甸乌蟒和毒蛇皆属十分常见的生物，但这条藏在树冠浓荫里的乌蟒，竟能在张口吞吐之际，就将体壮膘肥的钻山甲吸上半空，直看得司马灰和罗大海两人心寒股栗，胆为之夺，奈何手中没有枪械，猎刀又及不得远，无从相救，眼睁睁看着那条乌蟒张口吸住了钻山甲，就势探首下来，将其囫囵个地吞入腹中，蟒身顿时隆起一个人形。

钻山甲虽然拎着把冲锋枪，但是突然遇袭，毫无防备，等他明白过来的时候，已经被一股腥风卷住。

有道是力从地起，钻山甲的双脚离了地面，虚身凌空，头上脚下，毫无挣扎反抗的余地，立刻被活生生吸入蟒腹。

这钻山甲是常作亡命勾当的盗墓贼，身具惊人艺业，手段当真了得。他被巨蟒一口吞下，只觉得恶腥冲脑，周身上下好似掉进了汤锅，如受火灼，难以忍耐。幸得钻山甲神智未乱，心地尚且清醒，他仗着胳膊比较短，局促间能得施展，奋力拽出随身携带的鸭嘴槊，把锋利无比的槊刃向身下狠狠划去。鸭嘴槊利刃所过之处，如中败革，拼命再割下去，竟给那乌蟒从里到外开了膛子。

那条缅甸巨蟒，吞人吞得太狠，初时还未发觉自己腹破肠穿，直到钻山甲在它腹底割出了十几米长的一条豁口，才知大势不好，盘在老树上垂死挣扎翻滚。

这些情形，全都发生在转瞬之间，还不等司马灰和罗大海回过神来，钻山甲就像个血葫芦似的，从头到脚裹满了黏液，合身从那条被他开膛破肚的乌蟒腹中掉落下来。

二人见膘肥体健的钻山甲从半空坠下，都同时惊呼了一声，想伸手去接，又哪里接得住。那一百七八十斤的大活人，加上下坠的势头，就跟投下来一颗炸弹似的，钻山甲倒撞在他们身上，立刻砸了个人仰马翻，滚作一堆摔倒在地。

而那条缠绕在树根上的乌蟒，也因腹破血尽而亡，尸体从高处滑落。司马灰就地一滚躲开死蟒，再看钻山甲，发现他摔下来跌得着实不轻。而且那乌蟒腹中分泌的消化液极浓，此人虽然身体肥壮，又是脱身迅速，但周身皮肉多已腐溃，脸上五官都不全了。

罗大海对刚才钻山甲从里边给乌蟒开了膛子的手段很是佩服，见他这副模样，顾不上自身疼痛，忙扶将起来，关切地问道："钻爷，你平安无事吧？"

司马灰察看钻山甲的伤势，以手轻抚其面，竟然软如烂瓜，毛发尽脱，鼻子也随手而落，便摇头道："都成这德性了，能平安无事吗？"他想尽快招呼后边的人跟上来，倘若让阿脆立刻施救，说不定还能给钻山甲保住性命，于是立刻晃亮了一枚信号烛，抬手向高处抛去。

谁知暗红色的烟火一亮，顿时将附近的树丛里照得通明。只见周围的树窟和岩洞内尘起如雾，正有无数条目似电闪、口吐歧舌的缅甸蟒，皆是粗如量米之斗，其长不知几何，纷纷从蟒穴中游出，乔矫盘曲，旋绕下行。

司马灰和罗大海二人心中叫苦不迭，刚刚亲眼看到被乌蟒吞下的钻山甲是怎生一副惨状，哪里还敢停留？他俩脑中没有丝毫的犹豫，只发了一声喊，扭头就向回逃，而那数十条缅甸蟒则在后穷追不舍。

虽然深谷丛林中植物茂密，地形复杂，使得蟒势稍减，可是人在其中，同样也跑不快。司马灰和罗大海狂奔出去百十步，慌忙中也来不及仔细看路，见到能容身的地方，就没命地逃过去。身上的衣服不知被挂开了多少口子，移动的速度也被迫减慢下来。只听得身后巨蟒来势如风，撞得树干和泥土纷纷作响，距离越拉越近。

司马灰眼见难以逃脱，只好同罗大海停下身，各自握紧了手中猎刀，背后倚住一棵老树，准备以性命相搏。恰在这命悬一线之时，突然从树后呼啸着喷出两道火舌。一波接一波的熊熊烈火，犹如所向披靡的魔神，肆意施展着它的狰狞与狂暴。火焰所到之处连空气和泥土都被点着了，灼热的气流使人为之窒息。

司马灰定睛一看，原来是跟在后边的玉飞燕等人，在看到信号棒发出的光亮后迅速赶来接应，待到发觉前方有乌蟒出没，便用携带的火焰喷射器施以攻击。缅甸蟒虽是皮糙肉厚，但哪里抵挡得住烈焰焚烧，不是被当场烧成焦炭，便是逃窜得无影无踪了。

玉飞燕发现在前边探路的三人少了一个，知道必是遭遇了不测。她顾不上多问，立即打声呼哨，招呼手下一众武装人员，以火焰喷射器开路，散成扇形在深谷中向前推进，没多久便找到了横尸就地的钻山甲。

众人见钻山甲死状之惨，又听司马灰和罗大海说明了情由，都觉不寒而栗。玉飞燕心想："这次可是姜师爷托大了，凭空赔上了一个兄弟。"她带着手下众人，在钻山甲的尸体前拜了一拜："全爷安心上路，家中老小都有兄弟们替你照看着。咱们回去之后，当在金菩提寺设下长生牌位，你如能泉下有知，可使一缕英魂到那里领受香火。"随后命人割下钻山甲的头发带回去收殓，就地焚化了尸体，挖坑埋了灰烬。

玉飞燕称钻山甲为全爷，其实钻山甲并不姓全，只不过盗墓的晦子行规忌讳很多，基本上和绿林道上相似。各个会门道中，最忌讳在人名中提"二四六八九"，可以称三哥五哥，但不能说二哥四哥，钻山甲排在第四，所以要以"全"字替代。

这里边的事要是细究可就太深了，倘若讲得简单浅显些，大致上是因为三教九流千门万道，皆尊关帝，而关圣排行第二，自然没人敢与关二爷相提并论；而北宋年间杨四郎投敌降辽，隋唐时老六罗成吞咒背誓，都是反面典型，所以虚设其位警示后人。

又比如江湖上要遵循"三谈三不谈，三露三不露"。三谈是指绿林盗贼的勾当，与同道中人能谈，在香堂上能谈，将盗得的贼赃出手时能谈；三不谈是大庭广众之下不谈，喝酒取乐时不谈，庙堂中不谈，也就是同着官面上的人不能随便说。三露是说遇灾难露，遇急事露，遇盗贼露；三不露则是道路人不露，自己人不露，遇仇人不露。自己人不露是说上不告诉爹娘，下不告诉子女，家族里传辈的则不算在内。毕竟官家戒盗，这些规矩和禁忌，无非是为了在最大限度上，保守行业内的秘密；另外也有趋吉避凶之意。

山林队老少团这类的盗墓团伙，更是对这些旧时行规敬若神明。等处理完了钻山甲的尸体，见天色更加阴沉，在热带风团浮屠逐渐逼近的威胁下，众人不敢过多耽搁，又继续动身向山谷深处前进。

因为时间紧迫，如果想再走回头路，只能被狂风暴雨带来的山洪和泥石流吞没，所以玉飞燕没有再派人到前头探路，而是全伙结队在密林之中行进。

这时山谷深涧中的岔口渐多，绵延起伏的山脉都被原始丛林覆盖。由于各种大型植物几乎侵略性地生长，使山体地层中开裂的深隙极多，形成的沟壑纵横交错，错落分布得犹如蜘蛛网一般。内部同样生满了大量的蔓生和气生植物，在加上大小不一的溶洞，构成了一个多重的绿色迷宫。脆弱的山体时常塌方，即便手中持有详细的地图，走到深处也很容易迷路。

如此行进了一阵，见不是理会处，姜师爷便让众人停下。他声称再这么走下去，恐怕要走麻荅了，应当排开先天速掌中八卦，确认探险队行进的方向是否准确。玉飞燕等人都知道他经验老到，有一套相形度势的高明手段，自然信服。

姜师爷当即取出一副铜牌，在折扇上倒扣着排开，又依次翻转，他两眼盯着牌面口中念念有词：

> 丑不南行酉不东，求财盗墓一场空；
> 寅辰往西主大凶，棺中遇鬼邪害在；
> 亥子北方大失散，隔山隔水不成行；
> 巳未东北必不通，三山挡路有灾星；
> 午申休进西南路，坟前下马一场空；
> 逢戌莫向地中行，撞见妖邪把命丢；
> 卯上西北有祸殃，鸡犬作怪事难成。

姜师爷算罢，又用罗盘加以参照，看准了一条深壑，急匆匆向内就走。玉飞燕连忙带人紧跟在后，而司马灰却心中起疑，他倒不怀疑盗墓贼那套推演风水地理的方术，可不知为什么，隐隐觉得姜师爷活像变了个人似的，身上有种难以形容的反常气息，不知会将众人引到什么地方。

众人跟着姜师爷，在丛林中七拐八绕，走了许久，有个缅甸人发现在一片黑绿色的积水中，露出一条死人胳膊。那缅甸人大概是个战场上的老油条，他见了死尸势必要搜刮一番，想看看尸身上有没有手表一类值钱的东西，于是走上前用力去拽，从死水中拖出湿淋淋一具死尸。那尸体俯身向下，翻过来之后，露出黑糊糊一张脸孔。在探照灯的光束下，可以看到那张脸上的皮肉完全枯萎塌陷，呈现乌黑的深酱色，形同一具在沙漠中脱水而亡的干尸，而且嘴巴大张，眼窝深陷，兀自保持着临死前痛苦的面容，周身衣物都已消烂尽了，不知死了多少年月，也判断不出身份来历。

这时其余的人也陆续跟着姜师爷停下脚步，司马灰看到周围有许多被火焰喷射器烧灼过的乌黑痕迹，心中更是疑惑："怎么姓姜的这老土贼，拿着把破扇子不扇屁股扇脸蛋，又把大伙引回了蟒穴附近？"他偷着观望，就见姜师爷面如白纸，神色恍惚，眼中枯黄如蜡，脸形也比先前明显瘦了许多。在旁冷眼这么一看，觉得此人竟与水中那具干尸有几分相似，都和从枉死城里爬出的恶鬼一样。

山林队老少团中三当家的海冬青，眼光敏锐，他也察觉到这条路是绕回原点来了，又看姜师爷显得不太对劲，就上前问道："师爷，你怎么了？"却听姜师爷嘴里叽叽咕咕似是有声。海冬青听不清他在说些什么，还以为事关机密，便把耳朵凑过去细听，又问："什么？你说清楚些……"

司马灰预感到将要有事发生，他想拦住海冬青，可还是迟了半步。海冬青一句话说不到一半，就见姜师爷的嘴部，突然向上下左右分别裂开。司马灰知道清代有种暗器唤作血滴子，那是个带长索的空心金属球，大小与人的头颅近似，内藏销器利刃和化骨水。使用的刺客躲在房梁上，见到下边有人经过，就对准那人头顶抛下血滴子。血滴子触到人头，便会立刻分成数瓣向下散开，将头颅团团裹住。刺客再抖手向上一提索子，血滴子就会割下人头，地上空剩一具无头躯干矗立，而血滴子里的首级也早被化骨水消解掉了，仅余一滴鲜血，故得此名。

司马灰感觉姜师爷的脑袋此时就是颗血滴子，从口部裂开，分作数瓣，越张越大，就势向前一扑，当场就将海冬青的脑袋裹在了其中，并且紧紧向内收拢。由于事情发生得太过突然，余人全都惊得呆了。这么一愣神的工夫，那海冬青猝然受制，顿觉万把钢针刺入脑中，疼得四肢一阵抽搐，垂死挣扎之际，手中拎的枪也走了火，一排子弹横扫出去，立时撂倒了身边几个同伴。其中一颗子弹，从一名缅甸人胸前贯穿，又击中了他身后背负的火焰喷射器燃料罐，当即发生了爆炸，轰的一声火球乱窜，周围躲闪不及之人，都被熊熊烈焰卷住。

第二话
柬埔寨食人水蛭

　　那具被引爆的火焰喷射器燃料罐，立刻将距离较近的几个缅甸武装人员吞没，连同海冬青和姜师爷，都被烧成了一团团火球。这种军用燃料剂的燃烧性能极强，一旦烧起来，怎么扑都扑不灭，而且被火焰裹住的人又不得立时就死，惨叫哀嚎声中，拼命在地上滚动挣扎。

　　玉飞燕也被这突如其来的变故惊得怔在原地。她知道火焰喷射器的厉害，即便救出一两个周身烧伤面积达到百分之九十九的幸存者，在这远离医院的原始丛林中，也等于是活活遭罪。现在唯一能做的就是立刻开枪，早些结束他们的烈火焚身之苦。玉飞燕为人向来果决，但要对跟随自己多年的同伙下手，终究还是于心不忍，只好对苏联人白熊打了个手势。

　　白熊原名契格洛夫，是玉飞燕雇来的爆破专家，曾经受过酷刑，舌头被人割去了多半截，有口难言，所以总是沉默无声，但他运用炸药的经验格外丰富，只须粗略估计一下炸药用量和爆破方向，就与实际相差无几。不仅如此，这个苏联人具有典型的外高加索人血统，大约一米九零的个头，生得膀大腰圆，心狠手辣。当年作为军事顾问援越时潜逃境外，他的家人在其出逃后，全都被秘密处死，所以他一身了无牵挂。也许是他流亡的经历，造就了一副屠夫般残忍的嗜血性格。他举起枪来将满身是火的几个人一一击毙，每一枪都是射在头颅上对穿而过。连杀数人的整个过程中，没有半分迟疑，下手又狠又准，脸上毫无表情，就如同苏联制造的机械一样——精确而又冷酷。

　　司马灰和罗大海等人在旁看个满眼，无不心中生寒，但设身处地来想，玉飞燕也是不得已而为之，只是换作自己，不知能否狠下心来让这苏联人动手。

　　一阵枪声过后，丛林深处恢复了原有的寂静，玉飞燕却仍是止不住心惊肉跳。她看着七八具烧得面目全非的尸体,想不到在这么短的时间内,就先后折了姜师爷、钻山甲、海冬青。这些人都是山林队老少团中的四梁八柱,无异于是她的左膀右臂,自从出道以来,从未遇上过如此重大的挫折,一时间竟觉无所适从。

此刻那剩下的十几个缅甸武装人员,以及司马灰四人,都上前动手掩埋被烧成焦炭的同伴尸体。有人见低处水洼里卧着一具尸体,估计是刚才混乱之际顺势滚入水里的,于是想要上前拖回来埋掉。

不料到得近处,才发觉那尸体隐约是个人形,但未受火烧,面目不可辨认,身上裹满了水藻,有些地方还露出白骨,大概是具在死水里沉浸了很多年的尸体,与先前在水边发现的干尸极其相似。丛林深谷中的地势低陷处,多有积水成沼,而且在野人山里失踪的人员难计其数,在水中发现几具尸体并不奇怪。

但众人仔细一看,忍不住又是一声惊呼,那具浮尸身体上都是密密麻麻的吸盘,而从水藻中露出也并非白骨,都是无数蠕动着的蚂蟥。这具浮尸实际上是一只周身裹满绿藻的柬埔寨食人水蛭。

司马灰在缅甸多年,识得这是种柬埔寨食人水蛭。它们又被称为女皇水蛭或蛭母,只在低热带雨林的暗河里才能生存,以柬埔寨境内所存最多,习惯寄生在腐尸死鱼体内。蛭母最初附在什么活物身上,就可生得与那活物一般大小,产卵则大多都是普通的蚂蟥。而且蛭母本身并不食人,只是周身上下满是吸血肉盘,异于常类,能在一瞬间吸净整条水牛或野象的血液,在西南荒僻之地,多有以此物施邪法害人者,因而民间呼为食人蛭。

其余那些缅甸人也都知道它的厉害,虽然没有谁敢去用手接触柬埔寨食人水蛭,但惊骇之余,不等首领发话,早就举起冲锋枪来扣动了扳机,一阵扫射之下,早将那条罕见异常的大水蛭,射成了筛子。

不想在那蛭母体内,都是五六厘米长的粗大蚂蟥,从被子弹撕裂的创口中,蠕动着流到水中,遇到活人皮肉,就没头没脑地往里乱钻。众人急忙躲闪,司马灰眼疾手快,在岸边抓起剩下的一具火焰喷射器,对准食人蛭呜地将一道烈焰喷出。狂暴的火蛇席卷向前,顿时将无数蚂蟥以及那条蛭母同时烧死在了水中。

司马灰又举起探照灯,在光束下察看附近的各处水沼,就见水里起起伏伏的尽是柬埔寨食人蛭,母体大得出奇,背带黄斑酷似人眼,腹部色如枯叶，生有吸盘无数。众人看得真切，不由得胆为之震栗，头皮子也跟着紧了一紧，心中俱是骇异。丛林中的水蛭数量极多，而且生命力极其顽强，除了使用火焰喷射器，仅凭普通刀枪很难将其杀死，可只要不接近水面，就会相对安全得多。

这时那残存的十几个缅甸武装人员，再也不肯听从玉飞燕的号令了，他们这伙人本就是些乌合之众，也都是为了钱才来卖命的，虽然号称是要钱不要命，但丢掉了性命要钱还有何用？眼看还没接近蚊式特种运输机失踪的巨型裂谷，就已折损了许多兄弟，看看刚才姜师爷的样子，不是中了邪术，就是被深山老林里的恶鬼附体了，如果再往深处走，可能谁也回不去了。

何况探险队里的首领，根本就不拿他们当人来看，死掉一个也和死个臭虫没什么两样，再留下迟早都得替人家当了炮灰。于是在为首的一个头目带领下，抢夺了一些装备物资，就此甩手不干，寻着原路往回就逃。

那些缅甸人个个都是全副武装，真把他们逼急了反起水来，探险队仅有的几个人也控制不住局面，最多两败俱伤。玉飞燕无可奈何，眼睁睁看着他们去得远了，恨得咬牙切齿。她又回头看看司马灰等人，恨恨地问道："你们怎么不逃？"

司马灰看了看剩下的人，仅剩下自己和罗大海、阿脆、Karaweik，加上玉飞燕和草上飞、苏联人契格洛夫，总共还有七个，他脑中一转，觉得前因后果都不寻常，而且热带风团随时会抵达野人山，暴雨洪水一起，地势底的区域都会被淹没，那伙往回逃窜的缅甸武装人员，恐怕是自寻死路去了。所以他没有理会玉飞燕的话，反问说："姜师爷身上究竟发生了什么？"

玉飞燕对姜师爷被火焰烧死前发生的事情，尚且心有余悸，她本就是个点头会意的绝顶聪明之人，听了司马灰之言，已经隐隐觉得不妙，心想："难不成真是撞邪了……"

司马灰不等她回答，就接着说道："我看姜师爷可能是中了野人山里的蛊术了。"据说古代人为了保守野人山里的秘密，布下了许多阴毒的诅咒和机关陷阱，按照当前掌握的情报来看，美军第六独立作战工程团与以前深入此山的无数探险家，都曾发现过许多古老的遗迹和文物，但都因为损毁严重，难以辨认究竟是遗留自哪个朝代。

依此推断，那些扑朔迷离的传言很可能都是真的，要想在深山里搜寻失踪多年的蚊式特种运输机，除了要面临复杂恶劣的气象条件和自然环境以外，还要对付古代人留下的邪术和陷阱，至于野人山里究竟埋藏着什么秘密，又是什么人设下了取人性命的蛊术，凭目前所知的有限信息，根本摸不到半点头绪。

这些年司马灰和罗大海、阿脆等人，跟随着缅共人民军在深山丛林里作战，曾多次见过有人中降头和巫蛊的事情，而Karaweik是土生土长之辈，对此所知更是清楚，如果有人出现姜师爷这种情况，没有别的原因，肯定是中了"蛊"。如果中此邪术，除了在发作前，吃施术者的人肉和降马脚以外，绝无其他解救之法，只是根据各人体质不同，能够幸免于难的人大约是几百分之一。

相传在中国有种方子，可以用马脚来克制蛊术，这种土方法起于云南。据说云南古时风俗尚鬼，如果谁患上了疾病，一律不请郎中，而是请神降神驱邪，倘若遇着怪异，则用"马脚"。什么是马脚？不是钉鞋的马掌，也不是马蹄子。南方俗称"马脚"，北方则称鸡脚，也就是从猛活的大公鸡身上剁下来的鸡爪子。相传此物可以避邪挡凶，与黑驴蹄子、打狗饼，并称三灵。马脚虽在北方并不常见，但流传至越南、泰国、马来西亚等地，在古时候都曾有术人用它来对付降头和蛊毒，不过其中奥秘早已失传数百年了。

现在即便能确定野人山里的蛊，是千百年前的古代人所下，可当初的施术者到现在恐怕连骨头都化成灰了，去哪弄古人的肉来吃？所以谁中了蛊，就该着算谁倒霉，肯定是没得解救。而且这样的死法，到最后连鬼都做不成。

缅北深山里的蛊术十分特殊，中蛊者瞳孔底下的眼球，都会出现一条明显的黑线，形如蚕屎，果真有的话，就必然是中了邪术，绝不会错。司马灰等人亲眼见识过缅甸的降头和蛊术，知道凡是中了蛊的人，确实在眼底都会有这个特征，但其原理可就毫不清楚了。

只是曾听人说，滇黔等地有蛮子擅长养蛊，南洋、泰国多出降头，缅甸又恰好位于这两大地域之间，所以蛊、降邪术融为一体，其匪夷所思之处，更是令常人难以琢磨。如果你在缅甸，看到某户人家房中没有任何尘土或蛛网，就可以断定那是有蛊之家。至于养蛊的种类则多得数不清楚，有鱼虾之蛊、牛皮之蛊、尸蛊、虫蛊、蛇蛊、狗蛊、布蛊、蛤蟆蛊等等。

玉飞燕仍是有些不信，就对司马灰说："如今姜师爷的尸体都被火焰喷射器焚化了，你也仅是猜测而已，如何认定是中蛊？"

二人正自低声商议，一旁的草上飞忽然好一阵猛烈地咳嗽，连吐了几大口黑水出来，等到抬起头来的时候，竟已是眼中焦黄带有血丝，与姜师爷先前的样子毫无区别。这草上飞是个獐头鼠目的瘦小汉子，他为人精细伶俐，大概会些闪展腾挪的提纵轻功，才得了这个浑号。不过虽是盗墓的土贼，却生来胆气不壮，刚才看到几个老伙计落得如此下场，早已骇得面无人色，心神俱乱。

司马灰见了他的样子，顿觉一股寒气直透胸臆，急忙上前扶住草上飞，翻开他的下眼皮看了看，就见双眼底，各一条黑线直贯瞳仁，随后又接连看了其余几人的眼睛。

众人见了司马灰的举动，都预感到将要大难临头，只有罗大舌头没心没肺，他全然不知所以，还问司马灰："你看我罗大海这双眼睛，是不是八十几年不下雨，太多情了？"

司马灰却对罗大舌头的话充耳不闻，因为他发现所有的人，应该包括先前逃走的那伙缅甸武装人员，有一个算一个，眼底全都有条明显异常的黑线，现在他们生命中所剩的时间，大概已经只能用分钟来计算了。

第三话

蛊

死亡只是人生中必然经历的一个阶段，其本身也许并不可怕，可怕的是等待死神阴影降临到自己头上的煎熬。

玉飞燕得知自己也中了蛊，心灰意冷之极，她把手枪子弹顶上了膛，准备在最后时刻给自己太阳穴来上一枪。

那个苏联人白熊虽是个丧心病狂的亡命之徒，但真正轮到他自己要死的时候，也止不住脸上肌肉阵阵抽搐，独自一人坐到树根上，谁也猜不出他脑子里在想些什么。

而参加过游击队的几个幸存者，此时却没什么意外之感，因为他们早已习惯了承受和面对自身的死亡。罗大舌头甚至还有点幸灾乐祸，他如同是一个身患绝症、无药可救的等死之人，突然得知隔壁的那几位邻居，也患上了跟自己一模一样的症状，心里那叫一个踏实。

只有阿脆心思细密，她看姜师爷临死前枯瘦得犹如一具干尸，就问司马灰，既然探险队的全部成员都中了邪术，却为何不是同时发作？是否存在着某种顺序或者规律？以前在隧道里修筑公路的美军工程部队，曾有大批人员失踪，他们是否同样死于这阴险诡异的蛊术？降头或蛊毒的概念太模糊，如果能找出它的根源，或许还能有救。

司马灰说："我估计凡是中了邪术的人，根据其抵抗力和体质不同，死亡的顺序似乎是有一定规律。姜师爷身体虽然不错，这把年纪了还能翻山越岭，但他毕竟年老体衰，目茫足钝，气血不比壮年，所以是他最先发作，随后就是探险队中年龄排在第二的草上飞。如果我所料不错，接下来会死的就应该是那个俄国佬了，而最后死亡的则是 Karaweik。"

司马灰说到这，转头看了看 Karaweik，只见他双手抱头，满脸都是绝望已极的神色。在缅甸，做过和尚的人都不怕死，在他们的观念中，死亡只是另一个轮回的开始，但是当地人大多畏惧邪术，认为钻进脑中的虫子，会吞噬掉活人躯体内的灵魂，所以 Karaweik 抱着脑袋，只是在反反复复说着一句话。

司马灰听出 Karaweik 不断念叨的似乎是个"虫"字，心觉奇怪："脑袋里哪来的虫子？"但随后他就想到了，居住山区丛林里的人们，通常将各种昆虫，看作是降头和巫蛊等邪术的媒介，因为虫性离奇，往往使人难以理解，就会更觉得降蛊之事邪得紧了。

常言道：说者无心，听者有意。Karaweik 的这句话，使司马灰和阿脆忽然觉得探险队遇到的致命威胁，很可能是因为在不知不觉之间，体内寄生了柬埔寨食人水蛭的虫卵。

据说柬埔寨食人蛭习性特殊，一个宿主体内只能寄生一只，如果在女皇水蛭未成形前宿主死亡，它也会随之化为脓血，并且不能寄生于冷血爬虫体内，否则只会生长为普通蚂蟥。然而自从探险队从幽灵公路塌方处，进入了这条山谷深处的蟒窟，遭遇到柬埔寨食人蛭的袭击，当时被火焰喷射器焚烧的巨型水蛭，躯体酷似人形，而附近洼地中的水潭里，还聚集着更多的同类，如果没有相当数量的死人尸体，它们怎么可能生长成这样？也许咱们今天遇到的女皇水蛭，就是以前失踪在野人山里的遇难者。

姜师爷中了降头后形容枯槁的样子，就如同有条柬埔寨食人蛭寄钻到了他体内，渐渐吸耗尽周身精血和脑髓，到最后被成形的食人蛭借其死尸躯壳换形，也成为了这死水巢穴中的蚂蟥母体，所以他的头颅才会突然裂开，那是女皇水蛭已经入脑了。

阿脆虽然不把生死放在心上，可一想到自己体内有柬埔寨食人蛭寄生，这种死法实在太过恐怖，不禁脸上失色，惊问："我自打进野人山起，始终没有接触过生有蚂蟥的死水，为何也会被水蛭附身？"

玉飞燕在一旁听到司马灰与阿脆之间的谈话，似是还有一线生机可寻，就插言道："要是你能知道身体里为何会附有水蛭，也不至于中此邪术了。野人山里的环境潮湿闷热，瘴疬蔓延，植物、水流、空气、泥土、云雾、泥沼都很危险，柬埔寨食人蛭甚至可钻透衣服鞋袜和皮肉，可谓无孔不入，没有什么办法可以保证绝对安全。但如果所谓的虫蛊，只是体内有蚂蟥吸人血髓，咱们是否还可想些办法解救？"

阿脆深通医理，在游击队里，曾多次治过被吸血蚂蟥咬伤的人，她摇头说："如果水蛭附在体外，可以直接用烟头去烫，或是将草纸燃烟去熏，总之有很多办法可以对付。但腹中或脑颅内爬进了水蛭，除了开刀动手术取出之外，绝无它策。以众人目前的处境，性命只在顷刻之间，别说根本就没办法开刀，就算立刻被送到医疗设施先进的医院里急救，也已经完全来不及了。"

玉飞燕接连想了几个办法，却都不可行，比如自行吞食毒药，那倒是有可能毒死体内的蚂蟥，但这种举动无异于自杀。柬埔寨食人蛭周身都是吸盘，它会死死附在活人身体中，不是寻常的寄生虫可比，就算你呕尽了胆汁，也难以将其从腹中吐出。

司马灰见众人满脸绝望的神色，也是惕然心惊，他虽不怕死，但怎能甘心被蚂蟥吸尽血髓，而枯骨又要在水里成为女皇水蛭的产卵巢穴。他看到柬埔寨食人蛭身上密密麻麻的吸盘，脑中忽然浮现出一只形状怪异的蜈蚣，紧接着就想起当年从肉案死蜈蚣尸骸里，找到定风珠的赵老憨。他至今还清楚地记得，那赵老憨有一身博物的奇术，擅能认知世间万种方物，如果此人还在，说不定能够想出办法，解决掉附生在活人体内的女皇水蛭。

按说司马灰是绿林旧姓之后，得过通篇金不换秘传，在家中所拜的"文武师傅"是醉鬼张九衣，人称蝎子张，又称博物先生，除了看家的本领蝎子倒爬城之外，还善于讲谈方术，指点吉凶。张家祖辈所留的《金点秘传》，是起家的根本，分成"天、地、人"三篇，从来只传内不传外。到了张九衣这代，一辈子只教过家族中的两个直系传人，头一个也是他重孙子辈儿的，不过此人生性木讷朴实，张九衣看不中他，只传了些口诀卦术，无非是些推演变化道，就将其打发回乡下务农了。

而被张九衣最看重的传人则是司马灰，因为司马灰机警敏捷，骨格清奇，相貌身材都能够压得住阵，又能言会道，词锋锐利，心术也正，按照绿林道上的说法，这样的人经得起大风大浪，能够保守秘密，遇到失手时也不会出卖同伙和家底，所以他把老张家压箱底的各项绝技，都一股脑儿地传授给了司马灰。

只不过司马灰当年岁数太小，到了社会上又不逢时，已将家传的本事荒疏了好多年。此刻他想起当年遇到赵老憨的事情，就寻思那赵老憨一个旁门左道之辈，都颇有些常人难及的能为，我祖辈所留《金点秘传》，是套"通篇用熟，定教四海扬名"的古术，怎么就反不如人了？但究竟如何才能用金不换中的相物之理，拔除附在体内的女皇水蛭？

这些念头，虽然只在司马灰脑中闪了一遍，心想所谓"物极而反、数穷则变"，毕竟是天无绝人之路，他寻思着只要能在极短的时间内，找出柬埔寨食人水蛭的弱点所在，也许探险队的这几个幸存者还有机会活下去。

就在司马灰搜肠刮肚，苦思无计之时，他一眼瞥见那个神情恍惚的草上飞正仰着头，瞪着双眼盯着一株老树。草上飞此刻枯瘦得几乎脱了形，整个眼眶都深深地凹陷了下去，嘴里已经说不出囫囵话了。玉飞燕担心他突然伤人，就拿绳子将他绑了起来。司马灰顺着草上飞所注视的方向抬头看了看，黑漆漆的也看不见有什么异状。

这时玉飞燕对众人说："既然咱们必死无疑，趁着心智还算清醒，赶紧离这女皇水蛭聚集的巢穴远一些。"

司马灰却说："打头的，你说姜师爷为什么会把探险队引回这柬埔寨食人水蛭的巢穴？"

玉飞燕奇道："你不是说姜老中邪了吗？人死如灯灭，如今你再埋怨他又有何益？"

司马灰说："也许是这附近藏有什么东西，才会把姜师爷，或是附在他体内的东西吸引过来，倘若咱们命不该绝，或许还能从中找出一线生机。"

玉飞燕也觉此事极是蹊跷。在这片暗无天日的丛林里，环境潮湿污秽，虽使人感到憋闷压抑，但不知何故，隐约间却有种诡异的香气，说不上那是麝香还是檀香，而且越是高处，气味越浓。她见古树高耸，徒手如何能上？正待找些个应手的登山器械使用，没想到司马灰已把探照灯挂在身上，随即施展蝎子倒爬城攀上了一株老树枝干，虽然他肩伤还未痊愈，但其身手仍然是轻捷如风，看得树下众人眩目骇心，个个注视凝神，人人屏声吸气。

司马灰毕竟身上带伤，攀到树冠上，已觉臂膀酸麻不止，他见古树躯干中有个虫洞般的窟窿，洞内积着寸许来厚的青苔，阴凉彻骨，以探照灯向内一照，见里面藏有蟒卵，皆是大如拳头，原来是先前那些被火焰喷射器烧死的缅甸乌蟒巢穴。他伸手进去摸了三枚白森森的蟒卵，藏纳入怀中，随后轻轻溜下树来。

玉飞燕等人见在这生死未卜之际，司马灰竟然偷了几枚蟒卵下来，都觉此人多半是疯了。

　　司马灰见怀中三枚蟒卵安然无恙，终于长出了口气，小心翼翼地捧出来摆在地上。他看众人脸上都有迷惑不解之色，只好告诉他们："要想拔除附身在众人体内的女皇水蛭，只能指望这东西来救命了。"

　　苏联人白熊见还有活命的机会，顿时精神一振，但眼下只有三枚蟒卵，而幸存者却有七个，僧多粥少，不够平分，大概仍然有四个人会死，他哪还顾得上旁人，立刻伸手去夺，想要当先吞下一枚。

　　司马灰反应奇快，还不容苏联人白熊近身，就已施展夫子三拱手，格开了他那只蒲扇般的巨掌，但在这分秒必争的紧要关头，司马灰并不想同他拼个你死我活，只是一摆手，示意对方不要再试图接近了，又做了个抹颈的手势，告之众人这蟒卵绝不能吃，否则死得更快。

　　苏联人白熊平生力大无穷，杀个人跟捏死只鸡差不多，满以为伸手就能夺来蟒卵，没想到竟会扑了一空，心中也觉意外，不知东方人使的什么邪术，他恶狠狠地盯住司马灰，没有再轻举妄动。

　　其余几人都知道缅甸乌蟒习性，雌蟒每年要产上百枚卵，司马灰从蟒穴里摸来的三枚蟒卵，外壳白润如玉，看起来都是没受过精的普通蟒卵。既然说是能够以此祓除寄附在活人体内的柬埔寨食人蛭，可又忽然说不能打破了和水吞服，难道这东西还能外敷不成？

第四话
狂风暴雨即将来临

司马灰自知命在顷刻，也不及多做解释，拿起一枚蟒卵举在面前，分别在罗大海、阿脆、玉飞燕等人鼻前一晃，众人顿觉一阵清馥之气沁入心脾，说不出地舒服受用，不禁更是奇怪："缅甸蟒所产之卵，怎会有如此奇妙味道？"

还没等众人明白过来，司马灰已将三枚蟒卵一一打破，摊了一地，立刻有股浓郁的奇香在空气中传播开来，使人忍不住想趴在地上去舔。幸亏司马灰识得厉害，他是练过气的人，定力出众，在旁强行制止，不让任何人接近碎卵。

过了半分钟左右，众人只觉喉中似有异物，蠕蠕蠢动，奇痒难以遏制。那俄国人白熊与枯瘦蜡黄犹如僵尸的草上飞二人，最先熬不住了，他们同时哇地一口，各吐出近二十厘米长的一条女皇水蛭，通体红纹斑斓，粗如儿臂，全身都是血淋淋的吸盘，正落在那堆黏稠的液体里，蛭身一卷一扫，就已吸去了地上一半蟒卵。

其余几人也先后呕出了附着在体内的食人蛭，就见那些女皇水蛭吸净了地上的蟒卵，不久便僵硬不动，化为了一片片脓血。众人再闻那些残破的蛋壳，只要离得稍近些，都会觉得腥气撞脑，胸中烦厌难挡，再也没有先前那种清甜冷沁之感了。

众人劫后余生，个个都是脸色惨白，喘息了许久，始觉渐渐恢复，越想越觉后怕，本以为此番必死无疑，幸得司马灰急中生智，想出这个奇策，才捡回一条命来，否则再多耽搁片刻，使体内的蚂蟥养成了形，可就万难回天了。

司马灰先前根本毫无把握，此时见这救命之策果然可行，心下也觉侥幸。他还想救下先前逃走的那伙缅甸人，便带着 Karaweik 从后面追了上去。只沿着深谷寻出数里，就发现十几个缅甸武装人员都被丛林里气息所迷，并没有逃出太远，他们也从附近的树洞岩穴中掏出蟒卵，吞下去之后使体内的食人蛭生长更快，没多久便吸尽了他们的脑髓和周身精血。

司马灰见那些缅甸人的死状，真觉触目惊心。野人山里危机四伏，自己虽然躲得过了这一劫，却不知还有多少凶险在前。他担心与探险队的其余幸存者失散，顾不上再去理会那些死尸，又转回来找到阿脆和罗大海等人，简单对玉飞燕说了那伙缅甸人的结果。

玉飞燕料定那些缅甸人中了蛭蛊以后，根本不可能活着逃出野人山，对此倒是不觉意外。然而她对成败之数看得格外执著，并且自视极高，栽不起跟头，既然接了这趟签子活，哪怕是风险再大，仍然妄图继续深入野人山巨型裂谷。

玉飞燕记得山谷深处薄雾缥缈，不时可以看见野象骨骸，只要跟着这些标记找到猛犸洞窟，就等于接近了英军运输机失踪的区域，既然已经解除了柬埔寨食人蛭的威胁，岂能就此半途而废。

可玉飞燕看手下的草上飞虽是保住了性命，却已成废人，眼下的探险队，除了她这位打头的，就仅剩下那个俄国人白熊了，但这俄国佬冷漠残忍，反复无常，很不可靠。玉飞燕见识了司马灰的手段，觉得此人实有超群绝伦之处，如果真能够为己所用，蚊式特种运输机里的货物就算是捏在掌心了，想到这里，她就对司马灰说："救命之恩，我不敢言谢……"

司马灰忙说："火车跑得快，全凭车头带。你是给咱们打头的，我救你是理所当然，用不着谢。你即便愿意以身相许，我也不敢要你。"

玉飞燕刚一开口就被司马灰抢白了一场，禁不住又羞又急，怒道："你想怎么死！"但转念一想，这厮跟谁都是这副无赖腔调，我现在正值用人之际，暂且忍了也罢。于是强压怒火，低声问道："你既然认我是打头的，那咱们先前的约定可还算数？"

司马灰一听这话，已经知道玉飞燕还不死心，仍想去找那架失踪的蚊式特种运输机，心想："我以为我就是个亡命徒，没想到你比我还不要命。这趟签子活凶险太大，真不如趁早认个晦气，就此歇菜算了。"但司马灰思量当下处境，实无退路可走，受形势所迫，也不得不视死如归，只希望玉飞燕能把 Karaweik 带离缅甸境内，无论对方是进是退，自己都甘愿舍命奉陪，但他表示还得跟罗大海等人商量商量才能决定。

司马灰说完，就去看了看罗大海和阿脆的情形，那二人与自己一样，都无大碍，只是亏了血气，觉得精神萎靡，身上没有力气。

罗大海见司马灰过来，叹道："昨天我还怀念咱那六国饭店里的番茄炒蛋，可现在就连想想都觉得恶心，这辈子是不打算再碰这种东西了。"

司马灰宽慰他道："其实鸡蛋也没什么好处，无非是母鸡流产出来的东西而已，我就从来不吃。"

这时阿脆也在旁心有余悸地说："这回真是多亏司马灰了，记得有医书中有言：'茹毛饮血，本是上古之风，然而现在的人们已经习惯了水火相济而食，否则腹内必然生虫，轻则损气耗血，重则送掉性命。'我前两年在曼德勒跟随特务连行动的时候，曾治疗过当地一个十来岁的少年。那少年身子骨极瘦，唯独头颅和肚子奇大。他在我面前走得急了些，脑袋竟从自己脖子上滚落了下来，奇怪的是也没怎么流血。我过去查看尸体，发现他腔子里爬满了蚂蟥，肚腹和脑袋里更多。当时不知道是怎么回事，后来一打听才得知，原来他常常吃河里的螺蛳，可煮得不熟，所以寄生在螺蛳中的蚂蟥卵，都吸附在他的身体里了。倘若初时舍命灌下少许毒药，或许还可解救，但只要蚂蟥入脑，或是在腹中成形，纵然有华佗、扁鹊再世，也救不得他了。"

司马灰没提他用的是祖传相物之术，只说："我这都是些拿不上桌面的土方子，遍布泰、柬、寮等地的各种邪术，虽然传得分外诡异恐怖，但只要窥破了根源，找出克制应对之道，其中也没什么秘密可言。"

阿脆听罢，仍觉佩服不已，她了解吸血蚂蟥的寄生习性，告诉司马灰说，身体中被女蝗水蛭寄生过的人，气血必然有所减弱，免疫力也丧失如此，只要将附在体内的柬埔寨食人蛭被除，近几天内就不必担心腹内再生蚂蟥了。现在这些丛林里的积水对咱们构不成威胁了，可是热带风团"浮屠"随时会进入野人山，留在这里迟早会被山洪吞没，接下来何去何从，必须尽快作出决定。

司马灰点头说，消除了柬埔寨食人蛭，只不过是暂时克服了野人山里隐藏的无数凶险之一。仅此一项，就让探险队损失了超过百分之八十的成员，如果再去寻找那架坠落在巨型裂谷深处的英国运输机，肯定还要付出更为沉重的代价，但现在天气转为恶劣，环境将变得越来越复杂，走回头路也没任何把握，只好置之死地而后生了。

阿脆想为 Karaweik 争取到一个逃离缅甸的机会,她表示愿意舍命跟随探险队,继续向深山裂谷里走。

罗大海也道:"在缅甸这些年,只做杀人放火的事,可从来没有真正帮到过任何人。如今难得有个机会,俺老罗自然没有二话可说。"

三人商量定了,司马灰就告诉玉飞燕:"我们四人除却一身之外,再没有别的牵挂,索性跟着你一条道走到黑算了。"

玉飞燕称谢道:"多承诸位不弃,足感盛情。只是一言即定,再无翻变才好。从今而后,咱们合当同舟共济,患难相救。"她见这路途凶险,再也不敢草率,当即命众人整顿剩余装备。探险队进山时曾携带有大量物资,但在刚才溃散混乱之际失落了不少,电台也被火焰喷射器烧坏了。此刻重新整顿,没了缅甸人做脚夫,只好尽量轻装,把能抛下的全都扔了。

那苏联人白熊把他自己带的大背囊里,塞满了导爆索、雷管、炸药、风钻;司马灰觉得裂谷深陷地底,有雾气障眼,照明设备必不可少,就多拣些探照灯和聚光手电筒,以及电池、信号烛、照明弹等物事放入囊中;其余几人则都带了些必需的武器和压缩干粮。

玉飞燕让罗大海将剩下的一具火焰喷射器带上,以策安全。罗大海却抵死不肯,说:"咱爷们儿三打腊戌、四下莱朗,突破伊洛瓦底、勃固反围剿、血洗曼德勒,什么大阵势没见过?丛林里旦有凶险,只凭身上本事和手中刀枪,也足够应付,根本用不着带火焰喷射器。再说这鬼玩意儿万一爆炸了,我罗大舌头可就倒大霉了,你瞧瞧刚才被活活烧成焦炭的那几位,连模样都没了,恐怕到了阴曹地府里,连阎王爷也认不出他们是谁。你要非让我背着它,还不如直接一枪把我崩了算了,挨几枪也顶多就是在身上添几个窟窿眼儿的事,那样我死得倒还利索些。"玉飞燕没料到招出他这么多话来,只得罢了这个念头。

这时躺在地上的草上飞恢复了一些神智,问明情况,自知被抛在这深山老林里难逃一死,他战战兢兢地苦求首领,竭力从牙缝里挤出几个字来:"打头的,你行行好,给我留条命吧……"

阿脆不忍就此抛下草上飞,任其自生自灭,她不等玉飞燕做出决定,就已用刀削了两段树藤,利用防雨斗篷和绳索缚住,临时制成一副简易担架,同 Karaweik 两人把奄奄一息的草上飞抬了,这才肯动身出发。

众人继续在迷宫般的山谷里觅路向前,从古以来,已不知有多少缅甸野象经过这片区域，步入它们历代祖先埋骨的坟窟，其中就有许多因为年迈体衰，或遭物害，提前倒毙在半路之上。这些遗骨残骸的化石，就成了断断续续指引猛犸洞窟的路标。

司马灰等人寻着象骸的踪迹，往深处走了许久，忽然一阵阵阴冷的山风吹至。玉飞燕自言自语道："热带风团到了……"只见山间薄雾半开，视野变得稍稍开阔起来。众人停下脚步四处打量，见山体内有许多相互贯通的洞窟，洞中遍布象骸，层层叠压，已然堆积成了一座座的山丘之形，骨牙耸立交错。

洞窟最深处藏有石门甬道，打磨得如同大理石一样平整，几乎全部都有浮雕装饰，从藤蔓和树根侵蚀入墙缝内的痕迹来看，至少是处千年古迹，但不知出于什么缘故，所有的浮雕都遭到了彻底破坏，没给后世留下任何可以解读的信息。这些被故意破坏损毁的部分，仿佛是一道挥不去、抹不掉的厚厚屏障，隐藏着野人山里无穷无尽的秘密。

甬道通往山外，尽头是座半塌的石门，外边生满了茂盛的植物，硕大的无花果树都有合抱粗细，树冠垂地，四周雾气极浓，能见度仅在十步之内，实不知身在何方。耳听天空中闷雷交作之声隆隆翻滚，热带风团"浮屠"的前锋已然袭至，笼罩在野人山里的重重迷雾，也都被狂风吹散开来，四周随即陷入了一片世界末日般的漆黑之中，起伏的群山虽然暂时撤去了她那道白色的神秘面纱，却又被一层厚重的黑布帷幔严密覆盖。

众人只好摸着黑向高处走，正待居高临下，找寻野人山巨型裂谷所在的位置，不料刚攀上一道山坡，眼前忽然刷地一片雪亮，一道矫若惊龙的闪电出现在了天际。

众人被那道闪电所慑，下意识地抬头去看，只见低空中竟有一架蚊式特种运输机掠过头顶，机舱内没有一丝灯光，机翼上的螺旋桨也停住不动，整架机体犹如一个悄无声息的黑影，在云层下的狂风中倏然驶过，飞行高度低得不可能再低。

这简直是一幕不可思议的情景，在如此恶劣的天气条件下，绝不可能有人胆敢驾机飞行；另外这架飞机从内到外，完全没有任何灯光，连发动机也是停着的，黑压压的毫无声息，似乎那机舱里边根本没有活人。

只在这恰似电光石火的短短一瞬之间，都在惨白雪亮的闪电亮光中，隐约看到机身上有个黑蛇标记。雷电经空，也不过是眨眼的工夫，再想仔细辨认，周围却已再次陷入了一团漆黑，那架形同鬼魅幽灵般的机影，也就此消失在了无边的黑暗之中。

众人猝然所睹，都惊得合不拢口，过了半晌才回过神来，不约而同地使劲揉了揉双眼，还以为先前是眼睛花了。刚才掠过头顶的那架蚊式特种运输机，机身上绘有一条形态诡异的黑蛇，分明与目标照片上的机体完全一致。若以常理想象，英国皇家空军的黑蛇号运输机，早在1948年前后就已失踪在野人山了，隔了二十几年的时间，它怎么可能至今还在山区的低空中盘旋？

附近大多是被丛林覆盖的低起伏山地，按照那架飞机的飞行高度，几乎已经是擦着山头地皮在飞了，随后必然撞在丛林中坠毁，可凝视了许久，前方依然满是漆黑沉寂，并没有飞机坠落所发出的爆炸火光和巨大声响出现，它好像从来就不曾真正出现过，黑暗中只闻一声震雷惊天，响彻了山野。

第五话

STUPA

轰雷掣电，震惊山野，厚重的云层中，忽然出现了一架幽灵般的蚊式特种运输机，从众人头顶掠过，然后悄无声息地消失在了深邃的黑暗当中。

曾多次有人在百慕大三角区域，目击过幽灵船出没的踪影，也有被潜艇发射了几十年的鱼雷，至今仍在海面上游弋徘徊。可却从未听说过，天空中会出现失踪二十多年的幽灵飞机。

众人都在山脊上看得目瞪口呆，实难相信眼中所见，难道刚才从低空驶过的机体，真是英国空军失踪在野人山巨型裂谷中的那架运输机吗？它究竟是实体还是幽灵？或是透过云雾电波中传导出几十年前的残象，就如同虚幻的海市蜃楼？

玉飞燕心底茫然，又离了经验老到的姜师爷，愈发觉得无助，忍不住问司马灰：“你认为咱们刚才看见的会是什么？”

司马灰摇了摇头：“你是打头的，又是盗墓的晦子，活人的事你比我清楚，死人的事你也比我熟，连你都不知道，我又怎么会知道。”

玉飞燕对司马灰恨得咬牙切齿却又无可奈何，皱眉道：“现在我也没办法解释，但我看空中那架蚊式特种运输机，似乎朝着对面山脊的方向去了，咱们只好跟过去看个究竟，然后再作道理。”

此时虽然还不到日落时分，但在强烈热带风团的作用下，头顶乌云蔽日，天黑得如同锅底，两个人即使是脸对脸站着，都看不清对方面目，随身携带的照明器材在这种环境下几乎失去了作用，探险队只有借着一道道划破云层的闪电，穿过茂密的丛林，追踪着那架诡异机影消失的方向艰难前行。

肆虐呼啸的飓风，席卷着野人山中的原始丛林，滚滚闷雷声，预示着倾盆暴雨很快就要到来。在强烈热带风团的侵袭之下，大部分区域都是极

其危险的，随时随地都可能发生洪水和山体滑坡。

但根据英国空军留下的记录来看，位于野人山腹地的巨型裂谷，是一处较为罕见的旱山深裂地形。如果用更直观的描述，这个巨型裂谷，就是座深陷地下的洞窟，推测是因数百万年前的水脉陷落而形成，深度可能在千米以上。山洞的走向与地平线垂直，洞口相对狭窄，越往深处越宽阔，这是一个十分特殊的地质现象，它也不容易受到低处的洪水冲击。对探险队来讲，在如此恶劣的天气条件下，只要能够设法避开山体塌方，进入到裂谷内部反倒会使处境更为安全。

巨型裂谷的深处，一年到头云雾弥漫，没人知道浓雾中到底有些什么，更不知雾气的根源所在。几十年前，英国皇家空军的蚊式特种运输机在野人山坠落，恰好是失踪在了茫茫雾中，当时也由于天气变化的影响，云雾位置较低，隐约可以看到裂谷深渊般的洞口，然而在多数时间，从裂谷深处涌出的大量迷雾，会覆盖方圆数十里的范围，很难准确判断出它的位置。

玉飞燕带领的探险队，最初是计划通过最接近裂谷的史迪威公路，如此可以避开野人山外围各种自然因素造成的阻碍，再从地下洞窟中寻找被迷雾覆盖的入口，可中间出现了太多的变数，现在天气剧变，在茫茫树海中，很难判断确切方位，只好相机行事，去寻找那架鬼魅般消失在山脊后的神秘机影，这也是目前仅有的线索和生存希望了。

司马灰和罗大海两个人，当先在寸步难行的树丛中开路，途中所见，尽是些饱受风雨侵蚀、历尽沧桑的残墙断壁。一处处倒掉的塔基，隐藏在茂盛植物组成的深厚帷幕之下；横倒的巨大人面雕像，从盘根错节的树根背后，投来令人心颤的目光。

越来越多的痕迹，都显示出野人山在早已逝去的古老岁月中，确实曾有一段尘封已久的辉煌历史，那到底是个怎样显赫的文明？为什么没有任何相关的记载？又是谁出于什么样的目的，毁坏了一切可以揭开它真正面目的遗迹？

在缅甸的民间流传着一种说法："古人为了保守野人山里埋藏的秘密，设下重重陷阱和障碍，任何妄图窥探这个秘密的人，都将遭到至死也难以摆脱的邪恶诅咒。"所以当地人才对野人山畏惧如鬼，从不敢接近半步。

司马灰很早以前就听说过这个传闻，当时不以为然，可如今身临其境，才知野人山里确实隐藏着太多的秘密。他虽然在缅甸待了几年，但对缅、寮等地的古代历史却并不是很清楚，他边走边问跟在身后的玉飞燕："这山里是不是有座古墓?"

玉飞燕说："我从没听说野人山有什么墓穴。缅甸、泰国、柬埔寨、老挝、越南这些国家，都曾受中国和古印度文化影响，历代帝王贵族的陵寝也要讲究个城府深沉，咱们这一路所见的种种迹象虽然古怪，但也不像有墓藏存在的样子，这一点我肯定不会看走眼。"

司马灰说："可这深山里却显得比墓中城府更为神秘，看来咱们要寻找那架英国运输机的事，远比先前预期的还要困难许多，野人山巨型裂谷中多半存在着某些难以想象的东西。"

玉飞燕也有同感，点头道："鬼神不能测其机，幽冥难以穷其幻……"说话间，狂风夹着无数黄豆大的雨点，从半空中洒落下来，打得人脸上生疼，根本抬不起头来。玉飞燕将丛林战斗帽上的风镜放下，然后抬眼看了看高处，催促司马灰等人道："Stupa 的前锋已经到了，你们要是还想活命，就得再走快些。"

司马灰知道，在缅甸语中，"Stupa"就是"浮屠"的音译。据说这个词来自缅甸西侧的邻邦印度，更确切地讲是古印度，在中国管这叫"梵文"，本意代指古塔，它也有方坟或圆坟的意思，因为印度的塔，都是埋葬佛骨和圣徒尸骸的坟冢。所以"浮屠"一词，除了代指"佛塔"之外，暗中还含有一层"埋葬"的隐意。

也不知道是谁，给这场来自印度洋，时速超过 140 英里的热带风团，安了"Stupa"这么个名目。但是按照以往的惯例来看，凡是名称代号与神佛沾边的风暴，级别都不会太低，肯定会引发一定规模的灾难，所过之处房倒屋塌，千年古树连根拔起，如同是排山倒海的无边佛力，令凡间众生难以抵挡。

缅甸中南部，全是平原河流，属于季风性热带雨林气候，到了北边，地形就开始变得崎岖复杂，高山峡谷逐渐增多。至于野人山地区，更是山深路远，自古以来，始终处于绝对封闭的状态。所以热带风团从沿海登陆，穿过缅中平原上的大豁口，然后受到山地阻截，便会逐步减弱，若是规模小一些的风暴，都很难波及至野人山。然而遇上真正猛烈如 Stupa 般的强热带风团，缅北野人山就会受到严峻考验，这里生长着茂密的植物，以及无数深浅不一的洞窟，都已使地层和山体变得异常脆弱，如果不尽快找到安稳的避难所，这片被原始森林覆盖着的崇山峻岭，就当真成为埋葬探险队的坟墓了。

司马灰知道轻重，自是不敢耽搁，他和罗大舌头两人，顶着狂风暴雨，拼命劈开拦路的重重藤葛，奋力向着山脊的方向攀登。司马灰也料定那野人山裂谷深处肯定潜伏着巨大的危险，以前有多少探险家和军方派遣的搜救分队，全给折在了里边。英军、美军都拿此地无可奈何，相比起他们"科幻"级别的先进装备来，自己这伙死里逃生的幸存者，又能在那捞着什么便宜？但形势逼人，明知多半是有去无回，也不得不横下心来，壮着胆子硬往前走。

堪堪行到山脊处的楞线附近，众人在漫天泼落的暴雨中，借着雷鸣电闪的光亮，见到脚下的山体犹如锥形拱起，而锥尖像是被人拦腰斩断，露出了一条宽阔幽深的巨大裂谷。不规则的裂痕向南北两侧延伸至十余里开外，狭窄处宽度也不下数百米，就如同在崎岖的地表上，张开了一个黑洞洞的大嘴，仿佛通往地狱的大门就在眼前。

山体内侧裸露出的部分，都是黛青色的岩层，挂满了藤类植物，显得斑斓而又诡异。一阵紧似一阵的风雨，使涌到地面上的浓雾彻底消散了，可野人山巨型裂谷的深处仍是茫茫云雾，幽冥浩荡，根本看不见底。

此前众人都曾不止一次地想象过，那架蚊式特种运输机失踪的野人山巨型裂谷，究竟是怎生一副模样，想来想去，无非是山地间的一处深裂地形，它既不可能有美国科罗拉多大峡谷的原始雄浑，也不可能有非洲十字裂谷的气吞万象，只不过是个垂直走势极深的地底洞窟而已。

但直到此时此刻，众人冒着瓢泼大雨，站在了野人山裂谷的边缘，才真切地感受到其形势绝险可怕之处。赫然目睹它的人，无法不对其产生畏惧之意。因为你会不由自主产生出一种身临万丈深渊的错觉，多往下看一眼都会觉得头晕目眩，似乎地底有种莫名的恐怖存在，使人为之胆寒。那是一种难以言表的震慑，是深邃遥远的空旷，是无法估测的巨大内涵。

第六话

强　　光

　　随着热带风团"浮屠"的侵入，风雨渐渐变得猛烈。原始丛林中的植物群分布得高低错落，有些根基稍浅，相互间缺少有效的依托与保护，不是被狂风拔起，就是拦腰折断，那些韧性较强的粗壮植物，也在风雨飘摇中东倒西歪。狂风暴雨和阵阵电闪雷鸣，吞没了天地间一切的声音。

　　司马灰等人站在野人山巨型裂谷的边缘，抓着山脊上几株粗可合抱的老树，俯身窥视裂谷底部，就觉得风雨之势太大。这场暴雨下得真如同沧海倾覆，银河倒泻，山脊上几乎使人难以立足。借着半空中划过一道道雪亮的闪电，可以看到裂谷内部的古壁藤葛攀附，上悬下削，走势几近垂直，最深处云雾茫茫，完全遮蔽了人的视界，探险队携带绳索极其有限，即使连接全部长绳，用来垂入这深不可测的洞窟，也绝对放不到底。

　　正待寻觅一处可以容人攀爬的所在下行，不料阿脆与 Karaweik 抬着的担架吃不住风，被狂风一扯，顿时变成了一张帆幕，加上担架中躺着的那位草上飞也瘦得仅剩一把骨头了，根本压不住分量，一阵狂风过处，竟然连担架带人，都给一同卷上了半空，犹如飞絮落花，随风飘坠。

　　司马灰发觉阿脆手中的担架脱落，紧接着就看有个人影在眼前闪过，连忙伸手想要将其拽住，却抓了一空，在"浮屠"带来的狂风暴雨中，眼前所见只有一片漆黑，转瞬间就已看不到草上飞的身体落到什么地方去了。司马灰心中叹了口气，暗想要怪就怪草上飞这名字没取好，下辈子应该唤作千斤坠方才稳妥。

　　此时众人在巨型裂谷附近再也站不住脚了，好在看清了地形，正想顶着风雨退下山坡，寻个狭窄平缓的区域进入谷底，可在猛烈的风压之下，脚步根本移动不开，就连手中所抱的古树也被狂风摧残得摇摇欲倒，一时进退两难。

玉飞燕见山上太过危险，忙扯住司马灰的胳膊，打手势示意众人立刻冒险攀下裂谷。司马灰也知这是唯一可行之策，当即用手抓住另一侧的Karaweik，让他紧紧跟着自己，率先揽住人臂粗细的古藤，一寸寸向下攀行。

裂谷内部虽然也受到热带风团带来的影响，但在特殊地形作用下，深处有几股气流终年盘旋，使得内部风雨难侵。从岩壁上攀下数十米，已然感觉不到地表呼啸而过的飓风，雨势也小了许多。

司马灰下到百余米深处，就见脚下雾气凝聚，如果再继续深入，就会进入茫茫迷雾之中。这些浓雾来历不明，虽然雾气本身对人体无害，但它也使空气中含有的污染物不易挥发，很有可能变成致人死命的"杀人雾"。

虽然热带风团"浮屠"带来的恶劣天气变化，将"野人山"地底涌出的浓雾冲散，巨型裂谷内部的雾气也受到暴雨压制，在以极缓慢的速度不断降低，但洞窟里边完全被云雾严密遮盖，深浅难测，凝聚不散的迷雾中死气沉沉，不知藏着什么凶险。即便那架蚊式特种运输机真的坠落在了此处，探险队要冒着能见度低到极限的浓雾，在如此深广的区域里进行搜寻，也无异于大海捞针，成功的希望极其渺茫。而且一路上疲于奔命，众人到此，早都累得精疲力竭，感到难以支撑。

玉飞燕见探险队避过热带风暴的袭击，已经进入了野人山巨型裂谷内部。当此情形，须是步步为营，不必急于求成，免得最后功亏一篑，就让大伙停下来歇口气，等到地底的迷雾降至最低后再继续行动。

众人便在裂谷内部的峭壁间，寻了个被藤葛覆盖的凹洞，深浅宽窄刚可容下数人，就挤在里面拢了堆火，烘干身上被雨水浇透的衣物，同时吃些干粮果腹，耳听雨水刷刷落下，身边岩缝里有呜呜风声掠过，处在这上不着天、下不着地的险恶之处，不免心惊肉跳，又怎能歇得安稳。

玉飞燕在短短一天之内，连折了左膀右臂般的几个得力手下，心里自然有些慌乱沮丧，想想如今身边只剩下一个苏联人白熊，而此人是流亡到东南亚一带来的，他曾在缅、寮、泰三国之间的无政府地带，为种植罂粟的毒枭卖命，杀人成性，兽心一起，翻脸就不认人，后来惹下祸事，被割掉了半截舌头，才被迫逃至马六甲海峡，最后又辗转投到了玉飞燕手下入伙。他性情冷漠凶残，心机难测，根本不值得信任。

眼下玉飞燕所能寄予希望者，就只有游击队的四个成员了。她初时只想带上熟悉雷区并且能找到幽灵公路的Karaweik，但现在回顾一路上的经历，也多亏把司马灰扯了进来，否则后果不堪设想。玉飞燕打算要在事成之后，拉拢收买这些人入伙。通晓医术善于接骨的阿脆倒还好说，可司马灰和罗大海这俩小子却是一副软硬不吃的臭脾气，如何才能说得他们心动？玉飞燕向来足智多谋，更会笼络人心，稍作寻思，就计上心来，趁着这短暂的休息之际，先从 Karaweik 身上找了个由头。

玉飞燕发现 Karaweik 胆子很小，自从进了这野人山巨型裂谷以来，吓得牙关打战，话也不敢说上半句，就从身边取出一枚翡翠扳指。她祖上曾是显赫贵族，这扳指是其祖传之物，如果投到注满清水的铜盆中，就会放出满盆莹绿之光，显得颇不寻常，又因是大内之物，更有避邪挡灾之异。

玉飞燕拿出这枚翡翠扳指，取个红绳给 Karaweik 挂在脖子上，并且说了其中好处与他知道。

阿脆见 Karaweik 懵然无知，就告诉他说这扳指很贵重，让他快向玉飞燕道谢。

玉飞燕心中暗自得意，正想同 Karaweik 认作异姓同袍，再趁机与司马灰等人结纳了。谁知司马灰看也不看她那枚祖传的翡翠扳指，反倒对玉飞燕说："无功受禄，寝食难安。星期天这小子，是我和罗大海的兄弟，你送他如此贵重的东西，我们也当送还你一件才对。"

玉飞燕知道司马灰这是不肯领情，心中极是不屑，心想："你小子身上称得什么，能与我家祖传扳指相提并论，还好意思拿出来做回礼？"

司马灰看出她的意思，说："你可是小瞧人了，别忘了破船还有三千钉，你胜家有祖传的玩意儿，我们也有户里留下来的东西。"说着他冲罗大海使了个眼色，示意他把东西拿出来给玉飞燕见识见识。

罗大海与司马灰向来都有默契，他点头会意，把全身上下口袋都翻遍了，终于掏出来一个铜制雕花的挖耳朵勺，看工艺似乎是缅甸土产，虽然看上去还算精致，那成色也像是有些年头的，但怎么瞅怎么是坊间的货色，要拿到玉飞燕这种常和稀世珍宝打交道的行家面前，实在是显得太不入流了，这件东西能有什么价值？掉在地上恐怕都没人捡。

司马灰看玉飞燕见了这挖耳铜勺，满脸都是鄙夷不屑的神色，就假意冷笑一声，对她说："打头的你不识货了吧，是不是以为咱哥们儿手里的这件东西，是两分钱买个鸡屁眼子？贵贱暂且不论，它根本就不是个物件儿。其实你大概是有所不知，这可是清末民初的时候，打皇宫大内带出来的。多少年来，它都是罗大舌头家里压箱子底儿的宝贝，要不是为了送给你这种有身份的人物，我们是死活也不肯拿出来的。"

罗大海在旁帮腔作势，就好像动了多大感情似的红着眼圈，含泪劝阻司马灰说："兄弟，我前思后想，这东西我还真是割舍不得，咱这么做实在……实在是太对不起祖宗了。"说着就要把司马灰手里的东西拿走。

玉飞燕本以为司马灰是在捉弄自己，看他们神色郑重，不像作伪，难不成自己真是看走了眼，可于情于理又都说不通，只好问道："皇宫里怎会有这等货色？"

司马灰故作无奈地道："咱们说到哪算哪，我今天讲给你知道原也无妨，但你可千万别给传扬出去，这也不是有多光彩的事。"

玉飞燕更觉诧异了，这里边还有什么不光彩的？却见司马灰伸手一指罗大海，对她压低了声音说道："不瞒你说，你别看罗大舌头嘴里有点东北口音，其实他祖籍是北京的。那北京皇城根底下，从来便是藏龙卧虎，什么样的高人没有？这罗大舌头的爷爷，就不是个一般的人物，乃是大清王朝最后一位大太监小德张。这件东西的来历可不得了，是他爷爷小德张，跟着宣统皇帝离开紫禁城的时候，从宫里顺手牵羊给顺出来的。"

罗大海一听差点没气晕过去，心说："司马灰你真是一肚子坏水，得便宜就占，我就没见过比你更缺德的人了，你爷爷才是他娘的大太监呢。"但话说到这个分上，他也只好继续苦着个脸，唉声叹气地对玉飞燕说："你听人说话不要紧，可要听明白了子丑寅卯，其实我爷爷他老人家并不是贼，随手顺出来这件东西，只是为了留个念想，这教为人不能忘本。咱那个大清国没了之后，老爷子天天对这挖耳朵勺行三拜九叩之礼，他老人家由打六岁就进了宫，服侍了太后和皇上多半辈子，一直到死还不忘了给主子尽忠呢……"他说到最后，似是念及旧事，触动了心怀，竟已哽咽难言。

司马灰连忙出言劝慰："奴才能当到这个分上，真算是太对得起主子了。"

玉飞燕听到此处愈发起疑："既然小德张是紫禁城里的太监，而且六岁就净身入了宫，怎么可能会有后人？"

司马灰赶紧替罗大舌头遮掩，说那位小德张公公出来之后，他不是也得成家过日子吗？结果就娶了个老宫女为妻，又收养了一个儿子在膝前，以便给自己养老送终，虽然不是亲生的，但感情好得没话说，所谓不是亲人，胜似亲人，这正是罗大海他们家最令人动容之处。

玉飞燕微微点了点头，心中却仍有许多疑惑不解之处，又问道："那位小德张公公，既然能从宫里边带出东西来，为何他不取金银玉器，更不拿古董字画，偏要拿个挖耳朵勺回来压箱子底儿？"

司马灰随口编造，说："你可别小看了这个纯铜的挖耳朵勺，名副其实的是件国宝，为什么呢？因为看一件古物，你不能以材质断其贵贱，首先是要看它的历史价值，其次才是它的艺术价值。"

话说自打大明洪武皇帝龙兴，浴血百战，终将元人逐回漠北，恢复了我汉家山河，后有燕王扫北，建都北京，一度励精图治，海内无事。怎奈日月频迁，星霜屡改，这正是"好花不常开，好景不常在"，到得明朝末年，朝廷失政，内忧外患，民不聊生。先是闯王李自成揭竿而起，率军打破京师，逼得崇祯皇帝吊死煤山，改朝换代为大顺，天下百姓只道是就此安居乐业，可偏又有吴三桂冲冠一怒为红颜，引了清兵入关，那八旗铁甲席卷而南，所到之处，势如破竹，从此定鼎了中原。大清国仍然是建都北京，你道这是为何？只因那满清皇帝，也看中了咱北京的形势不俗，此地北衔燕山，西接太行，东吞渤海，南压华夏，真可谓金府天城，乃是万古千年的不拔之基。

自从满清人主以来，接连出了几代明君圣主，审时度势，任用贤能，务实足国，重视农桑，平定各地叛乱，一举扫除三藩，终于使得四海一统，万民归心。岂料康乾治世之后，却挡不住盛衰隆替，风云变换，终于朝纲败坏，大局糜烂，不可收拾。眼看八国联军趁势打入北京，逼得慈禧太后仓皇出逃，驾辇行至途中，天时风干水涸，烈日悬空，浮云净扫，老佛爷体内生出痰火，耳鸣目燥，苦不能言，御医多方诊治无果，正当堪堪废命之时，幸有随行官吏呈上暹罗进贡来的玲珑八宝挖耳勺一柄，由总管太监李莲英亲自为老佛爷掏出耳垢，上天平权之，重一两有余，慈禧得以泄出内火，顿觉神清气爽，耳聪目明，因此而活，遂主张与洋人议和，签订了《辛丑条约》。

可以说如果当初慈禧没掏耳朵，她未必能保住性命再次返回京城，光绪皇帝也不会因为变法不成，积郁成疾，落得含恨而终的悲惨下场。谁又能想到，这小小一个挖耳勺，却是历史风云变幻和晚清末年丧权辱国的见证之物，难怪到后来李鸿章李大人感叹道：劳劳车马未离鞍，临事方知一死难。三百年来伤国步，八千里外吊民残。秋风宝剑孤臣泪，落日旌旗大将坛。挖耳铜勺原非凡，请君莫作等闲观。

玉飞燕至此才终于明白，原来司马灰说这么多，无非就是为了显得他这件破玩意儿价值不凡，足以顶得上自己送给 Karaweik 的那枚翡翠扳指，自己刚才那番深情厚义竟然全都打了水漂。真是明珠美玉，投于盲人，好心都被当成驴肝肺了。她越想越是生气，蹙眉问道："你就这么看我不起？"

司马灰看玉飞燕被自己气得俏脸惨白，眼泪都在眼眶里打转了，心中难免有些恻然，就直言相告，劝她说："你就收下吧，虽然跟你在古墓里见的宝物不能比，可蚂蚱蹦进油锅里，大小也算是个荤腥儿。另外你也别费心思拉拢我们入伙了，这么多年以来，从没有人从野人山巨型裂谷里边活着走出去。退一万步讲，即便咱们真能活着离开，我也只希望你履行先前的承诺，带 Karaweik 远走高飞，至于我们三个的事你就别管了。"

原来司马灰和罗大海、阿脆三人，在遇到柬埔寨食人水蛭时，便都已仔细想过，就算自己三人侥幸捡条命离开野人山，也不打算逃往海外去了。因为到了那边一无所长，也无以为业，为了谋求生计，必定会受制于人，迟早还得跟玉飞燕去做盗墓的晦子。想想姜师爷和钻山甲等人的下场，可见人为财死，鸟为食亡，他们都是被东家以重金所雇，结果不明不白地死在了这片与世隔绝的原始丛林中。做这等把脑袋别到裤腰带里的勾当，谁也保不准哪天就走了背字，一头撞到横死鬼手里搭上性命。与其为了金钱去给那些财阀卖命，到最后死得像条狗一样，还不如就此越境回去，该挨枪子的挨枪子、该蹲土窑的蹲土窑，倒也落得一个精神爽利。

玉飞燕听罢司马灰之言，心头怒气虽有缓和，但恨意仍然未平，正待再同他说些什么，忽闻裂谷底部传来一阵巨响，众人知是有事发生，急忙探出身子向下张望，就见脚下那片茫茫迷雾之中，射出几道强烈而又刺目的光束。

眩目的强光，穿透了层层浓雾，明一阵暗一阵地不住摇动，晃得人眼前发花，随之而来的，是一片古树朽木倒塌折断般"吱吱呀呀"的怪异声响。司马灰察觉到那动静自下而上，由远而近，来得极是不善，听着就让人发憷。他寻思："浓雾中的几道光束看起来如此明亮刺眼，比探照灯还亮过数十倍，绝不可能是生物光。还有那阵犹如枯树一般，从巨型裂谷深处迅速移动上来的声音，又是什么物体发出的？"

第七话
坠　毁

大约在野人山巨型裂谷两三百米深处，从浓雾中射出几道刺目的光束，强光在黑暗中摇晃不定，同时在地底有枯树般吱吱呀呀的异常声响发出，听那动静，竟像是深渊里有什么东西迅速爬了上来。

司马灰断定在浓雾中出现的光源，绝不会是生物光。一般由生物或矿石发出的光亮，都属于化学冷光，亮度持久，但不会发热，对人类而言，是一种最为理想的光源；然而那片迷雾中晃动的光线，却极其刺眼，不是普通的探照灯可比，似乎来自于某种具有热量的电气光源。难道在这与世隔绝不见天日的地下裂谷中，隐藏着至今还可以运作的强光照明装置？

那架失踪近三十年的蚊式特种运输机，在如此阴冷潮湿的环境中，也早该被腐蚀得破烂不堪了，而且运输机上肯定不会装有这种强光探照灯，所以从浓雾中发出的光源，不可能来自于坠毁多年的蚊式。

众人心下骇异难言，都不知迷雾深处会出现什么，可凝神屏息地窥觑了一阵，就见那几道光束倏然熄灭，裂谷底部再次变得寂然无声，就如同什么都不曾发生过一般。

一个危险之所以成为危险，在很大程度上，都是由于人们在事先不能预见到它的真相。司马灰也知道遇着这种事，光凭猜测没有用，还须眼见为实。他跟众人稍作商议，就决定同玉飞燕两人下到浓雾中探明究竟有些什么，当即带上武器，身上绑了以发光二极管作为光源的宿营灯，又拿了聚光手电筒，攀藤附葛向下而行，随着距离涌动的雾气越来越近，就隐约见那渺渺茫茫的雾中，浮现出一个巨大朦胧的黑影。

由于热带风团浮屠的侵入加剧，野人山地底裂谷中的雾气仍在缓缓降低。二人到得近处时迷雾已经不太浓重，司马灰借着手电筒的光线，仔细去看那个巨大的黑影，发现那竟然是一架被无数枯藤缠住的中型运输机。

这架运输机机头圆钝，机身形状有如椭圆断面，两翼呈梯形分布，前窄后掠，与普通运输机截然不同的是——它通体都采用木制胶合板结构。

运输机机身上赫然有个显眼的黑蛇标记，这与在空军基地照片上拍摄的那架机体完全一样，而且看机型结构，也与英国空军失踪的黑蛇号蚊式特种运输机完全一致。当年的档案显示：这架运输机落入裂谷之后，从电波中传来断断续续的通讯声，驾驶员在拼命呼救的同时，也曾确认黑蛇降落在了雾中，随后便中断了与外界的一切联系。

可是司马灰和玉飞燕亲眼所见，才知原来这架蚊式特种运输机并没有落入地底最深处，而是被坚韧的古藤绊住，悬挂在了野人山裂谷半空之中，并不曾降落着陆。由于蚊式与其他军用飞机不同，完全采用全 Balsa 轻质木料构造，液冷发动机功率高，飞行速度快，续航时间久，同时载重量并没有因此降低，而且蚊式飞机生存能力很强，可以适应各种艰巨任务的需要，在缅甸山区复杂多变的气候条件下，更能够发挥它出类拔萃的优异性能。这架黑蛇号就属于标准的蚊式改型特种运输机，它在失控坠落时，受到裂谷间凝聚的气流作用，使得机身仍然保存完整，看上去并没有严重受损。

探险队冒死进入野人山，为的正是寻找这架特种运输机，并将机舱里的货物带回去。此时意外地发现，失踪的运输机被乱藤挂在了裂谷半空，如此一来，就不用再深入雾气笼罩危机四伏的洞窟底部，不能不说是意外之喜，但司马灰和玉飞燕却并未因此感到庆幸，反而隐隐有种不祥之感。

玉飞燕看那机舱里黑漆漆的鸦雀无声，就低声问司马灰道："你有没有觉得这架运输机什么地方不太对劲？"

司马灰攀住从峭壁上垂下来的树藤，盯着那驾蚊式特种运输机望了一阵，他早看出些不同寻常的诡异之处，便随口答道："是不太对劲，它太新了……好像是刚刚才坠毁。"事实上这架运输机坠落在深山洞窟里，应该已经接近三十年之久了。然而时间和恶劣环境的侵蚀，却并未在它身上留下任何痕迹，机身上的涂装就如同新的一般，也许连发动机都还是热的。

回想起先前在野人山巨型裂谷外边，众人曾看到一架幽灵般的机影从低空掠过，当时机舱里没有任何光亮，螺旋桨也是停止运转的，探险队追踪其飞行轨迹至此。依理推断，那架从云层中坠落的运输机，应该就是被裂谷中枯藤缠住的黑蛇号。但是英国皇家空军执行特别运送任务的黑蛇号蚊式特种运输机，仅有二十几年前在野人山失踪的那一架而已。

玉飞燕不禁在心中狐疑起来："难道先前看到的真是幻觉？然而种种迹象又都表明，眼前这架运输机确实是刚刚坠落不久。失踪多年的黑蛇号运输机在雾中究竟遇到了什么？它在完全没有任何动力的情况下，怎么可能在空中飞行？"又想莫非时间与空间这些恒定不变的能量，都在地底浓雾中被扭曲颠覆了，才使黑蛇号运输机以这种鬼魅般不可思议的方式出现？另外机舱里的驾驶员到哪去了？还有刚才雾中冒出的几道刺目强光，以及地下深处那阵"吱呀"不绝的异常响动又是什么？

玉飞燕虽是见多识广，可当此情形，也如同落在五里雾中，分不清东南西北了。这些事毕竟与她惯熟的盗墓勾当相去甚远，而且现在所面对的情形似乎是属于超自然现象，即以科学常识和物理定律都难以解释之事。她在脑中接连闪过几个念头，但很快又被自己推翻，只好再次问司马灰："现实中怎么会出现如此情形？莫非咱们是在噩梦里不成？"

司马灰何尝不盼着这几天的遭遇仅仅是一场噩梦，可肩上隐隐作痛的伤口在不断提醒他：眼前之事虽然诡异得匪夷所思，却完全是铁一般的事实。他此刻听到玉飞燕的话，稍一沉吟才答道："肯定不是噩梦。"司马灰嘴上如此应了一句，心中却寻思：这话也得两说着，古有蝴蝶、邯郸、南柯、黄粱四梦，到后来又有个《红楼梦》，都在隐喻世间万事如梦，可见人活着就是做梦。仔细想想这话确实也有一定的道理，梦境和现实之间的区别本来就很模糊，只不过咱这辈子遇到的……全是噩梦。

司马灰向来胆大包天，决定先到机舱里看个究竟再说。他使个仙人挂画，双脚攀住枯藤，身子倒悬下探，两手轻轻撑在黑蛇号特种运输机的驾驶舱顶部，然后用身上携带的聚光手电筒照射，去窥视舱内的情况。聚光灯光束所到之处，只见双座驾驶舱内空空荡荡，除了有几处地方因为撞击破裂而漏入雨水之外，连鬼影也没有半个。

整架蚊式特种运输机被藤葛所缠，悬停在了地下裂谷的半空，绝壁上倒垂下来的藤类植物，粗者犹如寺庙殿堂里的柱子，虽是坚韧异常，但毕竟不是钢缆，承受力已经接近尽了极限。司马灰双手撑在位于机首的驾驶舱顶部，发觉运输机摇摇欲坠，好像随时都会挣脱古藤束缚，继续向更深处坠落下去。

司马灰也不敢托大，他唯恐跟着运输机一同掉入浓雾笼罩的谷底，落个机毁人亡的下场，眼见驾驶舱里没有任何线索，便拨转聚光手电筒，照射蚊式机身的两翼。

可正在这时，高处传来一阵天崩地裂般的响动，原来热带风团"浮屠"引发的狂风暴雨过于猛烈，巨型裂谷边缘的岩层结构脆弱，经受不住冲击，出现了大面积坍塌。滚滚泥石倾泻而下，不断落向深处，留在上边接应的罗大海等人，见峭壁间险象环生，已容不得身了，也都被迫攀住枯藤逃了下来。

罗大海边向下逃边对司马灰大叫："躲开！"司马灰双脚挂在藤上，听到叫喊声，曲身向上看时，就觉一股劲风扑面而至，黑暗中也看不清究竟是什么落了下来，他急忙用手一推机身，借力将身体荡了出去，一大块树根随即重重砸在了运输机上，碎石泥水四溅，蚊式特种运输机受到巨力冲撞，顶部裂开了好大一片窟窿，随之猛地向下一沉，缠在机身上的枯藤也同时被坠断了数根。

电光石火的一瞬间，玉飞燕已发觉势头不妙。两侧绝壁直上直下，一旦从高处塌了窑，古藤上部根本没有闪展腾挪的余地，如果攀壁逃向深处，即使不跌下去摔个粉身碎骨，也得被崩落的岩石砸个脑浆横流。她眼看黑蛇号特种运输机也要坠入深处，立刻招呼众人赶快躲进机舱，至少借助运输机的外壳可以暂时抵挡撞击，而且机舱里的货物也必须要拿到手，否则山林队老少团那些同伙全都白折了。

黑蛇号运输机机身上的舱门本就是洞开的，那四人疲于奔命之际，也无暇多顾，争先恐后钻进了舱内。司马灰和玉飞燕两个，就近躲入了前边的驾驶舱，还没来得及把舱盖关上，挂在特种运输机前端的枯藤便又折断了两根，机头忽地下沉，里面的成员身体猛然随之前倾，众人不由得同时发了声喊，连心脏都险些从嘴里跳将出来，连忙拽住了机舱内用来绑缚货物的安全带。

玉飞燕闪身钻进驾驶舱内，她惊魂未定，先借着聚光灯的亮光四处一看，发现这架失踪了二十几年的运输机各个仪表和控制装置上，竟然没有一丝尘土和锈迹，此时她心中只剩下了一个念头："怎么可能……现在究竟是哪一年？"

司马灰看玉飞燕坐在主驾驶的位置上面带忧容，就问："你懂得如何驾驶蚊式特种运输机？"

玉飞燕曾在海上驾驶过比较简易的马丁式水上救援机，但英国空军的蚊式特种运输机可从来没碰过，摇头道："我不会，何况这也不是直升机，在没有跑道的情况下，你在空中怎么发动它？"

司马灰心想：反正左右都是死，但我活了二十来年，到现在还没驾驶过飞机，临死前好歹开上一次过过瘾。于是急道："不懂驾驶你还敢占着地方？"随即不由分说，拽开玉飞燕，抢身挤到了驾驶员的位置上，握住操纵杆向后就扳。

罗大舌头此时也从后边探进半个身子来，他可不想就此摔死，虽说自古皆有死，如此死法可不好看。大概他以前做过几次航模，就自以为算是个半个行家："其实这也没什么难的，你在操纵杆上绑块骨头，连狗都能开。"他一边指点司马灰怎么操作，一边伸着胳膊在各种开关上一通乱按。

玉飞燕看出这些亡命徒根本就是胡来，惊道："你们找死吗？"她话音未落，塌陷下来的一大片岩石泥沙，已从高处轰然滑落，顿时压垮了大半个机身，枯藤蔓萝纷纷断裂。这架英国空军的蚊式特种运输机机首朝下机尾朝上，在众人绝命般的惊叫狂呼声中，几乎是以一种近似垂直俯冲式的姿态，向着云雾深处一头栽了下去。

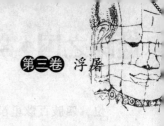

第八话
巨 型 裂 谷

在一阵阵狂风暴雨的猛烈袭击之下，野人山里天崩地摧，岳撼山摇。那架蚊式特种运输机随着塌落的岩层，呼啸着高速向下跌落。司马灰在颠簸翻转的机舱内，就见驾驶窗外满目漆黑。他只觉得天旋地转，头晕眼花，耳中听得风声嗡然作响，但许久也没有撞击到地底发生爆炸，四周唯有黑雾迷漫，使人的空间和方位感荡然无存，似乎是坠入了一个无底深渊。

在一片混乱之际，也不知怎的触碰到了什么开关，在驾驶舱的仪表板上，突然亮起了一盏红灯。司马灰看那灯光闪烁不定，心中猛然一动，想起这种灯好像是种警报信号，应该是只有飞机失控或是即将坠毁的时候才会闪烁，心中暗暗叫苦，野人山巨型裂谷内部的迷雾深不可测，以天地之辽阔，造化之无垠，鬼知道这架运输机什么时候才会落地，如今只怕想死得痛快些都不成了。

黑蛇号特种运输机以高速坠落，尚未撞到地上机毁人亡，机身却突然平缓了下来，原来巨型裂谷上半部分的走势虽然并不规则，几乎全是直上直下峭壁，可到了底部，却有个更为广大深邃的空间，裂谷口窄腹宽，洞窟剖面呈"金字塔"形，越到深处越是宽阔，而且此处形势独特，地气自下而上，强烈的热对流回旋升腾，自然而然就托住了这架运输机，使它的下坠之势骤然减缓。

蚊式特种运输机的全胶合板结构，历来有木质奇迹之称，在这种近似烟囱效应的特殊环境中发挥出了巨大优势。它就如同一只断了线的风筝，在空中翻转了几个筋斗，最后歪歪斜斜地栽落到了一片淤泥当中。运输机左翼在坠地时完全折断，发动机上的螺旋桨也都撞碎了，倾倒的机身在惯性作用下，斜刺里滑出去百余米方才停住。

司马灰在驾驶舱里，觉得三魂七魄都被摔出了壳，好不容易才归复原位，四肢百骸里没有一个地方不疼，神智恍惚中意识到这架运输机总算是降落了。想是命不该绝，从千米高空坠落，竟然没被当场摔个粉身碎骨，这完全可以说是奇迹了，但此时处境不明，他也不想用什么"大难不死，必有后福"之类的言语来欺骗自己，只是不得不感叹："看来英国人制造的这种蚊子飞机，名不虚传，果然是生存率高得出奇。"

司马灰挣扎着撑起身子，摸出身上的聚光灯来，照了照四周，眼睛都被震成了复视，看什么都重影，模模糊糊中见其余几人还算完好。幸亏机舱内设施齐整，众人都绑着安全带，头破血流虽是免不了的，值得庆幸的是，至少没人折胳膊断腿。伤得最重的是 Karaweik，颠簸之时，脑袋上划开了一道口子，流得满脸是血，一旁的阿脆正在帮他包扎。罗大海与那苏联人白熊虽是各自跌得鼻青脸肿，却是没什么大碍，只不过头晕目眩，躺在机舱里半天缓不过劲来。

司马灰又用聚光电筒照了照玉飞燕。玉飞燕虽是脸色惨白，但她摇了摇手示意自己没事。二人脑中眩晕稍有缓解，便望向驾驶舱外，却见放眼处都是满目漆黑，唯独头顶隐隐有条忽明忽暗的细线。想必是野人山裂谷外缘的那条巨型地缝，在电闪雷鸣中若隐若现。可在此仰望上去，那条宽阔异常的裂谷缝隙竟然细如发丝一般，实难想象自身究竟位于地下多深之处。

玉飞燕心中暗自诧异，她没料到裂谷内部的洞窟垂直走势如此之深。倘若附近没有另外的出口通往山外，那这片幽深莫测的地底空间，与头顶高不可攀的缝隙，就将成为探险队难以逾越的噩梦。她打了个手势，让司马灰到机舱外去看看是什么情况。

司马灰身上几乎被颠散了架，疼得他倒吸了几口凉气，无奈用力推开驾驶舱的上盖，蓦然有种隔世为人之感。他这才发觉到，覆盖在洞窟深处的浓雾，都已经消失不见了。只有地层里的大量积水到处渗落，形成了无边细雨飘飘洒洒地不断降下。推测可能是由于裂谷边缘塌方的面积太大，改变了地底的气流循环，另外狂风暴雨使山体岩层里的积水迅速增加，袭入了巨型裂谷深处，天空中在降下骤雨，而这地底洞窟里也在跟着降雨，所以才压制住了茫茫雾气，看来在热带风团"浮屠"过境之前，浓重异常的迷雾暂时还不会出现。

玉飞燕急于探明所处何地，就从司马灰的背囊中取出信号枪来，在驾驶舱内向两侧各射出一枚照明弹，两颗惨亮触目的信号烛，分别划出一个长长的抛物线落向远方。由于附近没有浓重雾气的遮盖，可以借着幽绿色的光芒，隐约看到地底洞窟距离裂谷顶端，实际距离没办法推测，只凭感觉估计垂直高度怎么也要超过千米。金字塔形的洞窟内壁全是倒斜面，险峻无比，没有任何可以使人攀援上行的区域，就连善于施展蝎子倒爬城绝技的司马灰都无法可想。这似乎是个天然的陷阱，进来就别想出去，遇难者落到此处，可真正是"分开大地无利爪，飞上天空欠羽翼"。

野人山巨型裂谷的最底部地势平缓，四处空旷无际，都是地下水渗落形成的沼泽，深远处仍有未散的朦胧雾气，烟迷远水，雾锁深山，使人看不真切。洞窟底部的这片区域，本该是位于野人山最深处的一个地下湖，但山中植物茂密，大部分积水还来不及渗透地层，就被丛林中的植物根茎吸收掉了，使得整个地下湖变成了半涸的泥沼。再加上千百年来，由裂谷顶部被风雨冲刷下来的各种植物和土层，逐渐沉积在泥沼中间，构成了一片绵延相连的长堤，湿地表面都覆盖着一层厚厚的青苔，偶尔有腐化物产生的微弱磷火闪现，从水平线上望出去，起伏错落，难分草莽。

缅北野人山这个巨大幽深的地底洞窟，历来是世人难以窥探的秘境。虽然司马灰等人活着进入了裂谷内部，也趁着浓雾消散之际，利用照明信号弹的光亮，大致看清了周围的地形轮廓，但心中并未觉得了然，反而都不由自主地生出一种不安的预感："现在眼中所看到的，只不过是冰山一角，不知还有多少惊世骇俗的秘密，仍被幽闭在这不见天日的地底世界之中。"

玉飞燕耳目敏锐，在照明弹上的信号烛在天空划过之际，发现周围的湿地水沼间，好像有些东西，正在运输机外围迅速爬行，但是移动速度实在太快，还没等看清楚究竟是什么，眼中就已没了踪影。她寻思："在阴暗的沼泽区域里，多半会藏有鳄鱼和缅甸蟒之类的攻击性生物，贸然离开机舱并不稳妥。"于是改变了主意，提醒众人注意四周的动静，暂时不要离开这架蚊式特种运输机。说完又向舱外扔了三枚信号烛，照亮了附近的射击视界，并将手中乌兹冲锋枪的枪栓拉开，子弹顶到了膛上，以防发生突如其来的变故。

司马灰见照明弹熄灭后，蚊式运输机附近几枚信号烛发出的光亮，在幽深的地底洞窟中显得微如萤火，四周重新陷入了无边的深邃和沉默。他此前曾无数次猜测过，被浓雾覆盖的裂谷里究竟会存在什么，但始终不得头绪。此刻身处其中，更感觉到野人山巨型裂谷险恶非常，它在浩瀚如烟的岁月中，经历了无数年风雨雕凿，一直以来，都是人类视野无法认知的死角，而在这片空旷的黑暗中，必定隐藏着某种难以揭示的奥秘。他越想越是觉得复杂，思绪深陷其中，不免有些走神，半天都没再说话。

玉飞燕见司马灰还有无话可说的时候，倒是觉得有几分意外，就将自己的手枪递到他手中，提醒他注意观察运输机周围的情况，随即俯身前往机舱后部，逐一检视这架蚊式特种运输机内装载的货物，寻找到客户委托的那件物品，一旦得手，就该立刻设法寻找出口，觅路撤离野人山。

探险队的三十几名成员，到现在只剩六人幸存，并且随着这架失踪多年的运输机，一同坠入了野人山巨型裂谷的最深处。但抛开途中那些难以解释的诡异遭遇不提，事情进展得还是有些出人意料，首先是没想到能在第一时间找到黑蛇号运输机；又由于热带风团的入侵，使地底涌出的浓雾大为减弱；而最重要的一点，就是机舱里的货物还在。

这种经过改型生产的蚊式特种运输机，在第二次世界大战期间，属于中型机体，并不宽敞的机舱分为前中后三段，内部完全贯通，当中没有任何间隔。最前端是驾驶舱，中后部则是可以搭载需要空军输送的人员和物资。

在黑蛇号机舱后端，紧紧捆着四个长方形的密封木条箱子，外边蒙着厚重的防雨布，两个分为一组，锁定得很是稳固，在刚刚那一番剧烈颠簸和撞击的过程中，也没有丝毫松动散落的迹象，但箱体上除了一些数字编号之外，再也没有其他任何标识。

玉飞燕先让阿脆拿着探照灯，在机舱内协助照明，又命苏联人白熊用鸭嘴榘，撬开木条货箱的盖子。正待动手，却隐约听到有个人在机舱内黑暗的角落里说着什么。司马灰听那声音虽然微弱，却近在身后咫尺。运输机驾驶舱内的无线电已经彻底损坏了，不可能再接受到任何通讯信号。那货箱里的情况虽然暂时看不见，但一律封装严密，就算真有活人藏在里边，到现在也早该憋死。而且听那声源的方位，应该是来自罗大海等人所在的机舱中部。现在探险队总共就剩下这几个幸存者，除了那半哑的苏联人白熊之外，其余几人说话都是什么声音，司马灰自然一清二楚，但是刚才传出的声音格外古怪，显然另有其人。司马灰惕然警觉："这架飞机里还有其他的人！"可当他支起耳朵来再听的时候，却已听不到什么了。

司马灰还道是由于自己精神紧张，从而产生了某种错觉，就转过头去问距离最近的玉飞燕："你刚才听到什么没有？"

　　玉飞燕也察觉到了异常，她多曾与欧美客户打过交道，能听出刚才说话之人，带有明显的英国口音，对司马灰道："似乎有个英国人，他说这机舱内装载的货物……很危险。"

　　深渊般的地下洞窟里本就幽暗漆黑，狭窄漏雨的机舱里仅有一只探照灯，众人离得虽近，却就连对方的面容和身影都看不清楚。可正因为空间局促，而且相距极近，所以活人身上的存在气息，还是能够彼此感觉得到。司马灰可以确定，包括自己在内，机舱里仅有六个人，怎么可能会突然多出来一个人来？除非玉飞燕所指的英国人……是英国皇家空军驾驶员的亡灵。

第九话
声　音

　　司马灰忽然听见身旁有人说话，可机舱里却分明没有其余的活人了。这架黑蛇号运输机，舱内前后相通，虽是漆黑一团，但提着探照灯，就能从这头直接照到那头。总共才巴掌大小的地方，又哪里藏得住人。莫非除了探险队的六个幸存者之外，在这架失踪了几十年的特种运输机里，还躲藏着一个英国驾驶员的亡灵？

　　那近似警告般的讯息，仿佛来自另一个世界，不仅是司马灰和玉飞燕听到了，处在机舱中间的苏联人白熊也听得真真切切。他随探险队深入野人山腹地，无非是为了大笔酬金，不过事先完全没有料到，会在山里遇到这么多难以想象的复杂情况，而且越陷越深，等他想要甩手不干的时候，发现已经走不脱了，只好跟着其余几个幸存者继续同行。

　　蚊式特种运输机坠入裂谷底部后，白熊虽然没受什么重伤，但也被颠得不轻，脑子里已经不分南北、难辨东西了，感觉身体虽然着陆了，可五脏六腑还悬在天上没落回原位。他没有任何信仰，心性冷酷残忍，向来从无畏惧。先前在运输机坠落的过程中，机舱里完全是一片漆黑，外边更是昏昏默默，杳杳冥冥，白熊坐在帆布垫子的座位中，身上扣着安全锁，手中死死拉着安全绳，在剧烈的颠簸摇晃中，身体也被惯性甩来甩去。他搭乘过各种飞机，甚至在遭受地面防空炮火猛烈射击，都不曾有过惊慌失措的情形，因为他知道遇上这种事，怕也没用，只有听天由命。

　　但现在就在这个阴森狭窄的运输机舱内，他隐约听到有一个英国人说话的动静，这件事情完全超出了白熊的常识，他以前做雇佣兵的时候，也和一些英国人接触过，浓重的英国口音自然不会听错。可是眼下黑蛇号里根本就没有英国人，驾驶舱的通讯装置也分明是损坏的，为什么会有英国人的低语声？另外这架运输机已经失踪了二十九年，为何直到今时今日，

还保养得依旧如新？又为什么在进入野人山巨型裂谷之前，会看到它黑沉沉的机影在低空掠过？

这一切难以解释的现象综合起来，只说明一个问题，那就是这架隶属于英国空军的蚊式特种运输机在"闹鬼"，而且机舱里躲藏着一个皇家空军驾驶员的亡灵，所以才会听到飞行员亡灵的声音。

白熊虽然没能听清楚声音的全部内容，但还是有几个断断续续的词句钻进了耳中，那个英国空军驾驶员亡灵似乎是在警告探险队："运输机舱内装载的货物——极度危险！"白熊从不信任任何人，但他对自己的耳朵深信不疑，打着手势告诉玉飞燕："这架运输机实在是太不正常了，在没有调查清楚全部情况之前，最好不要随便触碰任何东西，否则很可能招来杀身之祸。"

玉飞燕一直担心野人山巨型裂谷，会在热带风团的袭击下继续坍塌，倘若这金字塔形的洞窟完全崩毁下来，人人都得被活埋在地底，眼下首先要做的，就是尽快取了机舱内的货物，然后立即寻找出口，待到"浮屠"势头减弱，就全体逃出野人山。

可偏是这个节骨眼上出了意外，在运输机坠入裂谷底部之前，她根本就没来得及仔细察看舱内的情形，但此刻早用探照灯把前后左右都照遍了，机舱里哪里有什么英国人？据她掌握的英军档案资料记载，这架黑蛇号蚊式特种运输机在缅甸执行任务时，失踪在了野人山裂谷重重迷雾的最深处，当时飞机上包括驾驶员在内，共三名机组人员。难道他们的亡灵仍然徘徊在这里，不肯让别人触碰机舱内的货物？

众人正觉这件事好生蹊跷，却见脑袋上缠满绷带的 Karaweik，握着一个黑色物体递到司马灰面前。

司马灰奇道："这是什么？"Karaweik 显得慌里慌张，他比画着说了半天，好在有阿脆帮忙解释，众人才算明白。原来 Karaweik 躲进机舱后，蚊式特种运输机就立刻开始高速下坠。他忽然觉得有个东西迎面撞在身上，在惊慌之余，也没看清是什么，顺手抓住。当时不知按到了什么，那东西里边就突然有人说话，将 Karaweik 吓了一跳。随后运输机碰到了裂谷中盘旋的气流，机身颠簸摇晃之际，他头部被撞了个口子，就此失去了知觉。醒来发现后那东西居然还在自己手里握着。按了一下又有声音发出，Karaweik 大觉稀奇，按照缅共游击队里的不成文的规矩，在战场上，任何无主之物，以及死人身上的东西，谁捡着就算是谁的，这里没有三大纪律

八项注意之说，根本不存在一切缴获要归公的概念，于是他立刻装进了自己的兜里想要留下。等看到其余五人都不说话了，Karaweik 才把这东西拿出来给司马灰看，想让司马灰告诉他如何使用。

司马灰等人一看 Karaweik 捡到的东西，原来是个类似采访机的手持式小型录音机，侧面还插有线型麦克风，这才知道在机舱内听到英国人说话的声音，都是从中而来。司马灰对缅甸人滚刀肉般的性子真是无可奈何，但脑中紧绷着的那根弦总算松了一扣。罗大海抬手弹了 Karaweik 一个脑嘣儿："你小子差一点就把我们的魂都吓掉了。"Karaweik 根本不明白是怎么回子事，满脸都是茫然。

玉飞燕见只是虚惊一场，但是这部录音机中的磁带里，似乎提到了有关货箱的信息，她心中正有许多难解的疑惑，急着想要从中找到些答案，便决定先从头到尾听上一遍，然后再根据情况取出机舱里的东西，于是劝道："反正差一点和差一百点也没区别，你们别责备这个小兄弟了，他能懂得什么？"她当即拿过录音机倒带播放，经过仔细辨听，发现这盘磁带中记录的声信息，果然是一个英国人所留。除了司马灰和罗大海之外，其余几人都懂得英语，可这二人又不肯在旁瞪眼听天书，玉飞燕无奈，只好听得一段，便给他们译出一段。

想不到接下来听到的事情，却又让众人觉得脑子里边炸了庙——这盘磁带里记录的内容，远比在地底遇到英国空军驾驶员的亡灵更为可怕。

录音是由一位英国探洞专家威尔森，通过实时自述所作的记录，开始于运输机从基地起飞的那一刻，并声称如果有人发现这盘磁带，就说明他已经遇难了。威尔森在飞行途中，简短回顾了自己的经历，自称是加入了一支经验丰富的精锐小分队，这支团队里不仅有最优秀的飞行员、有研究宗教历史和超自然现象的专家，也有空军特勤组的退役军人，他们没有政府背景，只为了金钱工作。这次受雇于一位从不露面的客户，目标是寻找失踪于野人山巨型裂谷中的蚊式特种运输机，据说运输机里装有英国殖民者从缅甸掠夺的稀世珍宝，不过机舱具体有什么货物都是绝对机密，除了领队之外，其余成员无从知晓。

经过多次的反复探索和空中侦察，初步探明了裂谷内部的地形结构，这是一个剖面呈金字塔形的巨大洞窟，纵深极广，横面显得相对狭窄。根据那架失踪的蚊式运输机驾驶员无线电通讯，估计它是降落在了南侧。

　　探险队同时也发现，不论是地上还是地下，陆地还是水域，都没有绝对安全的途径可以进山。除了从地底涌出的浓雾，野人山里还存在着大量古代遗迹，不过大多遭到严重损毁，无法判断考证它们的文化背景和历史渊源，似乎古代人想要掩盖某种秘密，并且设下了重重陷阱。而装载着缅甸古代珍宝的蚊式特种运输机，又偏偏坠落在了野人山，这一切仅仅是巧合吗？威尔森认为也许只是自己多虑了而已，但是对逻辑研究得越深，就越是应该珍惜巧合。

　　不幸的是，此前进山的数支探险队全都下落不明，几乎没有任何幸存者活着回来，对于装备精良、经验丰富、受过高度训练、武装到了牙齿的职业冒险家而言，野人山外围复杂的地形，以及各种各样的毒虫巨蟒，都不是绝对的阻碍。真正的威胁来自于山里终年不散的迷雾，茫茫雾气遮蔽了裂谷周围的原始丛林，使外人难以透视其中的秘密。

　　威尔森所在的英国探险队，想出了一个近乎疯狂的计划，他们认为当年皇家空军那架特种运输机，之所以能降落在裂谷深处的迷雾中，得益于两点。一是蚊式的特殊材料结构；二是裂谷内特殊地形所产生的气流作用，但假若换作别的飞机，肯定不是过轻就是过重，都及不得蚊式。另外气象条件可能也是决定因素之一，黑蛇号运输机失踪的那一天，同样有热带风暴形成的飓风北移，使得野人山裂谷的地形轮廓，大部分从浓雾中暴露了出来。

　　如今想要进入裂谷深处，只有等待热带风团再次到来，并且还要使用同样型号的蚊式飞机，才有希望达到目的。野人山深处有雷区、浓雾、毒虫，以及各种防不胜防的邪术，都令西方人难以理解，所以他们计划搭乘同样的蚊式飞机，趁天气变化之际，冒险进入裂谷的最底部，得手后再设法乘热气球离开。直至六十年代晚期，在一些相对落后地区仍然还可以见到蚊式的身影，他们经过一番周折，终于在东南亚某地，找来了一架与黑蛇号相同的蚊式改型特种运输机。

　　野人山附近存在着古老的蟒蛇图腾；坠入浓雾的运输机代号是黑蛇，裂谷的走势也蜿蜒如蛇；甚至就连美军修筑的幽灵公路，都形如长蛇。英国探险家猜测，也许"蛇"是连接野人山全部秘密一把钥匙，于是将找来的"蚊式特种运输机"加以重新改装和翻修，使其从内到外，包括涂装，都与当年失踪的运输机几乎完全一样，命名为"黑蛇Ⅱ号"，期望它能为探险队带来好运。

谜踪之国·雾隐占婆

英国探险队在缅寮交界处的非军控地带，买通了被地方武装力量控制的一个隐蔽机场，在热带风团入侵之际，搭乘"黑蛇Ⅱ号"前往野人山。这个计划非常之危险，天时地利人和，胆量技术勇气，任何一个微小因素都可能影响最终的命运，无常的变化往往会带来各种意想不到的困难。可是面对惊人的回报，以及某种莫名其妙的使命感，使英国探险队在投机心理的驱使下，仍是决定知难而进。威尔森坦言："这次任务的危险性非常大，很可能有去无回，但愿我们这么做是值得的。"

"黑蛇Ⅱ号"特种运输机起飞后，在山区上空盘旋了很久，不料天气变得越来越恶劣，远处开始有雷暴出现，裂谷附近的浓雾并没有降低到预想程度，完全不具备事先计划中的条件，驾驶员只好提议放弃这次行动，但就在即将从低空驶过裂谷之前的那一刻，忽然从一片凝聚不散的云雾中，出现了另一架幽灵鬼影般的蚊式特种运输机。

威尔森说，那正是早已失踪了几十年的皇家空军运输机，它冲着我们无声无息地直飞过来，等驾驶员发现它，并想要转向回避的时候，却为时已晚。我们的"黑蛇Ⅱ号"与雾中出现的飞机撞个正着，可是突然在空中发生的撞击，并没有使"黑蛇Ⅱ号"当场爆炸，就如同撞上了一片看得见摸不着的浓雾，对面那蚊式架运输机仿佛是根本不存在的幻觉。但令人难以理解的是，在与幽灵运输机接触的一瞬间，"黑蛇Ⅱ号"双引擎发动机同时停转，各种设备全部失灵，机舱内顿时变得漆黑一团，在失控状态下直接坠入了裂谷。

多亏了上帝保佑，"黑蛇Ⅱ号"幸免机毁人亡之灾，被坚韧的古藤缠在了半空，等机上成员陆续从昏迷中清醒过来之后，发现机舱外浓雾障眼，看不清置身何方。为了能在浓雾中维持一定距离的视界，英国探险队事先准备了几盏高强光探照射灯，它可以最大限度穿透雾中的杂质，于是众人打开舱门，用多头强光射灯照视坠落点附近的地形。此时探险队的首领再次叮嘱众人，如果找到了那架失踪的蚊式运输机，在没有得到他的允许之前，谁都不准打开货箱，因为机舱里面装载的货物极度危险。

不过这支英国探险队的厄运才刚刚开始，运输机上的探照灯强光，竟然从浓雾深处引出了一个十分巨大的物体，威尔森用惊恐的声音将那个东西形容为"生命体"，它吞噬了整架运输机，随后在一阵慌乱的惨呼和刺耳的噪音中，磁带记录戛然而止。

(134)

第四卷

惊爆无底洞

第一话
猎　枪

　　几乎所有进入野人山的探险者，都会充分考虑到将要面临的障碍和危险。而最难以预知的威胁，是从地底不断涌出的雾气。除了那些迷失在雾中，永远都回不来的失踪人员，世上再也没有任何人可以解答究竟会在雾里遇到什么，也不知道它的根源来自哪里。若以常理推测，浓雾可能会使人产生幻觉，或是雾中含毒。但是凭借着丰富的经验、先进的装备，再加上一些必不可少的运气，应该有机会从中全身而退。

　　不仅司马灰和玉飞燕是这么设想的，就连搭乘在"黑蛇Ⅱ号"运输机上的英国探险队，也同样抱有这种侥幸心理。他们为了对付野人山巨型裂谷深处的千年迷雾，事先做了许多准备，包括各种防毒措施，以及在雾中使用的强光照明器材。但是根本没有料到，浓雾中存在着令人完全无法想象的东西。

　　威尔森留下的录音磁带，听得众人面面相觑，好半天作声不得。录音中提及的内容，彻底颠覆了他们先前对整个事件的认知。玉飞燕心里很清楚，自己这伙人，与"黑蛇Ⅱ号"运输机上的英国探险队，肯定都有着同样的幕后雇主。按国际上的惯例，既然客户委托一组人去寻找失踪的空军运输机，那么在这组人失手或放弃之前，就不应该再让别人插手。要是早知如此，也就不来蹚这浑水了。

　　玉飞燕又想起先前与司马灰二人发现这架运输机的时候，裂谷中的浓雾正在下降，当时的"黑蛇Ⅱ号"运输机并无异常，机舱里也没见到英国人的尸体。据此估计录音中提到的"生命体"，仅限于在雾中活动，而且灯光会将它从迷雾深处吸引出来。

　　这时司马灰撬开机舱内的货箱，一看果然都是英国探险队携带的各种装备和物资，而不是玉飞燕此行所要寻找的缅甸珍宝。他见其余几人都是神色凝重，如同大难临头，就想找个理由宽慰众人，只好说："至少这盘录音带……解释了咱们先前在裂谷上边遇着的，是这架'黑蛇Ⅱ号'运输机，而不是一个在浓雾中徘徊了几十年的幽灵。"

玉飞燕看了司马灰一眼说："你就别自欺欺人了，咱们遇到的确实是'黑蛇Ⅱ号'，可是与'黑蛇Ⅱ号'在雾中相撞的又是什么？"

司马灰说："既然'黑蛇Ⅱ号'迎头撞上了对面的蚊式运输机，但是却没有发生爆炸，我想这大概是由于'雾'的原因。听说世间常有海市、山市幻现，晚上在荒坟野地里还会有鬼市。浓雾中突然出现的，多半是那架失踪的英国皇家空军运输机，在几十年前留下的影子而已。"

太平洋战争末期，美军有整整一个中队的野马式战斗机，在太平洋地区执行巡逻任务。他们突然发现对面空域有日军的零式战斗编队出现，然而当时的日本联合舰队都不复存在了，海军航空兵也被打得七零八落，早已丧失了制空权，怎么还会有如此齐整的大规模编队出现？正当美军战斗机飞行员想要发起攻击的时候，却又失去了敌方机群的踪影，眼中只剩下海天茫茫，碧蓝无垠。通过联络得知附近巡航的舰载雷达上，始终没有出现任何异常反应，当时野马式战斗机中队的飞行员皆是目瞪口呆，没人知道刚才亲眼目睹的情形是怎么回事。

后来有证据显示，那只是海市蜃楼一类的光学折射现象，还有不少目击者曾在海边或是沙漠中，看到金戈铁马的古战场浮现在地平线尽头。不过科学家们至今都无法解释，在云层和海面上形成的投影，为什么往往都会出现在许多年以后。

这是司马灰曾在缅共人民军里道听途说得来，他自己也不知道是真是假，现在提出来，是觉得探险队在野人山的遭遇，与那瀚海狂沙中的种种离奇现象，颇有相似之处，这么说似乎也解释得通。

玉飞燕却不认可这种推测，如果说是浓雾形成的虚像，那么"黑蛇Ⅱ号"为什么会在撞机的一瞬间，如同接触到了强烈的磁场，使得全部设备同时停止运转？另外这架运输机落入裂谷之后，被强光探照灯从迷雾里引出来的"生命体"又是什么？英国探险队的成员是如何遇难的？为什么他们连尸体和血迹都没留下？

阿脆同样是深觉疑惑，她也忍不住开口问司马灰，为什么英国人形容浓雾中出现的东西是"生命体"？

司马灰道："这个词还挺唬人，都把话说颠了。其实讲白了，不就是说从地底涌出的浓雾里存在着某种'活物'吗？"

阿脆摇头道："只怕没有那么简单，这个词太宽泛了，你可以说一草一木是生命体，甚至还可以说整个天地都是一个生命体。即便咱们亲眼见到了浓雾中出现的东西，可能也无法准确描述。毕竟天地茫茫，人类所知极其有限。但有一点可以肯定，被探照灯从浓雾里引出来的东西，绝对是异常危险，还是遇不着为好。"

司马灰寻思："能否探明雾中隐藏的真相，也许就是从野人山里逃出生天的关键所在。"但他被众人连珠炮似的问题问得无言以对，心想："我这还蒙着呢，你们怎么全都问我来了？"只好推说"见不尽者，是天下之事；悟不尽者，是天下之理"。眼前这些事情实在太过出人意料了，几乎没有逻辑可言，换谁也琢磨不透。在这种情况下，咱们应该尽量以"弹性思维"来处理。

玉飞燕和阿脆都觉不解，奇问："弹性思维是指什么？"

罗大舌头替司马灰解释道："这个词是挺唬人，都把话说颠了。其实讲白了，他现在是黄鼠狼偷鸭子——无鸡可食（无计可施）了。只好把复杂的问题简单化，给它来个见怪不怪也就是了。咱用不着自己跟自己过不去，否则把脑袋想破了，吃亏倒霉的又不是别人。"

玉飞燕点头道："说得倒也在理。此时山外暴雨如注，导致地下积水不断从岩层缝隙中渗落，造成这个地底洞窟内部也被雨幕遮盖，使得裂谷深处的浓雾尽皆消散。咱们正得天时，如果就此放弃，无异于功败垂成。那架失踪的英国空军运输机，曾通过无线电联络，确认降落在了雾中，并没有沉入泥沼。这地底多是沼泽，能够允许蚊式运输机降落的区域，只有纵深狭长的一片湿地而已。如果继续向南徒步搜索，仍有机会找到失踪运输机里装载的货物。"

玉飞燕以前做事，无不随心而动，根本用不着对手下多作解释，可司马灰这几个人皆属临时入伙，真要是半路上甩手不干了，自己也奈何不得他们，只好忍着性子，好言好语地商量。她又对众人嘱咐道："兵贵神速，现在不能过多耽搁，必须尽快采取行动。因为说不准热带风团带来的狂风暴雨还会持续多久，它要是万一在途中转了向，或是突然减弱，事情可就麻烦了，那时候浓雾肯定还会出现。在出发之前，大伙应该尽可能多携带英国探险队留下的必要物资，特别是防身的武器和食物，以及照明装置，如果在途中突然遇到浓雾出现，就要立刻关掉探照灯和聚光手电筒，在万不得已的情况下，可改用冷荧光剂一类没有热量的化学光源。"说完她就开始从英国探险队的货箱中，寻找应用装备。

玉飞燕意外地发现了一部肩背式通讯电台，便问司马灰等人谁会使用。阿脆看了看说："这是 PRS25/77 型军用战术无线电，美国产的，我懂一些通讯，应该可以用。但这地下洞窟里没别的幸存者了，要拿它跟谁联络？"玉飞燕说："咱们得手后，即便能逃出这巨型裂谷，可在野人山里没有接应恐怕也走不出去，带上它有备无患，总能派上用场。"

司马灰见玉飞燕布置有方，算得上是光着屁股坐凳子——有板有眼了，换作自己也没有更好的策略，于是就没再多说什么。

其余几人也对此没有异议，当下各自着手准备，只是罗大海这辈子从来没让女人指挥过，嘴上虽然没说，心里却难免有点犯嘀咕。他无意中发现货箱底层有个长条匣子，打开一看，里面装的是一条拆散的老式四管猎枪，配有两种特制弹药。罗大海三下五除二将它组装起来，就见这条猎枪大得都出了号了，而且枪身材质考究，工艺非常精良，四条枪管呈"十"字配置，左右两管为霰弹，上下两管为大口径膛线。他在当地听人说过，以前有英国贵族在缅甸、印度等地猎取野象和犀牛，专门使用这种猎枪。犀牛的那身坚皮厚甲，足能防御来复枪弹的射击，却唯独抵挡不住超大口径的猎象枪。罗大海喜出望外，对司马灰道："这枪跟后膛炮也没什么区别，有它傍身，我心里头可就踏实多了。"

司马灰提醒他道："罗大舌头，你他妈这是想打坦克去啊？我告诉你使这种大口径猎枪可得悠着点，它的威力是不小，但生产年代比较早，所以在设计构造上还显得比较落后，缺点很多，容易走火，尤其后坐力大得惊人，如果射击者体格单薄，开枪时能把自己撞一溜跟头出去。"

罗大海自恃生得五大三粗，有膀子稳健的力气，毫不在乎地说："那些英国佬不就是喝机器水①吃洋白面长大的吗？又不是三头六臂，既然他们能用，咱也照样玩得转。"说完他将猎象枪的子弹带挎在身上，然后嘱咐 Karaweik 道："你小子可跟紧了我们，要是敢开小差掉了队，看老子不撸

---

① 机器水：指自来水。

你个茄子皮色。"Karaweik 也知道眼前处境之危险，满脸惊慌，闭了口不敢多言。

收拾齐整了，众人先后钻出"黑蛇Ⅱ号"运输机的机舱，各自拎着冲锋枪，以探照灯开路，摸索着向裂谷南端搜寻目标。从地层岩缝中渗下的积水，被洞窟高处的气流一卷，都成了漫天落下的细碎雨雾，视野受到影响，逐渐变得模糊不清。

裂谷底部都是荒原般的湿地，当中有好大一片区域，纵深处绵延伸展，形势如同蟒蛇，周围的水面上，则生满了一片片枝繁叶茂的锯齿草和丛丛芦苇，都有将近半人多高，将沼泽地区分割得像是棋盘一样纵横交错。

阿脆奇道："这片宽阔深邃的地下空间，终年都被浓雾封锁，从来不见天日，得不到半点光合作用，怎么会生长着如此茂密丰富的沼泽植物？"

司马灰也有同感："最反常的是这里实在太空旷了，而且洞窟的深度不下两千多米。我原来还以为地底会藏着某些东西，可是这里除了雾，似乎什么也没有了。"他说话的同时，在探照灯的光束下，看到附近水面上漂浮着几段枯木般的东西，心知必是鳄鱼无疑。这裂谷四周如果是完全与世隔绝的，那从高处落入地底的生物和植物，只能在这近乎封闭的环境中繁衍生息。在地下沼泽附近，出现鳄鱼和缅甸蟒等爬虫类生物毫不为奇。可在雾中袭击"黑蛇Ⅱ号"运输机的生命体究竟是什么？它的体形肯定不小，而且能够借助浓雾迅速移动到高处，绝不可能是鳄鱼和缅甸乌蟒。

司马灰见没有头绪，索性不再多想了，他抬头向高处看了看，先前对热带风团"浮屠"没有任何好感，只觉得恶劣的天气是一个致命威胁，但此时却又盼着这场驱散浓雾的暴雨，千万不要停止。

正走得发慌之际，忽见前边又有一条近十米长、约有数吨之重的巨鳄，露出满口密布的尖利牙齿，横趴在路上一动不动，它猛然被探照灯、脚步声所惊，并没有发出攻击，而是哗啦一声扭动笨拙的躯体，顺势蹿入了芦苇丛的深处，听声音是去得远了。

玉飞燕连忙提醒众人，千万不要离芦苇丛太近了，免得被潜伏的鳄鱼一口咬住拖入泥沼。

可这时苏联人白熊却突然停下脚步，拨了拨巨鳄刚才爬过的地方，撞碎了一层枯木，厚厚的泥土和青苔下，暴露出大片狗肝色层面，他又接连挖开几处地面，也都是如此，看起来一直延伸到沼泽深处。苏联人白熊似乎觉得这很不寻常，他那张本就冷漠的脸上，又笼起了一层阴云。

司马灰虽然看不懂这苏联佬在搞些什么名堂，可此处极其危险，怎敢随便停留，就问："懦夫司机，你在这刨地雷呢？"

那苏联人白熊闻声抬起头来，面无表情地冲着司马灰张开了嘴，露出仅剩的半截舌根，示意自己不能说话，随即用匕首划地写了几个字。

众人借着灯光一看，见只是四个英文字母"MOHO"，俱是觉得莫名其妙："这是个人名吗？"

玉飞燕知道一些苏联爆破专家白熊以往的经历，见了这行写在地上的英文，已然领会了他想要告诉众人什么事情，惊问："你是指咱们掉进了望远镜里？"

第二话
望远镜计划

苏联佬白熊用匕首在地上划了 "MOHO" 四个字，只有玉飞燕清楚他的意思，这是一个令人无法接受的事实——野人山巨型裂谷底部是由造岩物质所构成，探险队的六个幸存者，竟然在不知不觉中，深入了地幔与地壳之间的莫霍面。

如果要解释这件事情，还要从五十年代初期说起，当时苏联和美国这两大敌对阵营，受冷战思维支配，将大量财力物力投入到无休无止的战备竞争当中，军事科研也以近乎畸形的速度突飞猛进，双方竭尽所能开发各种战略资源。

当时的苏联有一项代号 "地球望远镜" 的秘密计划。苏联国土的南部和东部幅员辽阔，环绕着山岳地带，天然洞窟和矿井极多。为了比美国更早掌握地底蕴藏的丰富资源，以及人类从未接触过的未知世界，苏联人在一块天然盆地内的干谷中，动用重型钻探机械设备，秘密进行了前所未有的深度挖掘。

这一工程耗时将近二十年，他们挖出的洞穴，垂直深度达到一万三千米，是世界上已知最深的洞窟。因为涉及高度军事机密，所以 "地球望远镜" 计划始终都在绝对封闭的状态下进行，外界很少有人知道其中的内幕。

白熊契格涅夫精研爆破和地质钻探，在 "地球望远镜" 的工程末期，他曾经参与其中，接触到了许多相关机密。人类设计出了天文望远镜，可以用肉眼来窥探宇宙星空的秘密，但是人的眼睛却不能穿透地面，所以才将穿透地层的深渊，称为 "地球望远镜"，可以借助它来直接观测地底物质。

根据地下深度不同，物质组成也完全不同，并不是一砖到底的全是泥土岩石。概括而言，大致有三层区域，最外部称为地壳，深处是地幔的中间层，地幔里边裹着地核。地幔与上下两层不同物质的分界处，称作不连续面，外边的被命名为莫霍不连续面，深处的则是古登堡不连续面。

当年苏联人挖掘到地下一万多米，取得了莫霍不连续面下地幔的样本，发现地底含有大量放射性物质，使造岩物质形同石蜡。它既不是岩石也不是沙土，可能里边含有微生物，才呈现出罕见的狗肝色斑痕，表面上看起来犹如腐败的人造革，与野人山洞窟里常见的地质构造完全不同。白熊曾在苏联见过样本，并且知道这种地下物质分界线具有全球性，然而随着地表区域不同，莫霍界面的深度也有变化。如果在是缅甸野人山，至少要深入地底万米以下，才有可能出现这种特殊物质。

玉飞燕仰起头，在雨雾中看了看那条高悬的地缝，心中诧异之情不可名状。此时山外风雨如骤，雷电交加，无法凭着闪电的光芒加以目测，只看手表上的海拔读数显示，洞窟底部距离出口之间的垂直落差，大约有五六千英尺。而且裂谷的顶端，本身就位于野人山海拔较高的地方，减去山体的高度，到地面也不可能超过三千英尺。这个深度当然绝对算不得浅了，但地层物质的变化，却分明显示众人已经深入地下三万多英尺。也就是说自身感觉到的深度，还不及实际深度的零头。在这个深渊一般的裂谷内部，似乎一切逻辑和常识都已失去了意义，使人完全难以判断究竟面临着什么样的状况。

玉飞燕心中茫然，她向其余几人简单说了说白熊发现的情况。可司马灰等人文化程度有限，除了知道一千米大约是三千多英尺以外，又哪里听得懂"莫霍洛维奇不连续面"和"地球望远镜"是何所指。可能用清浊不明的混沌物质来描述，他们倒还能够理解一些。

罗大舌头说："现在咱们已经踩到底了，还管它有多深做什么？我真想不明白这种事有什么好担心的。从两千米的高度掉下来是一死，从一万好几千米的高度掉下来，不也是一死？肯定都会落个粉身碎骨血溅四野的下场，反正摔成什么模样自己也看不见，所以根本不用过多考虑这个地底洞窟的深浅。"

司马灰想了想说："应该还是有区别，从两千米的地方摔下来，大不了惨叫一声，还来不及难过就永远健康了。可真要从上万米的高处，呈自由落体式往下掉，你先是惨呼几声，然后掏出烟来点上一根，再拿起笔写份遗嘱，交代好后事，又回顾了一遍自己在热带丛林里的戎马生涯，可低头一看，那还差一半才到底呢。"

玉飞燕见他二人根本不明所以，便说："不管是野人山内地质变异，还是自身的空间感产生了错乱，都是以后才要考虑的问题。事有轻重缓急之分，现在还是寻找失踪的蚊式特种运输机最为紧要。"她见地下沼泽茫茫无际，植被和黑暗阻碍了搜索，在这种情况下想要找到目标，几乎是金针入海，使人无从着手。以往在山里寻墓掘藏的办法全都用不上了，根本无计可施。

司马灰一路跟着探险队进入深山，发现玉飞燕这伙盗墓者，也确实有些手段，不过他们的传统经验和技法，似乎在缅甸丛林里并不适用。起先姜师爷决定走象门深谷中的路线，就犯了大忌。司马灰在缅甸这些年，厮杀爆破对丛林作战、野外求生、救援搜索、辨别方向等方面的经验，可谓了如指掌。他告诉玉飞燕："缅甸山区的地形非常复杂，要想确保安全，必须尽量做到——走高不走低，走大不走小，走纵不走横、走林不走草。"

如今探险队处于野人山巨型裂谷的底部，想在此搜索蚊式特种运输机，这四个禁忌至少犯了三处：一是钻入洞窟里，走得低了；二是受地形和环境限制，视野过于狭小；三这地底全是生满茂密锯齿草的沼泽，很容易受到鳄鱼偷袭。可以说处境险恶到了极点。

听司马灰提到沼泽里潜伏的鳄鱼，众人不禁脸上变色，当年在缅甸，就有两千多全副武装的日军误入沼泽，由于伤兵太多，身上血腥气息浓重，结果引来了大量鳄鱼。还用不上半个钟头，两千多人就全都活活喂了鳄鱼。根据鳄鱼的习性，它们发现猎物后，不会立刻展开攻击，而是先要观察一阵，可一旦其中一条当先扑上来，就会立刻引来更多的同类上前争抢。那时会出现什么样的后果，自然不用说了。

司马灰又道："目前也只知道那架失踪的运输机，大致降落在了裂谷的南端。可这地底洞窟空旷幽深，凭咱们这几条人枪，在沼泽里冒着雨摸黑去找，要几时才能寻到？"

玉飞燕被司马灰一番话说得心中凉了半截，黯然道："照你这么说，咱们就没有任何机会找到那架蚊式特种运输机了？"

司马灰道："越是处境恶劣，越是会有机遇送上门来。先前我也没有任何办法，不过进入沼泽之后，我倒是临时想出一个法子，说不定管用。"

英国殖民主义者统治了缅甸近百年，第二次世界大战期间，在缅甸同日本人作战的英国军队，更是达到了规模空间的一百多万。当然这其中大部分军卒，都来自于英属殖民地，虽说是为了大不列颠而战，但好多人一辈子都没踏上过英国本土半步，甚至说不清英国究竟在哪。

在众多英属殖民地中，英国人最为看重幅员辽阔的印度，而缅甸又是印度的天然战略屏障，当时被他们建立为印度的一个省。所以英国人对缅甸经营多年，使之一度成为了东南亚最富有的国家。这段时期的殖民统治，对缅甸影响极其深远。至今在缅甸境内，许多公路、铁道、机场都是英国人建造的，更有无数军火散落各地，这其中甚至包括重炮、坦克、战斗机。

司马灰就算不熟悉英国的情况，但他参加了缅共人民军这么多年，对各种英国人制造的武器可是再清楚不过了。其中的蚊式飞机他就没少见过，以往跟随部队在深山密林里行军，有时遇到一些坠毁的蚊式轰炸机残骸，还有当年投下来没有爆炸的重型炸弹。缅共人民军里的士兵，见到蚊式的外壳，都会拆下来带走，相对完整些的就可以拿到市上卖钱换物。因为这种飞机所使用的轻型胶合板，其原料全是一种名为巴尔沙的木材，相当于亚洲的泡桐。这种木料不挠不裂、易于加工、共振性好、不易变形和燃烧，很适合制作家具，或是修补房屋。如果看当地人家中有旧胶合板拼接成的简易家具，不用问也能知道，原料肯定都是来自于从英国皇家空军的蚊式。

这些事情都是常识，最是普通不过，又有什么特别之处？但司马灰得过金点传授，懂得"相物"之理，那是他祖上起家的根本，当今世上除他以外，再也没有第二个人有这套本事。至于什么是"相物"？古代有给活人相面的术士，以面貌五官和气色高低，来断人吉凶祸福；又有"相地"的地师，也就是通过风水形势的布局，来分辨山川地理；更有相猫、相牛、相马等许多杂项，其实归纳起来，这些古法全都属于"相物"一道。

旧时所指的"相物"之道，顾名思义，"相"是指用眼睛去看，"物"的涵盖可就广了，天地之间，不管活的死的，全都是"物"。是物就必有其性，无不合着阴阳向背之理。古人曾如此解释"相物"的原理："天地本无为，辅万物之性以成之，指陈万物，看其幽微造化，辨时数吉凶，应如神察。"

　　这话说得太深了，倘若讲得浅显些，不妨拿个比较直观的例子来形容：把一滴储存在试管中的眼泪带到试验室里，可以很轻易分析出它的化学成分，得知这滴泪水是由什么分子所构成的。但这滴眼泪是由于什么原因从人体内产生的？究竟是伤心还是喜悦？即使再怎样先进的科学手段，也完全无法分辨。这就是知其形，而不知其性。看得见摸得着的总是容易辨别，可无影无形的气质却难以判断，只有通过相物古法观察解析，所谓——观其形，知其性；知其性，才能尽知其理；尽知其理，终可得其道。

　　司马灰虽然对这门家传的本事领悟得不深，仅得了些皮毛在身，只不过是刚到"观其形，知其性"的浅显程度。但当他置身地下沼泽之中，仔细辨别了附近的情况，不免看到眼里，动在心里。他知道制造蚊式特种运输机的材质，还有另外一个特性——如果巴尔沙胶合板存放在潮湿无光的环境下，年代愈久，木性就会愈阴。如果蚊式运输机落在这裂谷深处几十年，即便是地下森林中沉埋千载的阴沉木，比之也有所不及。

　　这沼泽里的锯齿草和芦苇，也都暗合着造化变移之理。如果是在正常的环境下，同一丛芦苇中，朝南的一面茂盛密集，朝北的一面略显稀疏。然而野人山巨型裂谷中，常年被浓雾遮盖，植被生长的规律不分南北。但那架失踪二十几年的蚊式运输机，肯定是这片区域里阴晦最重的所在，换句话说就是"阴极"，对着它的芦苇必然会稍显稀疏。如果仔细辨别，并不难找出蚊式运输机的准确方位。

　　如果不是司马灰等人跟着游击队，在深山老林里摸爬滚打了多年，又懂几分相物的诀窍，也不可能掌握这些特殊经验。司马灰胸中有了对策，唯恐迟则生变，于是就要在前带路而行，他告诉玉飞燕等人："你们只管跟着我走，今天必有结果，"并叮嘱道："在泥沼里走动，应当排成纵队前进，人与人之间的距离不要超过一个手臂，并且要轻拔腿、稳落脚；务必要将枪械和背包、水壶等随身物品，紧紧贴身收住，高过头、宽过肩的东西一律扔掉，这样在遇到跌倒或陷落的突发情况下，才能尽量确保身上携带的装备不会遗失散落，也可避免拨动碰撞草丛的动静太大引来鳄鱼，有利于迅速行动。"

　　司马灰说完，立刻用猎刀削了一段枯树枝，踏入泥泞当中探路。他寻着这片沼泽里阴沉腐晦之气最重的区域，一步步缓缓而行，其余众人紧随其后，穿过一丛丛茂密的锯齿草，黑茫茫地也不知行出多少里数，就见荒草深处，赫然横卧着一个庞然大物。

借助探照灯的光束，细看其轮廓形状，隐约是架蚊式特种运输机的模样。它在此一动不动地沉睡了二十几年，机身已半陷泥沼，附近都是凹凸不平的蜡状物质，几无间隙可寻，并且从湿地表面冒出许多石笋，结满了苔垢般的胶质物，望之如同蜡烛油，缅甸人称其为"水蜡烛"，其实是一种叫镜蛾的飞蛾巢穴。

众人刚刚走到近处，就惊得无数飞蛾四散而出，在漫天雨雾中纷纷落在附近的芦苇丛里，有不少被雨水打湿的蛾子，见到黑暗中有光束晃动，便笨拙地向探照灯扑撞而来。蛾翼上有白斑，通透如镜，都是潮湿腐化处滋生之物。水蜡烛是夜蛾身上的磷粉凝固而成，即便在漆黑的雨雾里也会发出冷光，但在这种特殊环境中，很难在远处看到，大概要在几十米以内的距离才会发现。这架蚊式特种运输机沉眠地下多年，巴尔沙木料即使是经过加工，在过度湿热的地下，也极易腐朽，如今这周围早已成了大量镜蛾的聚集之处。

司马灰等人却顾不上挥散扑到身上的夜蛾，冒着雨提灯照视，面前的机身虽然盖满了青苔古藤，但用鸭嘴槊铲开植被，就显露出了运输机紧闭的舱门，检视各处特征，正是探险队要找的那架蚊式。众人到此，都止不住心头一阵狂跳。

玉飞燕伸手摸了摸冰冷湿滑的机身，看上面也结满了蛾巢，虽是意料之中，疑惑却是更深："真正的蚊式运输机，确实落在这裂谷里二十几年了，难道黑蛇Ⅱ号在浓雾中撞到的果真是个幽灵？"她急于想看到机舱里的货物是否完好，就催促罗大舌头去撬开舱门。

罗大海只好把猎枪交给司马灰，接过鸭嘴槊撬动舱门。随着一阵低沉的锈蚀摩擦声，运输机的舱门被他撬开了一条大缝，里面立刻钻出一股刺鼻的霉味，探照灯的光束似乎被黑暗所吞噬，根本看不到机舱内的情形。

司马灰眼看情况不明，便拦住罗大舌头，让他不要轻易入内，自己悄悄凑到近处，想尽量看清楚运输机内部。他举着探照灯，往内一张，就见机舱里黑暗沉寂，远处看不清楚，近处也不见有什么异常状况。他忽然察觉到有什么东西在身前移动，可手里的探照灯就如同熄灭了一般暗淡，根本看不到面前有些什么。

　　司马灰心中隐隐觉得不妙，当即想要抽身退步，谁知忽然从机舱里涌出一团黑蒙蒙的东西，他还来不及躲闪，身上却似被铁钳牢牢掐住，只觉奇寒透骨，胸中为之窒息，顿时连气也喘不上来，而身体就像被一股巨力摄住，不由自主地被拖向机舱深处。他急忙抬手格挡，不料将手一推，所及之处却是空荡荡一片虚无，只有浓雾而已。

第三话
危险的货物

司马灰惊觉面前虚空一片，将自己身体摄住之物，仿佛只是有形无质的浓雾。他胸中窒息，身不能动，口不能言，不由自主地被拖向雾中。而此时他正背对着运输机外的几个同伙，其余的人视线被挡，都不可能察觉他遇到了意外。

司马灰身子前倾，只有脚尖还撑着地面，半分力道也使不出来，持着探照灯的左手也被浓雾裹住，阴寒直透骨髓，眼看性命就在顷刻之间。他暗自叫苦，情急之中，右手扣下了猎象枪的扳机。

大口径猎枪轰然击出，强烈的后坐力将司马灰猛然向后撞出，重重揭倒在了泥地上，而那架蚊式特种运输机的顶子，也被散弹射穿了一片窟窿，凄风冷雨灌将进去，顿时将弥漫在机舱里的浓雾都打散了。

罗大舌头等人听得枪声才知出了变故，急忙上前把司马灰从地上扶起来，就见司马灰身上都是瘀痕，脸色苍白。

罗大海和阿脆很了解司马灰的胆量。胆量这东西，可能也是分门别类的。有的人敢调戏妇女，却不敢跟仇家拼个你死我活；有的人剥皮剜肉连眼都不眨，却唯独不敢到医院打针；敢偷钱包的，未必敢拦路抢劫。当然也有那文武双全的，就好比是司马灰这种人，天生就是个亡命之徒，向来从容镇定，临危不惧，但此时看他神色显然受惊不小。究竟见到了什么东西才能把他吓成这样？

司马灰好不容易才定下神来，摸摸自己身上的淤伤，兀自痛彻骨髓，他也不能确定在那一瞬间究竟遇到了什么，只能形容是所有恐惧叠加在一起的感觉，心想那雾里有鬼不成？但转念一寻思却又不像，可能黑蛇 II 号上的英国探险队也有同样遭遇，最后竟连一具尸体都没留下，是被野人山地底的浓雾溶化消解了，还是被带到别的什么地方去了？

罗大舌头问司马灰："当年滚弄战役的时候，战况空前惨烈，那人死的，把整条山沟子都填满了。咱俩趁着月黑摸到山沟里，从死人身上找子弹，那我也没见你皱一皱眉头，今儿怎么就含糊了？"

司马灰摇了摇头，将大口径猎枪还给罗大舌头，要是刚才没有鬼使神差地拿了这件家伙，后果当真不堪设想。不过司马灰虽不将生死放在意下，他却解释不清自己究竟在害怕什么。这大概就和第一次听人讲《西游记》的感受差不多，虽然吃过猪肉，也见过猪跑，却万万没有想到猪能穿衣服说人话，倘若信以为真，自然会吃惊不小。可能人类对于超出自己认识范畴以外的未知现象，必定都会抱有一种先天形成的畏惧心理，始终难以克服。

司马灰并不想把刚才的遭遇说给众人，免得给他们造成不必要的恐慌和精神压力，只说这深山裂谷中的浓雾不太对劲，蚊式运输机封闭在地下多年，里面的雾气没有受到降雨影响，但是机舱现在被射穿了一片窟窿，内部浓雾迅速散去，应该已经安全了，赶紧取了货物，然后离开这个该死的鬼地方才是。

玉飞燕见司马灰没有闪失，也稍稍放下心来。她吸取了教训，先提着乌兹冲锋枪探进舱内向上扫射，将运输机顶部打出一片弹孔，使大量的地下雨水淌入舱内，果然不再有什么异常状况出现。于是她让阿脆和Karaweik跟随自己进去寻找货物，而司马灰、罗大海，以及那苏联人白熊则留在外边警戒。

司马灰极想知道雇佣探险队的那位客户，究竟要找什么样的货物，战争时期失踪在缅甸原始丛林里的飞机和人员很多，怎就唯独这架英国空军的蚊式如此受到关注？仅是司马灰亲眼所见，为了在危机四伏的野人山搜寻这架运输机，就已搭上了几十条人命，这些年来更不知已有多少人因此丧生。

都说世间有无价之宝，可那也只不过就是一种形容而已，付出如此巨大的代价，就为了寻找一批从缅甸出土的古董？司马灰没办法理解幕后指使的客户是什么心态，也不知道蚊式运输机里的货物有什么特殊之处，才值得如此兴师动众。他只是觉得："在那些富可敌国的财阀眼中，人命都如草芥一般，恐怕是最不值钱的东西。"

司马灰念及此处，心想："为了英国空军运输机里的货物，死了这么多人，它即便真正价值连城，也必是一件不祥之物，我又何必惦记着打它的主意。"

这时忽听沼泽深处的锯齿草丛里窸窣作响，好像有些东西在迅速爬动。司马灰先前在黑蛇II号的机舱外，就发觉有类似的动静，此刻再度出现，不由得立刻警觉起来，身旁的罗大舌头和那苏联人白熊，也都各自端起了枪，以便随时射击。

这三人都是具有作战经验的老手，他们在没有见到目标之前，绝不会盲目开枪。三人举着探照灯凝神观察，就见草丛深处爬出一只碧绿的草蜥，只不过巴掌大小，身尾皆是细长，莹绿如同翠玉，凸出的双眼则像两盏红灯，不断伸出长舌，将被雨水打落的镜蛾吞入口中，动作奇快，迅捷无匹。

那草蜥并不避人，一路爬到了三人的近前。司马灰和罗大海都识得这是丛林里出没的草绿龙蜥，尺寸小者称草蜥，大者则为龙蜥，平时静如处子，爬行捕食时则动似脱兔，生长得极其缓慢，据说在缅甸山区，曾有人捉到过活了一百八十多年的龙蜥，躯体庞大得可与水牛相比。

罗大舌头见状，早将提防之心去了大半。他久在深山老林里行军，最善于捉蜥捕蛇，便将四管猎枪背了，趁那草蜥不备，从后边一把将它抄在手里，捏住了头尾，对司马灰说："想不到泥沼里也有这玩意儿。"

司马灰皱眉说："四脚蛇体内带有血毒，沾上一点就够你受的，小心影响下半生身体健康，赶紧扔地上一脚踩死算了。"

罗大舌头说："这大小也算是条性命，踩死了多可惜……"他本打算使个坏，暗中将草蜥扔到苏联人白熊身上，可话音未落，却听附近沼泽里长草乱响，竟是源源不断地钻出无数条草蜥。它们都是被夜蛾吸引而来，兼之爬行速度极快，真如风卷残云一般，将所过之处的蛾子吃了个干干净净。那些飞蛾空有磷翅，却无法在雨中施展，全成了草蜥的盘中餐。但从地下沼泽里爬出的草蜥越来越多，有些争抢得稍慢了些，便急得吱吱乱叫，趴在地上打转，显得焦躁不安。

三人见草蜥成群出现，数量多得惊人，身上全都起了层毛栗子出来，不免同时向后退了几步。而被罗大海捏住的那条草蜥，也奋然挣脱。它周身都是锋利如刀片般的细鳞，一挣之下，早将罗大舌头两手全割破了，顿时鲜血淋漓。

罗大舌头恼怒起来，扯下衣襟裹住手上伤口，骂了几声，当即就想以猎枪杀它几条泄恨，但从沼泽里爬出的蜥蜴不计其数，纷纷蜂拥而来，别说是依靠枪支，即便是有火焰喷射器，恐怕也难以阻挡。

司马灰见这势头不对，和罗大海相互使个眼色，立刻闪身钻入了蚊式运输机的舱门，那苏联人白熊也不敢怠慢，争先恐后地跟着挤了进来，三人忙不迭地关闭舱门，找东西挡住了各处缝隙和窟窿，以防会有草蜥钻进来伤人。

玉飞燕正带着阿脆与 Karaweik，点着宿营灯在机舱里寻找货物，司马灰把外边的情况简略说了，眼下一时半会儿是出不去了，只有等草蜥吃尽了周围的夜蛾再说。缅甸原始丛林里的草绿龙蜥习性奇异，当地最有经验的土人也不敢轻易触犯它们。

按照常理而言，含毒的蜥蜴很少，生存在缅甸丛林中的各类龙蜥，是不该带有毒囊的，可偏偏有许多人中了龙蜥的剧毒而死。据说缅甸地栖龙蜥自身无毒，只是鲜血流出体外即成毒液，而且毒性霸道，无药可医。至今无法查明致人死命的血毒是什么成分，当年曾有人进行过相关研究，可也不得结果，最后只好以日本宗教大家藤田灵斋的理论来解释——生物本身无毒，却可积蓄愤怒之情，以袭人精神之虚。

众人深知草绿龙蜥的可怕之处，但这类东西毕竟只是些头脑简单的爬行类生物，探险队又有运输机作为掩体，所以它们构不成太大的威胁。只是不知野人山巨型裂谷中的降雨还会维持多久，因为比龙蜥更为恐怖的，当属这笼罩在地底的杀人雾。

司马灰刚才险些在雾中送掉了性命，至今心有余悸，浓雾深处似乎并不存在任何东西，而且机舱里并没有见到驾驶员的尸体，也许他们和搭乘在第二架运输机里的英国探险队一样，永远湮灭在了雾中。他告诉玉飞燕等人，千万不要接触地底涌出的迷雾，雾气越浓就越危险。热带风团"浮屠"虽然来得猛烈，却带给咱们一个难得的逃生机会，有可能把货物带出野人山。

可玉飞燕正望着那货舱怔怔出神，对司马灰的话恍如不闻。司马灰见玉飞燕神色有异，正想问个究竟，却听阿脆在旁对他说道："你还记不记得，那位英国探洞专家留下的录音中，曾提到过一件事情，他说蚊式特种运输机里装载的货物——极其危险。"

司马灰闻言猛然记起，刚才早都把此事忘在脑后了，地下沼泽里的冷血爬虫类生物，山外肆虐的狂风暴雨，以及随时可能再次出现的浓雾，都还属于潜在威胁，然而机舱内的货物却已近在咫尺。如此看来，眼下这架蚊式运输机里也不是绝对安全的。可英国人所说的"危险"是指什么？它又会"危险"到什么程度？莫非碰也不能碰，看也不能看？

阿脆刚同玉飞燕彻查了运输机内部，她低声对司马灰说："蚊式运输机里根本没有装载任何货物，咱们大概是上当了。"

司马灰刚钻进来的时候，已看到运输机后边装有一个巨大的铝制滚桶形货舱，几乎把整架运输机都填满了，但他到现在为止，还不知道里边装的是些什么，只盼着尽快得手，了结了这桩勾心债，可此时却听阿脆说运输机里根本没有货物，不禁奇道："货舱里面是个空壳子？"

根据司马灰等人目前所知的消息，眼前这架蚊式特种运输机，隶属于英国皇家空军，它在执行任务的时候，遇到恶劣气候，失踪在了野人山巨型裂谷，机舱里装载着一批缅甸珍宝，价值应当不可估量。而玉飞燕带领的探险队，正是受雇于某个地下财阀，要不惜代价找到运输机里的货物。如今已然找到了蚊式运输机，即便那批货物仍然下落不明，也只不过是扑了一空而已，何来"上当"之说？

司马灰明知道阿脆绝不会说些不着边际的话，他心觉蹊跷，顾不上再问，忙和罗大舌头上前推开货舱的盖子去看个究竟。二人举着探照灯望舱内一张，等看清了里边的情形，皆是心中一颤，同声惊呼道："好家伙，这颗大麻雷子！"

第四话
地 震 炸 弹

原来这铝制滚桶形货舱，竟然是个硕大的弹舱，里面装载着一枚重磅震动炸弹。在第二次世界大战时期，英国皇家空军曾装备了一系列大型震动弹，最大的重达22000磅，被称为"大满贯"，威力十分惊人。

这种大型炸弹，大多是由兰开斯特轰炸机从空中投放，专用于摧毁钢筋混凝土浇铸而成的厚重地下掩体，由于炸弹高速坠下，爆炸后形成的冲击波向四周扩散，会引发地震般的效果，所以又称地震炸弹。可千万别小看剧烈爆炸所产生的震动波，它对隐藏在坑道和防空洞里的敌军，具有很高的杀伤力。

司马灰等人亲身经历过最为惨烈的滚弄战役，那时政府军为了打通伊洛瓦底江防线，调集了许多重炮，反复轰击缅共人民军固守的阵地。人民军虽然事先准备充分，挖掘了很深的战壕和掩蔽部，摆出了决战姿态，可是在猛烈的炮火中仍然死伤惨重。在阵亡的那些人员当中，百分之九十都不是让炮火直接炸死的，而是被重炮活活震死在了战壕里边。此役之后，人民军元气大伤，再也无力与政府军正面抗衡，不得不化整为零，转入山区施行游击战术。

所以他们无不清楚，别看蚊式特种运输机里装载的货物是颗旧型炸弹，可这样的重磅震动弹，即使是放在今天，仍然是最恐怖的武器。一旦引爆了它，就算侥幸没被当场炸为齑粉，也得被冲击波震碎五脏六腑。

司马灰虽是机智，却也想不到蚊式特种运输机里装载的缅甸珍宝，竟会是如此一颗冷冰冰的地震炸弹，这件生铁砣子一般的事物，足有数吨之重，只凭探险队里的六个幸存者，怎能搬得动它？况且天底下绝无这个道理，哪个吃饱了撑的，会雇用探险队到野人山里寻找一枚重磅炸弹？

此时司马灰深觉关于这架蚊式运输机的事情，恐怕远比他目前所了解的还要复杂许多。毕竟他们同玉飞燕之间本就路途有别，是毫无干涉的人。按照先前的约定，也仅是协助探险队找到失踪在野人山巨型裂谷中的运输机，然后将机舱里的货物带出去，可现在的情况急转直下，他不得不向对方问个究竟。

罗大海也放出狠话质问玉飞燕："实话告诉你说，我罗大舌头可好几天没宰过活人了，手心里正痒得难耐，你要是拿不出个讲得过去的理由，就别怪咱爷们儿给你整出点颜色来瞧瞧。"

其实玉飞燕见了机舱里的货物之后，也是出乎意料之外，但她心中的确有些隐情，正想说与司马灰知道，却听罗大海出言威胁，便没好气地说："就你这姓罗的话多，我也实话告诉你，机舱里装载的只有这颗地震炸弹，它就是探险队所要搜寻的货物，不过并非要将它带出野人山，而是就地引爆。别的事你们不用多问，只管照我说的去做就是。"

罗大海说："你这话跟没说一样，唬弄鬼呢？让你自己说出来，那是我罗大舌头给你个面子知道不知道？别给脸不要脸。"

玉飞燕怎肯吃他这一套，冷笑道："三张纸糊个驴头，你好大的面子。"

罗大海一听更是不忿，怒道："我罗大舌头遇上你这路土贼，真是黄鼠狼子趴在鸡窝上——有理也说不清，只好拿拳头说话……"

司马灰见这二人都像是吃了枪子儿炸药，说话犯冲，根本讲不到一处，只好出言劝解。他对玉飞燕说："这话可有点伤人了，大丈夫名在身不在，你要是这么任意诋毁，我们只好恕不奉陪，立刻拔腿走人。"说罢招呼其余三个同伴，作势要走。

玉飞燕冷冷地哼了一声，瞪着司马灰道："瞧你这副德行，一提回国就容光焕发，我认识你这两天也没见你这么精神过，是不是在那边有个小相好的？"

司马灰听她如此说话，也不免有些恼火："你们家是卖醋的呀？"三人话不投机，越说越僵，而旁边的苏联人白熊向来冷漠，他正在察看那颗地震炸弹的弹体结构，对别的事情毫不理会；Karaweik 则是拙嘴笨腮，别人也不拿他的话当回事；亏得阿脆加以劝解，才算是将这话头引开。

玉飞燕冷静下来，自知眼下势单力孤，还不能把司马灰惹恼了，否则难以收场，只好说明了事情经过。她这伙人确实受客户所雇，进入野人山寻找一架失踪的英国空军运输机，但她从没见到过这位客户的真正面目。

只是获悉这架蚊式特种运输机里，装载着准备秘密运往大英帝国博物馆的缅甸古物，而探险队的任务就是进入地底裂谷，找到机舱里的货物。探险队被提前告之——机舱里的货物非常危险。在出发前又会收到一件被火漆封住的密函，只有找到失踪的蚊式，并且确认了舱内货物的标记之后，才可以打开密函，依照函中所说的方式处理货物。密函中的信息，以墨鱼汁液写就，字迹遇到空气后，用不了多久便会消失无踪，不留任何痕迹。

玉飞燕找到货舱，看明了密函中的提示，才知此行目的竟是要引爆地震炸弹，而英国皇家空军运输机里装载缅甸珍宝一事，可能只是个掩盖真相的幌子。

关于客户的情况，玉飞燕只知道那是一位被称为绿色坟墓的地下财阀，这个组织的前身，可以追述到组建于十六世纪的不列颠东印度公司。东印度公司在南亚进行远洋贸易，贩卖鸦片、走私烟草、大肆掠夺经济资源，为大英帝国进行殖民主义扩张，同时牟取巨额利润。英国政府授予了东印度公司各种权力，如垄断贸易权、训练军队权、宣战媾和权、设立法庭审判本国或殖民地居民权等，几乎成了英国政府的海外代理人。

可是盛极则衰，随着工业资本的兴起，依靠商业资本垄断的东印度公司，终于避免不了破产解体的命运。但表面上消失的只不过是东印度公司的外壳，而它背后的真正操纵者，反倒借此摆脱了臃肿不堪的躯体，利用东印度公司留下的关系网，暗中结成了一股新的势力，并且贩卖情报、武器和毒品，借着战争的机会收敛财富，控制着许多傀偏般的军队。其势力深植各地，但行事低调隐秘，外界大多不知道它的存在。

虽然玉飞燕所知仅限于此，但她看了舱内的重磅炸弹上有特殊标记，依理推想，也不难猜出整个事件的前因后果——这架蚊式运输机和机舱里面装载的地震炸弹，多半都属于绿色坟墓所有。野人山巨型裂谷地势特殊，地底不仅浓雾障眼，另外裂谷中还有强烈气流，如果利用轰炸机从空中进行投弹，根本无法判断这垂直洞窟的深度，难以准确爆破，如果炸塌了裂谷，只会适得其反。而唯一能进入裂谷深处的载具，仅有设计独特的蚊式特种运输机。所以绿色坟墓才派人驾驶蚊式，携带地震炸弹进入裂谷，但也许是没有预料到地底浓雾的威胁，运输机上的驾驶员还没来得及引爆炸弹，就已遭遇不测，所以还要利用别的敢死队，继续完成原定计划，只是不知道这其中究竟有什么不可告人的缘故。

　　玉飞燕解释了事情的经过之后，又再次对司马灰等人强调，反正进山来做这趟签子活，是拿人钱财与人消灾，即便运输机里当真装有缅甸珍宝，也落不到咱们自己囊中，如今面临如此境况，当然是不可功亏一篑，只好继续按照指令行事，引爆地震炸弹。

　　司马灰心想，热带风团"浮屠"规模猛烈，为近几十年来所罕有，若非有此机缘，我们这支探险队也不可能避过致命的浓雾进入裂谷深处，现在要引爆这颗重磅地震炸弹，只是举手之劳。不过这件事情非常蹊跷可疑，蚊式特种运输机凭借自身的特殊构造，可以进入到裂谷最深处，但它具体能够降落在什么区域，却难以事先判断。机舱里装载的震动炸弹不仅没办法再次移动，而且这地底空旷无际，震动炸弹的威力再大，终究难以完全覆盖整个裂谷。这个计划的结果根本不可预期，又为何会有人处心积虑要炸毁野人山的地脉？想来此事埋根极深，只怕牵扯不小。

　　但司马灰又狐疑雇佣探险队的绿色坟墓到底想做什么，是否与野人山里埋藏的古老秘密有关，这些事情和缅共游击队的四个成员毕竟是毫不相干，何必理会？他察言观色，见了玉飞燕的神情，就知对方已经没有什么隐瞒之处了，况且按道上的规矩，这些事本来可以不说，现在也没什么追究的。

　　罗大海等人都和司马灰看法相近，没耐烦去深究底细，也不想多问了，只盼尽快做成了签子活，然后再设法逃出野人山，眼下只等时机一到，就可以让苏联人白熊动手引爆炸弹。

　　谁知这时又出现了一个意想不到的变故，那苏联人白熊仔细察看了地震炸弹之后，打手势告诉众人："这颗炸弹上装的是定时引信，想启动引爆它非常简单。但是可能由于受到严重颠簸，震动弹的引爆装置受到损伤，无法修复，所以引爆后大约只有几分钟的撤离时限。这枚炸弹的威力太大，冲击波覆盖的范围很广，现在必须留下一个人负责引爆，其余的人要提前离开，否则大伙就得同归于尽。可最后留下引爆炸弹的这个人，肯定是逃不出去了。"

　　这个残酷的事实，犹如一盆冷水兜头泼下，谁的性命也不是白捡来的，哪个肯充作炮灰？司马灰更是深知地震炸弹的威力，现在缅甸境内还有许多巨大无比的弹坑，多是当年英国飞机轰炸日军掩体时留下的，简直就像是天坠形成的陨石坑，坑内地表都呈波浪形一圈圈向外扩散，那里边多少年都寸草不生，震波所到之处玉石俱焚，真正是挨上就死、碰着就亡。

司马灰心中一转念，觉得谁也不该死，就对玉飞燕道："物是死的，人是活的，活人就应该懂得变通。实在不行咱就别管这颗炸弹了。你回去之后，尽可如此复命，只说是已经引爆了地震炸弹，可惜这是个炸不响的臭弹，或者推说虽然引爆了，但威力不够，没能达到预期效果。反正上嘴皮子一碰下嘴皮子，随你怎么说都无所谓，热带风团过后，地底仍会被浓雾笼罩，难道他们还敢到这里来进行现场调查不成？"

玉飞燕立刻摇头道："绝不可行，你不知道绿色坟墓的情况，这些烟泡鬼吹灯的伎俩，可是瞒不过谁的。"

司马灰不以为然："在这种越是认真就越被当成白痴的年代里，做人就不能太实在了，别忘了世界上根本不存在千里眼顺风耳，外人怎能够知道野人山巨型裂谷中发生了什么？咱们这就六个人，我和罗大海、阿脆离开野人山后，都要穿越勐固河返回中国，咱们这辈子算是没有再见的机会了，那俄国人又是个半哑子，再说他还不是照样怕死？难道你怕星期天这四六不懂的小子说走了嘴不成？我看只要你自己不吐露，绝对是神不知、鬼不觉。"

罗大舌头也说，没有规矩不成方圆，但规矩都是人定出来的，所以咱做人就不能墨守成规，该懂得避重就轻，只要这颗大麻雷子一炸，说天崩地裂那都是轻的，沼泽里如此泥泞，凭咱这两条腿，肯定来不及逃开，那还不得全伙"看山勿噶"①了？

玉飞燕被众人劝得动了心，正想应允，忽听背后传来一阵冰冷低沉的人语声："I'm staring at you！"

---

① 看山勿噶：缅甸语永远健康的音译。

第五话
隔舱有眼

司马灰也听得好生真切，那声音极其陌生，却又有几分耳熟，他和其余几人心中皆是骇异，同时转头去看。

就见黑洞洞的机舱中，哪里有什么多余的人影，只有在黑蛇Ⅱ号里发现的手持录音机，赫然摆在地上，原来耳熟的是声音的来源。

司马灰心想这可真是见鬼了，他不记得曾在黑蛇Ⅱ号运输机的时候，听到录音磁带里有刚才那段话，而且这说话的声音也嘶哑低沉，与英国探险队里的威尔森截然不同，是个非常陌生的声音，又是谁按了录音机的播放键？刚才众人的注意力，都集中在那颗地震炸弹上，却没能留意此节。

玉飞燕捡起录音机来察看，发现磁带里原本记录的内容都被洗掉了，翻来覆去播了几遍，也只有一句："I'm staring at you……"听到最后电量不足，声音被逐渐拖慢，显得更是怪异。罗大舌头问道："这里边说的是什么意思？"阿脆告诉他道："是'我在盯着你们'的意思。"罗大舌头深感莫名其妙，看看左右："谁盯着咱们？"

众人离开黑蛇Ⅱ号运输机的时候比较匆忙，谁都不记得听完英国探险队的录音后，这部小型录音机被放在了谁的身上。但机舱里除了六个活人以外，再也没有多余的幸存者，会是谁偷着抹去了磁带中的内容，又留下了这样一段警告？

别人也就罢了，玉飞燕却对这声音极其熟悉，虽然向来都由中间人负责联系，但她也曾与幕后首脑绿色坟墓用电话进行过几次详谈，对方说话的语音沙哑生硬，听起来与普通人相差太多，过耳难忘，所以她听到录音机里传出的声音，立刻就知道那正是为探险队布置任务的绿色坟墓，由于除了此人的声音之外，姓名、相貌、身份等都不得而知，因此她只能以绿色坟墓来称呼。

玉飞燕细想此事，真觉不寒而栗，实在是诡异得教人难以思量。这部录音机究竟是谁打开的？里面的话原先根本就不存在，它总不可能自己凭空出现，难道绿色坟墓竟可以遥感千里之外的事情？想来这世界上也不会有如此异术。

玉飞燕拿着录音机看了又看，对司马灰说："如果世界上当真没有千里眼和顺风耳，那就只有一种可能——此刻绿色坟墓就隐藏在这架蚊式运输机里，也许咱们幸存的六个人当中，就有一个人是'海鬼'，探险队在野人山巨型裂谷中的一举一动，都逃不过绿色坟墓的眼睛。"

这句话说得众人心头掠过一层阴影，刚才正在商议要放弃行动计划，却忽然从录音机里冒出这么一句，事实再明显不过，这是绿色坟墓在警告探险队："不要心存任何妄想与侥幸，必须尽快引爆地震炸弹。"

玉飞燕提到的"海鬼"，还是绿林一脉旧话里的称呼，搁到现在常指"内鬼"或"眼线"。海是指秘密，鬼则是细作，这个称谓确有来历，以前在绿林黑道所用之暗语，统称为《江湖海底眼》。相传千百年前，有人在海中打鱼，但连撒了三把大网，都是一无所获，最后一网却捞出一个铁盒子。铁盒子里面藏有半部古籍，渔夫拿到市上把给人看，有学问的人倒是字字都能认得，但书中文句隐晦难解，似通非通，谁也看不懂究竟记载着什么内容。后来这部残书落在了绿林祖师手中，被呼为《海底》，借助原文加以修定增改，逐渐演变成了后来的暗语黑话，号称五湖四海半部《金刚经》，这就是《江湖海底眼》的来历。

司马灰听出玉飞燕说这话，是语带双关，她在暗示自己那个"海鬼"藏匿极深，无迹可寻。在录音中留下警告的这个绿色坟墓，未必是人，因为若说是人，为何它无影无形，却又言之历历？对方既然洞悉一切，必然距离众人近在咫尺，另外蚊式特种运输机的机舱里封闭狭窄，哪里藏得住"人"？

司马灰心想不管绿色坟墓是人是鬼，对方必定躲在蚊式特种运输机里，可这机舱里总共也只有六个人而已，他明知道自己与绿色坟墓无关，还剩下那五个人，掰着指头也数得清楚：罗大海和阿脆自然不用说了；Karaweik虽是缅甸当地人，但一个十几岁的山区少年又能有什么城府，怎会是东南亚最大地下军火交易组织的首脑。何况Karaweik跟着缅共游击队的时间不短，而在野人山遇到探险队，只不过就是这两三天的事情，他应该与绿色坟墓没有瓜葛。

再想玉飞燕是探险队的首领，她要真打算不计后果，引爆机舱里的地震炸弹，其余的人也不会拼命加以阻拦，她又何必自己跟自己装神弄鬼，所以玉飞燕也可以排除在外。

照理说，如果真有一个"海鬼"在暗中窥觑探险队的行动，也该是躲藏在玉飞燕手下人里，可是探险队一路进山到此，人员几乎全军覆没，幸存下来的也就只有玉飞燕与那苏联人契格洛夫了。

司马灰觉得那苏联佬生性冷酷残忍，嗜血贪杀，绝不是什么良善之辈。但是还有一点不能忽略，这个大鼻子是爆破作业的专家，对运输机里装载的这颗重型地震炸弹，没有任何人比他再熟悉了，如果不是他指出引爆炸弹的时限，旁人自然不知道其中危险。所以只此一节，也可以说明契格洛夫不是绿色坟墓。

司马灰胡乱猜想，在脑中迅速把众人挨着个排查了几遍，基本上否定了六个人里有一个是绿色坟墓的事实。但那个所谓的绿色坟墓，肯定就藏在机舱里，只不过是躲进了看不到的死角里。也不见得是视觉上的死角，很可能是一个心理意义上的死角，是让人以正常思路想象不出的死角。

其余几人也都与司马灰一样，把这件事在脑中转了几个来回，越想越是惊疑不定。但此刻谁都不敢出言商议，因为言多语失，明知机舱里有个幽灵般的绿色坟墓在旁窥探，它既然能在众人毫无察觉的情况下使用录音机发出警告，若要暗中加害，也足以使人防不胜防。

罗大舌头忽发奇想，说这部录音机来得古怪，没准里边有鬼，趁早砸烂了来得妥当，免得回头这玩意儿又自己闹出些动静来，让咱们在这黑灯瞎火的地方还要时时提防着它，想起来也是块心病。说罢就扔在地上，用枪托狠狠捣去，把英国探险队留下的录音机砸了个粉碎，里面的磁带也都扯烂了，使其永远难以复原。

众人一时相对无语，司马灰见从表面上难以看出什么迹象，也不想打草惊蛇，为了节省能源，索性关闭了手中的探照灯，仅利用发光二极管照明的宿营灯取亮。这种灯光非常暗淡，但能耗相对较低，能够持续照明很久，蚊式特种运输机的机舱里顿时光影恍惚，人鬼莫辨。

司马灰常年出没在刀枪丛里，生死都视作等闲，加之天生逆反心理特强，岂肯任人摆布？他虽然不知那个称为绿色坟墓的人具体情况怎样，但见其行事之诡秘阴险，料来必是邪门外道，又何必给这等人卖命？老子说不干就是不干，谁又能拿我怎样？想到这，他就再次招呼自己的几个同伴，准备拔腿走人。

可是司马灰一眼看到 Karaweik 缠着绷带的脑袋，立刻想起："在游击队被打散之际，Karaweik 不顾危险，要带我们从幽灵公路穿过野人山，如今我又怎能不顾他的死活？"不过司马灰等人眼下的处境也是自身难保，能带 Karaweik 逃离缅甸的人只有玉飞燕，他又不得不沉下气来，问玉飞燕现在做何打算，是否要留下一个人引爆地震炸弹。

玉飞燕心里再清楚不过，谁留下谁就是个死，她倒不会为此担心，因为在她眼中看来，人命和人命的价值截然不同，也不难从中做出取舍。玉飞燕心中有了计较，就对众人说："如今只好翻牌定生死了，谁挂了黑牌谁便留下引爆地震炸弹，是死是活听天由命……"

司马灰听了，心中暗自琢磨："玉飞燕祖上是关东盗墓贼出身，这种挂牌的手艺大概谁也比不得她，看似人人机会均等，可实际上全都由她在暗中掌握。"司马灰想到此处，就待出言点破，但他话未出口，却听阿脆先对玉飞燕说道，既然地震炸弹的引信时间有限，而刚才利用录音机警告众人的绿色坟墓，又当真隐藏在咱们中间，那么他也有可能挂到黑牌被炸个粉身碎骨，说不定这几分钟时间，是足够逃生的。玉飞燕低着头应道："但愿如此。"

司马灰和罗大海却无法认同这种推测，口里没说，心中都想："这世界上什么样的疯子没有？也许真就有那不怕死的让咱们给撞上了，何况对方躲在暗处，好似无影无形的鬼魅一般，是不是活人都还难说。"

司马灰耳听蚊式特种运输机外边那些草绿龙蜥爬动之声，已经有所减弱，就同罗大舌头一齐撺掇玉飞燕，让她放弃引爆地震炸弹的念头："看你也不该是那种死心眼的人，仔细琢磨琢磨，这颗大麻雷子足以炸得野人山裂谷里边天翻地覆，而且裂谷底部的深远区域，尚有浓雾未散，即便只留下一个人来引爆，万一爆炸后从地脉中涌出的大量迷雾突然出现，其余先逃的人也绝无生理。再说咱们先前在黑蛇 II 号运输机里，刚发现这部手持录音机的时候，确实被它唬得不轻，最后才知道不过是虚惊一场而已。可能刚才在录音机中突然出现的警告，也只是大伙一时心慌，没能辨明事情的真相而已，疑神疑鬼又疑人，可疑了半天……"

司马灰和罗大海两人，胡乱找了些自己都难信服的理由，无非想要以此打消玉飞燕的念头。但话刚说到一半，却看身前的玉飞燕脸色骤变，二人发现她目光所向，是自己背后驾驶舱的位置，顿觉寒气侵肌，急忙回身去看个究竟。甫一转身，就见黑暗中竟有个鬼气森森的巨眼，目光闪烁如烛，正自无声无息地瞪视舱内众人。

第六话
惊　爆

　　司马灰见有异状，来不及再去找探照灯，仓促之际，只好提起身边的宿营灯，借着发光二极管的微弱光亮向前望去，就见驾驶舱外有只瞪目而视的巨眼，大如车轮，眼睑缓缓启合，神色木然，似乎正在透过驾驶舱的窗口，窥视着蚊式运输机里面的六个活人。

　　司马灰看得清楚，心知那是一条粗硕异常的地栖龙蜥，由于常年生活在阴暗潮湿的洞窟里，捕食各种磷光生物为食，眼部不但没有退于鳞下，视力反而得以进化，双目向外凸出。它的躯体除却尾长，可以生长到五六米开外，皮糙肉厚，平时可以犹如木雕泥塑般一动不动地蛰伏数月，此刻是被蚊式特种运输机里的灯光吸引而来。

　　众人身边虽然带有枪械和猎刀，但缅甸深山里的龙蜥不分大小，都是身具奇毒，能在百步之内，以目摄人，殊难防范，因此谁也不敢招惹它们。地栖龙蜥一旦袭击过来，远比在沼泽里遭遇鳄鱼更为可怕。

　　司马灰一看事情不妙，急忙把手里的宿营灯熄灭，并低声告诉其余几人："都别动！"

　　玉飞燕等人无不清楚地栖龙蜥具有动态视觉，它对发光和移动的物体异常敏感，自是不敢稍动。耳听机舱顶部似有重物缓缓蠕动，估计是另有一条巨大的地栖龙蜥，正在蚊式特种运输机上边起伏爬行，也都立刻将身上的微光信号灯关闭了。

　　整个机舱里霎时变得漆黑，仅有些星星斑斑的磷光倏忽闪现，那都是在探险队进入运输机前，草丛多有乱飞乱撞的夜蛾，受灯光吸引扑到了人身上，虽在雨中，仍然沾上了许多磷粉，并有不少蛾子跟着飞进了机舱内部。

　　司马灰心想地栖龙蜥在附近徘徊不去，怕是机舱里还有残存夜蛾的缘故，他正待将附在身上的磷粉抹掉，却忽听头顶舱体咔啦作响。

沉眠在地下沼泽中的蚊式特种运输机，木质结构早已被湿腐之气浸透，哪里架得住这条地栖龙蜥硕大粗重的躯体，此前被大口径猎枪射穿的部分，都被压得破裂开来。

地栖龙蜥粗壮的后肢陷在破裂处，它急切间难以脱身，就竭力甩尾挣扎。运输机被摇晃得几乎散了架，更有数条细小的草蜥，趁机从缝隙里溜了进来。

众人身处在黑暗之中，双眼不能视物，只感觉到有草蜥顺着腿爬上身来，不得不抬手拨打。

恰在此时，忽听那颗地震炸弹上一声轻响，声音虽然不大，但司马灰耳音敏锐，从位置上判断，似乎是震动弹的起爆引信被打开了。他心中寒意顿生，知道肯定是躲藏在运输机里的绿色坟墓暗中捣鬼，这回麻烦大了，威力无边的重型震动弹在几分钟之内就会爆炸，后果不堪设想。

司马灰急于知道，那个绿色坟墓究竟是用什么方法，躲在众人的眼皮子底下又不被发觉，他顾不得机舱外的巨型龙蜥徘徊未去，立刻晃亮了手电筒，可一扫之下，运输机里除了他们六个幸存者之外，又哪有多余的人员存在，但是震动炸弹尾部的引信，确实已被"人"在黑暗中悄悄启动了。

玉飞燕等人见状，也尽是惊诧难言，都道此番必死无疑了。黑蛇号里装载的这枚炸弹，虽然比不上能把整座山头轰平的"大满贯"，但它的体积也已足够惊人，几乎超出了蚊式特种运输机的载重极限，此刻就算众人再多长几条腿，也根本不可能在如此短的时间之内，逃离爆炸冲击波覆盖的危险范围。

野人山里千年不散的迷雾，肆虐的热带风团"浮屠"，地球望远镜一般的无底洞窟，沼泽里栖息的龙蜥、鳄鱼、缅甸蟒，蚊式运输机里装载的重型地震炸弹，以及躲在暗中窥视众人行动的绿色坟墓，一波接一波的危险和无数难以解释的谜团，把探险队这几个幸存者的身体和精神，都推向了濒临崩溃的边缘。

众人情知有死无生，一时相顾失色，都怔住了谁也没动，但在短短几秒钟之后，脑中不约而同都有一个念头出现："逃！能逃多远就逃多远！"所谓困兽犹斗，与其束手待毙，跟这架蚊式运输机一同被炸为烟尘灰烬，倒不如尽量逃向远处，说不定还能留下个囫囵尸首。

司马灰对其余几人叫道："都别愣着了，赶紧撤！"

玉飞燕提醒说："湿地南边水草深密，能减缓爆炸带来的冲击波，大伙离开运输机后都往南边跑。"

眼看时间一秒一秒地流逝，众人只盼离这地震炸弹越远越好，但想离开蚊式运输机，必须先解决掉那两条盘踞在机舱外的地栖龙蜥，此时不得不横下心来，与其进行正面冲突。

罗大舌头首当其冲，抄起四管猎枪，顶在机舱上边的破窟窿里，对准趴在运输机外的龙蜥腹部轰去。这条猎枪虽然比不得反器材武器，但抵近射击，威力奇大无比。只听砰的一声枪响，硫磺硝烟之气，如雾如云，那条硕大粗壮的地栖龙蜥，顿时被打得翻倒在地，腹破肠穿，血流遍地。

与此同时，驾驶舱外的那条地栖龙蜥，也被苏联人白熊扔出去的雷管炸成了两截，但它虽死不僵，兀自瞪着凸出的猩红巨眼，睑下猛然一翻，一股血箭就从眼角中激射而出，朝机舱破裂的窟窿里射了进来。

地栖龙蜥擅长伪装，常如岩石枯木般一动不动地趴着，等候有猎物从身边经过，然后出其不意，从眼角中喷射毒血攻击，它眼囊中的血液剧毒无比，而且速度奇快，使人难以躲闪。

苏联人白熊更没料到那龙蜥被炸成两截后，竟然还能偷袭，饶是他反应敏捷，也被毒血溅入了左眼，疼得他野兽咆哮般地哀嗥惨叫。他心中还算清醒，知道一旦毒质由眼入脑，就彻底没救了，在强烈求生欲望的驱使之下，他忍着钻心的疼痛，硬是把自己左边的眼珠子抠了出来。

被苏联人白熊闪身躲开的毒液，都泼在了他身后的几人身上。蚊式特种运输机里装着个巨大的弹舱，六个人在里边十分局促拥挤，众人在狭窄的机舱内只能侧身站着，转身都很困难，又哪里躲避得开，结果都被毒血所溅。

所幸毒液多是沾到了背包和衣服，并未触及皮肤，但那人高马大的契格洛夫滚倒挣扎，用力过猛，将站在他身后的阿脆撞得不轻。阿脆被他一撞，后脑碰在了地震炸弹坚硬的铁壳子上，顿时流出鲜血，慌乱之际，也不知伤势如何。

众人尚未脱离这架蚊式特种运输机，却已在转瞬之间，接连有两名成员身受重伤。但眼下见情势危机，刻不容缓，谁都不敢迟疑。玉飞燕一脚端开舱门，拎着乌兹冲锋枪在前引路。罗大舌头背起阿脆，司马灰则招呼Karaweik架上满脸是血的白熊，各自捏了信号烛，紧紧跟在玉飞燕身后，不顾脚下深浅，拼命向沼泽植物茂密的区域逃去。

那苏联人白熊虽然体壮如牛，不过被毁去了一只眼睛后，重伤之余，又有几分毒质入脑，连神智也都乱了，突然变得丧心病狂，此刻恍惚起来，引发了嗜血的兽性，心里只想杀人。他发觉两臂都被人架住，就顺势回圈，把两只蒲扇般的大手，掐住了司马灰和Karaweik的咽喉。

司马灰正和Karaweik舍命拖着他逃离蚊式特种运输机，精神命脉都倾注于身后那颗重型炸弹之上，又何曾提防得到这厮突然发难。但司马灰整天都在生死边缘摸爬滚打，向来机敏，Karaweik虽然年少，却是整天爬树钻山，身手也灵活得如同猿猴，二人都是应变迅速，察觉到那苏联人铁钳般的大手抓向自己颈项，急忙往后缩身，闪在一旁。

契格洛夫手中扑了一空，立刻拽出猎刀，回身就砍。司马灰不及起身，就地十八滚，躲过了刀锋，他一看白熊脸上血肉模糊，仅剩的一只眼中凶光毕露，就知此人心智丧失，已如疯狗一般，一旦被其缠住，不死不休，便出声让Karaweik不要停留，赶紧逃走。

Karaweik见了苏联佬修罗恶鬼般的样子，早已骇然失色，身酥脚软之余，根本不知该做何理会，听到司马灰的喊声才回过神来，当下朝罗大海等人逃走的方向跑去。

谁知那苏联人契格洛夫虽然心智俱乱，但他平生杀人如麻，和苏联制造的作战机器没什么两样，杀人的手段几乎是他的本能，他发觉有人逃开，已然不及追赶，就在暴喝声中，奋力将手中猎刀掷出。

探险队在丛林中使用的军用弧形猎刀，又称开山刀，皆是背厚刃薄，柄短身长，前宽后窄，弹簧钢一体成型，最是锋锐不过。那猎刀从契格洛夫手中横掷出去，疾如霹雳，快似闪电，只听金风鸣咽，在空中打着旋子平削到了Karaweik脑袋上，锋锐所过，立即将一颗人头横切成两个半个。猎刀去势不衰，仍向前飞出数米才掉落在地。

Karaweik往前狂奔之际，突然被身后来势迅猛的利刃削中，虽是身首异处，但出于惯性，脚下兀自未停，竟又跑出三五步远，那具无头的尸身才重重扑倒在地。

这一幕突如其来的惨剧，发生得实在太快了，司马灰见Karaweik竟如此横死在了苏联人的刀下，自己却来不及出手相救。虽说生死无常，谁也无法提前预料，可也不由得怒火中烧，眼里冒血，心中动了杀念，就看那苏联人白熊已经转身扑来，暗想今天不是你死就是我活，随即避开来势，同时也将自己那柄猎刀握在了手中。

司马灰心里虽是又怒又恨，可面临强敌，仍然不失镇定。他知道那苏联人身高臂长，犹如野兽一般，而且曾在苏联军中服役多年，看其举手投足间的架势，必然擅长格斗搏击，就算自己肩上没伤，与对方厮扑起来，恐怕也讨不到半点便宜，何况生死相分，只求速战速决。

司马灰心中分寸既定，就不同那苏联人正面纠缠，只是虚晃一枪，闪身躲到对方左侧。白熊一扑不中，便转身擒拿，谁知司马灰脚下移动迅速，绝不与之正面接触，又抽身溜到了对方右侧。那苏联人白熊魁梧高壮，身体毕竟有些笨拙，才只三两个来回，脚步早就乱了，他重心不稳，当场被司马灰绊倒在地。

那苏联人白熊虽然重重摔倒，却也一把拽住了司马灰。司马灰没想到对方出手如此之快，竟被拽得一个踉跄，也跟着跌在地上，自知这是遇上了前所未有的劲敌，不过报仇心切，丝毫没有退缩畏惧之意，一跃而起，再次握住猎刀猛身扑上。

不料正在这时候，那苏联人白熊身上浓重的血腥之气，引来了一条潜伏在沼泽里的鳄鱼，张开血盆大口咬住了契格洛夫的双腿，将他缓缓向后拖去。鳄嘴都是刀锯般的锥形齿，咬合之力奇大，白熊多半截身体都被它吞落，顿觉痛入骨髓，哪里还挣扎得出。

剧烈的疼痛之下，那苏联人白熊喉咙中"嘶嘶"作响，神智竟然清醒过来，他自知落到如此境地，绝无生理，又唯恐被巨鳄拖入泥沼，惨遭咬噬之苦，还不如自己图个了断，他摸到身上携带着一捆雷管炸药，于是狠下心来拉动了导火索。

随着爆炸声响起，沼泽地中血肉横飞，司马灰连忙伏地躲闪，他虽在缅甸战场上目睹过无数死亡，可见了这副情形，仍不免触目惊心，深感世间惨烈之事，莫过于此。他抬眼一张，望着前边有信号烛的光亮闪动。原来罗大海背起头部受伤的阿脆，紧跟着玉飞燕在深草中狂奔了一阵，根本不知身后发生了变故，直到听得那苏联人白熊引爆了自己身上的炸药，才察觉到有事发生，放慢了脚步回头观看。

司马灰以心问心："也不知时间过了多久，似乎早已超出了应有的时限，蚊式特种运输机里那颗大麻雷子，为什么到现在还没爆炸？"他不及多想，匆匆赶上前去会合。玉飞燕和罗大海见只有他一个人跟了上来，心下都觉奇怪，正要询问，可话未出口，猛听震地雷鸣般一声轰然巨响，万丈深浅的野人山巨型裂谷底部，突然发生了剧烈爆炸，真如同"星石相激，乾坤粉碎"。

第七话
茧

蚊式特种运输机里装载的重磅地震炸弹，终于发生了爆炸，高压气体膨胀所形成的能量，真是摇天撼地，倒海翻江。巨响震彻了深渊般的裂谷。从爆炸中心点传导过来的剧烈气浪和冲击波，犹如风暴一般，迅速席卷覆盖了地下沼泽。

司马灰和罗大海、玉飞燕、阿脆四个死里逃生的幸存者，才刚逃出没有多远，就已被卷在其中。由于爆炸发生得实在太快，迅雷不及掩耳，哪里还容人找地方隐蔽躲藏，身体就好像突然间受到一堵极厚的水泥墙壁高速撞击，恰似断线的纸鸢，都给重重地掀翻在了淤泥里。

司马灰眼前一阵红一阵黑，耳朵都被震聋了，嗡鸣不绝，脑中也只剩一片恍惚，随即失去了全部意识。

不知过了多少时间，冰冷刺骨的雨水打在脸上，司马灰才渐渐醒转，只觉头疼欲裂，眼前昏昏然，不见半点光亮。他心里还隐约记得此前是震动弹爆炸了，想来那颗英国制造的地震炸弹，虽属常规武器范畴，比不得核弹，却也实有排山倒海般的强劲破坏力。

司马灰以前曾听缅甸当地人说过，当年反攻缅甸的时候，战况非常激烈，只要是白天，就可以抬头看到天上，那盟军的飞机一群接着一群，跟燕子似的，投下来的炸弹比房子都大，一颗下去一个山头就没了。这种地震炸弹的体型巨大，沉重异常，如果是"大满贯"级别的，一般都要由兰开斯特重型轰炸机投放，它那流线型的弹体，从空中坠下时会产生高速旋转，落地后可以钻透厚重的地下工事，对战略目标形成毁灭性的粉碎打击。

不过纵观整个第二次世界大战的历史，英国皇家空军投放的大满贯炸弹还不到百枚，而且绝大多数都是用在了欧洲战场。在缅甸同日军作战时，英国人所使用的震动弹，虽然体积略小，弹体内却装有更为先进的高爆炸药，比起大满贯来，同样也是威力惊人，甚至可以说是有过之而无不及。

野人山裂谷底部的地震炸弹，是装载在一架蚊式特种运输机的机舱内部，并没有从高空投放产生的高速冲击力，一旦就地引爆，虽然不会炸得太深，可仍然会形成直径接近百米的弹坑，而具有毁灭性动能的震荡波覆盖范围，还要更加广阔。这片地下沼泽里环境恶劣，只凭着两条腿，能跑得了多快？所以司马灰料定自己这伙人在有限的时间内，根本来不及逃到安全区域，还以为是必死无疑了，此时他略微清醒过来，心神恍惚，觉得自己多半是被炸成了碎片，可是突然嗓子眼里发甜，呕了一口黑血出来，随即四肢百骸一齐作痛，才知道竟然没死。

司马灰两世为人，心中却没有感到丝毫庆幸，而是深觉疑惑，就算是福大命大造化大，可毕竟是血肉之躯，即使没被当场炸得粉身碎骨，恐怕也会让冲击波震坏了五脏六腑而亡，怎么还能够活到现在？

发生在野人山裂谷中的种种异象，大都难以解释，司马灰被爆炸冲击波震得气血翻涌，左耳朵聋，右耳朵蒙，脖子后面冒凉风，视听尽废，似乎只有魂魄尚未离壳。他倒在地上百思不得其解，也不知其余那三个同伴是死是活，心下又是绝望又是焦躁，却苦于动弹不得。

司马灰一阵清醒，一阵恍惚，如此断断续续，在黑暗中又过了许久，胸臆间翻覆如潮的气血渐平，手足已能自如，他深吸一口气，挣扎着从淤泥乱草中爬起身来。幸好先前从蚊式运输机内死里逃生之际，装满照明器材的背包却未曾失落，摸出一枚信号烛来划着了，见罗大海等人都倒在距离自己不远的锯齿草丛当中，他们也是被爆炸震昏了过去，耳鼻喉咙中有些淤血，但没受什么外伤。

司马灰上前将那三人一一摇醒。众人劫后余生，身上脸上又是血又是泥。各自检视了伤口，体内脏器似乎没有大碍，只是惊魂难定，耳膜都被震倒了，隔了好半天才能听到些声音。

阿脆脑后伤势较重，换了绷带后仍然不断渗出血来，但她惦记Karaweik的下落，急着向司马灰询问究竟。

司马灰没有隐瞒，把前后经过简略说了一遍，Karaweik和那苏联人白熊的尸体，一个身首分离，另一个则是早已炸成碎片了，在震动弹爆炸之后，根本无处收殓。

阿脆和罗大海听了噩耗，都是神色惨淡，半晌无言。玉飞燕也是黯然不语，不管是出于主动还是被动，现在都已按照绿色坟墓的指令，引爆了地震炸弹。司马灰他们三人早有打算，接下来自然是要越境回国，与探险队再无瓜葛，但这野人山里凶险无比，热带风团"浮屠"也未平息，如今要想活着逃出生天，还必须相互依赖。

四人此刻筋疲力尽，虽然明知地下沼泽里危机四伏，也难以迅速撤离，只得在附近拣了片高燥的所在暂作休整。

玉飞燕竭力使慌乱的心神宁定下来，她环顾四周，愈发觉得不安。从亲眼见到蚊式特种运输机里的货物，到暗中窥视探险队行动的绿色坟墓现身，再到终于引爆了重型炸弹，一切都发生得太快，没给人留下思索的时间。现在仔细想来，整件事情中，实在有太多古怪之处。

本以为绿色坟墓是想利用地震炸弹，炸毁野人山裂谷内的地脉，压制浓重的云雾，可这地底洞窟内部空旷磅礴，仅凭一枚旧型重磅炸弹，根本起不到决定性作用；而且幸存下来的这四个人，都没有逃出爆炸冲击波覆盖的范围，为何还能保全性命？另外地下沼泽内鳄鱼蟒蛇众多，刚才四人被震昏了多时，怎会未受任何攻击？

正当玉飞燕诧异莫名之际，司马灰却忽然有所发现，他隐约嗅到地底阴晦潮湿的空气中，传来一阵特殊的气息，有几分像是樟脑，又像是某种化学药水发生了剧烈反应，一看身边茂盛的锯齿草，竟然都已在不知不觉间变得枯萎死亡了。

司马灰又觉皮肤上隐隐有种灼伤之感，心中飒然惊觉，告诉玉飞燕道："你不用乱猜了，咱们之所以没被这颗震动弹炸成碎片，绝非是什么奇迹。蚊式特种运输机里装载的货物，早就被人改装过了，它很可能就是一颗液体核弹。"

玉飞燕从没听过液体核弹四字，还以为这又是司马灰在危言耸听，皱眉道："眼下是什么时候了，你还有心思胡说，野人山里怎么可能有核子炸弹？"

罗大海和阿脆，当年都是跟司马灰一同南下缅甸的战友，他们很清楚液体核武的恐怖之处，闻声不禁愕然道："液体核武？你是说这枚地震炸弹里装有'化学落叶剂'？"

原来司马灰等人前几年跟随夏铁东前往越南参战，一路辗转南来，到了北越境内，由于当时空袭不断，他们只好抄小路而行，沿途所见，常有许多光秃秃的山岭，地表寸草不生，大片大片的植被全部坏死，众人以前全未见过此等异象，都觉得心中打鼓。

在他们这伙人中，以夏铁东的军事知识最为丰富，他告诉众人，越南山深林密，大部分地区覆盖着热带常绿林和亚热带落叶林，植物为地面部队的行动提供了一层天然屏障。美国空军为了使隐蔽的北越军事目标无处遁形、截断胡志明小道的秘密补给线，便派遣飞机在越军后方，以及战略纵深区域，大量投放以工业合成毒液为原料的化学落叶剂。

这种化学武器，可以仅在一夜之间，就令所有的植物枯萎坏死，只要是地球上的植物，一旦接触到落叶剂，任何种类都难以幸免。化学落叶剂专门用来毁灭自然植物和生态平衡，在越南等地，民众深受其害，常将之称为液体原子弹，向来是恶名昭著。

那时司马灰等人算是初次领教到了现代战争的残酷与恐怖，后来众人到了缅甸，也听闻这种化学武器，最早是由德国纳粹发明，后来美英盟军也曾研制，并秘密开发出一批落叶剂炸弹用于在太平洋战场上对日作战。但落叶剂中的化学毒液，不仅能够杀死植物，更能够杀死人类，只不过受害者当时并无异状，直到若干年后才会产生病变，直接或间接的危害无穷无尽，再加上当时日军溃败已成定局，所以并没有大范围使用。

司马灰察觉到地震炸弹发生爆炸之后，沼泽湿地里的植物开始出现异常，附近的鳄鱼和草蜥也都逃走了，才恍然想起仅闻其名，未见其实的化学落叶剂。蚊式特种运输机里装载的地震炸弹，十有八九经过改装，弹体里储藏了大量化学合成的剧毒物质，其目的并非在于破坏野人山巨型裂谷内的地脉，而是要彻底毁灭这片洞窟底部的植物。

玉飞燕也是心明眼尖的人，她听司马灰指出了地震炸弹的秘密，心中立时打了个突，野人山巨型裂谷里常年不见天日，可底部却覆盖着浓密的植被，想来绝不是普通的地下植物，此外地下又涌出大量迷雾，这其中也许都有关联。蚊式特种运输机里的地震炸弹，肯定装有某种极为特殊的化学落叶剂，可以专门摧毁这些地底植物，所以绿色坟墓才会不断派人冒死深入裂谷引爆这枚炸弹，但不知如此作为，又究竟有什么意义？

司马灰和罗大海、阿脆这三人，早都不把自身生死放在意下了。他们发现地震炸弹里装有化学落叶剂之后，初时难免有些恐慌，不过仔细想想，觉得也无所谓。虽说化学武器遗祸无穷，如果身处爆炸现场，即便配有防毒面具，但在没穿着特殊防化服的情况下，恐怕也难保周全，可毕竟不是立刻就会发作，潜伏期或是三五年，或是七八年，乃至更长时间，那是谁都说不清楚的。此刻 Karaweik 已然身亡，众人心头沮丧，再不想与这野人山里的事情留有任何瓜葛，只等狂风暴雨停歇，便要觅路离开。

阿脆见玉飞燕显得心神不定，还以为她是惧怕化学落叶剂带来的后遗症，就对她说："这种事情确实难以让人接受，咱们大伙都不好过，但毕竟已经发生了，多想也是无益。"

罗大海心中正没好气，见玉飞燕愁眉不展的样子，便幸灾乐祸地道："遇上这种倒霉事，对你来说像是下地狱，可对我们来说却是家常便饭。"

阿脆将罗大舌头推在一旁，又劝解玉飞燕说："自从探险队进山以来，一路上死伤惨重，脱了天罗，又入地网，这野人山里的凶险无穷无尽，只怕是个陷人无底之坑。转眼无情，回头是计，你跟我们一起逃出山去算了。"

其实玉飞燕在钻山甲等人遭遇不测的时候，也寻思着就此抽身出来不做了，但这就好比是赌局中的心态，既然已经折进去了许多本钱，如果半途而废，岂不是血本无归？最后只好越陷越深，越输越多，等到她真正想置身事外之际，却为时已晚。

这时玉飞燕听了阿脆的话，实如醍醐灌顶，她一想不错，地震炸弹爆炸之后，野人山里还不知将要发生什么样的祸端，正待答允了，然后和游击队的这三个幸存者，一同设法逃出野人山。

谁知却在此时，脚下地面猛然塌陷，众人措手不及，都以为是爆炸引发的震波未绝，急忙挣扎着起身，纷纷向后退避。等踩到了实地上，再用探照灯朝周围一照，只见身前的整片沼泽，都在无声无息地迅速往下沉落。探照灯的射程虽然难以及远，但估计这种地陷的情况，应该是正由从爆炸中心点向外扩散。

塌陷下去的区域，先是水面上不断冒出气泡，随即呈现一片旋涡，湿地里的淤泥积水，几乎是毫不停顿地被吸入其中，最后竟然显露出一道深渊，低头向下一望，黑茫茫的看不见底。原来野人山巨型裂谷里的沼泽以下，还存在着更加深不可测的区域。

玉飞燕见此事来得蹊跷，不由得想起先前看到野人山裂谷底部的地层，都是狗肝色的造岩物质，显得颇不寻常。当时苏联人白熊曾指出这种物质蕴藏在地壳与地幔之间，只有垂直深度达到万米的洞窟中才会出现，可野人山裂谷的深度应该是在两千米左右，根本不可能接触到莫霍界面。

现在看来，事实却并非如此，那苏联人多半是看走眼了，沼泽下的特殊物质，应该是某种生存在地底的孢子植物，它在裂谷底部形成了一层厚厚的"茧"。茧上年深日久，沉积出了深厚的泥沼，此刻这层茧，已被地震炸弹中的化学落叶剂破坏，正在迅速枯萎死亡。

众人皆是倒吸了一口冷气，如果整个裂谷底部都是如此，实在无法想象这种形如伞盖的孢子植物，究竟能生长得多么巨大。就见原本被茧封闭了千万年的无底深渊，突然撕裂开来。赫然出现在众人面前的，仿佛是通往地心的隧道，它斑斓诡异，苍茫而又神秘，向着地底无穷无尽地延伸，给人一种阴森可怖的感觉。因为那里面充满了未知的黑暗，是人类双眼和心灵永远都无法窥探的黑暗，而黑暗的尽头，更是未知中的未知。

第八话
坍　塌

在野人山裂谷底部发生了强烈的大爆炸之后，沼泽里的锯齿草丛，都受到化学落叶剂破坏，而在整片沼泽之下，更有一层特殊的孢子类植物，它构成了一道蚕茧般的屏障，沼泽里的所有植物和两栖类爬虫，全部寄生在这层茧上。高效的化学落叶剂，使茧迅速枯萎坏死，速度之快，出人意料，同时将野人山裂谷下的无底深渊，彻底暴露了出来。随着植被的死亡，深渊里涌动的茫茫迷雾，也渐渐消散在黑暗之中。

众人往下看了一阵，发现野人山地底的植物，似乎正是浓雾的根源，但附近的沼泽不断塌陷，容不得再多观察，只好尽快向远处撤退。

经历了这一系列突如其来的变故，司马灰心中已经对整件事情有了些轮廓：想必是这野人山裂谷最深处，埋藏着某些惊人的秘密，但千年笼罩不散的迷雾，将此地与世隔绝，形成了一道无法突破的阻碍。只有使用特制的化学落叶剂，才能毁坏制造雾气的地下植物。早在二十几年前，便已有人制造出了装有化学落叶剂的地震炸弹，并冒死驾驶着蚊式特种运输机深入谷底，可是这次行动功败垂成，幸存下来的机组成员，全部湮灭在了雾中。

但这些产生浓雾的巨大植被，到底是些什么物种？司马灰等人毫不知情。缅北深山丛林里的各种植物和动物，种类多达千万以上，目前已经被分门归类加以识别的物种，还不到其中的十之一二，其余绝大多数，都还属于世人闻所未闻、见所未见的范畴。

此外出现在迷雾里的种种异象，消失在其中的那些探险者，以及孢子植物覆盖的地下深渊里，又究竟埋藏着什么秘密？这许多疑问，仍是理不可晓，更是完全出乎众人意料之外。

司马灰寻思着：也许进入这地下洞窟的最深处，就能解开这些谜团。

倘若依着司马灰平时的性子，肯定会寻个由头，到下面探个究竟，可他现在却没有这种心情，在缅甸这几年所留下的残酷记忆，几乎全是挥之不去的梦魇，如今只想离这鬼地方越远越好。

四人不顾满身疲惫和伤痛，互相拖拽着，一路跋泥涉水，向着裂谷底部的边缘区域逃去。这处深陷于野人山里的巨型裂谷，是个上窄下阔的垂直洞窟，底部极其宽广深邃。热带风团"浮屠"带来的狂风暴雨，使得地下涨满了积水，雨水顺着裂谷里面的岩层缝隙不断渗落，山体内以前被泥沙淤积拥堵的区域，此刻也都贯通了。所以他们推测这洞窟四周肯定不是铁壁合围，既然有大量雨水落下，山根里必有许多地缝岩隙，如今迷雾尽散，只要等到暴雨停止，就可以设法摸着地脉，觅路逃出野人山。

奈何天不随人愿，四人落荒而逃，紧赶慢赶，走不出多远，忽觉脚下一沉，全都扑倒在地，原来沼泽下的茧状植物枯萎得太快，迅速坍塌的深渊已经吞没了众人落脚之处。

司马灰等人摔在地上，所及之处都是淤泥，任凭他们手脚并用，也绝难从中挣扎起身，都随着烂泥滑向了沼泽下面的洞窟深处。

这好似无底深渊般的洞窟底部，遍布盘根错节的参天古树，虽然已完全枯朽了，只是剩余的残骸尚未彻底腐坏，但形貌尚存，枝干甚至都有梁柱粗细，密密层层的仿佛是片地下森林，可能是无数年前水脉下陷，使之从地表沉入此处。

司马灰等人身不由己，顺势滑到一处平缓的所在，幸好到处都是淤泥朽木，所以没受重创。众人重新聚拢，举灯一照，见是落在了一大片形如蘑菇岩般的树冠上，身下是一株十来围粗细的古树，当中都是空的，可以避人。于是闪身钻进去，就听身边泥石流淌滚动之声兀自不绝，垂入地底的孢子植物根脉也都相继倾倒下来，此刻纵有泼天的本事也爬不上去，不由得连声叫苦。

罗大舌头气得一脚踢在树窟上，骂道："这回可真他娘的踏实了，变成鸟也飞不出去了。"

司马灰心中思量，沼泽塌陷的面积很大，出口未必都被泥石流所封堵，那些被化学落叶剂所毁坏的孢子植物，有无数根须深入地底，说不定可以攀着那些还没断掉的根茎迂回上去。不过他见众人都已疲惫不堪，而且阿脆头上伤得不轻，如果勉强行动，恐有不测发生，就说："想不到野人山裂谷的最深处会是如此，我看这地方也算是处小小桃源，不如就地休整一两个小时，然后再想别的办法。"

玉飞燕轻叹道："亿万年不见太阳光，千百载没有活人来，果然是处孤魂野鬼避世的'桃源'。"说完她取出些压缩干粮，分给众人吃了，又集中清点了剩下的装备，发现照明器材和弹药丢失严重，剩余的食物也仅够这四个人再维持半天，不免隐隐担忧起来。

阿脆头上的伤口虽然愈合了，但失血不少，她身体本就瘦弱，此时再也支持不住，很快就枕在背包上睡着了。

司马灰见阿脆眼角挂着泪水，知道她是伤心 Karaweik 意外惨死，在睡梦中也还念念不忘，就用手指轻轻替她抚去了泪痕，可轮到自己想要睡一阵的时候，却迟迟合不上眼。

罗大舌头和玉飞燕也是同样，他们三人的神经，长时间处于高度紧张状态，况且此刻仍然身处险境，脱困逃生的希望还属渺茫，所以很难突然松弛下来，只好守着一盏昏暗的宿营灯枯坐，所以也没有刻意留人值宿。

司马灰心想："要是当初教我那位数学老师也在这就好了。我那位老师不仅会教数学，而且她还有个特异功能，只要她在课堂上一说话，学生们上眼皮子就和下眼皮子打架，简直跟中了催眠术似的，说睡着就睡着，天上打雷都醒不了。"

他脑中胡思乱想了一阵，毕竟疲惫欲死，终于困乏起来，意识逐渐模糊，正在半梦半醒之间，就发觉身边似乎有些异常。探险队总共三十多号人员，活着进入野人山巨型裂谷的仅有六人，蚊式机舱中的地震炸弹被引爆之后，化学落叶剂迅速扩散，使得整片沼泽塌陷，被困于此的幸存者，包括自己在内，只有四个人而已，可不知从何时开始，在宿营灯发光二极管微弱的灯影下，隐约多出一人。

司马灰见那人抱着双膝，一动不动地蹲坐在自己身旁，不知在看些什么，他心中诧异："真他妈见鬼了，这人是谁？"他想竭力看清那人的身形面目，奈何灯光暗得几乎让人睁不开眼，距离虽近，却只是影影绰绰，根本看不真切。

司马灰满心疑惑，他记起在蚊式特种运输机的舱内，众人发现绿色坟墓混入了探险队中，但只闻其声，不见其形，就仿佛是尾随在身后的一个幽灵，难不成在此现身出来了？司马灰一声不发，抬手便揪住了那人肩膀，想要看清楚对方的脸部，谁知那人也忽然起身，几乎是与司马灰脸对着脸，由于离得太近，那张模糊的脸上五官难辨，恍惚间只看到一对黑洞般的眼睛。

司马灰与那目光所触，就像是被一块寒冰戳中了心肺，顿觉一阵恶寒袭来，汗毛孔里都是冷的。他正要拽出猎刀，可树洞中那盏宿营灯却熄灭了，眼前立刻陷入一片漆黑，周围也随即没了动静。

等司马灰把挂在身上的手电筒打开时，只见其余三个同伴睡得正沉，附近再也没有别的人影，他全身上下都被冷汗浸透了，心中不免怀疑刚刚那是南柯一梦。据说梦是心念感应，凡是异常之梦，必有异常之兆，这梦来得蹊跷，不知主何吉凶。虽然司马灰是从军的人，并不太相信幽冥之说，但也不免犹如芒刺在背，总感到后脑勺冷飕飕的。

此时玉飞燕和阿脆等人，也都被惊动了起来，司马灰向他们说了刚才之事，最后又说："如果不是因为我精神压力太大，疑心生暗鬼。那么这片地下森林里，一定有些古怪，总之此地绝对不宜久留。"

众人猜测这片地下森林，多半就是野人山裂谷的最底层了，肯定藏有许多不为人知的秘密，其中凶险自不必说，如今听了司马灰所言，都有栗栗自危之感，谁也不想过多停留，稍事休整之后，就为宿营灯换了电池，强打着精神，动身出发。

司马灰举了探照灯在前开路，玉飞燕拎着乌兹冲锋枪同阿脆走在中间，罗大舌头则端着大口径猎象枪殿后，四人紧紧相随，以指北针辨别方位，穿过一片片树丛，摸索着向地势高燥处前进。

这片深埋地底的森林废墟中到处寂静异常，薄雾缥缈，众人慌慌而行，走到一处，去路恰被一截倒塌的古树遮住，司马灰凑到近前，举起探照灯一扫，正想找个地方绕行过去，忽见那片嶙峋的枯木丛中，竟藏着一对猩红似血的眼睛，目光里邪气逼人。

司马灰心念一闪："原来这里有埋伏！"他自知先下手未必为强，但后下手肯定遭殃，此刻更没半分犹豫，早把手中猎刀狠狠劈去，手起刀落处，耳听当的一声，似是砍在了什么硬物上，震得虎口发麻。

此时走在司马灰身后的三个人也都跟了上来，众人各持武器定睛观瞧，却见探照灯下金光夺目，原来是一条黄金铸成的蟒蛇。那金蟒双眼嵌着红宝石，被光束一晃，显得诡波流转，神态逼真，与活的几乎没有什么两样。再剥去蟒蛇附近的枯枝，才发现它是一块金砖上的浮雕，砖体奇大，异于常制。

众人无不惊叹，更奇怪这金砖怎会在此，又随手掸落附近的树枝和泥土，发现这块金砖的上下左右全都是金砖，那竟然是整整一座用黄金砌成的墙壁。

高耸的黄金墙壁上，铸着一层接一层的浮雕，并且嵌满了异色宝石，把天地的生灵、神佛的威严、史诗的传说、光荣的圣战，都化做辉煌灿烂的痕迹，永远凝固在了其中，它超然的壮观与瑰丽，足以带给人类苍白而又单薄的想象力重重一击。

第五卷

黄金蜘蛛

第一话
四百万宝塔之城

"运气"这种东西，对某些人来讲是亲娘；可对另外那些人，它却是个后娘。

司马灰觉得自己这伙人，大概就是后娘养的，他们随着坍塌的茧状植物，落进了野人山巨型裂谷的最深处。这里地形特殊，不知在多少年前，经过天翻地覆的劫数，造成水脉下陷，山体内部渐渐漏空，从而使得大片的原始森林沉入地底。

裂谷内又随后生长出伞盖般的孢子植物，彻底将地下森林遮蔽，年深岁久，竟然积泥成沼。这个垂直深度两千多米的幽深洞窟，永不复见天日，所以树木在这片封闭潮湿的区域中，腐朽速度极其缓慢，颜色暗绿，看在眼中黑压压的纹如织锦，倘若没有任何变故发生，恐怕再经过几万年，它们的经络都会保持原状。

直到蚊式特种运输机里装载的地震炸弹被人引爆，化学落叶剂四处扩散，破坏了封闭裂谷底层空间的厚重植被，泥沼随即下陷，才让这片区域暴露出来。

由于爆破点并非是在裂谷的最中央，远处的植被虽然也尽数死亡，但是毁坏并不严重，仍有无数黑柱般的根脉垂入地下。探险队仅剩的四个幸存者，不得不在裂谷底部，寻着地底植物的残骸向纵深处移动，希望找到能够攀援上行的区域。

谁知就在这片幽深凝翠的地下森林中，竟然还隐藏着一道黄金砌成的墙壁。高耸屹立的墙体被泥土和枯藤覆盖，剥去尘埃就显露出耀眼的金光。在沉重的黑暗与薄雾笼罩之下，根本无法看清这堵黄金墙壁的规模，唯见金砖上的浮雕重重叠叠，无穷无尽，但是繁而有序，精妙绝伦，工巧几乎不似人间之物。

司马灰等人举着探照灯看了多时，一个个目瞪口呆，就见眼前的每一块金砖，都被铸成一层人面古塔的轮廓，每七重合为一体，塔基下盘有蟒蛇，其形态各异，千变万化，都不相同。塔身中的黄金浮雕，则是涵盖着苍穹大地，上至星辰日月，下至走兽生灵，飘逸的仙女、狰狞的巨蟒、象首人身的武士，甚至金戈铁马的战争，以及俯视芸芸众生的神佛。天地万物、芥子须弥，可以说是无所不包。

缅甸受古印度文化影响很深，千百年来，佛法昌盛不衰，各地都有名寺古刹，可是这些黄金浮雕中的神佛，形态奇特万状，充满了离奇的异域宗教色彩，甚至与世界任何地区常见的神佛形象都有很大区别，似乎可以从它们身上，窥探到一个古代王朝早已消逝了的神秘背影。

四人做梦也想不到缅北的深山老林里，会有这许多金砖，他们陆续剥去两侧的枯枝败叶，嵌满宝石和浮雕的金砖不断显露出来，实不知这道墙壁究竟有没有尽头，越看越是令人眼花缭乱，然而探照灯只能照明身前十几步，这种感觉就如同盲人摸象，附近也没个参照物，完全难以判断真实状况。

众人在叹为观止之余，只觉一种巨大的逼仄感扑面而来，这面铸满黄金浮雕的高墙，犹如一尊沉默冷酷的天神，它寂然无声，气定神闲地接受着凡人的瞻仰与惊叹。司马灰等人看罢多时，都不免心中悚栗，脊背发凉。宗教的力量可以使人类痴狂，大概也只有基于这种原因，才会成就出如此显赫灿烂的奇迹。目睹了这些黄金浮雕的存在，会立刻使人脑海中涌起一个出自佛法的词语——不可思议。

司马灰一面看，一面在心里打鼓：这面墙壁的规模难以估量，横亘沉眠在地底，似乎绕都绕不过去，天知道会用了多少块金砖。墙壁的根部已经沉入地面很大一截，其余大半都隐没在黑暗当中，眼前所见无非是其中一隅，根本难以想象上千年前的古人，究竟是如何建造它的。这个被沉积不散的迷雾笼罩、吞噬了无数生命的野人山巨型裂谷里，为什么会埋藏着如此之多的黄金？究竟是哪朝哪代所留？这些嵌满浮雕的金砖契合严整，像是一座建筑物的墙壁，而它又有着怎样的形状和规模？

九州四海之内，眼所未见，耳所未闻，蹊跷古怪的事情，也不知会有多少。虽然司马灰和罗大海、阿脆三人，在这远乡异域的深山老林里有些年头了，可对缅甸的风物历史仍是所知有限，谁也说不出个所以然来。

　　阿脆瞧得心中发毛，对司马灰说："这些黄金铺就的浮雕，好像与缅甸寺庙里的菩萨不大一样，看起来很古怪。"

　　司马灰点头道："曾听说释迦牟尼佛祖，是降生在西方舍卫刹利王家中，生下来时一手指天一手画地，口称唯我独尊，并放大智光明，照十方世界，脚下涌起金莲花，托举丈六金身，能变能化，无大无不大，无通无不通，普度天下众生，宝相庄严，妙法无边，号作天人师。可这黄金浮雕上的神佛却是如此怪异狰狞，我觉得这些丫头养的怎么看都不像善类，处处透着邪……"

　　罗大舌头骤然见了这些黄金，不禁又有许多感慨，他用手拍着浮雕上的一尊神佛面孔，提醒司马灰说："你小子留点口德行不行？在他妈这么庄严神圣的地方，可不敢胡说八道。咱都是贫下中农出身的，咱哪见过这个呀？反正我这辈子，第一次觉得黄金原来也这么普通，竟然可以当做建筑材料，跟土木石瓦都没什么区别。这要是都运到山外去换成军火，能装备多少部队？别说卷土重来占领仰光不在话下，如果省着点用，发动第三次世界大战也没问题了。我罗大舌头平生有个志愿，就是要当国防部长，选购军火咱绝不能要老美的，美国造虽然先进，故障率却高，还得是捷克、加拿大和苏联造的皮实，在瓢泼大雨或河流、沼泽里泡上半天，照样抄起来就打……"

　　阿脆劝罗大舌头不要动佛面上刮金的念头，免得惹祸上身。何况众人从地震炸弹的爆破现场逃生之时，都受到了落叶剂的化学灼伤，虽然还不知道震动弹弹仓里装填的具体是哪种工业化学毒液，但是看其对地底植物破坏污染的程度，料来最后也不会有什么好结果。如今劫后余生，已属不幸之中的万幸，现在应该考虑的，只有尽快逃出野人山，在大限到来之前越境回到中国，怎么居然还有心思去动这些念头？

　　司马灰道："阿脆你说得还真有道理。不过黄金这种东西，果然是动人眼目，人见人爱，不仅咱们中国人民喜欢，世界各国人民也都喜欢，它是和平的象征。我觉得咱们要是为了世界和平，把黄金宝石都带出去，就算佛祖知道了，也肯定会感到非常欣慰……"

　　司马灰一边同阿脆和罗大海说话，一边偷眼看了看玉飞燕，发现她神色焦虑，甚至带有几分惊恐，不知是出于什么缘故。曾经有个伟人说得好："一个不想发财的盗墓者，不是一个合格的盗墓者。"司马灰觉得事态反常，就问玉飞燕是否知道些什么。

　　玉飞燕毕竟是晦字行里第一出尖的人物，看了黄金浮雕上有无数古塔，心中已经有了些轮廓，只是管中窥豹，一时还不敢断言。她被司马灰一问，才回过神来，回应说："这些金砖的成色有些古怪，不像是真正的黄金，但究竟是什么物质我也分辨不出。另外这座浮雕，既不是墙壁，更不是寺庙和古城，恐怕也不是咱们所能想象到的任何建筑物，而且它根本就不应该出现在野人山……"

　　众人闻言更是迷惑不解，他们虽然常年在缅北山区作战，但从未听过此事，满肚子的问题，却不知该从哪里问起。

　　玉飞燕神色凝重地说："这里很可能是阿奴迦耶王建造的黄金蜘蛛城，又称四百万宝塔之城。"她随即对众人简略说了经过，原来所谓的黄金蜘蛛城，是一个流传了千年的古代传说。以前曾经有过一个显赫强盛的占婆王朝，史称古占，国土范围横跨越南和老挝北部，崇信起源于古印度教的吠陀兽主，辖地内盛产黄金、美玉、象牙、宝石，财富强极一时。因此令周边诸国垂涎三尺，屡受侵袭，但古占人北抗中原，南拒柬越各王朝，始终未落下风，直到元世祖派大军征伐，才使之逐渐衰落，其后裔至今还存留在越南、老挝等地。

　　古占人的城池与历代国主的陵寝，绝大部分毁于战火，少量保存下来的废墟遗址，也早都成了蝙蝠和蛇鼠栖身的巢穴。然而在越南等地，至今还流传着一个关于占婆王朝黄金蜘蛛城的传说。现今已被考古学家发现的柬埔寨吴哥窟、穆罕摩尼宫、印尼婆罗门浮屠等等，虽也有奇迹之称，但都远远不能与其相提并论，只不过始终没有足够的证据，能证实这一传说真实存在。

　　相传古代西方有巴比伦王建造的通天塔，而东方则有与之匹敌的黄金蜘蛛城。在阿奴迦耶王统治时期，曾有一座以黄金铸造的城池，嵌满了各种宝石和翡翠，城壁上浮雕有无数宝塔，故此得名，奢华璀璨已极，几乎可与日月争辉。不过此城非城，只是由于规模巨大，按古制十里为城，因此才得了一个"城"字。至于里面有些什么，或者说城中是否存在宫殿屋宇，从来都无法证实。

　　古占人在黄金蜘蛛城上穷尽了倾国财富，从而一蹶不振，终于导致了后世衰败灭亡的厄运，但入侵征服占婆的各个王朝，却都没有发现这座城池的踪迹，所以大多数人认为："那段历史扑朔迷离，这座神秘莫测的黄金蜘蛛城，可能仅仅是个虚妄的传说而已，未必当真存在于世。"

直到第二次世界大战爆发，外来者在越南、老挝等地掠夺了大量文物，其中包括几幅占婆国遗留下来的壁画，里面描绘着四百万宝塔之城的图形，给后世的研究者提供了许多宝贵信息。人们由此才发现四百万宝塔之城的称呼，其实并不确切，首先四百万是个虚数，黄金浮雕中的宝塔究竟有多少，谁也说不清楚。另外它也不是一座城池，更不是神庙、墙壁、陵寝一类通常意义上的建筑物。

从那些壁画彩绘上可以看到它的形状，大致是一个用金砖堆砌成的齿轮形建筑，中部为椭圆形，外侧有长短各异的八足向四周延伸，整体轮廓近似蜘蛛。近代学者对它的认识，大多来自平面壁画及文献资料，除此以外，别无考证，所以西方人都将它称为黄金蜘蛛城，他们认为这只是占婆王朝的一个古老图腾或符号，也不见得真有实物。

即使黄金蜘蛛城确实存在于世，也该是在北越和老挝境内。玉飞燕此刻亲眼看到浮雕上的重重古塔，知道十有八九正是占婆王的四百万宝塔之城了，想不到竟会沉埋在了缅甸野人山的巨型裂谷里，怪不得从来都没有人能找到它的踪迹。

世间对黄金蜘蛛这个神秘物体的认知，始终非常有限。只知道这座四百万宝塔之城，是用无数铸有浮雕的金砖堆积而成，从来没有谁能够解释古人为什么要建造它。另外古占王朝供奉的吠陀兽主，没有真身，却有数种奇谲怪诞的象征体，蟒蛇与古塔，正是其恐怖之相，预示着终结和死亡。

玉飞燕感到这些黄金浮雕上隐隐散发出腐朽的死亡气息，鬼才知道阿奴迦耶王为什么要建造这样一个怪物，而且绿色坟墓不惜代价地寻找此物，难道就只是为了黄金这么简单？四百万宝塔之城里是不是还隐藏着别的秘密？她又对众人道："咱们要想活命，还是离此越远越好……"她正说到此处，就听得黑暗深处，传来阵阵枯木"吱呀"摩擦移动之声，初时细碎微弱，旋即绵绵密密，刺得人耳骨生疼。

第二话
黑洞电波

司马灰等人听玉飞燕说起了占婆国阿奴迦耶王，建造黄金蜘蛛城的传说，都觉惊奇万分。惊的是自打盘古开辟天地以来，没听说世上会有如此奇异之物；奇的是古时候怎会有这么多黄金，而且铸有浮雕的砖体内部契合紧密，撬都撬不下来，从山上沉入地底也未崩毁，别说是在一千多年以前了，即便是现代人，也不见得有这种鬼神般的铸造工艺。

众人虽是暗自纳罕，却没心思再去探寻究竟，此刻身处险恶异常之地，先找到路径逃出山外才是头等大事，所以他们也只是在嘴上议论几句。谁知玉飞燕的话还没说完，就听高处传来吱吱嘎嘎的怪异响动。

开始众人都以为自己在震动弹爆炸之时，把耳鼓震坏了，才会产生错觉。但随即发觉不对，耳鸣绝不是这个动静，又察觉到枯树移动之声来自头顶，就提了探照灯想看清楚到底发生了什么异常，可在深渊底部，受环境所影响，电池消耗极快，灯束射上去毫无作用，到处都是黑茫茫的一片，什么也看不见。

众人听那响动越来越是密集，仿佛许多株千年古树在挣扎着破土而出，声音嘈杂刺耳，让人后脑瓜皮子跟过电似的，一阵接一阵地发麻。

司马灰想起黑蛇Ⅱ号运输机在雾里遭受袭击的时候，便有这种声音发出，英国探险队的威尔森临死前曾留下讯息，说是浓雾中有一个巨大而又恐怖的生命体存在。可是野人山裂谷内的迷雾都被暴雨压制，探险队在地下沼泽里也没遇到什么特殊情况，当时推测雾气的根源，很可能是由封闭地下空间的植被所产生，直至最后以地震炸弹里装填的化学落叶剂彻底破坏了孢子植物，想来已经不该再受到杀人雾的威胁，怎么这种动静竟然再次出现？难道裂谷深处又起雾了？

司马灰虽在找到蚊式特种运输机时，与机舱内残留的雾气有过短暂接触，可他自己也说不清那雾中到底有些什么，只是有一点可以断言——任何进入雾中的人，都再也回不来了。

司马灰背包里的发射式照明弹已经丢失，用身边的探照灯和化学信号棒，无法看到远处的情形，但只听声响，也知道来者不善，肯定是野人山里的杀人雾再次出现了。倘若从城壁或是地底植物的根脉攀上去，绝非短时间内就能回到塌陷的沼泽处，如果半路被浓雾裹住就糟了，而且雾气的出现，也预示着热带风团带来的狂风暴雨，已经开始减弱，用不了多久，整个裂谷里就将没有任何安全区域。

司马灰对那些充满了神秘宗教色彩的古代王朝毫不知情，连阿奴迦耶王与黄金蜘蛛城的名称，也属首次听闻，那是众人见识不到之处，根本无从揣测它的真实面目，何况眼下处境危急，必须先找脱身之路。

罗大舌头焦躁起来，他抱怨说："今年就是年头不顺，从打一开春，春季攻势失利，接下来是大仗大败，小仗小败，无仗不败。咱们几个好不容易捡了条命，狗喘兔子爬似的逃到这野人山里，结果又是大霉大倒，小霉小倒，无霉不倒，怎么这天底下倒的霉事，全让咱给赶上了？"

司马灰以为罗大海心里发虚了，就说："罗大舌头你放心吧，你屁股蛋子上刻着走运俩字，谁死了你也死不了。"

罗大舌头急忙辩解道："老子当初那也是有队伍的人呀，我怕什么？"他顿了一顿，又说，"可把话说回来了，常言道得好——'大起大落平常事，能屈能伸是英雄'，处在这种形势万分不利的局面下，不跑还留在这等着挨雷劈吗？"

阿脆提议说："逃是应该逃，可这野人山裂谷实在太深，下来容易上去难，地底的浓雾一出现，这里就会变成一座'烟囱'，四周根本无路可走。我看打蛇要打在七寸上，只有先设法找到产生雾气的根源，将之彻底破坏，才能确保安全。"

司马灰摇头说，这茫茫迷雾似乎能吞噬一切，可不比柬埔寨食人水蛭有质有形，何况现在已经失了先机，处境极是被动，随着雾气的出现，咱们的活动范围将会变得越来越小。临上轿了才现扎耳朵眼，肯定来不及。

玉飞燕眼见身陷绝境，可司马灰等人仍是神色若定，思路清晰，心想，这些家伙可真是些亡命之徒。看来在血火飞溅的战争环境中，磨练出来的那股子韧劲儿，果非常人可比。我也不该露出惊惶之态，免得教他们小觑我。"她想到这里，便说："碍于地底黑暗障眼，实是无法可想。但是为了尽量避开高处的浓雾，不如打消从高处返回的念头，先去周围探明情况，在裂谷最底部寻找道路脱身。"

司马灰知道玉飞燕是盗墓的土贼，他们这路人，最擅长穴地钻山，因为做这个行当，必须有"眼"，据说是"道眼为上，法眼次之"。所谓"道眼"，能凭目力之巧，直接察看山河形势；而"法眼"则须以天星、河图、紫微等法，来判断地理的吉凶生死。有时候在地下洞窟内部，反而比起在深山密林里更得施展其所长。但缅北这地方，多是地脉纠结之处，即便是当年的金点祖师在世，到野人山里一看也得发蒙。所谓山凶水恶，形势剥乱，没有章法可寻，当地的风俗是人死之后，不能直接下葬，而是要先暴尸数月，等到皮肉腐烂尽了，只剩枯骨，这才装入坛中埋到地下，那就是为了防止死者接了地气变作僵尸。所以玉飞燕那身本事，在野人山裂谷未必能够施展，但限于形势，她刚才所说的计划，也是万般无奈之下的唯一明智选择。

于是众人调整行动方案，要首先接近裂谷内侧的岩壁，他们判断一下大致方位，推测置身之处距离洞窟南端最近，就从黄金蜘蛛城处掉头折返，摸着黑探路向南走。野人山巨型裂谷最深处的结构虽然并不复杂，但那些孢子植物，都大得异乎寻常，在高处形成了近似茧的植被，如果从剖面上看，大概是个 H 形的结构，中间横着生长的部分是"茧"，两侧则是深植于山体内部的根茎垂入地底，罩住了整座铸有四百万宝塔浮雕的古城。它们连为一体，牵一发而动全身，所以在地震炸弹爆炸后，化学落叶剂摧毁了形如蘑菇岩的茧，从而造成裂谷里的大片植物迅速死亡。如今这片腐朽阴晦的原始丛林，与枯萎的植物根脉纵横交错，沼泽塌陷的时候，更有大量淤泥和积水倾入地底，所以处处都是阻碍，使人难以快速行动。

那些上千年的古木，尽是盘根虬结的烛形老树，冠盖奇厚，层层叠叠地笼罩着水面，毫无生机的藤类植物残骸，如同一条条黑蟒般倒垂入淤泥积水里，形成了无数道厚重的帷幕，看起来一切都充满了怪异。虽然仍是凝翠幽绿，实际上早已彻底腐朽，感受不到一丝生命的迹象，气氛寂静而又压抑。

众人在如此恶劣的环境下，勉强走了一程，黑暗中深一脚浅一脚，也不知远近，只凭着指北针辨别方位，心里边正是七上八下的时候，泥沼中淤积的阴腐之气，也都逐渐在地底弥漫开来，而且这里湿度极高，枯树间薄雾缥缈，那雾也是雨，雨也是雾，钻进鼻子里呛得人脑浆子都疼。探险队携带的防毒面具早都失落了，好在缅共人民军配发有一条用灌木树皮织就的围巾，布质清凉柔韧，能避瘴疠之气，当地土语称为水布。根据使用方式不同，可以有许多种辅助用途，是在丛林里行军打仗的必备之物。平时就绑在脖子上，进入丛林的时候扎在颈中，能够防止蚊虫钻进衣服里。这时自然就派上用场了，司马灰三人都取出来蒙住了口鼻。

玉飞燕也想效法施为，但她身边没有水布，只好找了块围巾蒙了面，可仍然觉得难以忍耐，她皱着眉头看了看手腕上的表盘，空气测量仪的精确读数显示——一氧化碳含量为零点五，甲烷浓度低于百分之一，这才稍稍放心，可随即发现指数忽高忽低，不知在何时起就已失灵了。

玉飞燕急忙再看指北针，发现也是如此。相传地底有大磁山，所以普天下悬浮之铁，都会自然指南，上古时代黄帝凭借此理造出指南车，才在浓雾中大破蚩尤。而探险队使用的是指北针，它的指针指向"北"或"N"，是为磁北方向，与真北方向有一个偏差角度，可以计算出磁偏角的数差，定向更为精确。但这野人山裂谷里，似乎存在着某种强烈磁场，指北针肯定受到了干扰，才会失去作用。她停下脚步对众人说："这地下裂谷里一片漆黑，而且雾气越来越重，如果针迷舵失，没有了参照物作为指引，咱们可就真成睁眼瞎了。"

玉飞燕背着的电台始终未曾失落，为了确定是否存在磁场干扰，就让阿脆将战术无线电打开，只听一片刺啦刺啦的嗡鸣噪音里，竟传出断断续续的人语，声音极是模糊，也听不清说些什么。阿脆吓了一跳，险些将对讲机扔在地上："闹鬼了，这里怎么会收到电波通讯？"

众人相顾骇然，都不约而同地戒备起来，阿脆定了定神，重新搜索调整频率，无线电里的声音逐渐清晰起来。她听了一阵，低声道："对方说的好像是个方位坐标！"她除了家传的医术之外，也非常具有语言天赋，刚到缅甸不久，便被调到缅共东北军区特别任务连，接受过专门的密电培训，各种调辐、调频的无线电半导体报话机无不通熟，也懂得看军用地图，这种简易坐标自是不在话下，忙暗中记下，随即又听那部战术无线电台里，隐约传来一段话语："我在……蛇里……"可以确认是明码呼叫，并且在一遍又一遍地重复发送。

　　司马灰对阿脆点点头，示意她作出回应，问清对方的身份。阿脆依言行事，可那段电波随即陷入了静默，然后以一段无法解读的奇怪代码作为答复："A……A……D。"

第三话

钢　盔

黑暗深处传来的通信在发出"A……A……D"代码后，就此中断了联络。玉飞燕奇道："那是……什么意思？AAD是谁？"司马灰说："可能是个加密的呼叫代号或暗语，军队里才会用，咱们不可能知道。"阿脆竭力搜索着脑中记忆："我好像……在哪听过这段代码，可怎么也想不起来了……"

这片深髓幽暗的地下洞窟里，空气湿度很高，到处都是模糊朦胧，地形特殊，完全与外界隔绝，根本无从推测这段电波来自何处。因为失踪在野人山巨型裂谷中的人员实在是太多了，有可能是某支探险队的幸存者，也有可能是那个幽灵般的绿色坟墓。一时间谁也吃不准是吉是凶，但都觉得这事来得邪性，可能有诈，不敢轻信，而且也难解其意："在蛇里？难不成是被蟒蛇吞了的死者，在跟咱们联络？"

司马灰说这事有点邪门，应该正常使用的仪器全部失灵，本不该接到电波的战术无线电却意外收到通讯信号，会不会和野人山里出现的浓雾有关？指北针的方位完全混乱，咱们也没办法按照通讯里提供的方位去察看究竟。

众人正在商议对策，一旁哨戒的罗大舌头忽然发现，在远处的漆黑中，亮起一盏忽明忽暗的灯光，他赶紧提醒司马灰等人注意。司马灰凝目一望，不是鬼火，似乎是什么人用手遮挡信号灯，发出的灯光通信，待要仔细辨别，那信号灯闪烁的光亮却已消失不见了。

罗大舌头却不在乎，他自打进山以来，早就憋了一肚子火，愤然说："妈了个巴子的，是哪个鳖犊子在那作怪？老子非看看你是人是鬼不可。"说着话端起大口径猎枪，寻着发出灯光通信方向往前搜寻。司马灰也招呼阿脆和玉飞燕，让她们随后跟上，要看看那边到底是怎么回事。

　　四人壮着胆子，布成散兵线，呈扇形往前搜索，然而四周都是一片漆黑，眼看山重水复，也不由得放慢了脚步。

　　阿脆低声问司马灰，一直躲在暗处窥视众人的绿色坟墓，也不知道是人是鬼，抑或是什么怪物，可自从地震炸弹被引爆之后，它就再也没有出现过，刚才的通讯和信号灯都来得好生诡异，会不会是它发出的？

　　司马灰也认为在蚊式特种运输机里的时候，绿色坟墓应该就隐藏在探险队的几个幸存者当中，因为当时情况十分特殊，机舱内犹如一间密室，若非近在咫尺，绝不可能对机舱里发生的事情了如指掌。如果刚才的信号与之有关，那就绝不可信，多半是要将见过黄金蜘蛛城的幸存者引入死路灭口。而且司马灰还推测，现在这个幽灵般的尾随者，肯定还躲在某个死角里，只不过一直找不到机会，还没办法将它揪出来。

　　阿脆反复琢磨着司马灰的话："你先前也曾说过人的心理上存在着死角，那是个什么样的盲区呢？"

　　司马灰说既然是心理上的死角，就是以正常思路绝难想象的范畴，所以咱们现在胡猜乱想也没任何意义。当年在湖南湘西，发生过一件很蹊跷的命案，湘西那地方自古就是山多、洞多、匪多、枪多，山贼土匪多如牛毛，路上行走的客商，孤身坐在山里边歇个脚，都会被人从背后放倒，用刀子割了头去。那时有家布客，掌柜的布商独自去外地办货，家里不放心，算着临近回来的日子，就派管家带了两个伙计，去数十里外的小镇上相迎。那镇子地僻山深，周围土匪也多，却是回城的必经之地，镇中只有一个大车店，没单间，全都是二十几人一间房的对头通铺。管家来得时候也巧了，他到了客店一打听，得知东主昨天晚上就宿在店内，眼看日头出得老高了，早该出来结店钱了，可眼瞅着从客房里鱼贯出来十八个人，唯独不见布商的身影。管家到房中一看，四壁全是空的，哪里还有人在，他暗觉事情不对，急忙去找大车店的店主核实，一查房册，白纸黑字写的分明，昨夜住在房中的是一十九人，可光天化日，众目睽睽，怎会无端少了一个大活人？管家情急之下，拼命拦住了正要出门的那些客人，说我们东家昨夜明明住在店里，怎就生不见人死不见尸的下落不明了？难保这店是家黑店，暗中谋害过往客商的性命财物。当时街上有采访局侦缉队巡逻，见闹得动静不小，就将店里的人全抓回去严加审讯。本来采访局只想趁乱敲点钱财，不料一搜那十八个与布商同住一室的客人，竟发现每人都带着一包人肉。刑讯威逼之下，那些客人只有招供认罪，交代了案情经过。原来这十八人都是土匪，在路上见布商行囊饱满，就想在僻静处劫杀了谋他一注财帛，但尾随了一路，始终没找到机会下手。最后跟到镇中，土匪们都假作互不相识的，买通了店伙，与那布商共宿一室。入夜后待那布商睡熟，就用被子将其兜头盖住，把人活活闷死，然后乱刃分尸，切成一十八块，又都用石灰和油布裹了，不见半点血迹。每人一块分别带在身上，打算离开客店后，扔在山里喂了鸟兽，那就绝对不留任何痕迹了。可大概也是因为杀得人多，到头来怨魂缠腿，这伙土匪还没来得及离开客栈，却被布商家里管事的一闹，使得这案子败露了出来，都让官府五花大绑地捆了，送到省城里游街砍头示众。这件碎尸案在当时的社会上震动不小，在法场上围观用刑的百姓人山人海，真是好不热闹。

司马灰对阿脆说，绿林海底称杀人为推牛子，这些土匪正是利用了人们心理上的死角，途中盯上过往的行商之后，便在客栈里杀其身、解其体，以石灰掩埋，使血水不溢，分携其肉，藏带于身，所以住店的有十九人，出来却是十八人，在市镇街心里杀人越货也能丝毫不露踪迹，要不是事出凑巧，谁能识得破这路歹人推牛子的手段？

阿脆若有所悟，大概隐藏在探险队幸存者当中的绿色坟墓，也有些非常手段，才会在众人眼皮子底下出没无形，未必真是幽灵。

这时走在最前边搜索的罗大舌头，发现身边的藤类残骸里，似乎藏有些什么东西。那些密密层层的地下植物，规模之巨，形态之异，早已经远远超出了任何辞书中的定义，可称世间罕有，地面凹凸起伏的古树根脉，犹如月球表面一样荒凉和贫瘠，绝无生机可言。然而几株老树之间，趴卧着黑漆漆一件物事，体积很大，看起来与周围的环境极不相衬，也不像是倒塌的古树躯干。罗大舌头举着猎枪一戳，铿锵有声，如触铁皮，他大为奇怪："沉埋地下千百年的原始森林中，怎会凭空冒出这么个东西？"急忙回头招呼其余三人跟上来看个究竟。

司马灰闻讯立刻向前紧赶了几步，他提着的探照灯光束在跑动中一晃，就见罗大舌头身旁的树丛里蹲着个黑影，那黑影脑袋上戴着个美式M1钢盔，正从地下挣扎着爬起身来，钢盔下似乎是张极其苍白的脸孔。

司马灰无意中看这一眼不打紧，顿觉阴风彻骨，着实吃了一惊，他跑得又快，收脚不住，险些撞在树上。要说司马灰怕鬼吗？他是从战场上死人堆里爬出来的，南下从戎以来，日复一日在深山老林里行军作战，要是胆子稍微小点，神经也早该崩溃了，但一个人的胆量再怎么大，总会有些弱点存在，此时他一看那顶 M1 钢盔，真就觉得从骨子里边犯憷。

原来缅北局势非常复杂，在非军控地区，各种武装团伙占据的地盘犬牙交错，这里面有几支队伍，是在解放战争时期，从中国境内溃逃到缅甸的国民党部队，缅共人民军称其为蒋残匪。这些人格外抱团，又擅长钻山越岭，而且都是老兵油子，作战经验非常丰富，枪头子极准，对外软硬不吃，甭管你是缅共人民军还是政府军，谁从他的跟前过就打谁，平时盘踞在深山里自给自足，偶尔也当雇佣军捞些外快，一躲就是二十来年，形成了一股很特殊的武装力量。

缅共人民军里的中国人很多，绝大部分都是从云南过来的知青，普遍没接受过正规军事训练，有专业军事背景的人不多。主要是通过以老带新，一般只要能学会使用轻武器射击和拉弦扔手榴弹，就可以拿起武器上战场了。好在政府军部队的战斗力也始终强不到哪去，兄弟们凭着一腔血勇，倒也能跟对方打个势均力敌。如果是新入伍的运气不好，刚和敌人交火，就撞在枪口上死了，也没什么好说了，而那些个命大没死的人，则在战争中学习战争，仗打多了经验也就增多了。

别看司马灰还很年轻，他在缅甸打了好几年仗，也算是个老兵了，只听炮弹破空的声音，就知道会不会落在自己头上，再比如说在丛林里遇到伏击了，打了半天也许都看不到敌人的影子，但一听对方手中武器的射击声，大致上就能判断出遇上了哪股武装：政府军的枪好，炮也好，打起来都是盲目的扫射，没什么准头，战斗力也不强；而蒋残匪人数不多，基本上没有炮，枪支也普遍是老式的，射击方式多是运用点射，尤其擅长躲在暗处打冷枪，而且命中率奇高，只要是对方枪声一响，自己这边肯定会被撂倒一个。

那时候兄弟们很纳闷："想当年百万雄师过大江，兵锋过处，所向披靡，打起国民党部队来就跟秋风扫落叶似的，敌人好像根本不堪一击，怎么这伙残兵败将到了缅甸竟变得这么厉害了？"这个问题他们直到现在也没想明白，但吃亏吃多了，也能丰富作战经验，最后终于总结出一条经验："不撞见蒋残匪也就罢了，撞上了必会死伤惨重，半点便宜也捞不着，根本不是人家的对手。"那真是打骨子里边憷上了。

在司马灰的印象中，至今还活跃在缅甸的各方武装人员，几乎没人佩戴真正的美式 M1 钢盔，这种头盔近年来只有蒋残匪还戴着，不过也很少有货真价实的，大多是仿美国造的中正式，样子差不多，猛地一看，很难区分。

所以司马灰第一反应就以为是："怕什么来什么，在野人山里遇着蒋残匪了。"他不由分说，趁着前扑之势，抢起猎刀就劈，正剁在那黑影的脖子上，可刀锋所及，却似斩到了一根藤萝，而那顶钢盔，也随即滚落在地。

司马灰定睛一看，见枯树躯干上隆起一团形似绒藜的白色植物，模样奇形怪状，恰好长在那顶美式 M1 钢盔底下，司马灰看得分明，暗道一声惭愧，竟被这东西唬个半死。

这时阿脆和玉飞燕都从后边跟了上来，二人将司马灰从地上拽起来，并捡起那顶钢盔来看了看，同样备感诧异："这东西是从哪来的？"司马灰接过来一看："不是中正式，这可是真正的 M1。"司马灰想起阿脆头上伤势不轻，在完全封闭的空间里，这顶钢盔依然簇新，没有半点锈迹，就掸去里面的泥土，擦干净给她扣在了脑袋上。

阿脆见着美军的 M1 钢盔，突然想起了一件事情，她立刻翻出 Karaweik 祖父留下的日记本，对司马灰指着其中一行道："战术无线电台通讯中出现的暗语 AAD，是第六独立工程作战团的通讯代号！"

司马灰一看果然如此，然而更令人吃惊的事还在后边，罗大舌头让众人看他在树丛里发现的东西，那竟是一辆自重三四吨，载重量在六七吨左右的美国道奇式十轱辘大卡车。这种美国产的老式军用运输卡车，在缅甸山区比较常见，当年经史迪威公路沿线，有很多车辆翻落进山谷绝壑，或是被地雷火炮炸毁，至今也无法统计出准确的损失数字。

让司马灰等人感到万难理解的并不是这辆卡车，如果以古占人建造四百万宝塔之城的年代推算，这片地下森林少说也有上千年不见天日了，怎么会冒出来一辆第二次世界大战时期的老式卡车？

众人掰着手指算了算，现在是 1974 年夏季，盟军在缅甸进行大规模作战，则是 1941 以后的事，这当中的时间，相距不过是短短三十几年。当然很可能在这二三十年中，曾有人机缘巧合，闯进入过野人山巨型裂谷，如果把思路放宽点，倒也可以理解。

可是这片地下森林中的参天老树，大都异常高耸粗硕，枝干起伏虬结，蜿蜒盘亘。枯木间藤蔓密布，天罗地网一般的笼罩在周围。人在其中走动都感觉无比吃力，几乎是寸步难行，更别说将一辆全重近十吨的大型卡车开进来了。

众人随即发现，这辆道奇式卡车后面数米远的地方，还停着另外一辆道奇卡车，沿途找过去，丛林残骸中的十轮辘美国造竟是一辆接着一辆，不见尽头。

第四话
千年一遇的瞬间

罗大海挠着头说："怪事，刚才的光亮就是出现在这附近，难道还有幸存者？可周围连个鬼影也没有，这些十轱辘美国造究竟是打哪开进来的？"

司马灰说："别他妈管那么多了，先看看车里有没有吃的，要是有罐头，说不定还没变质，能带的全带上。"

二人说话间就已手足并用攀上其中一辆卡车，揭开帆布一看，才发现里面根本没有食物，只有两门带有支架和底盘的迫击炮，其余的都是弹药箱，还有少量反步兵地雷和燃烧弹。

缅北地区多年以来战事不断，不同型号和产地的武器弹药，几乎遍地都是，随处可见。比如生活在偏僻山区的人，也许一辈子没见过肥皂和牙膏之类的普通日用品，但你要说各种地雷，什么反步兵的、炸装甲车的、美国产的、日本造的，他都能给你说得头头是道。

玉飞燕却不认识这些老掉牙的武器，她看那迫击炮的筒子粗得吓人，以前也没见过，就问司马灰他们："这是什么炮？"

司马灰看到车里的地雷，就立刻想起自己那些被炸掉腿的战友，忽然听玉飞燕问起，便心不在焉地应道："这是老美的107毫米化学迫击炮，高爆弹、烟幕弹、白磷弹都能打，尤其是那种白磷燃烧弹，一烧就是一大片，着起来哗哗带响，有一回我就差点被这玩意儿烧死。"说完他又跳下车，从前边破损的车窗里钻进驾驶室，那里边灰网密布，空空如也，连张多余的纸片都没有。

众人先后察看了几部军用运卡车，全都无法发动，看里面散落的物资也是大同小异，多是些军需品，但是没有枪支，也没发现附近散落着任何驾驶员的尸骨。仿佛整个车队都是从天上凭空掉下来的。

四人你看看我，我看看你，脑子里不约而同地出现了一个念头："这里是幽灵公路 206 隧道的尽头？"

美军第六独立作战工程团，利用第一次英缅战争时期留下的隧道旧址，将幽灵公路 B 线修到野人山大裂谷附近时，从塌方的隧道中涌出浓雾，造成许多人员失踪，因而被迫废弃，撤退的时候也把隧道炸毁了，怎么又有运输车队进入到这个裂谷的最深处？另外那些十轱辘美国造上标记模糊，也难以断言就是军方车队。

众人即便想破了脑袋，也想不出这支十轱辘美国造运输车队，为何会出现在野人山大裂谷的地下丛林里，这支失踪的部队当时究竟遭遇了什么？难道冥冥之中，真有死神张开了怀抱？

罗大舌头胡乱揣测道："要是咱们先前看到的信号，真是这些失踪人员所发，这地方可就是'闹鬼'了。"

玉飞燕很忌讳"谈鬼"，斥道："你这土包子只知道闹鬼，倘若真是闹鬼，事情也就简单得多了。俗传'鬼惧火药，置枪击之，则形影俱灭'。咱们都带着枪，怎么会遇到？所谓'六合之外，存而不论'，依我之见，诸如什么重力异常、幻视错觉、磁场效应、四维交错、黑暗物质、飞碟作用、失重现象之类的可能性都存在。"

罗大舌头正待反唇相讥，却听司马灰对玉飞燕说："其实你这也是没见识的话，你说的那些乱七八糟的神秘现象，到现在还没有任何一个能被世人解释或证实，和鬼怪作祟又有什么区别？"

这时阿脆招呼他们说："你们别争了，来看看这是怎么回事。"原来那些十轱辘美国造的附近，矗立着几座石料堆砌成的建筑，砖石奇大，表面都呈幽暗的黛青色，也有石人石兽，似乎是座千年前沉入地底的寺庙宫殿，树藤遮掩下的庙墙甬道隐隐可见，虽然在黑暗里看不到远处，但仅从那些雕镂精湛的残痕中，也足能感受到这片城墟的规模浩大和神秘。

阿脆举着探照灯，让众人仔细打量那些墙壁，不知从何时起，砖石缝隙间渗透出薄薄一层绒藜状的植物，在毫无生机的地下丛林残骸中，竟然会出现生命的迹象，不禁使人惊得张大了嘴，好半天也没合拢。

沉睡在地下长达千年之久的宫殿和寺庙，虽然早已被时间抚摸得苍老，并且让丝丝缕缕的绒藜状植物拥抱缠绕，使砖石缝隙间剥落得裂痕斑斓，但是却依旧沉静安详，古朴圆融，默然无声地述说着早已坍塌了的辉煌。可它所传达出的无穷信息，就仿佛是一本厚重离奇的古籍，司马灰等人只是无意间浅浅翻阅了残破不全的扉页，又哪里能够参透其中包含的巨大谜团。

司马灰心中打鼓，又仔细在附近看了看，发现周围的枯藤残骸里，也都生出了一层绒藜。原始森林里常有千年老树枯死之后，其躯干死而复生，再次生出花木的现象。可在野人山裂谷的最深处，这个终年不见天日的地下深渊里，大量出现这种情况实属反常。

状似绒藜的植物生长速度惊人，就与此前那顶 M1 钢盔下所见到的一样，眼看着就结成匐子形，大如海碗，里面裹着密集的触须，显得妖艳奇异，仿佛是个有血有肉的生物一般。

司马灰看得稀奇，试探着用手一碰，指间便有缕缕白雾流淌，怎么看都不像是地底生长的菌类孢子，他连忙扯下蒙面的水布，凑近嗅了嗅气息，心中惊诧之状难以言喻："难道我们身边的时间，都凝固不动了？"

其余三人看司马灰好像是识得这些特殊植物，就出言询问，让他说明情况。

司马灰仔细观察了附近滋生蔓延的植物，觉得很有必要向不明真相的群众解释清楚："这些形态酷似绒藜的植物极不寻常，其根茎虽然犹如肉质，却不像是出现在地底的普通菌类。你距离它远了，就无色无味，如果近在咫尺，则会感觉浊不可耐。从中生长出的叶子和触须一碰就碎，仿佛有形无质，外形近乎雾状蒲公英。按照相物之说，这东西根如菌、叶如蒲、苗芽怒生，无异于仙树灵根。野人山大裂谷的最深处死气沉重，毫无生机可言，居然出现这类特殊植物，难道就不反常吗？"

玉飞燕说："缅甸山区的原始丛林有上亿年进化史，这里的植物千奇百怪，目前人类所知所识，也不过十之一二。即便这地底有些特殊物种存在，又有什么稀奇？"

司马灰说："可没那么简单，据我所知，只有古西域僧迦罗深山洞窟里生长的忧昙婆罗才会具备这些特征，是种非常古老的植物。"

玉飞燕闻言很是吃惊，僧迦罗是狮子国斯里兰卡最古老的称谓，那里生长着忧昙婆罗？佛典《南无妙法莲华心经》里倒是记载着三千年开放一次的忧昙婆罗，成语"昙花一现"就是从此而来。相传忧昙婆罗，千年一现，霎时间枯萎，世间当真有这种不可思议的植物存在吗？

司马灰说："僧迦罗具体在哪我不清楚，佛经里记载的忧昙婆罗，也只是一种隐喻，它是否存在，至今众说纷纭，尚无定论，不过最接近其原形的植物，大概就是古西域地下生长的'视肉'，后世也有人将其称为忧昙婆罗。此物可以附身在枯木砖石上存活，多是腐朽阴晦之气沉积千年而成，它近似由无数细微小虫聚集而成的菌类，生命极其短暂，眨眼的工夫就会消逝无踪。"

司马灰所知所识虽然仅限于此，但是观其形而知其性，他猜测十有八九，野人山裂谷里生长的地底植物，就是古籍所载的忧昙婆罗，眼前所见，大概是几千年才能出现一次的短暂瞬间。

罗大舌头在旁听得好奇，插言道："这人一辈子，只不过匆匆忙忙活个几十年，可这些地底植物一千年才出现一次，怎么就让咱们给赶上了？这是不是说明太走运了？莫非是咱们善事做得太多，感天动地，连菩萨都开眼了？"

司马灰并不认同："罗大舌头你就甭做梦了，常言道得好'天地虽宽，从不长无根之草；佛门广大，也不度无善之人'，咱们几个人可都不是什么善男信女，凭什么指望菩萨开眼？在地底深渊里见到这千年一遇的忧昙婆罗，可能不会是什么好征兆，因为忧昙婆罗的生灭往往只在瞬息之间，根本不可能存活这么久，这是肉体凡胎的活人能见到的情形吗？只怕其中有些古怪，我估计咱们很快就要面临更大的麻烦了。"

罗大舌头点头道："原来如此，我就说菩萨也不可能吃饱了撑的嘛。不过听你这么说，我倒踏实多了，咱从小没受过待见，偶尔走回运，还真他妈有点不习惯。"

司马灰顾不上跟罗大舌头多说，他为众人分析目前面临的状况，既然确认了忧昙婆罗的存在，也能由此推测出这个地下洞窟的部分情况。虽说忧昙婆罗每隔几百甚至数千年，才会出现短短的一瞬，但野人山裂谷里的忧昙婆罗体型硕大，远远超出了人们所能想象的范畴，而且无休无止地生长蔓延，其根脉可达千仞，覆盖了整个深渊般的洞窟，简直是个怪物。

第五话
不是谜底的谜底

奇株忧昙婆罗伸展出的无数根脉，与整个野人山巨型裂谷，包括千年前沉入地底的寺庙宫殿，以及阿奴迦耶王建造的四百万宝塔城，几乎融为了一体。沼泽下的那层茧，其实就是忧昙婆罗结出的果实，化学落叶剂虽然破坏了这株植物，但其分布在山体内的根脉既深且广，没有被彻底摧毁，而且复原速度惊人。

阿脆也曾听缅甸寺庙里的一位老僧说起过忧昙婆罗，不仅是古印度和斯里兰卡有这种奇异的植物，在印尼婆罗洲与苏门答腊岛附近也有它的踪迹，但从古到今，还真没听说谁有如此罕见罕逢的机缘，亲眼看到过绽放的忧昙婆罗，所见多是腐朽枯化了千百年的根茎，没有任何生命迹象。她此刻看那酷似绒藜垫子般的植物越长越大，从中流淌出丝丝缕缕的薄雾，在空中萦绕不散，而附近的雾气又加重了几分，才知道野人山裂谷中神秘的浓雾，根源正是来自于深埋地底的忧昙婆罗。

司马灰之所以识得忧昙婆罗，还是他跟"文武先生"学艺时，看过晋代张华所著的奇书《博物志》，那里面遍述奇境异物，包罗万象，记载着许多古怪的草木鱼虫，可惜这部古籍没有完整的流传下来，后世所存不过十之一二，其中就有一段涉及忧昙婆罗的相关记载。不过晋武帝那时候，中土还不用忧昙婆罗之名，按照古称该是视肉，又唤作冥根。

但不管是寺庙里的老僧，还是在《博物志》里记载这些奇异植物的张华，可能他们也都不知道是从哪听来一耳朵，未必亲眼见过实物，所以描述得并不详细，若不是司马灰等人到得野人山裂谷绝深之处，也无从得知地底的茫茫迷雾，竟会是忧昙婆罗所生。

眼下可以确认的情况，是这株巨大的忧昙婆罗至少有两个弱点，第一它可以被特殊的化学落叶剂摧毁；其次是惧水，热带风团"浮屠"带来的暴雨，使裂谷上层的忧昙婆罗消失殆尽，所以司马灰等人进入沼泽寻找蚊式特种运输机的时候，没有遭遇意外。沼泽坍塌之后，泥水涌入地底，使黄金蜘蛛城附近的浓雾也被驱散。但此刻化学落叶剂效力已到极限，隐藏在裂谷底部的忧昙婆罗又逐渐复苏，遮蔽了从高处散落下来的雨雾，若非沼泽中的泥水和湿气沉积到此，这些地底植物的生长速度还会更快。

留给探险队四个幸存者逃生的空间和时间，都已所剩无几。

另外一支英国探险队，落入裂谷后利用强光探照灯照明，结果从地底引出了一个巨大的生命体，并遭受攻击；还有那些出现在丛林中的十轱辘美国造运输车队，这些匪夷所思的恐怖事件，仿佛都与野人山裂谷中的迷雾有关。

虽然众人知道了雾气的根源是那株古老的忧昙婆罗，但却是知其然，而不知其所以然。通过接触，他们很快发现那些雾状植物，除了气味有些怪异，却并不会对人体构成直接威胁，所以相信雾中一定还有别的东西存在，等雾气将这里彻底覆盖之际，就是它出现的时候。

众人商量了几句，都觉得没有可行之策，心中愈发绝望，这时要想从野人山裂谷里逃出生天，除非再找来一枚装有化学落叶剂的地震炸弹。

司马灰说现在必须要沉着冷静，四周黑茫茫的往外乱走只会自投死路，绝不能轻举妄动。你们琢磨琢磨，这地底生长的忧昙婆罗极其惧水，一旦接触雨水就会消失无踪，而"浮屠"带来的狂风暴雨，使山里洪水大涨，沟满壕平。既然水路才是进入裂谷最为安全的途径，但为什么英国人要冒死驾机从空中进来，莫非以他们的装备和经验找不到地下水脉吗？

玉飞燕想了想说："这座裂谷是旱山深裂地形，外部的水脉不通谷底，另外英国人肯定知道野人山丛林里的各条水系，都寄生着大量柬埔寨食人水蛭，这种致命的威胁殊难防范，因此才会被迫铤而走险。"

司马灰点头说："也该着是他们那伙人倒霉，好在咱们侥幸躲过了这一劫，而且体内血气不足，再走水路也不会引来柬埔寨食人水蛭。所以现在应该明确行动目标，尽可能去寻找有地下水的区域，不管是暗河还是伏流，只要找到了水源，才能避开浓雾。"

罗大舌头赞同道："看来还是你小子诡计多端，我是没长那弯弯肠子，吃不了镰刀头子。"

玉飞燕也觉得此计可行，就算在水里碰上柬埔寨食人水蛭，毕竟此前有了应对的经验，总强似被迷雾里出没的可怕生物吞噬了。不过说着容易，做起来却难，眼看四周雾气渐生，到哪里才能找到伏流？

司马灰抓紧时间说明计划："如果在指北针失去作用的情况下，贸然进入雾中，那就再也别想走出去了。我看这片地下丛林，以及占婆古国的宫殿寺庙，本来都是存在于山体表面，千百年前受地下水脉陷落的影响，才沉入了野人山巨型裂谷的最底部。咱们脚下很可能就有伏流或水洞，正所谓人往高处走，水往低处流……"他说话的同时，提着探照灯环视左右，见脚下淤积的泥水都在缓缓向着一个方向流动，看来最低处肯定有向下渗水的区域。

众人寻着踪迹望去，光圈着落的地方，正是那片遗世独立的断壁残垣，在树藤残骸的笼罩下，隐约可见高耸的石像和古塔，形态古朴离奇。这些由砖石和植物构成的废墟，犹如是一座没有尽头的迷宫，沉默地将无数秘密深锁在黑暗之中，司马灰手中那具探照灯微弱的照明距离与之相比，简直渺小得近乎悲壮。

眼看外围的迷雾越来越浓，司马灰等人别无出路，见有积水有缓慢流动的迹象，只好决定孤注一掷，冒险进去寻找地下伏流的入口。众人正要动身，罗大舌头手里的探照灯忽然熄灭了，他使劲用手敲击灯头，微弱的光圈终于又半死不活地亮了起来，看来电池已经快要耗尽了。

司马灰这才意识到，比起有限的时间和空间，他们逃生的最大障碍，竟是装备的过度消耗和损失。从英国探险队那架运输机里找到的弹药、食品、电池，大部分都在沼泽塌陷时遗失了，如今四人身边，仅剩下半包防水火柴和两支化学信号棒，探照灯和聚光手电筒都已经彻底没有可供替换的能源了，虽然还有一盏应急的宿营灯，但在如此阴暗潮湿的地下空间里，除了以卤钨作为发光源的手提探照灯和信号烛之外，其余的电气光源几乎毫无作用。

司马灰深知如果没有充足的光源照明，想摸着黑从这地底深渊里逃出去谈何容易，但事到如今，根本计较不得许多，只有走一步看一步了。

四人又重新分配了仅存的武器，所幸枪不离手，散落丢失的情况相对有限，罗大舌头的大口径四管猎象枪仍在，阿脆有支托卡列夫 TT30 手枪可以防身，她始终背在身上的急救箱也没有失落。而玉飞燕先前曾将自己备用的勃郎宁 HP-35 给了司马灰，她后来又在英国探险队的机舱里找了另外一支苏制手枪，此刻见司马灰手中只有一柄猎刀，就再次将手枪和弹药递给他，并嘱咐道："只有两个后备弹匣，省着用。"

司马灰接在手中一看，并不陌生，那是支苏联制造的斯捷奇金式冲锋手枪，枪身整体采用全钢结构，没有安装木制肩托，作为手枪来讲它比较笨重，但同时也拥有双动扳机、装填二十发9×18mm弹药的双排双进大容量弹匣。另外苏联武器的最显著优点就是能适应各种恶劣环境，不论是酷寒还是湿热泥泞，都可以随时击发，绝对好过继续使用自己手中的冷兵器，于是对玉飞燕点了点头表示谢意。

司马灰又从道奇卡车上，找出几枚投掷式的白磷手榴弹，分发给其余三人带在身边。这东西燃烧时能产生大量浓烟，但在紧要关头也能利用弹体内的燃料剂提供短时照明。为了节省电池的消耗，众人仅使用一具探照灯取亮，顾不得脚下泥泞，拨开前边拦路的枯藤，向着残墙断壁的废墟深处走去。在探照灯不住晃动的光束下，浮现出一尊尊高大的巨人石俑，虽然倒塌损毁得非常严重，却仍是规模浩壮，超乎想象，仿佛是无数拱卫着古老帝国秘密的武士。它们的面部表情十分逼真，可千篇一律，没有任何分别，全是神态肃穆，显得冷漠而又茫然，使人感觉到似乎有种诡秘的力量隐藏在暗处，正在通过石像之眼冷冷地注视着一切。

现代科学虽然日益昌明，可是在人类的内心深处，却始终摆脱不了对黑暗的惶恐与畏惧。也许是因为只有深邃的黑暗，才是这个宇宙中永恒的存在，又或许是黑暗中实在有太多人类无法认知的东西。就如同眼前这片掩埋在丛林残骸中的石殿废墟，谁都无法提前预知，在那死亡一般的寂静背后，究竟有些什么。

司马灰等人看了四周的情形，都因未知而觉得有些毛骨悚然，难免想问："这到底是个什么地方？"

罗大舌头充明白说："我看这是个古时候的中央机关，大概就是最高领导人早晨宣布'诸位爱卿，有事出班早奏，无事卷帘朝散'的那种地方，他们管那叫什么来着？"

司马灰看附近的石俑一个个都是神头鬼脸，就对罗大舌头说："你的意思是金銮殿？我却觉得这里像是一座寺庙。"

玉飞燕说虽然黄金蜘蛛城的记载在历史中近乎空白，但占婆王朝的后裔至今还有，当年的宫殿都城遗址是在现今老挝与北越交界处，离此甚远。另外缅甸的神佛宗教多起源于古印度，石墙上到处都有吠陀①色彩浓重的雕刻，所以应该是座古寺或神庙。咱们进入野人山大裂谷之前，看到许多被破坏损毁的占婆遗迹，面目早已模糊难辨，可这座随着黄金蜘蛛城沉入地底的古寺，反倒保存得比较完整。

司马灰听了玉飞燕的话，心想，整个野人山裂谷的底部，都被一株巨大的忧昙婆罗所包裹，形势之奇异，实难教人以常理想象，真不愧是古寺花木深，但愿它也能有曲径通幽处。如果不能尽快找到地下伏流，就得困死在地底做了活俑。他心里虽是焦急，但地形崎岖，而且众人体力也已透支，唯有勉强支撑，所以行动极是缓慢。

这时就见前边有座墙基塌了半壁的石塔，斜倚着砸在一片粗如梁栋的枯树藤上。由于塔身斜卧，从它侧面绕行的时候，就可以看到古塔整体的形状，连同那一面面精湛的镂刻浮雕也尽收眼前。

那些遍布塔身的浮雕，与古城墙壁上的十分近似，同样有蟒蛇盘伏缠绕，司马灰起先也没怎么在意，但此刻临到近前，觉得有些古怪，不过也说不清哪里不太对劲，就无意识地多看了几眼。

阿脆也从中看出一些端倪，她对司马灰等人说："这些蟒蛇很古怪，好像与平常的不太一样。"

司马灰随口应道："是有些不太一样，这么粗……是蟒还是蛇？"四周黑咕隆咚，盘在塔上的石蟒体型又长又粗，见尾见不到头，一时难以窥其全貌，于是他一边向前走，一边再次提灯照射。

其余三人紧跟在后看了一阵，心中都觉得有些异常。玉飞燕奇道："古塔与蟒蛇是占婆王朝宗教体系中的恐怖图腾，有死亡和毁灭之意，我以前经手过几件古物，其中就有这种标记，算不得十分罕见。但我怎么也觉得这地底的蟒蛇雕刻得有些奇怪，蛇身上……似乎多了些什么。"

罗大舌头奇道："蛇身上多了些什么？那岂不就是'画蛇添足'了。"他又问司马灰，"你说咱用这个词恰不恰当？"

司马灰沿着倒塌的石塔查看，听罗大舌头一问，心中不觉一动，以口

①吠陀：即《吠陀经》，分四卷，乃古印度宗教起源之经典，内容神秘繁杂，以叙事长诗为文体，记载着宇宙和众生的诞生、平衡、毁灭。印度教三大主神湿婆、梵天、毗湿奴的原形，皆出自其中。

问心道："画蛇添足？蛇生足……那就是四脚蛇了。野人山裂谷底部生存着许多蜥蜴，大概在古代就将这种四脚蛇视为真蛇，咱们很难用现代的人观念去揣测古人的真实意图……"说着话，他已走到石塔的尽头了，发现这座石塔形制奇特，周身浑圆，腹宽顶窄，内墙都被封死了，是座死塔，檐角雕有荆棘枝叶的古朴纹饰，盘在塔身上的蟒蛇也与古塔融为一体。怪躯在塔龛内外蜿蜒出没，半隐半现，似乎那古塔就是蟒蛇，蟒蛇就是古塔，难以拆分，最奇怪的是蟒蛇身两侧都雕有螺旋状的圆形短鳍，分成数对，绝不是俗称四脚蛇的草绿龙蜥。

罗大舌头还纳着闷："这可不止四条腿啊，我看六条八条也打不住，大概不是蟒蛇，而是条大蜈蚣……"

阿脆说："蜈蚣可不是这样的，这些侧鳍也不像脚，水里的生物才会有鳍，莫非是伊洛瓦底江中出没的八脚鲶鱼？"

司马灰听得众人议论，脑中早已翻来覆去转了八九个来回，他突然一语道破天机："我看这蟒蛇缠绕的古塔很可能是个暗号，正因为有它的存在，才会有人驾驶蚊式特种运输机冒死进入裂谷。"

第六话

浓　雾

众人一时没能反应过来，这座古塔竟和蚊式特种运输机有关？玉飞燕率先开口问道："你这话却是从何说起？"

司马灰说蟒蛇身上的不是短鳍，极有可能是种"翼"。一开始我也想不到此节，但从塔身的奇异形状和布满花木的浮雕图案上推测，这古塔的形状几乎与忧昙婆罗毫无两样，看来这些内外一体的死塔，似乎象征着地底出现的雾。而带有翼的怪蛇在塔中穿行，这不就是绘有黑蛇标记的蚊式特种运输机驶入雾中的情形吗？也许这仅仅是个巧合，但那位遇难的英国探险家威尔逊说得不错："对逻辑研究得越深，就越是应当珍惜巧合。"野人山里各种神秘而又恐怖的古老传说，都离不开蟒蛇与迷雾，死塔所象征的隐喻应该是"只有飞蛇才能进入雾中"——这是占婆王朝在千年之前留下的暗号。

玉飞燕等人初时听司马灰所言，都感到太过离奇，但听到后边，却也是合情合理，恐怕古时当真有这个暗号留传于世。

司马灰说这也只是自己一相情愿的臆测，好多紧要关节仍然想不通。死塔暗示着"只有飞蛇才能进入雾中"，这一点应该是不会错了，雇佣探险队进入野人山裂谷的绿色坟墓，不知出于什么原因，也掌握着这个秘密，所以才会布置利用蚊式装载地震炸弹的行动计划。但绿色坟墓大概也和咱们一样，只是见到了谜底，却不清楚这谜底的真正含义，因此那两架驶入裂谷内的蚊式特种运输机，先后遭遇了不测。

司马灰等人还记得在 Karaweik 发现的那卷录音带中，记录着一幕惨烈的灾难，搭乘黑蛇 II 号的英国探险队，在坠机后曾使用特制的强光探照灯，来察看雾中地形，不料却有一个巨大的生命体，受到灯光的吸引，从深渊般的裂谷底部迅速爬了上来，同时伴随着一阵阵犹如枯木断裂般的恐怖噪音，并且袭击了蚁式运输机里的人员。等司马灰和玉飞燕从绝壁攀下之时，裂谷内的浓雾已经被暴雨压制而降低，他们俩没在运输机里发现半个活人，甚至连尸体的碎片都没有见到，仿佛机舱里的人全都湮灭在了雾中。而当司马灰等人进入地下沼泽，找到二十几年前失踪的蚁式残骸时，在进入舱门的一刻，不曾被雨水驱散的迷雾仍然未散，浓雾里似乎有种难以阻挡的可怕力量，险些将司马灰拖入雾中，但当时并没有听到那刺耳的噪音，至今也说不清在那瞬息之间，究竟遇到了什么。

如今众人在古寺废墟的一座座死塔中，发现隐藏着"只有飞蛇才能进入雾中"的神秘暗号，这个谜底的真相难以判断。也许缠绕在塔身上的"飞蛇"，就是从浓雾中出现并且袭击英国探险队的"生命体"。忧昙婆罗产生的迷雾，与雾中栖息的怪物，正是封锁着黄金蜘蛛城最终秘密的两道大门。

众人根本无法想象，那身带短鳍的蟒蛇究竟是些什么，这世界上何曾有过能在雾中飞行的蟒蛇？中国古代传说中的龙倒是能够腾云驾雾，可那毕竟是想象出来的东西，谁亲眼见过？

玉飞燕对司马灰说："从死塔里钻出的怪蛇，身上至少有六七对短鳍，也未必是某种生物的原形。因为世间能振翅飞翔的生物，不论是昆虫、鸟类、蝙蝠，最多生有两对，也就是四只翅膀，这是它们进化的客观规律。"

司马灰说凡事没有绝对，此前谁能想到野人山裂谷绝深处，竟然生长着一株如此巨大的忧昙婆罗。它由生到灭，本该只在瞬息之间，但事态异常，自然法则和规律似乎都被扭曲了，也没准迷雾中当真有着超出人类认知范畴的东西存在。

说话这么会儿时间，身后的迷雾已浓得好似化不开来，阿脆提醒众人说："咱们必须立刻找个地方藏身，因为不管雾中究竟存在着什么，它随时都可能出现。"

司马灰也已听得远处的浓雾里，出现了那种破木门不住关合般吱吱嘎嘎的刺耳声响，而石缝树隙里生长的忧昙婆罗也在逐渐增多，他清楚剩余的逃生时间越来越少，不敢再多作停留，急忙招呼众人快走。

但是环境恶劣，地形复杂，东倒西塌的石墙石塔，树藤残骸纵横交错，又处在黑灯瞎火浓雾弥漫的环境下，只凭探照灯寻路，别说此刻时间紧迫，即便是正常情况下，在这片古寺宫殿的废墟里转上一两天，也不见得能找到地下伏流的入口。

司马灰在此前发现没膝的积水，有缓缓降低和流淌的趋势，又见古城和丛林整体沉入地底后保存完好，就寻思这附近大概是个桥拱般的地形，一千多年前坍塌的山体地层就是桥面，其下很可能还有些窟窿或缝隙，类似桥面底下的洞。在有水的区域，忧昙婆罗的生长就会受到限制，而没有这种地底植物，就不会出现浓雾，没有雾则意味着安全，所以他认为只有尽快找到地下洞的入口，即便其中没有伏流，至少也可以确保一段时间之内没有生命危险。

不料恶劣的环境限制了行进速度，而且茫茫雾气来得很快，司马灰见不是理会处，心知即便争分夺秒，也于事无补。他一看身边地形，恰是离一座石殿不远，殿墙前有一道石拱，内外通透，里面是具四面四手的神像，就将手一指，让众人先进去避避，随即当先闪身入内，可举着探照灯一扫，原来后面的殿墙早已塌了半壁，根本无法容人躲藏。

四人叫苦不迭，正要掉头出来，忽听拱墙上窸窣有声，司马灰将探照灯射在石壁中，就见头顶砖缝里钻出海碗般大的一丛忧昙婆罗，缕缕薄雾从中流出。这时一阵枯树般的动静在浓雾深处由远而近，还没等众人反应过来，就见突然有个极长的黑影，刷地一声从空中掠过。众人虽是目不转睛，却都没看清那是什么东西，它好像贴着墙皮，一晃就不见了，眼前所见的黑影仅是视觉残留，石壁上那片忧昙婆罗，已然破碎成一片雾气。说其快，箭射星流、风驰电掣都不足以形容，只能说是越影超光，人的眼睛几乎跟不上它的移动速度，那一阵嘎嘎作响的噪音也早已远在百十米开外了。

司马灰心中极是惊骇："这是雾里的怪物出现了，它可能是在掠食，移动起来快得几乎凌虚绝迹，可就算世间真有能飞的蟒蛇，也绝无如此之快。"

司马灰脑中这个念头还没转完，刚从头顶掠过的东西已在石殿里兜了个圈子，眨眼间飞撞到了身前。他连忙将手中手所持的探照灯抛开，想以此引开来敌，但那探照灯刚刚脱手，光亮仿佛遭受黑洞吞噬，立即熄灭在了半空。一旁的罗大舌头也感到了危险，当即扣下了平端着的大口径猎枪扳机，慌乱之际，没有准头，也不知道子弹射到哪里去了。

有道是"枪响治百病"，众人虽然早已筋疲力尽，走起路来两条腿都快拉不开栓了，可真要到了性命攸关的危急时刻，精神中蕴涵的潜能，往往可以在短时间内超出肉体承受的极限。司马灰察觉到不妙，立刻推开也置身在石拱里边的罗大舌头，同时借力向侧面扑倒。这个动作几乎与探照灯的熄灭、猎枪击发同时完成，随后才听到那具熄灭的探照灯掉落在地面的响声。虽是司马灰应变迅速，可还是慢了一步，罗大舌头闪避之际，就觉自己腰间一凉，像是被寒冰戳中，伸手一摸全是鲜血，这才感到疼得火烧火燎。

原来罗大舌头被雾中那快似闪电的东西在腰上撞了一下，竟给连衣服带皮肉刮去一块，创口呈弧形，极是齐整，顿时血流如注。

在后边的玉飞燕和阿脆二人，发现前边的探照灯突然熄灭，知道事情不好，当即投出两枚白磷手榴弹，这种拉环式手榴弹其实是种燃烧弹，燃烧之际虽会产生厚重的烟幕，但刹那间白光灼目，将四周映得一片雪亮。

玉飞燕立刻摘下行军水壶，把里面仅存的清水，都泼向石缝里生长的几丛忧昙婆罗，然后又去灌地下的积水，将殿门内外都淋遍了，使周围雾势稍减，耳听黑暗中迅速移动的噪音，虽然仍在附近徘徊游动，却不再接近雾气薄弱的石殿了。

司马灰和阿脆借着亮光看见罗大舌头倒在血泊之中，伤势着实不轻，忙抢上前去将他扶起。阿脆的急救包是从英国探险队的飞机里找到的，里面备有各种应急药品，其中有种止血用的凝固蛋白胶，可以黏合伤口，此刻不计多少，一股脑地全给罗大舌头用了，又拿绷带缠了几道，忙活了一阵，好歹止住了血。

罗大海脸色惨白，疼得脸上肌肉都在抽搐，他低头看了看伤处，强撑着说："这么点小伤，跟他妈挠痒痒似的……"心中却也后怕不已，暗想："这大豁子少说去了我二斤肉啊，幸亏我罗大舌头皮糙肉厚，要不然真他娘的连肠子都流出来了。"

这时玉飞燕发现断墙边又冒出一丛忧昙婆罗，白磷燃烧形成的浓烟与雾气相遇，从中掉出一条形似蟒蛇的东西，此刻看得清楚，它活生生就像是深海里的腔肠生物，约有水桶粗细，两米多长，无鳞无皮，通体呈半透明状，仿佛是一截会动的玻璃管子，两侧生有对称的短鳍，薄锐如刀，也不知哪端是头哪端是尾，就地扭曲蠕动，抖去身上的泥水，振翅欲飞，螺旋桨般的短鳍颤动的频率越来越快，发出阵阵朽木断裂般的噪音。

第七话

呼 吸

　　玉飞燕吓得花容失色，提起乌兹冲锋枪，对着目标嗒嗒嗒就是一串扫射，但那生物移动之际真如飙飞电迈，一片神行，也不知它是从密集的子弹缝隙间穿过，还是在冲锋枪击发之前就已离开，人类的眼睛根本看不清它的行动轨迹，等到反应过来的时候早就晚了。幸亏众人身边有白磷手榴弹产生的浓烟涌动过来，加上这种生物离了雾气就变得稍显迟缓，使它飞撞到玉飞燕面前时，在空中被烟火所阻，但也不见其掉转身形，竟旋转着躯体直挺挺向后掠去，倏然遁入雾中，听声音是早已经去得远了。

　　在如此短暂的时间之内，险状接连不断，毫无喘息余地，众人死里逃生，却惊魂难定，心头都是怦怦乱跳。而且也知道了果如司马灰先前所料，那座死塔确实暗示着产生迷雾的忧昙婆罗，以及栖息在雾中的飞蛇。只不过这种"蛇"并不是蟒蛇之属，而是一种闻所未闻，见所未见的可怕生物。司马灰虽然通晓些辨识物性的方术，但也从来想象不到世界上会有如此异种存在。据说混沌初分之际，清气上升为天，浊气下降为地，大荒中有异物，以混沌为食，名叫"螭椎"，体似滚雪翻银，动如凌空特起，有影无形，上古之人见而不见，多半就属此类生物了。听那雾里的动静数量不少，想必那些失踪在野人山迷雾里的人员，全都被它们吞噬了，连骨头渣子都没留下。

　　此刻低洼处残存的积水已然无多，然而石殿外侧雾起如墙，再也阻拦不住，司马灰趁着灼目的白光，看殿内倒塌的那截残墙后面雾气稀薄，就带着其余三人，鱼贯从断墙的缺口中钻出去，暂时脱离了浓雾弥漫的区域。

　　玉飞燕见前面雾气不重，就掏出手电筒来照视，发现这殿后有株缠满老藤的枯树，从中生长出的忧昙婆罗尚未成形，但众人身后的浓雾如影随形，根本没有立足喘息的机会，只顾向前乱走，可谁都清楚，这仅仅是求生存的本能使然，其实现在挣扎逃命毫无意义，不出片刻，仍会被浓雾吞噬，与坐下来束手待毙之间的区别，只是迟早而已。

正在慌不择路之际，却见离着数十米开外，有道忽明忽暗的灯光，距离稍远，也看得不太真切，但隐约可辨，就是先前在那队卡车附近出现的信号灯光，战术无线电里同时传来呼叫，依旧重复着："我在……蛇里……我在……蛇里……"

司马灰心想：这组来历不明的通讯，将我们引至道奇卡车附近，此刻又出现在残墙断壁的废墟深处，它究竟是什么意思？难道被蛇吃掉就安全了？那样的话，老子宁愿现在就给自己太阳穴上来一枪，倒还是个痛快了断。可转念一想，这段信号似乎别有隐意，却不知道究竟是谁所发？如果对方是良善之辈，为什么不肯现身来见？恐怕是个陷人之阱，不可不防。但眼下情形，有死无生，我又怕它何来？于是将手枪子弹顶上了膛，寻着光亮往前就走。

四人狼狈已极，几乎是连滚带爬，匆匆忙忙到得近前，四周仍是漆黑一片，再也不见半点灯光，但面前赫然有块黝青色的巨岩，岩表寸草不生，露出地面的部分大如山丘，形似巨钵倒扣，显得十分兀突，底部铺有破碎的黑石阶梯，而尽头是处洞窟，石关半掩，洞口被雕凿成蟒蛇头颅形状，那原本是座高耸矗立的古塔，在被称作"宝伞"的七重塔顶倒塌后，仅剩下十字折角形的塔基残存。

石丘后面是遮蔽在藤箩下的四百万宝塔之城，那个黑暗洞窟深处，似乎直通铸满了黄金浮雕的古城内部。众人可能永远无法目睹那座黄金蜘蛛城的全貌，可一旦与之接近，仍然能够真切感受到倚天拔地的雄伟，它就如同一块亿万钧重的天匣，默默矗立在这地下深渊中，黄金铸就的浮雕虽然奢华盖世，却也掩盖不住它强烈的孤独、苍凉和兀突，实不知踏入其中会遭遇什么意想不到的情况。但雾气跟进得极快，四人根本来不及细看，也无暇瞻前顾后，壮着胆子端枪闪身入内，立即从里边关闭石门，再拿手电筒照了照，周围空无一人，两侧全是光滑冰冷的岩壁，毫无缝隙裂痕，深处冷风飒然，仿佛是条暗道，也不知通着哪里。

司马灰松了口气，他见洞窟里实在太黑，手电筒发挥不了多大作用，完全看不清楚究竟置身何处，而仅存的探照灯也已经电池耗尽，无法使用，便取出一支装有化学荧光剂的信号棒，两端对折，把在手中轻轻晃了几晃，暗绿色的荧光随即亮了起来。

司马灰将信号棒握在手中，趁亮抬眼看时，瞥见照明范围边缘似乎有个人影，冷眼一看还以为是阿脆，因为那人头上也戴了顶美式 M1 钢盔，但司马灰很快就察觉到其余三个同伴，此刻都在自己身后。他下意识地扣紧了枪机定睛看去，发现那个人瘦骨嶙峋，低着头蜷缩在角落里，也看不清他藏在钢盔下的脸孔，唯见衣衫褴褛，身上脏得都能抓蛤蟆了，手中握着一具熄灭了的信号灯，身侧斜挎着一个军用的帆布口袋，木雕泥塑般的一动不动。以司马灰之敏锐，竟然完全感觉不到对方身上存有任何生命迹象，他心中疑惑更深："是这个死人用灯光通信把我们引进了暗道？"

司马灰立时想到，刚才在地下丛林里发现有一队美国道奇式军用大卡车，野人山裂谷深处全是密集的植物残骸，走入其中，连落脚的地方都不好找，根本没有容许大型车辆行驶的道路，可那些十轱辘美国造，却不可思议地凭空冒了出来，仿佛空间里存在重叠交错一类的特殊现象，教人难以理解。

十轱辘美国造里装载着许多军用物资，看起来像是盟军的运输车队，但车里的人员一律下落不明，生不见人，死不见尸，与搭乘蚊式特种运输机的英国探险队一样，全部消失无踪，多半都被出没于浓雾中的"螭椎"所吞噬，连些许残骸碎片都没留下。

司马灰等人在沉没地底的黄金蜘蛛城周围迷失了方向，遇到忧昙婆罗迅速滋生蔓延，迷雾骤起，四个幸存者被逼到走投无路的境地，不想又被一组忽明忽暗的灯光通信，引进了这处位于塔基废墟下的暗道。

直到此时，司马灰终于看清用信号灯引导他们脱险的竟然是个死人，看那死者装束，像是个反攻缅甸时失踪的美国军方人员，猜测其身份，应该与出现在丛林里的十几辆道奇式大卡车有关。之所以会觉得对方是个死人，是因为凡是活人，必然都有气息，也就是呼吸。所谓人者，以气为本，以息为元；一呼百脉皆开，一吸则百脉皆合，人体在一呼一吸之间，能将氧气转化为二氧化碳，也会使得皮肤毛孔间产生微弱的热量，这就是旧时所指的"阳气"或"生气"。可眼前这个人的身上，却似没有呼吸存在，它寂然不动，就像是具多年前横死在暗道中的尸体。

司马灰心觉古怪，暗想："还真是见鬼了不成？"他一手按着枪机，一手握住化学信号棒，欺身上前，想借着暗绿色的荧光，去看清那死者隐藏在钢盔下的面目。

谁知司马灰刚刚一动，墙角那人影竟在事先毫无征兆地情况下，忽地蹿了起来。司马灰和其余三人同声惊呼，都急向后退，并将手中的武器抄了起来，可还没等扣动枪机，那头戴钢盔的黑影，早已头也不回地逃向了暗道深处。

司马灰有心要追上去看个究竟，又恐其余三人落在后面遭遇不测，只得隐忍不发。他见罗大舌头腰上伤得很重，走起来不免牵扯得伤口破裂，鲜血顺着大腿往下淌，一步一个血脚印，疼得他额头上出满了冷汗，于是司马灰让众人不要妄动，暂时停在原地，给罗大舌头重新裹扎伤口。

阿脆仔细检查清理了罗大海的伤口，并给他注射了一针破伤风抗毒血清，然后告诉司马灰说：“罗大舌头只是皮肉伤，亏得他体质好，并不打紧。”但阿脆说话时面带忧容，暗示着罗大舌头的伤情不容乐观，这回可真够呛了。

司马灰见状深为担心，但他也无法可想。此时化学信号棒里的荧光剂早已暗淡失效，众人虽见浓雾没有涌入，但困在这漆黑的所在也不是办法，便决定向前探明情况。他们改用手电筒照明，顺着暗道往里边走了大约几十步，见有一片下行的台阶，再往深处是条在岩洞中笔直穿行的隧道，极是平整空阔，穹庐般的顶壁又宽又高，在里面并排开几辆坦克都没问题，而且地势偏低，使流进来的泥水缓缓向深处流淌，在隧道中形成了一条暗河，两侧筑有沙岸和石台。

一行四人，走进隧道深处，按方位推测，已经踏入了半埋地下的四百万宝塔之城，这才知道其中果然有空间存在。看四壁都是彩绘斑斓的巨砖，也不知用了哪种颜料，在如此腐晦的环境中，兀自鲜艳夺目。那些砖上都是面无表情的人脸，一列列不计其数，壁前则是两列半跪的石俑，相同的面目毫无变化，冰冷生硬的沉默之下，隐匿着令人畏惧的死亡气息。这条仿佛连接着虚幻与真实的隧道，似乎是个巨大无比的门洞，众人想象不出其尽头会通向何方，甚至连它有没有尽头都不敢确定。

司马灰边走边留意附近的动静，同时向玉飞燕打听，占婆王为什么会在地底建造这么一个“怪物”？怎么每块砖上都有一张人脸？难道这些脸都是占婆王的容貌？

　　玉飞燕对四百万宝塔之城的真实情形，所知有限，但曾见过不少占婆文物，也了解一些相关历史，她听司马灰问及此事，不由得想起一事，若有所思地应道："容貌？阿奴迦耶王的容貌可不是这样，它根本就不是人类。"

第八话

另一个幸存者

司马灰本以为整座古城是占婆王的地下陵寝，此时闻听玉飞燕所言，不禁满脸愕然，阿奴迦耶王不是"人"？难道盛极千年的古代王朝，竟让猴子来当一国之主？

玉飞燕白了司马灰一眼："我说过是猴子吗？你别纠缠不清了，先听我把话说完。占婆王……"她正待细说，就听不远处黑漆漆的水面上，哗啦一声搅动，一段枯木般漂浮在水里的鳄鱼迅速朝着他们游了过来。

原来沼泽坍塌之际，有数条巨鳄逃避不及，也跟着陷落下来，它们追逐潮湿隐晦之气而动，不知从哪处缝隙里，钻进了隧道之中，但这暗河里都是死水，找不到任何食物，而罗大舌头裤管和鞋子都被鲜血浸透了，顿时将水中的鳄鱼吸引了过来。

四人虽然带着枪支武器，却限于没有探照灯，也不敢只凭手电筒就贸然在黑暗中对敌，听得动静不对，立刻撤上了隧道侧面狭窄的石台。

那层石台总共才有半米多宽，每隔一段距离，就有一尊低矮的跪地石俑，而司马灰等人都知道，鳄鱼向来凶暴贪食，别看它们躯体笨拙，四肢又短又粗，猎食之际却迅猛绝伦，比如高悬河面几米高的树枝上蹲着几只猴子，那伏在水里的鳄鱼也能突然跃出水面数米，连树枝带猴子一口咬下，这一人多高的石台如何放得在它们眼内？所以众人都埋身躲在石俑背后，不敢稍动，耳中可以听见鳄鱼拖着沉重躯体爬动的声音，非止一条。

司马灰从石俑后面探出头来，望了望隧道底下的暗河，早把先前的话头抛在了脑后，他对其余三人说："这可真是刚离虎穴又入龙潭了，将咱们引进隧道里的那个人究竟是什么来历？如果他真是第二次世界大战期间，在缅北山区失踪的盟军士兵，怎么可能在不见天日的地底存活三十几年？"

罗大舌头腰伤虽然疼痛，却仍忍不住插嘴道："我看那家伙可根本不像活人，按照相对论的观点，这世界上有人就该有鬼，也许咱们真是遇上鬼了。"

司马灰摇头说："我先前也这么想，但是用化学信号棒照过去的时候，我分明看到他有个影子，身后有影子的就不会是鬼，不过……"

这话还没说完，就听隧道对面的石俑后边，传来一阵轻响。此刻司马灰等人身边的光源，除了几枚化学信号棒和白磷手榴弹之外，就只剩下两支手电筒和一盏宿营灯。宿营灯形如旧时马灯，里面是节能的发光二极管，四周装有透镜使光线扩散，防风防水，可以悬挂在帐篷里作为固定光源，不太明亮，而且不能及远，只有聚光手电筒能照到五六米开外。这种聚光手电筒的光束可以调节，光圈越是集中，照明的范围越远，但幅度则会相应缩小。司马灰就将手电筒光圈调至极限，举起来向对面发出动静的区域照去，其余三人也已悄悄拉开了枪栓，犹如箭在弦上，一触即发。

手电筒的光圈仅剩巴掌大小，照明距离却增加了不少，隔着暗河，恰好能照至隧道的另一侧，但肉眼看过去，所见极是模糊，只看到一尊石俑肩上似乎搭着一只人手，一顶钢盔在后面半隐半现，好像是那个先前逃进隧道深处的"人"，正伏在对面探头张望。

司马灰正想开口喝问，却听对方率先说道："别再用手电筒照了，我在地底下困得太久了，眼睛见不得光，你们到底是什么人嘎？"声音有气无力，若不支着耳朵仔细听，根本就听不清楚。

众人闻言都是一怔，听对方说话同样是个中国人，而且竟有些云南口音，难道不是当年失踪的美军？另外司马灰也知道，常年生活在黑暗中的人，眼睛不能突然见光，否则就会当场暴盲，便将手电筒的光圈压低了些，回应道："我们是缅共人民军东北战区特别任务连，你是哪部分的？"

暗河对面那个头戴钢盔的人显得有些吃惊，奇道："缅共人民军……特务连？那是做什么的嘎？"

罗大舌头虽然受了伤，嘴上却不肯消停，反问道："做什么的？是这个地球上最危险的武装游击队，咱的宗旨就是让穷爷们儿天天过节，到那些为富不仁的有钱人家里，吃他们的饭，睡他们的床，再看看他们的老婆长得顺不顺溜……"

司马灰低声告诫罗大舌头，让他趁早闭住口不要再胡言乱语，现在可不是嚼舌头的时候，然后又提高声音向对面说道："我们这事比较复杂，一句两句解释不清，你先说你是什么人吧。"

对方似乎感觉到司马灰等人没有敌意，就通了姓名："我是第六独立作战工程团，混合补给连通讯班的钱宝山。"

司马灰想起 Karaweik 祖父留下的日记本中，记录着对日作战时期，盟军在缅甸修筑公路的详细情况，臂上戴有虎头徽章的美军第六独立作战工程团，负责执行贯通野人山段公路的任务，这支部队的通讯呼号就是"AAD"。出于当时协调沟通的需要，美军部队里也配属了不少中国士兵，看来此人就是其中之一。既然对方提到是"补给连"，那些十轱辘美国造大卡车肯定都是由他们驾驶的，可这支部队为什么会出现在野人山裂谷的最深处？他们是怎么把车开进来的？整个补给连又怎么只剩下他一个幸存者？在如此恶劣的环境中，他是依靠什么活到现在的？难道在这近三十年的漫长时间里，始终没能找到机会逃出去？

不仅是司马灰，其余三人也都是疑惑重重，最主要的一个问题就是想尽快知道："究竟还有没有机会逃离野人山？"

钱宝山也察觉出这四个人的疑惑，便叹息说："我被困在这条隧道里究竟有多少年，自己也数不清嘎。我把我经历的事情讲给你们听，你们就明白自己眼下的处境了。"

钱宝山随即说起经过，在第二次世界大战时期，中国战场接受外援的渠道，只有驼峰航线，但仅凭空军的运输力量，又难以支撑庞大的物资需求，其余的陆路交通，都已被日军切断，所以反攻缅甸、打通中印公路，是当时盟军的第一战略目标。钱宝山是云南籍贯，曾随远征军在印度接受美国教官轮训，最后被调拨到第六独立作战工程团补给连，参加修筑野人山公路的任务。

野人山公路呈"Y"字形分布，分支左侧是A线，右侧为B线，当时首先修筑的公路，是直线距离较短的B线，因为早在日军入侵缅甸之前，野人山里就已存在英国殖民者开凿的秘密隧道，但在施工过程中，发生了许多意外，面临的阻碍超乎预计，才不得不另外开辟迂回曲折的A线公路。

然而从外围绕过野人山的A线公路，施工进展得也不顺利，由于藏匿在山区的残余日军没能及时肃清，所以工程部队时常会受到小股日军的骚

扰，零零星星的战斗几乎不曾间断。那次是钱宝山所在的补给连，驾驶道
奇式运输卡车，给前方部队运送一批军需物资，车队行驶到堪萨斯点附近，
遭遇伏击，陷入了日军的包围圈。

经过短暂交火，补给连发现这股日军配有数辆三菱重工设计制造的 97
式坦克，在中国俗称其"王八壳子"。此时仓促接敌，己方被前后夹击堵在
公路上，所处地形极为不利，纠缠起来必然吃亏。就在千钧一发的紧要关
头，处于最前边的引导车，仗着和敌人之间的距离比较近，就冒着炮火，
猛踩油门对着 97 式坦克直撞过去。

日军的 97 式坦克虽然号称是中型战车，其实勉强能算轻型坦克，战斗
全重才 1.5 吨，而十轮辎美国造全重近十吨，论个头和分量，根本就不处
在同一级别。那头车驾驶员打红了眼，加之山间公路陡峭狭窄，结果卡车
和坦克全都滚落山涧，双方同归于尽。

后面被堵住的车队顺势冲出包围，且战且走，终于脱离了战斗，岂料
误打误撞，竟然驶入了废弃的 B 线公路，当时随军的向导兼通译是个叫木
阙的缅甸人，他引领着补给连运输车队，开进了一条隧道。

随后为了阻断身后日军的追击，就派工兵炸毁了隧道洞口，没想到爆
炸引起了接连不断的大规模塌方，虽然摆脱了敌人，但也等于切断了自己
的退路，他们别无选择，只有沿着修了一半的中印公路隧道，继续深入野
人山。

钱宝山是云南教会学校里长大的孤儿，所以也是个忠实的天主教徒，
直到进入这条漆黑的隧道之前，他都是从骨子里相信上帝的真实本质，却
从来没想过："恶灵是否存在？"

第九话
死亡隧道

　　钱宝山说自己从不信邪，但在野人山里的遭遇，真让他触摸到了魔鬼的呼吸。

　　补给连逃入隧道之后，迷失了路径，无意间闯进了一片神奇浩大的洞窟，这些形成于上亿年前的古洞，到处堆积着山丘般的象骸象牙，交错的石灰岩洞穴网与地下走廊，虽然宽阔平整得犹如隧道，有的地方甚至比几个足球场加起来都要大，但它更是一片错综复杂的迷宫，不少区域都被浓雾封锁，在前边探路的侦搜分队有去无回。

　　缅甸人木阙告诉连队指挥官，这里恐怕就是野人山里的猛犸洞窟，他自称熟识野象习性，有把握找到象门出口，于是在前带路。引导车队转过一重重石炭扯成的帷幔，驶到一处低矮的洞窟中，这里上下高度仅有十几米，但四周却极其开阔，形似贝壳内部，地面上都是密集的皱褶，崎岖难行，而且洞底也不是岩层，却似某种植物，行到一半，便有许多车辆的轮胎开始陷了下去。

　　指挥官发现不妙，他急忙命令补给连放弃车辆，徒步按原路撤退，谁知洞底被沉重的卡车压迫，竟然裂开了一条巨大的缝隙，裂缝深处浓雾弥漫，还没等补给连明白过来是怎么回事，整个车队就全部坠入了雾中。

　　钱宝山和木阙所在的那辆道奇式卡车，正好落在了一株沉没于地底的古树上，车里的人被跌得满头满脸都是鲜血。他们听到其余车辆里有人在大声呼救，但转瞬间就没了动静，也不知出现了什么险情，急忙从车上跳下来，想要过去接应。不料十轱辘美国造压垮了一段树根，古树底下则是条积水的深渠。钱宝山在雾中不辨方向，一脚踩空，身体立刻向下陷去，木阙在后边本想将他拽住，结果被钱宝山一带也陷在坑中。俩人都沿着树根滚入了阴冷的地下洞窟里，险些被水呛死，等他们挣扎着爬出来，用身上的手电筒照亮，再次攀回高处，发现刚才掉下来的地方，已被陷落的卡车轮子堵住了。

司马灰等人听对方说到此处，才知道出现在地下丛林里的十轱辘美国造，果然是从高处掉下来的，难怪车体全都明显遭受过撞击。那株巨大的忧昙婆罗果实，形成了一道覆盖在古城上的伞状茧，这层茧的中间，有个没有浓雾的空壳子，第六独立作战工程团补给连为了躲避日军追击，从迷宫般的猛犸洞窟里误入其中，结果整个车队都掉进了地底，而且全部人员都被浓雾吞噬掉了，只有钱宝山和木阚两个人得以幸存，但随后他们又遭遇了什么？如何能够人不人鬼不鬼的在这与世隔绝之处生存几十年？那个缅甸人木阚现在是死是活？

钱宝山继续说了后面发生的事情：他和木阚二人，落在一个阴暗潮湿的洞窟里，周围死气沉沉，不见半个人影，叫天天不应，求地地不灵，呼风风不至，唤雨雨不来，精神几乎都崩溃了。也不知在隧道里摸索了多久，无意间钻进了一个很深的山洞，洞内玉磊高砌，绿茵平铺，生长着许多地菌和浆果，肉厚多汁，味道很苦，但可以食用。

二人心中发慌，胡乱吃了一些果腹，再往前走，就是这条藏有暗河的宽阔隧道，越向深处走，越是阴森森的黑气弥漫，让人心寒股栗，驻足不前。

钱宝山便有心要往回走，可这时木阚透露了一些很不寻常的事情，他说早在一千多年以前，野人山大裂谷，曾是显赫一时的占婆王朝供奉吠陀诸天的神宫，相当于国庙。占婆人征服直通王国后，将俘获的奴隶和大批技艺精湛的能工巧匠，都集中于此建塔。前后两百年间大兴土木，竟然建造了大小一万三千座形态各异的石塔，并将占婆珍宝遍埋塔下。当时的山峰上宫阙环绕，群塔如林，随便登上其中任何一座，信手所指，手指的方位必然会有高塔耸立，每当落日时分，太阳的余晖和满天云霞，就会将塔林镀成黄金色，然后才缓缓沉入重峦叠嶂之中，凡是目睹过这一奇观的人，无不感叹其辉煌威严不可逼视。

不过这野人山虽然地势奇绝，却是个沙板山，山体里边的岩层下都是空心，莽丛覆盖的神庙底部就是一片地下湖。终于水脉下陷，山体塌毁，无数古塔连同附近的丛林植物，全都沉入了无底深渊，从此形成了野人山大裂谷。

　　说野人山裂谷内部是无底深渊，一点都不为过，原来地下湖水脉枯竭无踪，但湖底却存留着无边无际的大泥盆，塌陷下来的古城和丛林，都被奇深莫测的淤泥和沼气托住，悬浮在了万顷淤泥之上，随时都有可能继续向下沉没。

　　这场突如其来的大灾难，使占婆王朝大为恐慌，他们遣人深入地谷，见到那座四百万宝塔之城损毁得十分严重，便认为天地灭却，是神佛震怒，亡国噩兆。

　　当时的国主是阿奴迦耶王，他为图后计，命人熔炼黄金，将四百万宝塔的盛景铸造在城壁上，金砖重重叠压，构成了一个奇怪的蜘蛛形建筑，所以也将这些金砖称为四百万宝塔之城，以留待将来复国之用。

　　但谁都不知道当时占婆人为何会有如此之多的黄金，有传说是古人擅养"聚金蚁"，铸城使用并非纯金，又说金砖实为金箔，里面其实都是石砖，因为这种事在缅甸很常见，仰光便有数座高入云霄的大金塔，外边就是覆以金箔，远望犹如几尊大金葫芦，摩天接地，恢弘浩壮，单单是贴嵌在其表面的黄金和宝石，也多得难以估量。

　　裂谷里的水脉消失后，山体内生长出上古奇株忧昙婆罗，逐渐将沉入地底的黄金蜘蛛城紧紧包裹，浓雾从此笼罩了一切。占婆人又将地面上残存的建筑彻底破坏，并留下恶毒的诅咒，蟒蛇与古塔守护着阿奴迦耶王的秘密，谁妄图窥觊占婆王朝的宝藏，死神之翼就会降临在谁的头顶。

　　此后占婆王朝果然逐渐走向消亡，不过这个古老的民族在越南和老挝北部，仍具有一定势力，甚至可以说近几百年来，整个越南的历史，就是一部越人与占人的交战史。但到得今时，残存下来的占婆后裔，早因年深日久，忘却根本，已经参悟不出前人留下的暗号，唯独一些扑朔迷离的古怪传说流传至今，说是："那座古城沉入了地底，飞蛇穿行的浓雾笼罩着裂谷。"谁也解释不清，这究竟是预言还是暗示。

　　野人山大裂谷中的浓雾来自地底植物，相传这种忧昙婆罗的雾状花冠惧水，但野人山裂谷地势特殊，若无狂风暴雨引动山洪，很难驱散浓雾。而占婆人在城墟底部，开凿了若干条蛇腹形洞窟，丛林残骸里又布有许多积沙渗水的竖井，洞底积水成渠，那些布满暗河两侧的石俑，都是张口空腹，并与古城底下的泥沙相连，可以起到调节水位的作用，有积水的区域就不会有雾气出现，所以这些隧道是野人山裂谷里唯一安全的地方。

木阔并不是残留在缅北的占婆后裔，他之所以知道这些隐情，是因为在英国殖民统治时期，他是缅籍英军，曾专门协助英国探险家到处收集情报，可还没等英国人准备挖掘阿奴迦耶王的财宝，日军就已经占领了缅甸。

后来盟军反攻，收复了大片失地，木阔就被征为了随军的通译，不想这次跟着补给连执行任务，居然闯入了许多探险家做梦都想进来的野人山大裂谷，也是始料未及。但是看此情形，其余的人现在恐怕都已遇难了，隧道里无路可走，外边又被浓雾覆盖，并且失去了联络，其余的盟军部队，根本不知道补给连进了猛犸洞窟，所以别指望能有救援。

木阔告诉钱宝山，其实四百万宝塔之城，根本不是城池，它的里面只有唯一一条路径，除此之外，并不存在任何别的空间。实际上整座古城就是一个通道，占婆王的一切秘密都在通道尽头的黑墙之后，但那里面究竟是个什么情形，他就不得而知了。

木阔认为眼下只有想办法到最深处看个究竟，或许能找到出口，因为占婆人是在地陷之后，才进入裂谷最底部建造古城，这地方实在太深了，不可能直接下来，在地下肯定藏有别的出口，尽管这仅是依理推测，无法确定。他又说："相传任何胆敢窥探阿奴迦耶王秘密的人，都会死于非命。眼下情况完全不明，万一里边真有恶鬼，就得把命搭上，不如先让一个人进去，一旦遭遇意外，不至全军覆没。"于是木阔让钱宝山在外等着，自己则带枪深入隧道寻路。可他去而不返，恰似泥牛入海，银针落井，就此没了踪影，任凭钱宝山在外边喊破了喉咙，里面全没一丝回应。

钱宝山认定木阔遇到了恶灵，多半已被生吞活剥了。他虽然是个当兵的，却为人懦弱，向来没什么主张，此刻胆怯起来，再也不敢接近木阔失踪的那条隧道。出于人类求生存的本能，竟使他只靠吃山洞里生长的地菌，在地下隧道里支撑苦熬了三十年。钱宝山每天都要不停地和自己说话，否则连人类的语言都忘记了，而且久在阴晦之中，活人身上的气息渐渐消失，自己都不知道自己究竟是人是鬼，早已不抱生还之望，只等寿数一尽，倒头就死也就是了。可今天突然间听到上边仿佛天崩地裂，隧道里的积水也随即暴涨，还以为是有山洪灌进来了，就冒死爬出来看个究竟。他在黑暗中生活得太久，双眼适应了这种环境，恰好看到司马灰等人藏身在树窟窿里歇息，他也不知道来者何人，倘若碰上进来寻找占婆王财宝的贼子，难免会被杀了灭口，所以只在暗中私窥，不敢近前。

钱宝山观察了许久，觉得司马灰等人不像匪类，直至那些枯萎消失的忧昙婆罗重新生长，浓雾也随即出现，四个幸存者又在密集的植物残骸中迷失了方向，这才用信号灯将他们引入蛇腹隧道。

等钱宝山讲完了经过，就试探着问司马灰等人何以到此。司马灰只推说自己这伙人都是游击队，根本不知道野人山里埋藏着阿奴迦耶王的黄金蜘蛛城，因为途中受到热带风团袭击，被迫逃进裂谷里躲避，又遇地面坍塌，才误入此地。至于盟军反攻缅甸后，世界风云如何如何变化，以及他们进山寻找蚊式特种运输机、引爆地震炸弹等等紧要之处，则是只字未提。

那钱宝山对此也未多作深究，只是说天见可怜，让他百死之余，还能在这里遇到同胞。他在隧道里转了几十年，对这里的地形了如指掌，发现隧道下边就是没底的大泥淖子，确实没有任何出口存在，而且先前的震动，使废墟下的洞窟出现多处崩塌，如今只有古城内部的主隧道里还算安全，而周围的区域都被彻底堵死了，残存的氧气恐怕也维持不了多久，好在凭着人多势众，相互间有了照应，倒是能够壮着胆子进去探个水落石出，总强似继续困在地下等死。此时双方隔着暗河，水中又有凶猛的鳄鱼出没，只能各自伏在隧道两侧的石台上说话，暂时无法会合。

司马灰早在黑屋谋生的时候，就已深知世事险恶，不得不处处防着别人一手，他越寻思越觉得这事不对，心想："这个自称是盟军失踪人员的钱宝山，编了套跟鲁宾逊漂流记似的鬼话，就以为能唬得住我吗？隧道里没有恶鬼也就罢了，可如果真有恶鬼存在，绝对就是你这第五个幸存者了。"

司马灰仔细看过徐平安的笔记，里面有很多关于第六独立作战工程团在野人山修筑公路的记载，他察觉到钱宝山所言，应该是半真半虚，里面有一定真实成分，诸如占婆王朝阿奴迦耶王的传说，以及陷入地下丛林的美军运输车队，还算比较可信，但涉及到钱宝山的身份和经历，则未必属实，很可能是个冒充的。

这个疑惑让司马灰感到极其不安，野人山裂谷最深处，本是一个完全封闭的空间，古城下边就是充满沼气的大泥盆，如果不是化学落叶剂使忧昙婆罗枯萎，令大量沉积在茧上的泥水落入地底，洞窟和隧道里的空气，就根本不可能使正常人存活太久。除了忧昙婆罗这种不受环境制约的特殊植物，洞窟内也不该再有任何地菌出现，最可疑的是对方没有携带电台，即便作为通信兵，带着部二战时期的 SCR 单兵无线电，在地底经历了这么漫长的时间，也早就应该报废不能使用了。

从这些情况就可以断定，这个自称是钱宝山的老兵，肯定在试图隐瞒什么，而且他从不敢以正面示人，形迹鬼祟异常，也不知在那顶 M1 钢盔底下，究竟隐藏着一张什么样的脸？

第六卷

距离天国最近的人

第一话
第九种答案

第五个幸存者钱宝山告诉司马灰等人："这古城废墟下的条蛇腹隧道里……有恶灵存在。"

司马灰这一双耳朵却不是棉花做的，哪里肯信。所谓"害人之心不可有，防人之心不可无"，他察看地底隧道里的形势，认定没有任何人。可以在这与世隔绝的洞窟里长期生存，而且对方身上始终流露出一股掩藏不住的死亡气息，使他立刻联想到了绿色坟墓。虽然两者说话的声音完全不同，但声音和身份都可以伪装，美军第六独立作战工程团在野人山修筑公路的事情，也不是什么绝对机密，如今未必没人知道。倘若那个幽灵般的绿色坟墓确实存在，那么在引爆地震炸弹之后，一定会不计后果地进入这座古城，否则前边这一系列行动就毫无意义。

司马灰推测不会再有多余的幸存者了，这个自称钱宝山的失踪军人，也许就是一直暗中跟随探险队的绿色坟墓，事有蹊跷，恐怕随时都会有变故出现，考虑到这些，不祥之感便油然而生，可转念又想：且不论钱宝山的真实身份究竟是什么，如果刚才不是此人使用信号灯，把我们引进这条隧道，我们这四个人早就死在雾中多时了，看来对方暂时还不想杀人灭口，而是另有所图……于是他装作相信，同情地对钱宝山说："人生的道路本来就艰难曲折，更何况是走错了路误入歧途，困在这鬼地方几十年，也真难为你了。不过想那姜子牙八十多岁还在渭水河边钓鱼，直到遇了文王后以车载之，拜为尚父，才带兵伐纣，定了周家八百年基业，可见这人生际遇不分早晚。"

钱宝山听罢，只是缩在石俑背后叹了口气，并未接话，随即就要带着众人继续深入古城隧道。

司马灰有意试探，东拉西扯了几句，正要寻个由头，见钱宝山将要动身，立刻道："且慢，咱们出发之前，我想先看清你的脸。你也用不着多心，我这么做绝没别的意思，只是一时好奇罢了，因为听闻常年不吃盐的人，会全身长出白毛。"司马灰记得以前看过电影《白毛女》，其原型是根据晋察冀边区一带"白毛仙姑"的民间传说改编而成。那里面的杨喜儿被地主逼得躲到深山里，以泉水野果和偷土地庙里的供品为生，日复一日，满头青丝都变为了白发。俗传人不吃盐就会如此，司马灰也不知这话是真是假，无非是当成借口，想要看清钱宝山隐藏在钢盔下的真实面目，其实只要闭住双眼，在这么远的距离上，被手电筒照一下应该也无大碍。

其余三人正自担心，如果这钱宝山真是绿色坟墓，再轻信对方的话，就得坠入万劫不复的境地，可对方说话滴水不漏，眼下根本无法分辨真伪，这时听司马灰所言，竟使钱宝山毫无推脱余地，无不暗中点头。

那钱宝山似乎也没料到此节，果然找不出借口推脱，伏在石俑后边沉默许久都没作出回应，又隔了半晌，他终于承认先前确实有意隐瞒，但也并非存心不善，因为有些事情很可怕，把真相说穿了反倒不妙……

司马灰待要再问，忽觉周围石壁剧烈颤动，脚底都是麻的，急忙扶住身旁的石俑。地颤大约持续了半分钟，随即又恢复了正常，但在来时的方向上，不断有碎石落水的声音传来，另外躲在隧道对面的钱宝山，也就此没了动静。

众人只好举起手电筒来回照视，空见一排跪地的石俑矗立在黑暗中，唯独不见了那个头戴钢盔的身影，又限于地形限制，谁也无法到对面察看究竟，阿脆奇道："咱们遇见的究竟是人还是……"

司马灰皱了皱眉，对其余三人说："先别管那老兵是人是鬼了，他曾告诉咱们这地底下是个大泥淖子，这事可能不假。虽然忧昙婆罗重新生长，但地震炸弹和化学落叶剂，还是在一定程度上破坏了野人山裂谷的结构，刚才的震动，应该是这座古城继续向下沉没造成的。如果隧道出现严重塌陷，不管是浓雾还是沼气涌进来，都得让咱们吃不了兜着走。"

罗大舌头闻言吃一惊道："那咱们岂不是黄大仙掉进热锅里，死活也扑腾不出去了？"他随即恨恨地骂道，"我看那姓钱的也未必是什么好鸟，怎么能信他的鬼话？他自己消失了也好，俗话说'少个香炉少只鬼'，省得咱们还得时时提防着，心里没有一刻安生。"

司马灰看看左右，对众人说："这人有意隐瞒真相，不知揣着什么鬼胎。但野人山里发生的一切事情，都与占婆王埋藏在古城最深处的秘密有关，咱们必须冒死进去探个究竟，才见分晓。"

众人都觉司马灰所言甚是，整座古城都已被浓雾包围，整个野人山裂谷里根本不存在任何绝对安全的区域，继续留在隧道里也很危险，只能既来之则安之。于是沿石台继续走出一段距离，便遇到一处与隧道垂直的断层陷落带，形成了一个"T"字形的宽阔空间。

这里的原貌如何早已不可辨认，只见周围残破的墙壁内暴露出一片片乌黑的岩层，优昙婆罗的根脉发源其中。那些比树根还要粗硕的根茎，仿佛是无数血管从表面凸起。植物的入侵，使这座犹如壳体的古城受到外力作用，从内部产生了许多道毫无规则可言的裂隙和洞穴，但多半都被坍塌下来的大块岩石挡住。正对隧道的墙壁上，有数个虫洞般的大窟窿，直径约在一米以上，手电筒的光线照不到底。

此时手电筒的电池已经彻底耗尽，四人手中仅剩下宿营灯还能使用。司马灰常在甲马丛中立命、刀枪队里为家，几乎每天都把脑袋别在裤腰带上过日子，也不太将生死之事放在意下，但一想到将要落入黑灯瞎火什么都看不见的境地，心里难免没底。他打算趁着还有光亮尽快行动，否则处境就会变得更为艰难。支耳倾听，附近一派寂静，便率先踏着倒掉的石人跨过水面，随后举着宿营灯，将其余三人分别接应过来。

四人只能凭借一盏宿营灯取亮，离得稍远就会落在黑暗里，自是谁都不敢掉以轻心，一个紧跟一个，寸步不离，等到了对面，将微弱的灯光向前一照，就见洞中跪着一尊彩俑，相貌丑陋可憎，肥黑多须，虬髯满面，装束诡异，再看其余几处，也都与之类似，数了数共有九个之多，全是深深陷入壁中的龛洞。

司马灰发现彩俑身后的洞壁有异，凑近细看，边缘处明显存在缝隙，奇道："这些好像都是暗门，而且还按汉代九宫总摄之势排列，那么从右到左，第七个就该是生门了。不过占婆王怎么也懂这套数术理论？"

罗大舌头焦躁起来，催促道："别管那么多了，说不定人家曾经到中国留学深造过呢。"说着就让阿脆举灯照亮，招呼司马灰伸手帮忙，上前推动龛洞里的彩俑。

玉飞燕阻拦道："你们两个亡命徒不要命就算了，可别把我和阿脆也害死，我发过誓要安详地死去，我还不想食言……至少不是今天。"随即从背后抽出鸭嘴檠，一按绷簧弹出暗藏的套管，又接过阿脆手中的宿营灯，挑灯笼似的挂在檠头，举到高处。

司马灰和罗大舌头、阿脆三人顺着灯光抬头一看，皆是暗自吃惊，原来位于九座暗门上方，更有一大片呈弧形隆起的壁画，图中绘着一头白象，象身珠光宝气，背上端坐着一个手足俱长之人，身披妖甲，悬挎长刀，服饰华美非凡，周遭均饰以曼陀罗花叶，神态逼真，呼之欲出，比例超出常人一倍还多。

玉飞燕将宿营灯的亮光，着落在壁画中所绘的人脸上，对司马灰等人说："你们仔细看看这张脸……"

司马灰定睛细看，俩眼瞪得一边大，凝视了许久，可也没觉得有什么反常之处。比起占婆浮雕石刻中那些神头鬼脸，这骑象之人倒是面目圆润、慈祥端庄，犹如佛陀转世。只是双目微凸，额顶奇长，耳垂很宽，嘴唇极厚。其形象姿态被雕刻得栩栩如生，嘴角还保持着一丝不意察觉的怪异微笑，仿佛对尘世纷争带有无限宽容，显得平和仁厚，却又神秘莫测，使人过目难忘。

司马灰看到这，心里忽然咯噔一沉，暗想："不知这石壁上描绘的是个什么人物，现实中可未必会有人长成这副模样。"他问玉飞燕："墙上这张人脸有什么好看？"

玉飞燕说，占婆人以容貌为尊，所以在黄金浮雕上的神佛千姿百态，面容各异，而隧道里的奴隶和石人造像，全都只有一种长相，这代表了身份地位的不同。占婆王朝遗留在老挝境内的壁画里，绘有阿奴迦耶王的容姿，相传这位占婆王生具异相，令人不敢仰视，在后世民间对其有天菩萨之称，是距离天国最近的人。当时憎恨他的民众，则称他是鬼面或妖面，壁画上描绘的人物特征很明显，应该就是建造黄金蜘蛛城的阿奴迦耶王了。

罗大海和阿脆不懂相术之类的旧说，难解其中深意。司马灰却知道金点古法当中，除了相物之道，也有相人之术。凡是相人面貌，也泛指给人看相，应该先看脑袋，因为头脸是五脏之主，百体之宗，首先观其轮廓，所谓"四维八方须周正"，左耳为东方，右耳为西方，鼻子为南方，后脑勺为北方。看完了八方再看九骨，也就是各片头骨。最后看的是眉眼五官，以及冥度、灵岳、幽隐、心隐、河岳等等，以此来推断命理兴衰。但这多是江湖术者的鬼蜮伎俩，历来伪多真少，司马灰虽也了解一些，却从未深究，此刻经玉飞燕一提，他才发现这阿奴迦耶王的身形相貌确实奇特，古相术里根本没有这样的脸。

司马灰又想起玉飞燕曾说阿奴迦耶王不是"人类"，此时一看，觉得未免言过其实了，至多是壁画上的占婆王容貌奇特而已，反正一千多年以前也没照相机，谁又知道其真容是否与壁画一样？这些故弄玄虚的东西自然不能当真，便说："大概占婆国的审美观就是如此，拿着驴粪蛋子也能当成中药丸子。阿奴迦耶王的相貌让咱们看着虽然奇异，但在占婆人眼中却是龙凤之姿、天日之表，这倒没什么值得大惊小怪的。"

玉飞燕说："我并不知道占婆王在现实中的相貌，是否真如壁画浮雕一样。但你们看壁上描绘的阿奴迦耶王，骑乘战象，身披甲胄，佩带长刀，下面依次跪倒的九个虬髯尊者，应该是九个妖僧。这个场面在古时候确有其事，就连中国古代典籍中都有详细描述。"

据宋代《真腊风土记》所载，昔日占婆因灭佛一事，与敌交战，斩首无数，并俘获了九个从土蕃而来的妖僧，献于王驾之前。王问众僧："曾闻尔等修为高深，能知过去未来，信乎？"众僧对曰："吾等自与凡骨不同，可知过去未来之事。"

王不动声色，先问其中一僧："既知过去未来事，可知汝今日死否？"那僧人回答："不死。"占婆王即命侍卫将此僧斩于象前，又问第二个僧人："汝今日死否？"第二个僧人也答"不死"，同样被削去了首级，再问第三个僧人，那僧人学了乖，以为占婆王是故意让他们出言不中，就回答："今日必死。"没想到占婆王却说："汝言甚准，即送汝赴西方极乐世界。"结果这第三个番僧也被当场砍掉了脑袋。

阿奴迦耶王以同样的问题，依次去问后边的几个僧人。第四个僧人迫于无奈，只好回答："不知。"王冷笑，命杀之。第五个僧人比较油滑，想了想，回答说："死是佛法不灵，不死则是王法不行。"占婆王斥道："鼠辈，妖法安敢同王法相提并论！"喝令左右速杀之。第六个僧人暗中揣摩王意，妥协道："今日可以死，也可以不死，死或不死，皆是命数。"占婆王怒目而视："首尾两端之辈，罪恶尤甚，当寸磔。"于是亲自挥刀，手刃此僧。第七、第八二僧早已吓得魂不附体，问到跟前无言以对，自然也没躲过一刀之厄。最后轮到第九个僧人，他只说了一句话，竟说得占婆王掷刀停刑。

第二话
绿 色 坟 墓

那最后一个僧人战战兢兢地答道："死是我王之威，不死是我王之恩。"占婆王闻言大笑，掷刀停刑，给这第九个僧人留了条性命，又造塔埋骨，最后把那第九个僧人毁去双目，用铁锁穿身，禁锢在塔底地宫。

司马灰等人听得暗暗咋舌："阿奴迦耶王好狠的手段，杀戮如同戏耍，想必其人好大喜功，征伐太重，用度太奢，恐怕他自己也不会落得什么好下场。"又都佩服玉飞燕见多识广，觉得她也确实有些过人之处。

玉飞燕说："我虽不知野人山地下古城里究竟藏有什么秘密，但这壁画确实是占婆王屠僧灭佛的情形，番僧中的八个遇害，只有一人活了下来，所以九道暗门中应该只有一处生门，如果误触机关，说不定会有麻烦。"

司马灰是个心眼里头揣着心眼的机警之人，听玉飞燕说了壁画上描绘的事迹，已明其意，依次找寻过去，果然有个洞穴内的俑人是囚徒之状，不过俑人沉重，像在地下生了根似的，没有几百斤的力气无法撼动，更不知是转是推。司马灰再仔细打量，发现那尊石俑双眼未坏，便试着往下按了按，哪知稍微使劲，就察觉到石头眼球沉向内侧，一抬手又重新回到原位，原来石俑中空，里面显然藏有机括，再将两只眼球同时按下，就听得轰隆作响，占婆王绘像下的墙壁分开缝隙，其后露出一座低矮坚厚的石门。

众人发现壁画中的占婆王高高在上，要想进入古城的最深处，只有从其脚下低矮狭窄的石门中通过，而且必须是曲身猫腰才能爬进去，心中无不暗骂，有心要将壁画毁掉，可一考虑到宿营灯里的电池随时都会耗尽，必须在完全陷入黑暗前找到出口，便再也无暇多顾。怎知那石门闭合坚固，大概千余年来从未开启过，四人使出吃奶的力气联手推动，直累得腰酸臂麻，才推开半壁，宽度刚可容人，里面黑咕隆咚，似乎还有不小的空间。

以众人往常所见所闻，实在推测不出这座古城究竟是个什么所在，数不清的浮雕和壁画无不精湛绝伦，技工之娴熟、想象力之丰富、规模之庞大、结构之奇异，都使人难以置信，历经千年，仍在地底岿然不动，根本不似出自凡人之手，在他们看来，这里的每一块石头都充满了谜团。

玉飞燕不敢贸然入内，先用宿营灯向里照了一阵，可满目漆黑，又哪里看得到什么。如果整座黄金蜘蛛城仅是一条通道，被阿奴迦耶王隐藏在通道尽头的秘密又会是什么？沉寂的黑暗中仿佛充满了危险，也许每向前走出一步，就会和死亡的距离更近了一步。

正当众人将注意力集中在石门深处的时候，司马灰听到身后有个极轻微的声响，像是有什么东西触动了平静的水面。他装作不觉，偷眼去看，此时处在地下环境里久了，眼睛已经适应了黑暗，加之积水淤泥中又含有磷化物，偶尔会有微弱的鬼火闪动，所以即便漆黑一团，可只要没有浓雾，在不借助灯光照明的情况下，也能隐约看到附近的物体轮廓。司马灰循声观望，发现一尊倒塌的石俑背后，伏着一个身影，头上圆溜溜的像是扣着半块瓜皮，正是那个戴着 M1 钢盔的第五幸存者钱宝山。

司马灰猜测对方一个人推不开这道石门，所以才引着他们进入隧道，此时见石门洞开，就想找机会悄悄溜进去。钱宝山来路不明，似有意似无意地遮遮掩掩，最可疑地是从不敢以真面目示人，居心叵测，恐怕不是善类。捕捉这个幽灵的机会稍纵即逝，司马灰自然不肯放过，他不发一声，悄悄退出宿营灯的照射范围，攀上残壁，迂回着接近钱宝山藏身之处。

司马灰身手轻捷，他在黑暗中横攀着残破不堪的人面石壁，绕过了隧道中的积水，行动之际悄无声息。民国以前的绿林盗贼中有四绝之说，四绝分别是指蝎子爬城、魁星踢斗、八步赶蟾、二郎担山，司马灰是蝎子张真传，这路倒脱靴的本事惊世骇俗，向来在四绝里占着一绝，尤以姿势怪异行动迅速著称。那钱宝山正藏在石俑背后全神贯注地窥探石门，猛然间察觉出情况不妙，也不免惊诧万分，更没想到司马灰来得如此之快，口中"啊"地一声轻呼，闪身向后就躲。

司马灰本想出其不意，擒住对方看个究竟，此时听钱宝山口中一声轻呼，这声音虽然轻微短促，但在他听来，无异于黑夜里响个火炮。因为这个人的声音，与探险队在蚊式特种运输机里发现地震炸弹时，由录音机里传来的神秘语音完全相同。那条犹如受到电磁干扰而形成噪音般的声带，显得僵硬而干枯，早已深深印在了司马灰的脑中，他现在终于可以确定，钱宝山就是身份扑朔迷离的绿色坟墓。

自从在机舱里听到录音开始，司马灰一直无法确认这幽灵般的绿色坟墓是否存在，因为只闻其声，未见其形，在行动中难免处处受制，苦无对策，只好隐忍不发，直到此时才水落石出。他想到探险队进山以来种种噩梦般的遭遇，Karaweik 和苏联人契格洛夫惨死，剩下这几个人也都受到了严重的化学灼伤，全因绿色坟墓而起，心头不由得涌起一股杀机，再也遏制不住，竟不想留下活口，于是借攀在残壁上居高临下，拔枪射击。

司马灰这支枪里的子弹早已顶上了膛，枪口一抬，一串子弹便呼啸而出。这种苏制冲锋手枪，既是手枪，又是冲锋枪，连发单发都能打，但是在没有装备肩托的情况下，连续击发的命中率难以保证，不过他与绿色坟墓距离很近，乱枪劈头盖脸地打过去，至少也能有两三颗子弹命中目标。

绿色坟墓察觉到自己暴露了踪迹，急忙抽身躲闪，却仍是迟了半步，那顶 M1 钢盔在慌乱中滚落，随即又被一发子弹从侧面击中太阳穴，当场扑倒在地。

司马灰唯恐对方还未死绝，正想再补上两枪，可猛觉一阵腥风袭来。原来隧道底下有条伺机猎食的鳄鱼暴然跃起，张着血盆大口向上扑咬而来，他只顾着要击毙绿色坟墓，没提防潜伏在隧道里的鳄鱼已悄然接近，再也来不及回避，只得闭目待死。

罗大舌头和阿脆、玉飞燕那三个人，都没想到司马灰说动手就动手，等他们反应过来，已在枪火闪动中，见到那钱宝山被当场撂倒，同时又看见一条鳄鱼蹿了上来。这三人眼疾手快，乱枪齐发，将跃到半空的鳄鱼打成了筛子，死鳄重重翻落在了水里，阿脆随即扔下两颗白磷手榴弹，炙热的烟火阻住了附近其余几条鳄鱼，迫使它们纷纷后退。

司马灰只顾着躲避鳄鱼，手脚没攀住残墙上的凹槽，直接跌落下来摔入水中，所幸全是淤泥，才没把脑袋撞进腔子里。阿脆等人担心白磷烧尽后再有鳄鱼过来，急忙上前接应，将司马灰从水里拖了上来。

四个人都还没来得及开口说话，就见从弥漫升腾的浓烟里爬出一个人来。烁烁刺目的白光照射下，那人身形犹如鬼魅，竟然是刚才已被司马灰开枪射杀的绿色坟墓。纵然是司马灰临事镇定，也不禁觉得身上一阵发冷："绿色坟墓刚被乱枪击毙，至少有一发子弹是贯头而过，脑浆子都打出来了，怎么可能还会爬动？除非它不是活人，可死尸僵硬，不能行动说话，而亡灵又不会在灯下显出影子……"

司马灰硬着头皮骂了一句："你不趁早挺尸，还爬过来干什么？"四人仗着手中都有武器，便端起枪来，枪口齐刷刷对准了绿色坟墓，刚要扣动扳机，就见对方缓缓抬起头来。这回众人是借着燃烧的白磷烟火，自然脸对着脸看了个一清二楚，只是看这一眼，却似经历了一生中最恐怖的时刻，止不住牙关打战，连扣住枪机的手指都被吓得僵住了。

此时的情况是司马灰等人伏在隧道里，借着白磷弹灼目的光亮，看到绿色坟墓突然从烟雾中爬了出来，虽然距离并不算近，但对方头戴的M1钢盔掉落后，恰好将他那张隐藏极深的脸孔暴露了出来，使众人瞧得再清楚不过，只见其双目微凸，额顶奇长，耳垂很宽，嘴唇极厚，被燃烧的磷光映得惨白，毫无人色，灰蒙蒙的两只眸子里，也没有半分活人应有的气息。

此时司马灰已然确认此人就是绿色坟墓，不料对方在被子弹贯脑射穿之后，尸体居然还能行动，而且谁都没想到绿色坟墓的脸孔，竟会是这副模样，难道那个早已死去千年的占婆王……又从壁画或棺椁里爬出来了？

据说占婆国阿奴迦耶王生具异相，被后世称为天菩萨，大意是指占婆王的相貌与常人差别太大，也不能说难看丑陋，至多是怪异离奇，仿佛是古代宗教里的神佛造像。那些壁画和浮雕里的神像，虽也是一鼻子俩眼什么也没多长，但为了突显与凡夫俗子的区别，工匠在制作时往往会增加许多夸大的特征和气质，倘若忽然变做肉身，活生生出现在面前，让谁看个冷眼，光天化日之下也得吓得半死，何况是在这条黑暗阴森的古城隧道里。

司马灰等人在看清绿色坟墓那张脸的一瞬间，觉得心底都有块玻璃被震得粉碎，手脚也不听使唤了，头皮子跟过电一样都是麻的，只听那具古尸喉咙中发出咕噜一声怪响，拖着掉落在地的钢盔，快速爬向石门。

第三话
占 婆 的 王

众人只觉心惊肉跳，脚底下像灌了铅似的拔不动腿，眼怔怔看着绿色坟墓，或者说是那个早就死了千年的占婆王，从他们面前躲入石门，就此消失在了黑暗深处。

罗大舌头使劲揉了揉眼睛："是不是我他妈看花眼了，你们瞧见没有？刚才是壁画里的那个古代人爬出来了……"

司马灰也是骇异难言："绿色坟墓怎会生得与阿奴迦耶王绘像一模一样？"这普天底下的人，别看都是俩胳膊俩腿，却只有面貌最是不同，只因为各是父母所生，血脉渊源何止千支万派，哪能够完全一样？纵然是颜面相似得紧，但仔细看来，也自有少许不同之处，更何况是时代有别，毫无干涉的两个人，容貌又格外特殊，怎么可能如此酷似？

白磷手榴弹所产生的强烈烟火逐渐衰弱，黑暗不断侵蚀着隧道中残余的光线。司马灰见那盏宿营灯最多撑不过一两个小时，如果此时稍有胆怯，就会被困死在漆黑的地下，心想："反正死活就是一条命，今天豁出去了，就算真有借尸还魂的厉鬼，也要跟它见个起落。"当下对三个同伙一招手，提着枪当先追了进去。

罗大舌头见阿脆吓得脸都青了，就替她壮胆说："你用不着怕，咱手里的家伙也不是烧火棍子，这英国佬用的猎象枪确实厉害，不仅口径大、杀伤力强，霰弹的覆盖面也很广，倘若一枪轰出去，连犀牛也抵挡不住，要不是刚才没扫清射界，担心误伤了你们，我早就一枪把它崩碎了……"说着话就同阿脆一前一后爬进石门。

玉飞燕见了那三个亡命徒的举动，心想这可真是疯了，她稍稍犹豫了片刻，唯恐自己独自落在黑暗的隧道里，只好咬了咬牙，跟着司马灰一起行动。

众人都知道前方必有凶险，所以个个神经紧绷，屏气息声，刚刚钻过石门，便背靠石壁为依托，各自举枪戒备，做好了殊死相搏的准备。然而黑暗中静得出奇，远处隐隐有水流作响，像是有泉涌存在，此外别无动静，而先前躲进来的绿色坟墓也并未出现，宿营灯照不到五六米远，根本无法判断置身何地。

司马灰担心隧道里的鳄鱼尾随进来，待其余三人汇齐之后，就从内侧将石门重新推拢，同时发现那石门后也有浮雕，描绘着波涛汹涌的海面上浮出一条白蟒，占婆王侧卧于蟒背之上，脚边跪有两个手捧巨烛的奴隶，迎面则有一座九重古塔。

司马灰仅是在石壁浮雕上胡乱扫了两眼，一时也难解其意，随即借着宿营灯微弱昏暗的光亮察看周围地形。就见石壁森然，墙体都是用密密匝匝的人面石砖砌成，那无数冷漠呆板的脸孔，更加衬托出王权的神秘与恐怖。地面上散落着许多奇珍异宝，从黄金铸成的神像到用各种宝石雕琢的骷髅，被宿营灯一照，便泛出奇异的光芒。

众人亲眼看到绿色坟墓躲入此中，但跟踪进来，却扑了一空，只是感觉到这里似乎极是幽深空旷。司马灰正提着宿营灯逐步探索，灯体内的发光二极管却忽然熄灭，怎么敲打都亮不起来，也不知是出了什么故障。四周顿时陷入了一片漆黑，绝望的阴影也随即笼上心头，他暗暗叫苦，怎么偏偏这节骨眼上灯坏了，可真是船遇风波折桨舵，马到悬崖断缰绳。

罗大舌头身边还带有一颗白磷手榴弹，如果利用其中的燃烧剂照明，大概可以维持十分钟左右，但是不到最后时刻谁也舍不得用。四个人落在黑暗中目不见物，只得冒死停在墙边，一是稍作喘息商量对策，二是那盏宿营灯灭得兀突，不像是电池耗尽，很可能只是灯体内的线路接触不良，探险队配备的宿营灯十分耐用，绝少轻易损坏，如果出现类似的故障，拆开来再重新装配一遍，便有可能再次恢复照明，司马灰让阿脆摸着黑拆开灯罩检查，看看能否重新让它亮起来。

司马灰一面握着枪提防黑暗里可能出现的意外，一面回想先前的遭遇，他原本打算将计就计，在隧道里找机会反客为主，解决掉一直潜伏在身边的致命威胁，否则受制于人的局面永远无法扭转。谁知那个幽灵般的绿色坟墓，在被冲锋手枪击中后依然行动如常，更令人吃惊的是，此人与早已死去千年的占婆王，长得如同一个模子里抠出来的，这些匪夷所思的变故，使四个幸存者再次陷入了彻底的被动之中。

司马灰忍不住切齿道："莫非是撞见活尸了？六月里满天飞雪，九曲黄河往西流，这野人山里怎么什么样的怪事都有？"

罗大舌头感叹道："都到山穷水尽的地步了，你就别犯酸了。不过我也琢磨不透……那壁画里的古代人怎么突然变活了？这事也太邪性了，真他妈够瘆人的，前年刚听说来自温都尔汗折戟沉沙的消息，我都没觉得有这么邪性，想不信都不行。"

司马灰这才想起，还未来得及将发现钱宝山就是绿色坟墓所伪装的情况，告之其余三人，于是简要讲了经过，并称这绿色坟墓对补给连运输车队失踪的情况十分熟悉，又了解野人山大裂谷中的许多秘密，虽然以前曾有腹语异术，能够改变嗓音，可那本乡本土的语气，也不是外人轻易就能模仿出来的，所以此人至少具有三重相关背景：第一他可能曾是盟军在缅甸对日作战时的军事人员，籍贯应该在云南；第二是雇佣探险队并策划行动的幕后首脑绿色坟墓；第三重背景最为扑朔迷离，但肯定与占婆王朝存在着千丝万缕的联系。

其余三人都不清楚刚才司马灰为何会突然开枪，至此方才恍然大悟，但众人仍对绿色坟墓长得酷似阿奴迦耶王之事，感到万难理解，恐怕这绝不仅仅是二人天生相貌接近那么简单。首先那绿色坟墓洞悉占婆王朝埋藏在野人山里的秘密，如果不是他用灯光通信引导，谁也不可能找到这条蛇腹隧道；其次他能在蚊式特种运输机的机舱内，当着众人的面隐于无形；再者从他身上的种种迹象来看，都完全不像活人。这些情形，只能说明绿色坟墓并非占婆王后裔，也不是今人与古人相貌吻合。很可能绿色坟墓本身就是占婆王，至于他是一直活了千年的怪物，还是死后又发生尸变，从古墓棺椁里逃了出来，则完全无从判断，但沉入裂谷最深处的四百万宝塔之城，应该就是吸引他回到野人山的目标。

司马灰心下全是疑惑："占婆王在秘密建造的这座黄金蜘蛛城，外边是铸满了描绘天地人物、草木虫鱼、剑树刀山、神佛鬼怪的无穷浮雕，可内部除了一条用大量人面石砖砌成的隧道，也仅有这间散落着金珠玉器的暗室，莫非这座古城就是处地下陵寝？"不过司马灰转念一想却又不对："如果是这座古城当真是陵寝地宫，那占婆王的尸体应该是在墓室里的棺椁中，不可能跟着探险队从外边进来。"他百思不得其解，就问玉飞燕还

知道哪些绿色坟墓和占婆王的事情，这里到底是不是古墓地宫？

玉飞燕心神不宁地说："我先前都已经告诉过你们了，这里肯定不是地下陵寝，我要看走眼了，甘愿自己把自己这对招子挖出来给你。至于绿色坟墓，我只知道那是个财阀组织的首脑，其余一概不详，不过确实从来没有任何人，见到过他的真实面目。咱们既然无意中发现了这个秘密，纵然能够逃出野人山，也会被其杀害了灭口，恐怕躲到天涯海角都避不过……"她心中忽然冒出一个念头：如果能设法解决掉绿色坟墓，又能留得性命逃出生天，占婆王埋藏在野人山里的财宝，岂不全是我的囊中之物了？却又担心：落到如此境地，能够劫后余生已属侥幸，如果再贪图重宝，苍天自然不佑，一再使心用腹，到头来反害自身。

司马灰听出了一些眉目，点头道："原来绿色坟墓想方设法隐藏面目，就是担心别人知道他的身份，要不是亲眼所见，谁能想得到此人竟是早已死去千年的占婆王。看来咱们除了设法脱身之外，更要尽快找到绿色坟墓，否则仍是后患无穷。"

阿脆有些担忧地说："此事谈何容易，那绿色坟墓是具千年古尸，就算咱们找到他又能拿他有什么办法？难道还能把一个早已经死了的人，再杀死一遍不成？"

司马灰闻听阿脆所言，心中猛然一动，发觉自己刚才思索的方向完全不对，他又问玉飞燕："你知道不知道占婆王死后都发生了什么？或者说他当初到底死了还是没死？这些事情有没有留下明确记载？"

玉飞燕低声说："占婆王阿奴迦耶当然死了，纵观古往今来，世上何曾有过不死之人？即便相貌奇异，近似天人，可毕竟还是血肉之躯，终归逃不过死神的召唤。相传阿奴迦耶在位时杀戮太重，最后无疾暴猝，死状十分可怖，安葬的陵寝就在越老交界的山岳地带，近代曾遭多次盗掘，墓址也毁于兵祸，现今早已无迹可寻。"

司马灰心知这是关键所在了，继续追问道："有没有人在古墓中发现阿奴迦耶王的尸骨？"

玉飞燕回忆说："据我所知，当年装殓阿奴迦耶王尸体的黄金棺椁，被人盗掘出来在公海游轮上拍卖，后由信徒赎回，秘密运送至越南，存放在越南最后一代王朝——阮朝的古都，也就是顺化古城的皇宫里。直至越南战争爆发，越共于1968年展开春节攻势，集结正规军七个师，与美国

海军陆战队在顺化激烈交火，双方大打出手，持续的狂轰滥炸和残酷血腥的巷战，把这座古城打得千疮百孔，当时存放于城中的黄金棺椁，连同其中的占婆王尸骨，就此不知去向。"

司马灰和罗大海、阿脆三人，也都对这场著名的顺化战役有所知闻，越共正规军阵亡数万，美军只死了一百四十几个，悬殊的数字比例背后，得益于美国空军和炮兵部队提供的强大火力。在当时那种混乱的情况下，炮弹落得好像是从天上往下掉雹子，发生什么变故都不奇怪，说不定激战之中那具棺椁被炮弹炸碎，而里面的阿奴迦耶王"尸变"逃走了，可他又什么要回到这座沉埋地底的古城？

第四话

暴　露

众人不约而同地预感到："从棺椁中逃出来的千年古尸，为什么要回到黄金蜘蛛城？这个答案很可能就在眼前的黑暗之中。"但这里就连磷化物产生的微光都不存在，环境处于绝对黑暗状态，若非借助照明装备，根本不可能看到任何事物，除了难以排解的压抑和紧张，恐惧焦虑的情绪也在黑暗中不断加深。

阿脆曾经听过一件很可怕的事情，据传在某农村，意外死了个人，没来得及置办棺材，就停在打草场院里，给尸体头旁点了蜡烛做长明灯，身上蒙了个白被单子，拿几条木头凳子架着，雇了个闲汉守夜，等待转天打好了棺材入殓。那守夜的汉子为了壮胆，喝了半壶老酒下肚，结果不胜酒力醉倒了，他迷迷糊糊地听着有狗叫声，当地风俗最忌讳被黑犬看见尸体，他惊醒过来一看，见正有条黑犬在啃死尸的脚趾。这时阴云密布，一个炸雷击下，正中木凳上平躺的尸体，那死人突然蹿起来撞开院门跑走了，把守夜者吓得屎尿齐流，赶紧招呼人来帮忙，冒雨出去寻找，找遍了山野都不见踪迹。直到很久以后，村里有个皮货商人出远门，路过一个地方看见当初逃走的死者，正跛着脚在路边摆摊卖牛杂碎。这地方距离他们的老家已不下千里之遥，那皮货商人以为这同村之人当初没死，就上前攀谈，说起当年起尸夜逃之事，问他怎么流落在此。这人却突然倒地不起，瞬间露出尸体腐坏之状，最后报知官府，被就地焚化，骨灰送回家乡掩埋。这件事被称为"惊魂千里"，盖因人死之初，体内残存的生气尚未散尽，倘若遇到特殊情况，比如被雷电击中，或是让黑狗看见，便会发生近似起尸回魂之类的种种变怪，白天言谈举止与活人无异，到夜里则露出僵尸原形，并且丧失心智，对自己以前的经历毫无记忆，只有被知情者说破死因，才能吓得亡魂离开尸体。

　　虽然阿脆参加缅共人民军这几年，惨绝人寰触目骇心的事也没少见，但在黑暗带来的压力下，精神不免极度紧张，她听玉飞燕说起占婆王古墓被盗，黄金棺椁在顺化失踪的情形，又经历了此前在隧道里的恐怖遭遇，就立刻记起插队时听来的那些乡间传说，不禁胆为之寒，一种无力感袭遍全身。她心惊肉跳之余，险些将手中正在装配的宿营灯也掉在地上，忍不住问司马灰道："那绿色坟墓果真是从棺椁中逃出去的僵尸？"

　　司马灰却认为众人遭遇的状况，绝没阿脆说的这么简单，如不设法查个水落石出，就只有在这伸手不能见掌的黑暗中等死。他感觉到也许占婆王黄金棺椁与尸骨的去向，就是揭开野人山事件真相的最重要环节，于是继续追问玉飞燕："从占婆王陵寝被毁至今，有没有人亲眼看到过放置在黄金棺椁里的尸骨？"

　　玉飞燕回想道："我对这件事情的了解，也仅是道听途说得来，不知道是真是假。据传黄金棺椁被盗时，想要毁尸的几个盗墓者都遭意外惨死，所以金椁又被重新钉死，直到在越南顺化战役失踪之前，始终都被封存严密，没有任何人胆敢将它打开，去窥视装殓在里面的占婆王尸骨。"

　　司马灰听玉飞燕说到这里，终于捕捉到了一些头绪，他为众人分析："我觉得如果说咱们刚才在石门前遇到的占婆王，是个从古墓里爬出来的老棺材瓢子——这种可能性并不大，因为那个雇佣探险队寻找蚊式运输机的绿色坟墓，虽然对裂谷内部结构了如指掌，但他并不清楚塔与蛇这个古老暗号中隐藏的真相，否则就不会派人驾驶黑蛇号蚊式特种运输机进入雾中送死了。另外我看浮雕和壁画上存留的占婆王绘象，除了容貌奇特，体形也很古怪，四肢格外修长，与戴着钢盔的那个人的身形相差悬殊，如果绘像中的身体比例接近真实，那么占婆王与绿色坟墓就应该不是同一个人。"

　　众人在黑暗中竭力抑制着近乎崩溃的绝望情绪，慢慢使头脑冷静下来，仔细回顾在野人山裂谷里遭遇到的一切，果如司马灰所言：绿色坟墓明显不知道地底浓雾中真正的危险所在，但围绕在此人身上的谜团实在太多，他的背后究竟隐藏着什么身份？绿色坟墓身为地下财阀的首脑，控制着东南亚地区最大的军火交易组织，有的是人愿意为了钱替他卖命，何必亲自以身涉险，深入野人山大裂谷？他的真正目标是什么？为什么在被子弹击中之后，却没有当场死亡？是不是他早就已经死了？先前在那架装载地震炸弹的蚊式机舱里，绿色坟墓应该就躲在众人眼皮子底下，却始终都未暴露踪迹，这究竟是如何做到的？它逃入石门之后又躲去了哪里？这一连串的疑惑错综复杂，仍然无法解答。

司马灰推测说："大部分谜团的背后，都指向了同一条线索，这个线索就是容貌，可能占婆王的脸……被绿色坟墓拿走了。我不知道绿色坟墓是不是真正的幽灵，但他的脸色，在惨白中透着一层极深的尸气，眼眸里毫无生人活气，听说只有被封在棺椁中沉埋了千年的僵尸，才会有这样的脸色。"

玉飞燕听得倒吸了一口冷气，奇道："你是说绿色坟墓将死尸的脸剥了下来，罩在了自己头上？我还真是头一次听说有人敢这么做。"阿脆也听得浑身发凉："为……为什么要这么做？"

司马灰说："我略懂些金点相术的皮毛，无非是家传师学所得，可谈不上精通，因为我总以为运势微妙，难以琢磨，常人岂能参悟？不论是言福还是言祸，都不能尽信。但是听说这类认定相貌可以左右吉凶祸福的观点，却由来已久，在许多古代宗教里都或多或少的存在。不过各地风物不同，至于占婆王朝以人相貌区分尊卑等级的诡异观念，是基于什么背景所产生的，它与起源于中国的古相术又有什么区别，我就不得而知了。我只能以我所了解的金点相术，观取占婆王的形貌特征。我看这阿奴迦耶王面相生得确实奇怪，有皮相没骨相，在古时却被视为天人，这是因为什么缘故？大概以当时的观念来看，凡人长了神佛般的容貌，那就是距离天国最近的人了。相信宿命论的人大都认为，只要生而为人，就如撞在蜘蛛网里的飞虫，到死也挣脱不开命运之网的束缚，而命运最直接的反应就是在人脸的五官气色上。依照古相术来讲，口可容拳、额能走马、唇厚似坠、目如鱼龙，凡有此类气质神采，都是了不得的相貌。不过千人有千般形貌，万人有万张脸孔，却从没有人能将这些特征集于同一张脸上，因为那是十全之相，普通人不可能存在这么强的运势。然而占婆王的脸确实生具如此异相，难道其中果真隐藏着一种可以左右成败，甚至挣脱'蜘蛛网'的力量？"

司马灰推测占婆王虽然死了近千年，尸骨朽烂已久，但这副面孔却在棺椁里保存至今，绿色坟墓拿走了尸体的脸，就相当于取走了占婆王的"运气"，因此它才胆敢以身犯险进入野人山大裂谷。

罗大舌头在旁听了一阵，认为这事远没有那么复杂，他也从不信命，就对司马灰说："你那也是想得左了，运气这东西拿得着吗？是方的还是圆的？公的还是母的？多少钱一斤？谁见过呀？咱们为军的人，脑袋掉了当球踢，能信这个？"

玉飞燕却对司马灰的话格外认同："谁不相信运气？世人烧香求菩萨、拜祖师、供宅仙、佩挂护身符，求的不都是运气吗？凡是要做签子活，从来都是'十分准备，九分应变，一分运气'，倘若少了那一分运气，不论你事先准备得如何充分，又有怎样出众的手段，到头来终究难以成功，正所谓谋事在人，成事在天。"

司马灰说："你们的话都在理，毕竟运气这种东西，太过虚无缥缈了，我相信它肯定是客观存在，可也不能将希望全系于此。"

这时阿脆又对司马灰说："我听当地人讲过，在缅甸与柬埔寨边界附近，常有些放蛊养鬼的邪术，是到深山里挖掘尸骨罐，然后悄悄背回家中供养，以此转运，唤作背鬼，所以那些运气好的人身后都是有鬼跟着，想要什么就来什么，谁也动不了他……"

罗大舌头抱怨道："阿脆，我能容忍疯子的上限是两个，要是连你也相信这一套，我可真就没指望了。"

司马灰让罗大舌头先沉住气，比起视觉无法穿透的黑暗，心理上存在的盲区更为可怕，如果不设法找出答案，即便四周一片通明，也难以逃出被重重迷雾包围的野人山大裂谷。

罗大舌头说："反正这睁眼瞎的滋味不好受。那盏宿营灯还修得好吗？要是没戏了，咱们趁早再想别的招……"他说着话，就摸出了白磷手榴弹，想利用其中的燃烧剂取亮，但忙乱中却失手掉落在了地上，眼前又黑漆漆的什么也看不到，只得伸手在身前摸索。谁知刚把手探出去，就触到冷冰冰一片皮肉，再仔细一摸那轮廓和形状，有鼻子有眼还有嘴，却没有半分气息出入，分明是个死人的脑袋。

罗大舌头暗觉奇怪，宿营灯熄灭之际，众人就背靠墙壁停在原地没动，当时怎么没发现附近有具尸体？即使绿色坟墓罩着从占婆王尸身上剥掉的脸，口鼻中也应该透出些气息来才对，可从指尖传来的触觉阴森沉寂，感受不到半点气息，说明那张"脸"后的脑袋里根本没有生命存在。罗大舌头想到这才反应过来，吓得他急忙缩手，立刻端起了抱在怀里的大口径猎象枪，慌里慌张地去搂扳机。

此刻阿脆也已将宿营灯重新装配完毕，她轻轻一推开关，灯体内的发光二极管随即闪了一下，众人借着微弱朦胧的光亮，发现身前显露出一个黑糊糊的影子，它半仰着头，四肢着地，僵硬的面容轮廓十分诡异，白森森的脸皮上神情阴惨，与占婆王留在壁画中的绘像别无二致，脑颅侧面还有个被子弹贯穿的窟窿，正是那个冒充美军失踪人员的绿色坟墓。

司马灰见宿营灯使悄然接近的绿色坟墓暴露在了面前，弹孔中淌出的脑浆痕迹都清晰可辨，心中也是吃惊不小，猛然间想起阿脆刚才所说的"背鬼"之事，不由自主地闪过一个念头："头乃四维八脉之主，鸟无头不飞，人无头不走，即便绿色坟墓曾经是个活人，脑袋被子弹射穿也必死无疑，更不会再有任何思维意识，除非现在控制尸体行动的现象是……借尸回魂！"

第五话

奇　迹

　　宿营灯虽使悄然接近的绿色坟墓暴露在了众人面前，可尚未彻底恢复照明的灯体，似乎因电压不稳而短路，只稍微闪得一闪，那发光二极管就突然爆裂，黑暗又在转瞬间吞没了一切。

　　此时最先端起枪来的罗大舌头，已然搂下了扳机，两发霰弹齐射，砰的一声硝烟骤起，其余三人也分别从惊愕中回过神来，各持武器射击。司马灰在接连闪动的枪火中，发现面前空空如也，鬼影都没有半个，就招呼众人保存弹药，停止射击。

　　四周重新陷入了沉寂，众人心头却仍是狂跳不止，不知接下来还会有什么出乎意料的事情发生。罗大舌头见宿营灯已经完全损坏，就想壮着胆子，继续在黑暗中摸索刚才掉落在地的白磷手榴弹。

　　这时忽听前边十几步开外，有个低沉的声音叫道："别找了，白磷手榴弹在我这……"嗓音生硬嘶哑，与先前在机舱中引爆地震炸弹之时，从手持录音机里出现的动静完全一样，只不过不再使用假声了。

　　众人闻言又惊又急，正待上前围攻，却听那人冷笑道："你们当真不识好歹，放着鹅毛不知轻，顶着磨盘不知重，要命的就别轻举妄动。"

　　司马灰心想：绿色坟墓既然敢现身出来，肯定有恃无恐，而且他头部中枪，不但没死，也没怎么流血，这个躯壳虽然形影具备，却不知是个什么怪物。我们的照明装备损失殆尽，处境极为不利，现在还不具备合适的行动时机。于是拦住其余三人，也没有紧逼上前，只在原地问了声："你到底是谁？"

　　那人发出一阵干涩的冷笑："你们刚才讲的那些话，我一字不漏，全听着了。你们这四个狗崽子，后脑勺都长眼了，天杀的好见识！我如今再说自己是盟军反攻缅甸时的失踪人员……恐怕也瞒不过去了。"

司马灰心知自己先前所料不错，一面暗暗寻思对策，一面支应说："凭你这两下子，自以为遮掩得密不透风，其实却是前栅栏钻狗，后篱笆进猫，没有一处严实。"

那人躲在黑暗中听了司马灰的话，不冷不热地嘿了一声，说道："我只是一时大意，露出了些许破绽，不承想竟被你们看穿了行迹，可你们毕竟还没有越过最后的'底线'，否则早就横尸就地了，怎能容你们活到现在。"

司马灰心知肚明，对方所说的"底线"，是探险队中的几个幸存者，都没有看到过绿色坟墓的真正面目。不知这其中有什么蹊跷，竟然从不肯让任何人知道，谁看见了就要谁的命？想来国家机密文件也不过如此了，可一个人纵然长相丑陋怪异，也绝不至上升到"保密"的高度。不过司马灰觉得现在套问这事情毫无意义，当务之急是尽快掌握对方的动机，于是说："你又不是西施、貂蝉，可没人稀罕看你的样子，你此时出来，总不会是只想告诉我们你有这个忌讳？"罗大舌头也在旁出言恫吓道："你现在最好给我们找一个——暂时不把你大卸八块的理由。"

那人不为所动，语气却变得更加阴沉："你们面临的危险，远比预想中的还要可怕，如果咱们继续保持敌对关系，对谁都没有好处。"他坦言确实是有些事情想要告之众人，于是不再隐瞒，首先承认了自己的身份，就是雇佣探险队并且策划整个行动的首脑绿色坟墓。

绿色坟墓是整个东南亚地区，最庞大的地下情报、毒品、军火交易组织，由于现任首脑从不露面，外人也不清楚其身份来历，只能以该组织的名称绿色坟墓来称呼。其实早年间他对外使用的化名就是钱宝山，世居云南，也曾在缅寮越柬等地经商，与英法殖民者关系密切。

在钱宝山成为绿色坟墓的首脑之前，就已知道英国人曾多次派遣探险队，深入缅北野人山裂谷，行动目标绝不仅仅是为了寻找失踪人员，主要则是调查占婆王朝的黄金蜘蛛城，但由于山高林深，地形崎岖，环境复杂，没有一次能够成功。

然而英国人多年收集到的情报和历次行动档案，最终都落入了钱宝山手里，加上他从秘密渠道获得的诸多信息，使其认识到带有强烈神秘色彩的占婆文明，系古印度教分支，始终未被佛教同化，早在千年以前，原始丛林深处藏有占婆王朝供奉吠陀兽主的神庙，后来由于野人山水脉下陷，处于地表的石殿和古塔全都沉入了山腹。

当时的占婆国主是阿奴迦耶王，其人形貌奇异，极端自负，崇信命相，性情喜怒无常，残忍嗜杀，灭佛诛僧。每遇征伐，就将全部俘虏的脸皮活生生剥下，被其屠戮的僧侣、奴隶、工匠不计其数。野人山突然陷落出犹如深渊般的裂谷，被视为毁天灭地的噩兆，以神权为主导的高压统治，最惧怕信仰的崩溃，占婆王为了消弭灾祸，便命人在洞窟深处重筑四百万宝塔之城，西方人根据它的特殊形状称之为黄金蜘蛛城。

据说占婆王虽然是生具异相，亘古罕有，被称为距离天国最近的人，可他毕竟还是血肉之躯，与天国之间的距离，遥远得不可抵达。然而在野人山大裂谷的黄金蜘蛛城里，却埋藏着关于这段距离的秘密，也即是说整座黄金蜘蛛城，就是一条前往天国的通道。因为在野人山坍塌后，有人从地底淤泥中，发现了一块浑然一体的巨岩，如果把它的体积作直观比较，估计能抵得上一个大型足球场，这个岩体内部有许多天然形成的洞穴，占婆王命人将巨岩内外都用砖石铺彻齐整，就成了形状怪异的黄金蜘蛛城。原本的那些洞穴大多都被封死，最深处只留有一间被称为"尸眼"的密室，除了占婆王以外，谁都不知道那里面藏着些什么东西。从这时起，奇株忧昙婆罗开始在古城周围无休无止地生长蔓延，由它所产生的浓雾，覆盖了所有进入裂谷的途径，再等到占婆王无疾暴猝，连同这些不为人知的秘密，一并带进了棺椁，没给后世留下任何文字记录，一切都变成解不开的千古之谜。

钱宝山并不相信神佛和天国地狱之说，他认为人类从古猿进化至今，虽然科技和文明程度日新月异，但是作为人的本质，始终没有任何改变，千万年来，无非都是行走坐卧、吃饭睡觉、生老病死、繁衍后代而已，因为这就是人类生命的形态。也许所谓的神，大概就是超越于这些生命形态之上永不沉沦，是可怜的只能活一生的凡人，永远无法理解的存在，从太古的往昔，到无尽的未来，没有任何生命可以改变自身存在的形态。

钱宝山和早已死去千年的占婆王不同，他通过这些支离破碎的信息，已经推测出了"尸眼"中的秘密。他不计任何代价与后果，只是想寻找机会看一看隐藏在其中的真相，不过从古城里生长出罕见的忧昙婆罗，封闭了地底洞窟，随之产生大量浓雾，除了冷血爬虫类生物之外，进去的活人即被吞噬，无一幸免。

钱宝山费尽心机，终于找到了占婆王留下的几卷古代地图，描绘着裂谷内部的地形结构，可他虽然知道有个飞蛇才能进入雾中的传说，却百思不得其解。为了深入地下一探究竟，他先说服英国人在野人山开凿隧道，后因日军入侵缅甸而被迫放弃。第二次世界大战期间，钱宝山又提供信息，引导美军利用以前废弃的隧道修筑公路，并派手下将第六独立工程作战团混合补给连带入了猛犸洞窟。甚至在缅甸独立前夕，他还命人冒充皇家空军，驾驶改装的蚊式特种运输机，装载着地震炸弹进入裂谷，准备利用合成的化学落叶剂破坏地底植物，但是均未得逞。

历次行动中，最接近成功的一次，就是那架蚊式特种运输机，当时蚊式在恶劣的天气下航行，竟然冒死降落在了雾中，不过随即失去了联络，功亏一篑。想要彻底摧毁产生浓雾的忧昙婆罗，必须有特制的化学毒液，这种化学落叶剂和震动炸弹都属军用级别，受到严格管制，英军撤离缅甸后，就不容易再搞到了，所以最佳行动方案是再派一支敢死队，进入谷底引爆机舱内的地震炸弹，不过缅北时局不稳，武装冲突持续升级，一直没有找到合适的机会。

钱宝山为人异常谨慎，从不在别人面前显露形迹，所以每次行动只在幕后策划布置，从不以身涉险，但他知道到野人山里的浓雾难以穿越，而且随着政局的改变，留给他的机会将会越来越少，只好另出奇策，从科学认知范围以外的领域着手，并打算亲自进山寻找黄金蜘蛛城。

钱宝山先趁越南顺化战役打得如火如荼，从古都皇城里盗出占婆王的黄金棺椁，并从尸骸头部剥下了那张具有十全之相的死人脸皮。因为钱宝山知道，他自己什么都不缺，唯独缺少一份难以琢磨的"运气"。

按照梵蒂冈教皇厅的标准，能在死后制造两次，或两次以上奇迹者就算"圣人"，比如某人去世以后，其尸体不经特殊处理，放在常温环境下保存，历经千百年，不腐不朽，这算是一个奇迹，如果谁得了不治之症，诚心诚意地祷告膜拜，在接触尸体后，身上的疑难杂症不治而愈，便又算一个奇迹，只有出现双重奇迹，这具尸体才能被认定生前是位圣人。诸如此类，都是西方宗教的观点。

而妖面占婆王生具天人异相，运势强隆，如日在天。比如他杀业很重，生前树敌极多，对他行刺下毒的事常有发生，不过总是阴错阳差，没有一次能够成功，每次身历大劫，总是履险如夷。在其死后，尸体至少出现过三次奇迹：一是死尸已经腐朽，只有头部未坏，脸似银瓶，依然栩栩如生；二是自从王陵被盗开始，开棺之人见到占婆王脸上神采不散，惶然可畏，无不心怀忌惮，皆意欲毁掉这张妖面，可都遭遇意外横死，无一例外，余者惊得魂飞胆裂，只好重新钉住棺椁，不敢再见其面；第三，据传占婆王在棺中阴魂不散，谁能将死尸的脸换在自己头上，占婆王的阴魂便会跟随在后，诸事逢凶化吉。

钱宝山懂些方术，却不敢深信，之所以这么做，完全是为了给自己吃颗定心丸，毕竟运气这东西没影没形，往往都是事后才知有或没有，谁也打不得包票。随后他继续着手准备，等待时机。果然不出数年，缅北由战乱产生了大片非军控地带。钱宝山买通了几支地方武装势力，在山外设置了若干行动据点，同时不惜重金，招罗各方面的专家好手，计划分做三队进山寻找地底古城。

准备得虽然充分，但未知因素仍然太多，探险队最多仅有两成把握，钱宝山不免瞻前顾后，犹豫难决。这时突然传来消息，数十年不遇的强烈热带风团持续悬挂，很可能波及到野人山，狂风暴雨会将终年不散的浓雾彻底清除，钱宝山没想到眼前最大的障碍，居然就如此被老天爷给轻而易举地化解了，这是他有生以来，第一次感受到尸皮面具带来的"运气"。

第六话
诡　雷

正如阿拉伯民谚所言："运气是奇迹的代名词。即使你把一个正在走运的人扔进汪洋大海，他都能抱着海里的鱼游回岸上，因为世界上没有任何力量，可以对付一个运气好的人。"

钱宝山搜集翻阅了许多占婆文献和古籍，根据其中记载的方法，将妖面完完整整地剥下，罩在了自己头上，此后在他身边常有些难以解释的怪事发生，可这些事情虚无难言，也说不清究竟是心理作用，还是占婆王阴魂为祟，却真使他感觉到了什么叫时来运转。

钱宝山自恃有鬼神在暗中相助，定然无往不利，在热带风团入侵之前，分别给三支探险队布置了任务，只说是到野人山寻找失踪的"蚊式"。他谎称这架运输机里装载的物资，都是英国皇家空军在撤离前，秘密运送的缅甸珍宝，并警告货物极其危险，找到之后再依计行事，事先并没有透露半点真相。

既然得了天时，各分队随即展开行动，不过考虑到气象和地形因素，出发的时间上有先有后。第一支探险队最先进山，他们借助橡皮冲锋艇，经水路从北面进山，但出师不利，很快就失去了通讯联络，估计是遭遇了不测；第二支探险队，就是以玉飞燕为首的一伙人，虽然死伤惨重，却有几个人侥幸生存下来，最终进入了野人山大裂谷。

钱宝山则跟随英国分队，驾驶黑蛇Ⅱ号运输机在空中盘旋，但是天气的变化超出预期，临近裂谷不得不掉转航向，哪知蚊式特种运输机驶入一团云雾，受到撞击后发动机失灵，从半空中一头栽下，又被绝壁上的古藤缠住。机上乘员从昏迷中醒转，发现周围全是浓雾，就打开舱门用强光探照灯侦察附近情况，结果遭遇了意想不到的袭击，可狂风暴雨很快压制了雾气，钱宝山再次幸免于难。此时司马灰等人为了躲避被雨水冲垮的山体岩石，慌不择路地闯进了机舱，随后连机带人坠入深渊。这架经过改装的蚊式，是由老牌航空帝国设计生产的"木制奇迹"，借助洞窟内热对流所产生的烟囱效应，得以在地谷中安全降落，并没有当场摔得机毁人亡。

钱宝山好不庆幸，他彻底感觉到了"运气"站在自己这边，相信此刻就算是天上下刀子，也不会伤到他半根汗毛，所以不顾启爆装置损坏，躲在暗地里，用录音机威胁众人立刻引爆地震炸弹，事败后，就借着机舱内一片漆黑的环境，亲手按下了引信。

惊天动地的爆炸随即发生，化学落叶剂摧毁了地底植物形成的茧，钱宝山终于进入了地底洞窟最深处，并且找到了通往黄金蜘蛛城内部的隧道，可仅凭他一己之力，根本无法扳开石门，只好返回地下丛林，就想从英国探险队搭乘的运输机里寻找炸药，却意外地在树洞里找到了其余四个幸存者。

钱宝山知道绝不是司马灰等人命大才活到现在，而是自己的时运一到，想挡都挡不住。此外他还发现了当年被其手下木阔引入洞窟探路，然后全部失踪在野人山里的盟军运输车队，就顺便捡了顶钢盔，换上军装，冒充困在地底的老兵，以灯光通信将四个幸存者引入隧道，虽然半路上泄露了行藏，却仍然抓住机会进入此地。

这条蛇腹隧道曾是占婆王所留，石门后的空间位与古城中央，距离"尸眼"密室中隐藏的真相，几乎触手可及。可在钱宝山查看之后才发现，事情并没有他预期中的那么简单，以他自己的能力，根本无法进入"尸眼"。

野人山里危机四伏，只要错走一步就会落入万劫不复的境地，但是钱宝山深信"运气"并没有抛弃自己，只不过时机尚未成熟，他正待仔细搜寻，可司马灰等人已从后紧追而至。钱宝山不敢直接露面，就先伏在了墙角躲了起来。他偷听到司马灰等人的交谈，得知那四人竟然识破了海底，也不免暗暗心惊，就悄然接近，找机会破坏了宿营灯，又趁乱盗走了白磷燃烧弹，使众人失去了全部照明装备，困在黑暗里无法再有任何行动，这才现身出来说明缘由，并晓以利害，希望双方能够达成一笔交易。

钱宝山承认此前是利用了探险队，正是他隐瞒了野人山里的真实情况，才导致许多人员直接或间接伤亡。可眼下参与野人山行动的所有幸存者，都被困在此地，即使翻了脸斗个两败俱伤也于事无补。所以钱宝山许诺，只要司马灰等人不再保持敌对关系，并协助其找到找出"尸眼"，他就会提供逃出野人山大裂谷的安全路线，事后除了先前应允玉飞燕的酬劳，还另有一笔重金相谢，钱不是问题，多少位数随便诸位开口，他绝对如数奉上。

钱宝山一再强调，凡是能够让众人知道的情况，他都已经和盘托出，同时也提出三个条件：一是关于"尸眼"密室里到底有些什么；二是绿色坟墓的真实面目和身份；三是他究竟如何隐藏在探险队中而不被众人发现。总之这三个条件，是任何人都不能接触的底限。他最后说道："倘若你们觉得这些条件行得通，咱们现在一言而决，可不快当？"

司马灰耐着性子，听钱宝山说了好一阵，他知道绿色坟墓绝非善类，这番承诺岂能轻信？只是司马灰仍然想象不出，当初绿色坟墓如何藏在众人身边而不被发觉。这古城里满是淤泥积水，又兼深邃宽阔，满目漆黑，能够暂时隐匿行迹也就罢了，可那架蚊式特种运输机里，空间是何等狭窄局促，眼皮子底下怎么可能藏得住人？钱宝山虽然自称是个活人，但为什么从来不敢以真面目示人？何况脑部被子弹贯穿，天灵盖都差点被揭掉了，却依旧行动如常。而且这周围满目漆黑，在不借助任何光源的情况下，他仍然可以洞悉一切。司马灰一边听对方述说经过，一边暗中思索种种可能，目前无法确定的因素极多，不过有一点可以断言——绿色坟墓提出的三个秘密，只要能够找机会破解其中一个，就会对其构成直接威胁，于是作出妥协的姿态假意相信，问道："我们没有光源，在黑暗中寸步难行，要如何相助？"

玉飞燕也将信将疑地向钱宝山问道："毕竟空口无凭，让我们怎么信得过你？"阿脆暗中皱眉，低声对玉飞燕说："你还敢信？"

罗大舌头早就沉不住气了，只是在黑暗中发作不得，咒骂道："谁他妈要是相信这些鬼话，死都不知道自己是怎么死的……"

玉飞燕心想：这是司马灰先接的话，怎么你们反都责怪起我来了？她不免有些恼火，觉得阿脆等人毕竟跟自己不是同路，比不得山林队老少团的那些生死兄弟，隔阂之心一起，就无意识地向侧面挪了半步，不料足下刚好踏中一件物事。她极是敏锐，凭感触知道似乎是个压簧般的销器，立刻想起此前在美军运输车上看到的货物，身上顿时出了一层冷汗，惊道："地雷！"

其余三人听得此言，也都吓了一跳，司马灰情知不妙，忙叫道："谁也别动！"可身旁的罗大舌头已出于本能反应，来了个紧急卧倒，哪知手底下也按中了一颗地雷的触发器，他叫声："糟了！"幸好慌乱之中没有缩手，立即全力维持住俯卧撑的姿势，保持着身体重心，再也不敢稍动。

阿脆轻轻按住玉飞燕的肩膀，以示抚慰："你千万别动。"玉飞燕万念俱灰："我完了，你快躲开吧。"阿脆不答，摸到玉飞燕脚下踏中的地雷，在黑暗中仔细辨别地雷的形状与轮廓，也不禁倒吸了一口冷气，对司马灰说："是枚松发式反步兵雷，只要一抬脚……腿就没了。"

司马灰深知这种地雷的厉害之处，是专门用以杀伤步兵，虽然炸不死人，却足能把腿炸废了，使其丧失作战能力，从而成为同伴的累赘。而且采用的是松发式引爆，触发后受力稍稍变化，就会立刻爆炸，大罗神仙也脱不开身，即便找来工兵部队的排雷专家，也没有绝对的把握安全拆除。大概当年修筑史迪威公路的时候，附近的山区还有不少日军没有被消灭，为了防止他们来破坏公路，路边常要埋设反步兵雷，布雷也是施工部队的日常任务之一，所以美军车队装载的物资里才会有这些东西。司马灰急得额上蹦起青筋，暗骂钱宝山好阴毒的手段，刚才不仅偷走了白磷手榴弹，还悄然无声地在众人身边放置了地雷。

这时众人忽觉眼前一亮，原来是钱宝山点燃了附近的一盏子母大铜灯，那铜灯被铸成九头黑蛇之形，九个蛇头里都有人脂人膏和鱼油，称为千年火、万载炉，蛇身里藏着捻芯和油路，只须点燃其中之一，便九头齐亮，立时间照彻百步。

司马灰揉了揉眼，借着灯光向四周一看，见置身之处，是座神坛般的大殿，殿堂极高极广，周遭有五道层层下行的回廊，每一层都环绕着史诗般瑰丽壮阔的大幅彩色壁绘。四角有暗泉涌动不竭，正中巍然矗立着一座形状奇怪的大腹古塔，周遭龛洞内装有金珠宝玉，万象罗目，都不是人间之物，又有一尊生出四手四足的怪蟒雕像，四手分持法螺、莲子、权杖、轮宝，遍披鳞甲的躯体盘绕在塔身之上。司马灰和阿脆等人，恰是位于当中一条回廊之内，脚旁地面的石板裂隙里，摆了六七颗反步兵雷，玉飞燕和罗大舌头，恰好各自踏中一颗。二人冷汗涔涔滴下，身体也因极度紧张而变得僵硬。

钱宝山躲在高耸的铜灯底下，冷冷地说道："看来你们比我更清楚这种反步兵雷的可怕之处，在精神和身体的双重压力下，没有人能坚持太久。"钱宝山自称做了几十年军火生意，最是擅长排雷，现在能救玉飞燕和罗大舌头的只有他，如果司马灰不想眼睁睁看着同伴被炸得血肉横飞，就必须听从他的一切指令，没有任何选择的余地。钱宝山告诉司马灰，那四手四足的怪蟒，相传是冥古时的尸神雕像，怪蟒无眼，口中衔有一尊宝函，其中放有开启"尸眼"密室的钥匙。钱宝山在占婆王棺椁中见过图形，对这些隐藏在沉寂下的诡异玄机了然于胸，他曾在隧道里看到司马灰施展攀檐过壁的本领，就命司马灰先解除武装，只带上鸭嘴槊，攀到塔顶寻找宝函。

司马灰低头看了一眼地下的反步兵雷，他清楚这种美国佬造的地雷极是歹毒，一旦触发了就无法解除，连经验最丰富的工兵排雷专家都未必有三成把握，谁又能保证倒腾地雷的军火贩子就懂得拆解地雷？贩卖毒品的还未必自己到田里种罂粟呢，更何况钱宝山行事阴险狠毒，根本不在乎任何人的死活，作出的承诺绝不可能兑现。

罗大舌头趴在地上，腰上伤口又被撕裂，鲜血流个不住，已经感到自己难以支撑，他心知必然无幸，便咬牙切齿地对司马灰说："我这回彻底没救了，要是眼睛和胳膊都炸没了，那还活个什么劲？你和阿脆赶紧离远些给我来一枪，照着脑袋打，让我死得痛快点，但是你们一定替我把钱宝山那个王八操的碎尸万段，我先走一步，上黄泉路上等着他去……"

司马灰对罗大舌头说："我给你脑袋来一枪，你他妈倒是痛快了，我的整个余生就都得生活在噩梦当中了，虽然我的余生可能也超不过今天。"

玉飞燕在旁听了，心头一阵发酸，又想既然别人下不去手，只好自己图个了断，便对司马灰说："我有时候是脾气不大好，你可别记恨我……"

司马灰神色黯然，似乎对玉飞燕的话充耳不闻，只从她背后抽出鸭嘴槊带在自己身上，然后解下冲锋手枪和猎刀，抬脚看了看鞋底，见全是在洞窟里沾来的稀泥，就用水布使劲抹了几抹，又随手将水布丢给阿脆，再不向其余三人看上一眼，纵身翻下回廊，施展"倒脱靴"攀上了石塔。

那座古塔和蟒身均是陡峭险峻，司马灰不敢大意，仗着身手敏捷，不输猿猴，一口气爬到绝高处，抱着塔顶往下一看，殿边的阿脆、罗大舌头、玉飞燕三人，已经只剩下一团浑在一处的黑影，分不出谁是谁了。他深吸一口气，强忍着肩伤带来的剧痛，又经塔顶攀至蟒首，果然见蟒口大张，咬住一个形似蛇眼的宝函，里面藏有一条鎏金錾银的四脚蛇，大小接近常人手臂。司马灰探身取出四脚蛇，连同鸭嘴鐹都插到背后，再从蟒头向下观瞧，殿底铺就的巨砖，也在灯火下显出一大片黑蒙蒙的图形，细加辨认，依稀就是那座尸神古塔之形，若不是攀至绝高之所，也根本发现不了地面还有图案，而"尸眼"密室就藏在蟒首额头的阴影下。

司马灰看明位置，立即从古塔上面倒溜下来，寻到石砖近前，用鸭嘴鐹刮开泥土，撬动那块石砖边缘，果然松动起来，砖下则暴露出铸有圆形古怪印记的铜板，约是一米见方。将鎏金蜥蜴置于其上，四只爪子恰可嵌入铜印。司马灰按住鎏金蜥蜴，逆时针转动半圈，合拢了锁扣，四脚蛇已与铜盖结成一体，他双手抓牢提手向上拽动，轰然洞开一处地穴，从里面冲出一股黑气，大殿内的灯烛都跟着暗了一暗。

司马灰知道腐气厉害，不敢离近了去看地穴里的情形，就闪在一旁对钱宝山说："你让我做的事，现在可都做成了，那两颗反步兵雷怎么办？"

钱宝山不紧不慢地答道："反正都已经拖了这么久，还急什么？就算赶着变鬼投胎，可也不用争这一时三刻嘎。"

司马灰暗中起急，又问："你是不是根本不会拆除美制反步兵雷，也根本没打算让我们活着离开野人山？"

钱宝山深信世界上没有任何力量可以对抗"运气"，这种超越了一切恐惧的感觉，让他犹如置身天国，而且全部事情的发展都在自己掌控之中，"尸眼"里的秘密已近在眼前，哪里还将这几个人放在眼内，于是冷笑不答。

司马灰见所料不差，眼中几乎喷出火来，怒道："那就别怪我不客气了，我这辈子最恨言而无信、出尔反尔之徒，还有欺心瞒天贩卖军火、毒品的贩子，以你的所作所为，撞在我手里死个十回都不嫌多。"

钱宝山毫不在乎，索性从铜灯后探身出来说道："你真以为凭你这猴崽子，就能动得了我吗？"

司马灰指着钱宝山道："就算你当真是神佛下界，老子今天也要动你一动。"

钱宝山虽然有恃无恐，但他生性谨慎，惯于猜忌，难免生出些许疑惑，料不准会有什么变故出现，试探道："你凭什么口出狂言？"

司马灰说："天底下只有一种办法，可以对付一个正在走运的人。"

钱宝山一怔："绝不可能……那……那是什么办法？"

第七话
消失于密室之中

　　钱宝山深信占婆王的尸皮面具，可以给自己带来"运气"，没人可以否认"运气"的存在，因为成败两端的天平究竟会倾斜向何方，最后往往都是被这种极其微妙因素所左右，但它也是无形无质，甚至没有具体的标准可以测量，此刻听了司马灰的话，心中也不免有些疑忌。

　　只听司马灰接着说道："你还别不相信，这世界上确实有一种力量可以对付运气好的人，就是想办法比他的运气更好。"

　　钱宝山听出司马灰只是危言耸听，终于放下心来，冷冷地说道："你以为就凭你的运气，及得上永远需要人们抬头仰视的占婆王？"

　　司马灰无奈地摇了摇头："我是炒菜糊，做饭糊，就是打麻将也不糊，真要是走大运也不会跑到缅甸来参加游击队了，更不会在深山里遇上你这不人不鬼的怪物……"

　　钱宝山狞笑道："你要是修些口德，或许八辈子之后还能走运。"他发现司马灰只是不断地东拉西扯，似乎在有意拖延时间，唯恐夜长梦多，顿时警觉起来，并从铜灯后闪身出来，仍藏身在灯影下的黑暗里，正待接近洞开的地穴，却听司马灰话厉声喝道："其实占婆王的脸上，根本就不存在'运气'。"

　　原来司马灰进入到黄金蜘蛛城最深处的大殿中，见到石门后有幅内容奇异的壁画。他记得玉飞燕曾经说过，占婆王朝是采取神权统治，信奉吠陀兽主，以人面容貌区分尊卑，古塔与蟒蛇为恐怖之相，预示着终结与死亡，古城周围的浮雕也基本上都是以此为主，仿佛这就是一座"死亡之城"，而石门后的壁画，似乎暗示着国主殒命身死，可为什么占婆王的陵寝又不在此处？

　　如果说野人山大裂谷与世隔绝，千年来始终都被浓雾覆盖，正常的情况下，几乎没有任何人可以发现深埋地底的古城，而且象征着死亡的黄金蜘蛛城形制奇特，世间绝无仅有，却又不是一代神王的埋骨之所，占婆王煞费苦心地建造它究竟有什么意义？当初要将所有建造古城的奴隶和工匠全部杀死，又是为了掩盖什么秘密？占婆王自视极高，被称为距离天国最近的人，但他好像对黄金蜘蛛城里隐藏的秘密又是敬畏又是惧怕。

司马灰隐隐预感到了黄金蜘蛛城里存在的秘密，可事实仍不清晰，他只是猜测到了一个大致的轮廓，仅有的几条线索也是错综复杂，还找不出什么头绪。虽然从发现蚊式里装载的货物之时开始，探险队几个幸存者在与绿色坟墓的较量中，始终处于绝对被动状态，几乎看不到任何希望。可司马灰毕竟懂得金点相术，知道运势取决于人的内在精神，并不相信有谁能够真正控制运气，何况占婆王容貌虽然奇特，却是有皮相、没骨相，显然不是先天所生。只不过司马灰也感觉到，在占婆王尸皮面具背后，确实有种无影无形的东西存在，才使得古尸脸皮不受破坏，那就仿佛是一个千年不散的谜咒。而这绿色坟墓身上死气沉重，绝不会是什么距离天国最近的人，将其形容为"距离地狱最近的幽灵"或许更为准确，却不知占婆王是在自己的脸上施下了什么诅咒，还是真有亡魂不散，依然在黑暗中凝视着自己这副天人般的面孔。

司马灰知道绿色坟墓身上至少有三重秘密，一是真实面目和身份，二是隐藏在蚊式机舱内的方法，三是深入古城寻找"尸眼"密室的动机，为什么这些秘密不能被外人得知？大概只有"恐惧"这一个原因，因为这三个秘密都可以对绿色坟墓的存在构成直接威胁。此外还有一件被绿色坟墓误导了概念的事情，那就是占婆王的运气，如果能够尽快解开这个谜，还有可能扭转被动局面。

司马灰见到大殿周围的壁画，多有些剥脸酷刑的描绘，都是制蛊炼虫的邪术；加之当年盗发占婆王陵寝的盗墓者，发现尸骸腐坏仅有面容如生，盗贼们自然是心中发毛，便想将其毁去，但全都遭遇了意外事故，只好将黄金棺椁封闭，再也不敢开启；另外司马灰在隧道中曾一枪将钱宝山头部击穿，如果对方真有"运气"，也不太可能会被子弹击中。这些情况使司马灰更加确信了自己的判断，占婆王的脸并没有"运气"，而是某种"诅咒"。钱宝山将占婆王的脸移到了自己头上，古老的诅咒也随之附在其身，与其说是走运，倒不如说是受了诅咒，任何意图直接毁坏"脸"的人，都会被占婆王的致命诅咒害死，而且这个诅咒的力量还远不止于此，绿色坟墓正是掌握了"脸"不会受到伤害的秘密，才胆敢亲自进山寻找黄金蜘蛛城，并且一次次化险如夷，只有避开占婆王的脸，才有可能对付绿色坟墓。

钱宝山没料到司马灰竟能识破这层真相，也不禁有些着慌，他见封闭在石穴内的沉晦之气尚未散尽，只要能够抓住时机躲进去，对方又得顾及踏中反步兵雷的同伴，多半不会追击，于是一言不发，趁司马灰离密室入口较远，就想抢先行动，谁知刚一起身，就被四管猎枪顶住了脑袋，原来是罗大舌头、阿脆、玉飞燕已经围了上来。

钱宝山极是骇异："怎么可能？这几个幸存者当中，并没有工兵部队的排雷专家，甚至连半专业的排雷工具都没有，踏中了美制反步兵雷，神仙也脱不开身，他们怎么可能全身而退？"

其实司马灰等人在缅甸从军作战多年，身边战友被地雷炸死炸残的事情多得数不清，对各种常见的老式地雷都是非常熟悉。司马灰见到罗大舌头和玉飞燕触雷之际，就觉心中一沉，知道事态已经无可挽回，可他眼光向来机敏过人，发现这几枚美制反步兵雷不太对劲。也许是对方自以为控制了局面，进而有些得意忘形；又或许那绿色坟墓虽是控制地下军火交易组织的首脑，但也不一定熟悉每种武器的性能与结构，总之钱宝山没有将反步兵雷的安全模式开关闭合。

这种二战时期由美国生产的 M 型地雷，为了防止发生意外，都留有一次性的保险设置，所以在埋设使用之前，首先要将外壳上的安全模式开关闭合，否则一旦被人触发引信，只须用匕首刮开外壳，再从中截断金属导管，即可解除爆炸。司马灰当即将计就计，表面上不动声色，用水布擦去鞋底的淤泥，又丢给阿脆，相当于发出了暗号，让她设法排雷。然后司马灰依照绿色坟墓的指示行动，并且故意拖延时间。

钱宝山百密一疏，只将注意力都集中在寻找"尸眼"密室的司马灰身上，没想到阿脆收到司马灰的暗示之后，已经截断了反步兵雷的引爆导管，等他发觉过来，早被罗大舌头三人从侧面包抄，事出突然，再也没有反转回旋的余地。

罗大舌头怒火攻心，二话不说，将大口径猎象枪顶在钱宝山头上，狠狠抠下扳机，可也不知是机械故障，还是弹药受潮，竟然未能击发。玉飞燕在旁急道："先留下活口，要不然谁也逃不出去了！"

罗大舌头骂道："留他奶奶的什么活口，老子只会大卸八块！"他正待抛下枪拽出猎刀，钱宝山却忽然从黑暗的灯影中，投落了那枚白磷燃烧弹，浓烟伴随着刺目的火光迅速蔓延，一瞬间就在地面上扯出了一道火墙，众人发声喊，连忙向后闪退。

司马灰位于灯柱另一侧，与其余三人对钱宝山构成了包夹之势，他不受火墙所阻，拎着鸭嘴銃正要上前，哪知地穴内的石壁缝隙里有沼气渗入，涌出洞口之后尚未散尽，这种可燃性气体，如果在空气中的浓度超过百分之七，人体还不会感觉到如何异常，但是只要遇到明火就很有可能发生爆炸。地穴洞口的沼气较重，被磷火所引，在殿底迅速爆燃蔓延。

司马灰见地穴周围烧成了一片火海，灼热异常，半步也难接近，不得不闪身避开。这时众人都看到了一幅触目惊心的情景：那钱宝山虽被火墙包围，却仍然不顾一切，冒烟突火挣扎着想要接近地穴，但手臂刚一伸出，被触到了在身前猛烈燃烧的白磷，幽蓝色的火焰透过肌理，直烧入骨，手掌顷刻间就化作了赤炭，疼得他"嘶"地一声惨叫，根本无法通过。

罗大舌头见难已近身，就立刻给猎象枪重新装填了弹药，端起枪口再次对准钱宝山扣动扳机，钱宝山只顾着回身躲避烈焰，不期迎面撞在了枪口上。这回可就没有那么走运了，震耳欲聋的枪声中，就看钱宝山头部血肉飞溅，整个脑袋都被轰了个碎片，身体也被强大的动能向后揭倒，从火墙上翻过，重重摔入那个洞开的地穴当中。

司马灰本想招呼罗大舌头避开占婆王的"脸"，可还没来得及开口，钱宝山的脑袋就被大口径猎象枪轰没了。洞口附近爆燃的沼气消散极快，但白磷烧了一阵才转为暗淡，司马灰觉得事情蹊跷万分，等火势稍有减弱，便立刻上前寻找钱宝山的尸体，毕竟那绿色坟墓诡秘莫测，若不彻底揭开他身上隐藏的所有谜团，恐怕今后就将永无宁日。

司马灰看那地穴中的黑气渐渐消散，就让罗大舌头端着猎枪堵住洞口，他拆毁了一尊装有翠珠的函匣，扯下几条帏幔绑在木条上，就凑在铜灯上接了几根火把，又将水布拿到暗泉里浸透了，准备和阿脆、玉飞燕三人下去搜索。

玉飞燕先用冲锋枪扫射开路，直至确认安全后才敢下到地穴内。三人擎着火把到处查看，封闭了千百年的空间里晦气久积，使得火把忽明忽暗。司马灰不敢大意，前后左右依此照视了一遍，就见那石室般的地穴里甚是狭窄，内侧还隐有一个数米深浅的洞窟，尽头是片天然岩层，已经无路可走，可以看到岩层里暴露出几块古生物的脊椎化石，形体甚大，也分辨不出到底是些什么，而外间石壁并没有被火烧灼过的痕迹，但到处都凿满了奇形怪状的符咒。

这处地穴除了通往大殿的洞口之外，内部空间近乎封闭，虽然有不少因年深日旧所形成的细小裂缝，可对人类而言却是无隙可乘，难以遁形，除了角落里有几截残碑，到处都是空空荡荡，不仅找不到别的出口和暗门，也不见了绿色坟墓的踪影。不知这个黑漆漆的地穴内，是由于阴晦久积，还是石壁岩层里存在着某重辐射，竟然使人觉得脑中隐隐生痛，似乎体内灵魂正在经受着黑暗的扫描。

三人深感事情不妙，那绿色坟墓好像蒸发在了黑暗的空间里，又仿佛是噩梦中的幽灵一般，根本就不曾在现实当中存在过，这就如同"地球倒转太阳从西边出现"一样，是个怪异到了极点的状况。

司马灰眉头一皱："莫非这世上还真有土行孙的遁地术？"他仍不死心，让阿脆跟着自己再次逐寸排查，并告诉玉飞燕仔细看看壁上的石刻，说不定其中会记载着关于黄金蜘蛛城出口暗道的线索，或许还能知道占婆王究竟在这里隐藏了什么秘密。

玉飞燕借着火把的光亮看了一阵，发现地穴石壁上的记号和符咒，尽是一种非常独特的古代象形文字。玉飞燕虽是经得多见得广，却也对此一字不识，它们似乎不同于世界上已知的任何一种文字，恐怕没有人能读懂其中含义。

而那几截石碑上所刻，则都属于占婆王朝的文字，主要来自来巴利语和梵语，玉飞燕对此较为熟悉，识别出七八分不是问题，她只粗略看了几眼，心下已是惊疑不定，忙叫住司马灰："黄金蜘蛛城里确实隐藏着占婆王的秘密，但这个秘密……很可能不是某件具体的东西……"

第八话
还没有发生的事实

  司马灰跟随探险队深入野人山，历数途中所见之事，都像是笼罩在一层无法驱散的迷雾之下，他实在想不出占婆王为何耗尽国财民力，在地底建造这样一座奇形怪状的黄金蜘蛛城，又在四周布置下重重陷阱，将外围的古迹全部毁坏。那些蟒蛇与古塔的图腾、占婆王与死神相会的壁画、无数人面浮雕的石砖，都在暗示着什么？占婆王既然将这处被称为"尸眼"的密室，藏匿得如此之深，其中必然有些缘故。此时司马灰听玉飞燕说石室中确实藏有占婆王的秘密，可他发现这里除了壁上刻了些密密麻麻的古代文字和符号，再没有别的多余之物，那个所谓的"秘密"到底是指什么？难道不是具体的某件东西？

  玉飞燕说："如果不是我解读错误，这间石室本身就是占婆王的秘密。"她为了进一步确认自己的判断，又去竭力辨认石壁上其余的古文。

  司马灰更觉奇怪，就想再问个明白。阿脆见玉飞燕时而双眉深锁，时而瞑目沉思，就对司马灰摇了摇手，示意他不要在旁干扰。司马灰只好闭口不言，继续举着火把在密室中到处察看，却始终没发现周围另有出口。

  玉飞燕看了好一阵子，才告诉司马灰等人："密室中记载着一些非常离奇的事情，很难令人理解，但是如果跟咱们目前已经掌握的线索结合，应该可以推测出占婆王隐藏黄金蜘蛛城里的真相。"

  原来占婆国自古崇信五官，以脸为贵，以头为尊，因为据说人之面目不同，所产生的运势也有很大差异。阿奴迦耶王深谙此道，他平生擅长养蛊炼药，又不断服食人脑尸虫，所以体态容貌异于常类，就连肤色都和当地人不同。缅寮等地称此为"脸蛊"，是种被视为禁忌的古代邪术，后世不传其法。其实占婆王并非生具天人异相，也未从自身相貌当中，得到所谓的"运势"，那副神佛般的面容，乃后天服药形炼所化，只是为了维持王权的神秘与恐怖。

占婆王生性残忍，嗜杀如命，深信宿命之说，他虽然自视极高，但即使容貌再怎样酷似神佛，也仍然是受困轮回的众生之一，摆脱不了人世的欲望与纠缠，心中也不免对自己的身后之事怀有几分悚立畏惧之意。自此更是常被噩梦惊扰，因为人生的太阳终有一天将会陨落。由于他对死亡深感恐惧，所以只要是找借口杀人，都要以"过去未来"之事询问被害者。

后因野人山地陷，崩塌形成了一道深不可测的裂谷，因为当初建造在山巅的古塔中，多存放着占婆王朝历代积藏的金珠宝玉，所以就遣人从群象埋骨的洞窟里进入裂谷，却在地底意外地找到一座岩山，那岩山通体漆黑，形似八足蜘蛛，内部有无数洞穴纵横相连，似乎还有人类居住过的迹象，犹如一片地下宫殿，地宫内岩层里不仅藏有枯化的忧昙婆罗，另外一处洞穴中还留有某种巨大生物的骨骼，显然是个比占婆王朝更为古老的存在，但后来被黑水吞没，所以没在历史上留下任何踪迹，如今山体崩裂，水脉枯竭，便再次显露出来。

在占婆传说中，盘踞在死者之国的尸神，体如黑墨，黑洞般的眼睛长在体内，并且生有四足四手，与这座地底岩山极其相似，当时占人多将此视为噩兆，认定会有大难临头，但最令占婆王恐惧的，是他在洞窟内残留的迷雾中，亲眼目睹到了自己死亡时的情形，届时灰飞烟灭，神形俱碎。

占婆王多年前杀害过一位圣僧，那僧人临刑前不发一言，只留图一卷，描绘了占婆王在尸眼洞窟前头破脸碎的惨死之状，并示以三指。如今恰是应了前事，所以占婆王对此毫不怀疑，自知早晚有一日，必然会死在这里。虽然明知道注定要发生的事情无可避免，但他仍然妄图改变这个事实，不惜以倾国之力，依照通往死者之国大门的形制，筑造黄金蜘蛛城，将整个王朝所拥有的全部辉煌与赞叹，都献给了盘踞在阴间的"尸神"，再杀死了所有知情的奴隶与工匠，又使岩层中的忧昙婆罗残骸重新生长，那些隐藏在野人山裂谷里的古老秘密，也就从此蒸发在了历史的烟霭之中。

其实关于宿命，在古代宗教典籍《盘陀宿业经》中，早已阐述了一个铁一般定律，如果把古奥的文意用现代观念解读，大致就是：万物的命运，皆是由无数个点所组成的一条曲线，没有人知道线的中间会发生什么，或是会遇到什么，只是所有的线，最终都会前往同一个终点，这个终点就是死亡，绝不存在例外，曲线中出现的任何一个点，也都不可能对终点产生影响。

如果有人能够提前看到自己的终点又会怎样？那他也许就是"距离天国最近的人"了，因为他已经洞悉了自己的命运，如果再有能力抹消这个终点，就等于踏入了天国。占婆王就认为只要今后不再踏入黄金蜘蛛城，就会避免与死神相遇，他的生命里也就没有了死亡和恐惧，自此不坠不灭，无生无死，变本加厉地狂妄残忍起来。不过他最终仍是暴猝身亡，大概占婆王临死也没想明白，其生前所预见的终点，并非是自身，而是从他遗骸当中剥下的尸皮面具。如果说天地间一草一木都有自身的命运，那么占婆王事先看到的情形，只是"脸"的宿命而已。

当年修筑黄金蜘蛛城的奴隶和俘虏，在完工之期都已惨遭屠戮，可这世上毕竟没有不透风的墙，所以占婆王又在此留下诅咒——谁胆敢接近"黄金蜘蛛城"里的秘密，死神就会带着恐怖的阴影垂临在谁的头上。幽暗沉寂的地穴中，到处契刻着这样阴森冰冷的诅咒，这似乎是一道最后的精神防线，但在现代人看来，难免显得苍白虚无。

玉飞燕告诉司马灰和阿脆，这些石碑上记录的除了诅咒之外，就是占婆王与死者之国沟通的鬼刻，但其中的内容也未必全都准确可信，毕竟早已无从查证。但占婆王肯定是通过某种渠道，亲眼见到了自己死亡时的情形，否则他也不会如此深信不疑。野人山里存在着很特殊的磁场，可能会出现近似海市蜃楼的光学和电波异相，包括咱们先前看到的幽灵运输机，多半也属此类，只是还不能确定根源是来自深山里的浓雾，还是来自这座黄金蜘蛛城内部的岩层。

司马灰和阿脆听罢，都有恍然之感，原来绿色坟墓所仰仗的尸皮面具，即不是运气，也不是诅咒和阴魂，而是宿命，是一个还没有发生的"事实"。因为占婆王的"脸"注定会在尸眼密室开启时被毁，所以之前没有任何力量可以改变这一必然发生的"事实"，可隐藏在脸下的绿色坟墓，其真正的面目究竟是什么？为什么他坠入密室后，就失去了踪影？他对黄金蜘蛛城里的一切了如指掌，似乎比占婆王生前知道的秘密还要多，又兼布置周全，自然不是主动赶来自寻死路，显然这些事情全都在他的计划之内。

至于绿色坟墓要寻找的所谓真相，众人就觉得更加难以揣摩了，应该不是为了黄金蜘蛛城里供奉给尸神的财宝而来，而且听其所言，并不怎么迷信神佛之事，自然也不会去追寻长生不死的愚昧勾当，凡是有这等念头的，都是贪生怕死之辈，绝对不敢以身涉险亲自进入危机四伏的野人山大裂谷。

如果依据众人目前获悉的情况来判断，黄金蜘蛛城的内部本是一座遗存在地底的巨岩，占婆人将岩层和洞穴加以修整，封闭破坏了大部分的区域，那里面必定还有许多不为人知的东西，绿色坟墓定是为此而来。

如今司马灰等人与绿色坟墓已成死敌，所以逃生和解开对方身份之谜这两者之间，没有轻重缓急之别。忽觉密室中一阵颤动，岩层缝隙里都涌出黑雾，司马灰说："不好，这座古城还在继续向地底的泥盆中沉没……"

众人唯恐再次引爆沼气，急忙将手中的火把熄灭，当即放弃了继续搜索的念头，搭起人梯，由罗大舌头在上接应，从密室中返回了大殿。这时黄金蜘蛛城内的地面已经开始倾斜，嵌在壁上的砖石纷纷掉落，半空中有一条大石梁飞下，将铜灯击个粉碎，千年火万载炉内油倾烛翻，烧得遍地都是火头。

野人山属旱山深裂地形，这古城底部是个枯竭的暗湖，由于水脉下降留下了大量淤泥，湖中生物死体残骸慢慢消解腐化后，都被高压封闭在淤泥和地层的夹层之间，形成了无数相对独立的气囊，有大有小，星罗散布，其间也有几处暗泉，千年来涌动不竭，甚至通到了黄金蜘蛛城的内部。

千年前由地面崩塌下来的整块山表，一直受沼气与植物根脉承载，这个微妙的平衡一旦遭到破坏，就会彻底土崩瓦解沉入万顷淤泥，黄金蜘蛛城里生长出来的植物，先前已被地震炸弹摧毁了大半，使城体受力产生了剧烈变化，对封闭着沼气的气囊形成挤压，终于使沼气涌入城中，整座黄金蜘蛛城都开始倾斜沉没，

通过石壁缝隙渗透进来的沼气，都被大殿内的火焰点燃。这次与先前不同，几乎是一发而不可收拾，一个个膨胀的火球迅速蹿向高处，司马灰等人就觉眼前冒出的烈焰横空爆起，周身皮肉都像是要被热流撕扯开来，连忙扑倒在地，拼命爬向殿角的暗泉。

灼热的气浪将附近的空气一扫而空，火光转瞬暗淡下来，周围不断传

来震动，耳朵里全是轰隆隆的沉闷响声，地底郁积的各处沼气被逐个点燃，发生着持续不断的爆炸。

　　就在众人接近窒息极限之际，城体已经从当中崩裂，头顶上泥沙水雾纷纷落下，透过殿顶裂开的巨大豁口，只见高处也是火势蔓延，覆盖整个裂谷的忧昙婆罗也都被引燃了，在那一片混暗的尘埃之中，飞腾的火光划破浓密的灰黑色烟雾，犹如一道不祥的黑墙升上了半空。

第九话
燃烧的天空

司马灰等人躲避在坚固的大殿角落，抬头去看高处，就见古城已经裂成了"V"字形，逐渐开始分崩离析。黑洞洞的宽阔裂痕中，露出无数条黑蟒般的植物，都如蛛网般缠嵌在壁上。此时忧昙婆罗的主体根脉已被沼气引燃，烈焰迅速蔓延至高处，烧毁了遮蔽地下洞窟的那层茧盖，火网笼罩在黄金蜘蛛城上，仿佛整个天空都在燃烧。

那株接天倚地的忧昙婆罗，都是从包裹在城体当中的岩层里生长而出，黄金蜘蛛城上下各有八个复眼般的洞窟，从中延伸出根脉和孢形伞，覆盖了整个地底洞窟。它的无数花冠不断制造浓雾，构成了一个近乎封闭的独立生态系统，而且除了冷血爬虫类生物之外，将外界的生命全部隔绝，足以使任何妄图窥觑占婆王秘密的入侵者有来无回。

忧昙婆罗虽然本身不惧水火，即使被化学落叶剂破坏也能迅速复生，唯一能够使之彻底死亡的根脉主体，又始终受到坚厚的城壁保护，但它此时尚未彻底恢复原状，而且从地底涌入古城的沼气发生爆燃，是在从内到外摧毁这层由植物所构成的屏障。忧昙婆罗伸向四面八方的根脉，一条条相继断裂枯萎，城体也出现了多处开裂，残砖碎石纷纷崩落。

这条奇深无比的野人山大裂谷，本是因为山体内的水脉枯竭，才导致地面陷落形成，谁能想象得到，那看似柔弱的水流，竟能将岩山内部冲刷切割成如此空旷磅礴的洞窟，此时上有暴雨，下有烈火，忧昙婆罗遭受到水侵火攻，周围的浓雾逐渐消失，栖息在雾中吞噬生命的飞蛇"螭椎"也都相继逃散。山外的狂风暴雨仍未停止，封闭在半空的茧被焚毁之后，茫茫雨雾又从高处落下。黄金蜘蛛城在不断地崩裂倾斜中，缓缓沉入了淤泥下的无底深渊，看来占婆王朝埋藏在黑暗中的秘密与辉煌，在经历了千百年不见天日的漫长岁月之后，即将进入永恒的沉默。

此刻又从殿内崩裂的地面中，"咕咚咕咚"地向上涌出大量黑水，那地下水阴冷刺骨，原来当年水脉枯竭之后，除了少数几个暗泉，洞窟深处绵延百里的地下河道、深潭、潜流都被淤泥和沼气封住，山外狂风暴雨使涨落无常的地下水脉重新出现，加之沼气爆燃后炸开了淤泥，无边无际的地下水便上涨，顷刻间已淹没了洞窟底部，水势汹涌翻滚，带动得气流在裂谷内产生巨大的轰鸣。

司马灰等人早已筋疲力尽，而且身上多半带伤，自知掉在水中必然无幸，被迫攀着断墙向高处移动，眼看脚下黑水汹涌翻腾而来，头顶则被滚滚浓烟烈火所覆盖，两耳聋了似的什么声音也听不到，裂谷内这毁天灭地般的情形，只发生在短短瞬息之间，众人皆是面如土色，都道此番真是插翅难逃了。

这时阿脆扯住司马灰，让他去看头顶。司马灰顺着阿脆手指望去，就见忽明忽暗的火光中，由城头上斜刺里探出半个黑沉沉的影子，形状仿佛是只大鸟。司马灰心中猛然一动："那似乎是架飞机。"

装有地震炸弹的蚊式特种运输机早已被毁，连残骸都没留下，所以此刻所见，应该是英国探险队搭乘的那架黑蛇Ⅱ号特种运输机，大概它是从茧上落下来掉在了古城里，这地下洞窟里到处漆黑，若不是半空中的忧昙婆罗猛烈燃烧，根本不可能发现它的踪影。

众人都记得这架蚊式的机舱里，装着许多英国探险队准备的物资，其中就有两艘配有马达的强击冲锋艇，如果能够赶在古城被大水淹没之前，从运输机残骸里抢出橡皮筏子，至少还能在绝境中争取到一线希望。

司马灰精神为之一振，对其余三人打个向上的手势，随即躲避着碎石和带着火焰落下的古藤，从石壁上快速攀缓上行，当先钻进了那架摇摇欲坠的蚊式残骸，从货箱中找出冲锋艇，这时身手轻捷的玉飞燕也已跟了进来，二人就随手抓了一捆信号烛和照明弹，使劲全力将橡皮筏子拽出机舱。

此时地下水的涨势越来越快，高处只剩下厚重的浓烟与灰烬在半空来回滚动，当中夹杂着无数闪烁不定的火星，司马灰知道罗大舌头和阿脆落在后头，势必处境危险，所以来不及再作喘息，立刻便将橡皮艇内充满了空气，借着信号烛的光亮，看明那二人所在的位置，就用尽全力把橡皮艇推向水中。

司马灰和玉飞燕先后跳上橡皮艇，将掉在水里的罗大舌头和阿脆接应上来，几乎在与此同时，茫茫黑水已经覆盖了整座黄金蜘蛛城，英国探险队的蚊式特种运输机也给乱流吞没，转眼就不见了踪影。这艘橡皮冲锋艇被冲入激流卷起的旋涡，四周全是黑暗的世界，明明置身水面，却听不到任何水流声响，使人倍感恐慌。众人都知道，刚才只要司马灰慢上半步，先前的落水者就会被急流带入黑暗深渊，永远难以找寻了，如今劫后余生，思之无不后怕，又畏惧前途险恶，各自喘着粗气，心口怦怦乱跳，任凭橡皮冲锋艇随波逐流晃动，却无力再作理会。

在这片混沌般的漆黑中，也不知经过了多久，忽觉身下一阵颤动，耳中听得隆隆轰鸣之声响起，原来橡皮艇顺流漂动，似乎已经驶入了一条快速流动的水道里。司马灰心知肯定是被洪水冲进了位于地谷边缘的裂缝。这野人山里生长的植物根须滋生，年深日久之下，又受到张力作用，使得山体破裂，才形成了这种险要独特的地势。此时虽然南北莫辨，但这水势汹涌湍急，倘若把冲锋艇卷到峭壁上撞翻了，大伙就全得落在水里葬身鱼腹。司马灰急忙举起信号烛，招呼玉飞燕在后撑住橡皮筏子筏子。玉飞燕曾多次跟随舰船在海上行动，经历过惊涛骇浪中的覆舟灭顶之险，熟识舟船水性，有她控制冲锋艇，就不至让这只皮筏子被汹涌迅猛的急流当场卷翻。

橡皮冲锋艇侧面装有固座探照灯，罗大舌头打开探照灯，将光束往前一照，发现洞窟两侧高耸的山壁陡然拔起，挂满了粗如古树的藤蔓，河道间冷雾缥缈，水流湍急异常。四人在漆黑的水雾中驾驶着冲锋艇，不断避开河道上的植物残骸和转弯，屡屡险象环生，那橡皮筏子犹如风中之叶，随着激流颠簸盘旋。位于后梢的玉飞燕，正在全力稳住重心，忽觉身边一道黑影划过水面，快如疾箭，她急忙缩身闪躲，但略微慢了半分，衣服早被刮出一道口子，忍不住惊呼一声。在漆黑混乱之际，她也并未看清楚水中出没的究竟是什么东西，忙让司马灰和罗大舌头将探照灯打向后边。

众人都随着灯光回头去看，就见上游的河水中起起伏伏，也不知有多少尖锐锋利的骨骸冲撞而来，这一惊之下，也不禁脸色骤变。原来野人山地壳脆弱，气候常年不变之时倒还好说，狂风暴雨持续冲击下，使那些早已破碎不堪的山体很难抵挡，山缝是从野象埋骨的洞窟群附近经过，湍急的水流冲垮了两边的大片岩层，暴露出许多深藏在山腹中的洞穴，泥石流把堆积成山丘的牙骨化石，全部冲入了河道。

那无数如剑似戟的象骨象牙，都是异常尖锐之物，一旦浮到水面上，就立刻变成了锋利的"鱼雷"，犹如无数根被快刀削尖的竹矛木桩，在以惊人的速度顺流直下。那些象骸漂流在水中的速度，远远快过了冲锋艇，倘若有一根尖锐的獠牙戳中艇身，便会刺破厚实的橡胶皮，筏子的空气泄尽，乘在上边的人也都得落入河中，即便侥幸没有溺水身亡，也会被随后冲击过来的牙骨串成糖葫芦。

眼看水流奔涌如同追风逐电，势不可挡，根本无法使皮筏子停住，司马灰情急之下，只好拽过玉飞燕挎在身上的乌兹冲锋枪，对准身后的水面不断扫射，试图将稍远处的象骸击碎。罗大舌头和阿脆也分别抓起艇中配备的木桨，冒死将半个身子探出橡皮艇，以木桨奋力拨打漂至近前的象骨。

玉飞燕一人已然无法有效地控制冲锋艇行驶，但其余三个人也都是手忙脚乱，又哪有余地相助，落到如此境界，也只得听天由命。此时地势变得更为狭窄，两侧峭壁天悬，当中浮波一线，而在那股奔腾的急流中，更有一具完整巨大的巨象骨骸直冲下来，一对又长又利的獠牙探出水面。

司马灰见势不妙，赶紧举起冲锋枪，在剧烈的颠簸晃动连续射击，打算在那巨象骸骨撞翻皮筏子之前，先行将它击碎。就见凄冷的雨雾之中，一串串子弹去似流萤飞火，但浮水而至的骸骨坚硬异常，而且在剧烈晃动颠簸的橡皮艇中，枪口也没了准头，起不到任何作用，那具象骸仍以不可阻挡之势，被急流猛冲而至。

这时忽觉身下猛然颠簸，一起一落之间，险些将众人抛上半空，皮筏子后端似乎被什么巨大水族撞到，差点就被揭翻。司马灰定睛一看，只见橡皮艇后水波激荡，哗啦啦冒出两条鳄鱼，它们同样是被山洪冲入此处，虽然竭尽所能地摇头摆尾，也还是身不由己地被这股激流卷住，最后挣扎着探身出了水面，却恰好挡在象骸前方。

这副野象遗骸的骨牙不亚于长枪大戟，猛然间与其中一条巨鳄撞个正着，几根锋锐的骨刺突出在前，顿时将鳄身贯穿。这巨鳄皮糙肉厚，身躯长达数米，能有不下千百斤的重量，可被象骸一撞之下，也只是扭了几扭，便已死于非命。

象骨虽然在巨大的撞击力下变得支离破碎，不过那死条鳄的鳄身，被一根獠牙戳了个对穿，它在水里翻着肚皮，鲜血如同泉涌一般汩汩流出，被湍急迅猛的激流卷起，就势撞在了冲锋艇后部。那根锋锐无比的野象獠牙，竟将鳄尸与皮筏钉作了一串。

冲锋艇前后及两舷的橡皮充气仓，采用封闭式独立气鼓设计，损坏其中之一本无大碍，可是受那死鳄的尸体拖坠，速度顿减，在水面上打着旋子不断下沉。司马灰等人趴在筏子上，只见水面上浮起白森森的一片，全是上游漂下来的獠牙残骨，就像无数乱箭鱼雷，穿破了滔滔洪流，从橡皮筏子后方飞速接近。

司马灰见形势危急，忙和罗大舌头、阿脆三人，拼尽全力将死鳄推落水中，玉飞燕也已冒险将冲锋艇上的马达开到了头，在螺旋桨叶高速旋转推进的作用下，这艘橡皮艇犹如风驰电掣一般在激流里猛蹿出去。

众人乘在高速飞驰的橡皮艇上，终于将顺流漂下的象骸甩开一段距离，眼看地势逐渐开阔，水流也趋于平缓，可紧绷的神经还没等完全松弛下来，冲锋艇就已撞进了一片黑雾般的浓烟里，能见度立刻降低到了极限。

司马灰急忙让玉飞燕掉转冲锋艇的方向，尽快离开这片黑茫茫的浓雾。可是为时已晚，橡皮艇向回开可了好一阵，都不见环境有任何变化，周围的空间里声息全无，水面上充满了死一般的沉寂，仿佛整个世界，就只剩下无边无际的深邃和静默存在。

在这片令人窒息的寂静之中，众人均生出不祥之感，难道这鬼气森森的深山洞窟里，当真存在着占婆王恐怖的诅咒？谁胆敢窥探黄金蜘蛛城里的秘密，死神的阴影就会降临在谁的头上。司马灰想起这件事，心里也不免有些发毛，他知道困在雾中越久就越危险，就让罗大舌头转动探照灯，尽可能找些参照物用来定位，可阿脆却忽然拦住众人说："这里根本不存在方向，咱们永远也出不去了。"玉飞燕听得疑惑不解："你说什么？为什么出不去了？"阿脆神色惨然："因为这里已经是……终点了。"

图书在版编目(CIP)数据

谜踪之国I雾隐占婆/天下霸唱著.—合肥:安徽文艺出版社，2009.5
ISBN 978-7-5396-3127-1

Ⅰ.谜…　Ⅱ.天…　Ⅲ.长篇小说—中国—当代　Ⅳ.I247.5

中国版本图书馆 CIP 数据核字(2009)第 057168 号

谜踪之国I雾隐占婆　　　　　　　天下霸唱/著

责任编辑：岑　杰
出　　版：安徽文艺出版社（合肥市圣泉路 1118 号）
邮政编码：230071
发　　行：安徽文艺出版社发行科
印　　刷：北京天正元印务有限公司
开　　本：650×970　1/16
印　　张：18.25
字　　数：250,000
版　　次：2009 年 5 月第一版　2009 年 5 月第一次印刷
标准书号：ISBN 978-7-5396-3127-1
定　　价：28.00 元

（本版图书凡印刷、装订错误可及时向承印厂调换）